【臺灣現當代作家研究資料彙編】78

葉笛

國立台灣文學館
出版

部長序

從歷史的角度檢視特定時代的文學表現，當代作家及作品往往是研究的重心；而完整的臺灣文學史之建構，更有賴全面與紮實的作家及作品研究。臺灣文學自荷蘭時代、明鄭、清領、日治、及至戰後，行過漫長的時光甬道，在諸多文學先輩和前行者的耕耘之下，其所累積的成果和能量實已相當可觀；而白話文學運動所造就的新文學萌芽，更讓現當代文學作品源源不絕地誕生，作家們的精彩表現有目共睹。相應於此，如何盤整研究資源、提升無論是專業學者或一般大眾資料查找的便利性，也就格外重要。

由國立臺灣文學館規畫、籌編的《臺灣現當代作家研究資料彙編》，即可說是對上述問題的最好回應。本計畫自 2010 年開始啟動，五年多來，已然為臺灣文學史及相關研究打下厚重扎實的基礎。臺文館不僅細心詳實地為作家編選創作生涯中的重要紀錄，在每一冊圖書中收錄豐富的作家照片、手稿影像，並編寫小傳、年表，再由學有專精的學者撰寫研究綜述、選刊重要評論文章，最後還附有評論資料目錄。經過長久的累積和努力，今年，已進入第六個年頭，即將完成總共 80 位作家的研究資料彙編。在本階段所出版的作家，包括詹冰、高陽、子敏、齊邦媛、趙滋蕃、蕭白、彭歌、杜潘芳格、錦連、蓉子、向明、張默、於梨華、葉笛、葉維廉、東方白共 16 位，俱為夙負盛名的重量級作者，相信必能有助於臺灣文學的推廣與研究的深化。

這套全方位的臺灣現當代文學工具書，完整呈現了臺灣作家的存在樣貌、歷史地位與影響及截至目前的相關研究成果，同時也清晰地勾勒出臺灣文學一路走來的變貌與軌跡，不但極具概覽性，亦能揭示當下的臺灣文學研究現況並指引未來研究路徑，可說是認識臺灣作家與臺灣文學發展的重要讀本依據，相信必能為臺灣文學研究奠定益加厚實的根基；懇請海內外關心及研究臺灣文學之各界方家不吝指正，以匯聚更多參與及持續前行的能量。

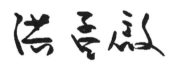

文化部部長　洪孟啟

館長序

時光荏苒，「臺灣現當代作家研究資料彙編」第五階段已接近尾聲，16 冊圖書的出版，意味著這個深耕多年的計畫，又往前邁進一步，締造了新的里程碑。

「臺灣現當代作家研究資料彙編計畫」乃是以「臺灣現當代作家評論資料目錄」（2004～2009 年）為基礎，由其中所收錄的 310 位作家、十餘萬筆研究評論資料延展而來。為了厚實臺灣文學史料的根基，國立臺灣文學館組織了精實的顧問群與編輯團隊，從作家的出生年代、創作數量、研究現況……等元素進行綜合考量，精選出 100 位作家，聘請最適合的專家學者替每位作家完成一本研究資料彙編。圖書內容包括作家生平重要影像、文學活動照片、手稿或文物影像、作家小傳、作品目錄和提要、文學年表；另有主編撰寫的作家研究綜述，再從龐雜的評論資料中挑選具有代表性的評論文章，並附上完整的作家評論資料目錄。這套叢書不僅對文學研究者而言是詳實齊全的文獻寶庫，同時也為一般讀者開啟平易可親的文學之窗，讓大家可以從不同角度、多面向地認識一位作家的創作、生平與歷史地位。

本計畫自 2010 年啟動，截至目前為止，以將近六年的時間，完成了 80 位臺灣重量級作家的研究資料彙編，在本階段將與讀者見面的有詹冰、高陽、子敏、齊邦媛、趙滋蕃、蕭白、彭歌、杜潘芳格、錦連、蓉子、向明、張默、於梨華、葉笛、葉維廉、東方白共 16 人。這是一場充滿挑戰的馬拉松，過程漫長艱辛，卻也積聚並見證了臺灣文學創作與研究的能量。為了將這部優質的出版品推介給廣大的讀者，發揮其更大的影響力，臺文館於 2015 年 8 月接續推動「臺灣文學開講——臺灣現當代作家研究資料彙編行銷推廣閱讀計畫」，透過講座與踏查，結合文學閱讀、專家講述、土地探訪，以顯影作家創作與生活的痕跡，歡迎所有的朋友與我們一同認識作家、樂讀文學、親炙臺灣的土地，也請各界不吝給予我們批評、指教。

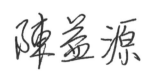

國立臺灣文學館館長　陳益源

編序

◎封德屏

緣起

1995 年 10 月 25 日，在臺灣師範大學教育大樓的 201 室，一場以「面對臺灣文學」為題的座談會，在座諸位學者分別就臺灣文學的定義、發展、研究，以及文學史的寫法等，提出宏文高論，而時任國家圖書館編纂張錦郎的「臺灣文學需要什麼樣的工具書」，輕鬆幽默的言詞，鞭辟入裡的思維，更贏得在座者的共鳴。

張先生以一個圖書館工作人員自謙，認真專業地為臺灣這幾十年來究竟出版了多少有關臺灣文學的工具書，做地毯式的調查和多方面的訪問。同時條理分明地針對研究者、學生，列出了十項工具書的類型，哪些是現在亟需的，哪些是現在就可以做的，哪些是未來一步一步累積可以達成的，分別做了專業的建議及討論。

當時的文建會二處科長游淑靜，參與了整個座談會，會後她劍及履及的開始了文學工具書的委託工作，從 1996 年的《臺灣文學年鑑》起始，一年一本的編下去，一直到現在，保存延續了臺灣文學發展的基本樣貌。接著是《中華民國作家作品目錄》的新編，《臺灣文壇大事紀要》的續編，補助國家圖書館「當代文學史料影像全文系統」的建置，這些工具書、資料庫的接續完成，至少在當時對臺灣文學的研究，做到一些輔助的功能。

2003 年 10 月，籌備多年的「臺灣文學館」正式開幕運轉。同年五月《文訊》改隸「財團法人台灣文學發展基金會」，為了發揮更大的動能，開始更積極、更有效率地將過去累積至今持續在做的文學史料整理出來，讓豐厚的文藝資源與更多人共享。

於是再次的請教張錦郎先生，張先生認為文學書目、作家作品目錄、文學年鑑、文學辭典皆已完成或正在進行，現在重點應該放在有關「臺灣現當代作家評論資料目錄」的編輯工作上。

很幸運的，這個計畫的發想得到當時臺灣文學館林瑞明館長的支持，於是緊鑼密鼓的展開一切準備工作：籌組編輯團隊、召開顧問會議、擬定工作手冊、撰寫計畫書等等。

張錦郎先生花了許多時間編訂工作手冊，每一位作家的評論資料目錄分為：

（一）生平資料：可分作者自述，旁人論述及訪談，文學獎的紀錄。

（二）作品評論資料：可分作品綜論，單行本作品評論，其他作品（包括單篇作品）評論，與其他作家比較等。

此外，對重要評論加以摘要解說，譬如專書、專輯、學術會議論文集或學位論文等，凡臺灣以外地區之報刊及出版社，於書名或報刊後加註，如中國大陸、香港、新加坡等。此外，資料蒐集範圍除臺灣外，也兼及中國大陸、香港、新加坡、日本、韓國及歐美等地資料，除利用國內蒐集管道外，同時委託當地學者或研究者，擔任資料蒐集工作。

清楚記得，時任顧問的學者專家們，都十分高興這個專案的啟動，但確定收錄哪些作家名單時，也有不同的思考及看法。經過充分的討論後，終於取得基本的共識：除以一般的「文學成就」為觀察及考量作家的標準外，並以研究的迫切性與資料獲得之難易度為綜合考量。譬如說，在第一階段時，作家的選擇除文學成就外，先考量迫切性及研究性，迫切性是指已故又是日治時期臺籍作家為優先，研究性是指作品已出土或已譯成中文為優先。若是作品不少而評論少，或作品評論皆少，可暫時不考慮。此外，還要稍微顧及文類的均衡等等。基本的共識達成後，顧問群共同挑選出 310 位作家，從鄭坤五、賴和、陳虛谷以降，一直到吳錦發、陳黎、蘇偉貞，共分三個階段進行。

「臺灣現當代作家評論資料目錄」專案計畫，自 2004 年 4 月開始，至 2009 年 10 月結束，分三個階段歷時五年六個月，共發現、搜尋、記錄了十餘萬筆作家評論資料。共經歷了三位專職研究助理，近三十位兼任研究助理。這些研究助理從開始熟悉體例，到學習如何尋找資料，是一條漫長卻實用的學習過程。

接續

「臺灣現當代作家評論資料目錄」的專案完成，當代重要作家的研究，更可以在這個基礎上，開出亮麗的花朵。於是就有了「臺灣現當代作家研究資料彙編暨資料庫建置計畫」的誕生。為了便於查詢與應用，資料庫的完成勢在必行，而除了資料庫的建置外，這個計畫再從 310 位作家中精選 50 位，每人彙編一本研究資料，內容有作家圖片集，包括生平重要影像、文學活動照片、手稿及文物，小傳、作品目錄及提要、文學年表。另外每本書分別聘請一位最適當的學者或研究者負責編選，除了負責撰寫八千至一萬字的作家研究綜述外，再從龐雜的評論資料中挑選具有代表性的評論文章，平均 12～14 萬字，最後再附該作家的評論資料目錄，以期完整呈現該作家的生平、創作、研究概況，其歷史地位與影響。

第一部分除資料庫的建置外，50 位作家 50 本資料彙編（平均頁數 400～500 頁），分三個階段完成，自 2010 年 3 月開始至 2013 年 12 月，共費時 3 年 9 個月。因為內容充實，體例完整，各界反應俱佳，第二部分的 50 位作家，接著在 2014 年元月展開，第一階段出版了 14 本，此次第二階段計畫出版 16 本，預計在 2016 年 3 月完成。

首先，工作小組必須掌握每位編選者進度這件事，就是極大的挑戰。於是編輯小組在等待編選者閱讀選文的同時，開始蒐集整理作家生平照片、手稿，重編作家年表，重寫作家小傳，尋找作家出版品的正確版本、版次，重新撰寫提要。這是一個極其複雜的工程。還好這些年培養訓練出幾位日漸成熟的專案助理，在《文訊》編輯部同仁的協助之下，讓整個專案延續了一貫的品質及進度。

成果

雖然過程是如此艱辛，如此一言難盡，可是終究看到豐美的成果。每位編選者雖然忙碌，但面對自己負責的作家資料彙編，卻是一貫地認真堅持。他們每人必須面對上千或數百筆作家評論資料，挑選重要或關鍵性的評論文章，全面閱讀，然後依照編選原則，挑選評論文章。助理們此時不僅提供老師們所需要的支援，統計字數，最重要的是得找到各篇選文作者，取得同意轉載的授權。在起初進度流程初估時，我們錯估了此項工作的難度，因為許多評論文章，發表至今已有數十年的光景，部分作者行蹤難查，還得輾轉透過出版社、學校、服務單位，尋得蛛絲馬跡，再鍥而不捨地追蹤。有了前面的血淚教訓，日後關於授權方面，我們更是如臨深淵、如履薄冰，希望不要重蹈覆轍，在面對授權作業時更是戰戰兢兢，不敢懈怠。

除了挑選評論文章煞費苦心外，每個作家生平重要照片，我們也是採高標準的方式去蒐集，過世作家家屬、友人、研究者或是當初出版著作的出版社，都是我們徵詢的對象。認真誠懇而禮貌的態度，讓我們獲得許多從未出土的資料及照片，也贏得了許多珍貴的友誼。許多作家都協助提供照片手稿等相關資料，已不在世的作家，其家屬及友人在編輯過程中，也給予我們許多協助及鼓勵，藉由這個機會，與他們一起回憶、欣賞他們親人或父祖、前輩，可敬可愛的文學人生。此外，還有許多作家及研究者，熱心地幫忙我們尋找難以聯繫的授權者，辨識因年代久遠而難以記錄年代、地點、事件的作家照片，釐清文學年表資料及作家作品的版本問題，我們從他們身上學習到更多史料研究可貴的精神及經驗。

但如何在規定的時間內，完成每個階段資料彙編的編輯出版工作，對工作小組來說，確實是一大考驗。每一冊的主編老師，都是目前國內現當代臺灣文學教學及研究的重要人物，因此都十分忙碌。每一本的責任編輯，必須在這一年多的時間內，與他們所負責資料彙編的主角——傳主及主編老師，共生共榮。從作家作品的收集及整理開始，必須要掌握該作家所有出版的作品，以及盡量收集不同出版社的版本；整理作家年表，除了作家、研究者已撰述好的年表外，也必須再從訪談、自傳、評論目錄，從作品出版等線索，再作比對及增刪。再來就是緊盯每位把「研究綜述」放在所有進度最後一關的主編們，每隔一段時間提醒他們，或順便把新增的評論目錄寄給他們（每隔一段時間就有新的相關論文或學位論文出現），讓他們隨時與他們所主編的這本書，產生聯想，希望有助於「研究綜述」撰寫的進度。

在每個艱辛漫長的歲月中，因等待、因其他人力無法抗拒的因素，衍伸出來的問題，層出不窮，更有許多是始料未及的。譬如，每本書的選文，主編老師本來已經選好了，也經過授權了，為了抓緊時間，負責編輯的助理們甚至連順序、頁碼都排好了，就等主編老師的大作了，這時主編突然發現有新的文章、新的資料產生：再增加兩三篇選文吧！為了達到更好更完備的目標，工作小組當然全力以赴，聯絡，授權，打字，校對，重編順序等等工作，再度展開。

此次第二部分第二階段共需完成的 16 位作家研究資料彙編，年齡層較上兩個階段已年輕許多，因此到最後的疑難雜症，還有連主編或研究者都不太清楚的部分，譬如年表中的某一件事、某一個年代、某一篇文章、某一個得獎記錄，作家本人絕對是一個最好的諮詢對象，對解決某些問題來說，這是一個好的線索，但既然看了，關心了，參與了，就可能有不同的看法，選文、年表、照片，甚至是我們整本書的體例，於是又是一場翻天覆地的大更動，對整本書的品質來說，應該是好的，但對經過多次琢磨、修改已進入完稿階段的編輯團隊來說，這不啻是一大挑戰。

1990 年開始，各地縣市文化中心（文化局），對在地作家作品集的整理出版，以及臺灣文學館成立後對日治時期作家以迄當代重要作家全集的編纂，對臺灣文學之作家研究，也有了很好的促進作用。如《楊逵全集》、《林亨泰全集》、《鍾肇政全集》、《張文環全集》、《呂赫若日記》、《張秀亞全集》、《葉石濤全集》、《龍瑛宗全集》、《葉笛全集》、《鍾理和全集》、《錦連全集》、《楊雲萍全集》、《鍾鐵民全集》等，如雨後春筍般持續展開。

經過近二十年的努力，臺灣文學的研究與出版，也到了可以驗收或檢討成果的階段。這個說法，當然不是要停下腳步，而是可以從「臺灣現當代作家評論資料目錄」所呈現的 310 位作家、10 萬筆資料中去檢視。檢視的標的，除了從作家作品的質量、時代意義及代表性去衡量外、也可以從作家的世代、性別、文類中，去挖掘有待開墾及努力之處。因此這套「臺灣現當代作家研究資料彙編」，大部分的編選者除了概述作家的研究面向外，均有些觀察與建議。希望就已然的研究成果中，去發現不足與缺憾，研究者可以在這些不足與缺憾之處下功夫，而盡量避免在相同議題上重複。當然這都需要經過一段時間去發現、去彌補、去重建，因此，有關臺灣文學的調查、研究與論述，就格外顯得重要了。

期待

感謝臺灣文學館持續推動這兩個專案的進行。「臺灣現當代作家評論資料目錄」的完成，呈現的是臺灣文學研究的總體成果；「臺灣現當代作家研究資料彙編」的出版，則是呈現成果中最精華最優質的一面，同時對未來臺灣文學的研究面向與路徑，作最好的建議。我們可以很清楚的體會，這是一條綿長優美的臺灣文學接力賽，我們十分榮幸能參與其中，更珍惜在傳承接力的過程，與我們相遇的每一個人，每一件讓我們真心感動的事。我們更期待這個接力賽，能有更多人加入。誠如張恆豪所說「從高音獨唱到多元交響」，這是每一個人所期待的。

編輯體例

一、本書編選之目的，為呈現葉笛生平、著作及研究成果，以作為臺灣文學相關研究、教學之參考資料。

二、全書共五輯，各輯內容及體例說明如下：

輯一：圖片集。選刊作家各個時期的生活或參與文學活動的照片、著作書影、手稿（包括創作、日記、書信）、文物。

輯二：生平及作品，包括三部分：

1.小傳：主要內容包括作家本名、重要筆名，生卒年月日，籍貫，及創作風格、文學成就等。

2.作品目錄及提要：依照作品文類（論述、詩、散文、小說、劇本、報導文學、傳記、日記、書信、兒童文學、合集）及出版順序，並撰寫提要。不收錄作家翻譯或編選之作品。

3.文學年表：考訂作家生平所進行的文學創作、文學活動相關之記要，依年月順序繫之。

輯三：研究綜述。綜論作家作品研究的概況，並展現研究成果與價值的論文。

輯四：重要文章選刊。選收國內外具代表性的相關研究論文及報導。

輯五：研究評論資料目錄。收錄至 2016 年 1 月底止，有關研究、論述臺灣現當代作家生平和作品評論文獻。語文以中文為主，兼及日文和英文資料。所收文獻資料，以臺灣出版為主，酌收中國大陸、香港、日本和歐美國家的出版品。內容包含三部分：

1.「作家生平、作品評論專書與學位論文」下分為專書與學位論文。

2.「作家生平資料篇目」下分為「自述」、「他述」、「訪談」、「年表」、「其他」。

3.「作品評論篇目」下分為「綜論」、「分論」、「作品評論目錄、索引」、「其他」。

目次

【輯五】研究評論資料目錄

輯一◎圖片集

影像◎手稿◎文物

1952年5月，21歲的葉笛，為臺南師範學校學籍照。（國立臺灣文學館提供）

1954年，葉笛獨照，手邊為他最愛的日本作家芥川龍之介作品，照片背面自題：「人生虛無、藝術才是一切」。（國立臺灣文學館提供）

1955年，葉笛與家人合影。前排左起：妹妹葉蘭香、母親葉薛格、父親葉丁做；後排左起：葉笛、二哥葉水木、弟弟葉耀輝。（葉蓁蓁提供）

1960年，葉笛與妻子邱桂春結婚照。（國立臺灣文學館提供）

約1961年，倚窗彈奏吉他的葉笛。（國立臺灣文學館提供）

約1961年，葉笛於臺南海東國小擔任教職，講臺上授課情景。（葉蓁蓁提供）

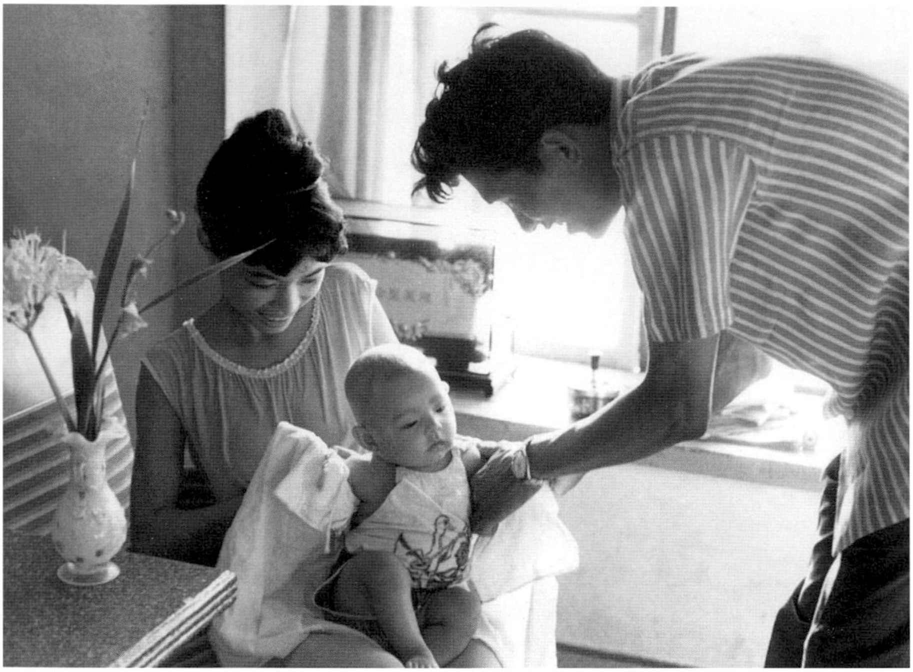

1961年，初為人父的葉笛（右），與妻子邱桂春（左）、女兒葉蓁蓁（中），攝於臺南海東國小宿舍。（葉蓁蓁提供）

1965年，全家福。左起：女兒葉蓁蓁、葉笛、妻子邱桂春、兒子葉軒宏。（國立臺灣文學館提供）

1966年，與友人於臺南海東國小宿舍聚會。前排左起：翁資雄、葉笛、鍾國旺、陳輝東；後排抱吉他者董西堂。（葉蓁蓁提供）

1967年5月28日，出席笠詩社於彰化慈濟寺舉辦第三屆年會。前排左起：葉笛、喬林、趙天儀、鄭烱明、吳建堂；後排左起：謝秀忠、錦連、方平、羅浪、詹冰、岩上、林亨泰。（鄭烱明提供）

1969年12月，初抵日本的葉笛，攝於東京深大寺一休庵池前。（葉蓁蓁提供）

1972年，葉笛一家於東京團聚後首張合影。左起：女兒葉蓁蓁、葉笛、妻子邱桂春、兒子葉軒宏。（葉蓁蓁提供）

1975年3月15日，葉笛（左二）參加東京教育大學畢業歡送會，與日本友人合影。（國立臺灣文學館提供）

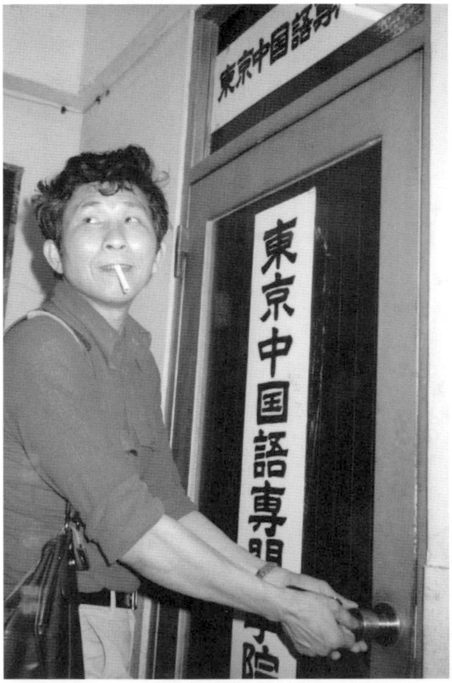

1980年，葉笛與文友共創東京中國語專門學院，攝於學院門前。（葉蓁蓁提供）

1986年，情同手足的「臺南三兄弟」，合影於臺中東海大學。右起：葉笛、郭楓、許達然。（文訊文藝資料中心）

1988年3月25日，葉笛與日本詩人關根弘（右）對談「超現實主義在詩方法上的應用」，合影於東京中國語文學院。（國立臺灣文學館提供）

1989年，葉笛與尉天驄（左）合影。（國立臺灣文學館提供）

1993年7月31日，與文友於家中雅集。右起：葉笛、葉石濤、許達然、鄭烱明。（文訊文藝資料中心）

1995年5月4日，應邀出席第一屆府城文學獎頒獎典禮，會後合影。左起：林瑞明、葉笛、張良澤、葉石濤、鄭清文。（國立臺灣文學館提供）

1995年8月，葉笛（中）應邀出席亞洲詩人會議，會後與張默（左）、向明（右）同遊南投埔里蛇窯。（國立臺灣文學館提供）

1995年，葉笛夫婦至陳輝東夫婦家中雅集。右起：葉笛、妻子邱桂春、張夏子、陳輝東，懷抱孫女黃迺威。（葉蓁蓁提供）

1996年9月21日，葉笛65歲生日。右起：孫女陳玟淳、葉笛、孫女陳玟婷、女婿陳堯山、孫女陳玟涵、蔡春發、妻子邱桂春。（葉蓁蓁提供）

1997年7月，為長孫葉政憲（前中）慶祝周歲生日。左起：兒子葉軒宏、葉笛、妻子邱桂春。（葉蓁蓁提供）

1999年6月27日，出席笠詩社35週年年會，攝於高雄澄清湖。坐者左起：鄭炯明、葉笛、白萩、黃騰輝、趙天儀、岩上、陳千武、賴洝；後排左起：賴欣、賴彥長、陳坤崙、何蓁蓁、利玉芳、佚名、謝碧修、黃翠茂、曾貴海、張信吉、莫渝、王啟輝、周華斌、龔顯榮、李昌憲。（國立臺灣文學館提供）

2000年，葉笛參觀賴和紀念館，與賴洝（左）合影。（國立臺灣文學館提供）

2001年12月4日，葉笛（右一）應成功大學之邀，擔任駐校作家一周，於成大榕園談詩，由廖美玉（右二）主持。（國立臺灣文學館提供）

2002年9月14日，文友雅集。左起：潘程輝、林瑞明、葉笛、葉石濤、趙天儀、彭瑞金、陳坤崙、李敏勇、鄭烱明。（葉蓁蓁提供）

2003年11月30日，應邀出席由文訊雜誌社主辦「臺灣文學雜誌展」，攝於國家臺灣文學館。右起：林宗源、葉笛、黃天橫、曾惠萍、封德屏、陳昌明。（文訊文藝資料中心）

2003年12月，臺灣詩人訪問團出席於印度邦加羅爾舉行第八屆國際詩歌節。前排坐者左起：蔡秀菊、李魁賢、世界詩人協會主席施里尼華斯（Krishna Srinivas）、佚名、岩上；後排左起：莊金國、陳明克、葉笛、杜文靖、吳俊賢、莫渝。（葉蓁蓁提供）

2004年3月16日，葉笛應邀擔任成功大學口述歷史講座講師，講述其少年時代的經歷。（葉蓁蓁提供）

2004年10月30日，獲創世紀詩社五十周年榮譽詩獎，應邀出席創世紀50周年慶暨頒獎典禮，攝於臺北。右起：張默、愚溪、葉笛、方明、隱地、許世旭、洛夫、邱平、瘂弦、陳崇正。（創世紀詩雜誌社提供）

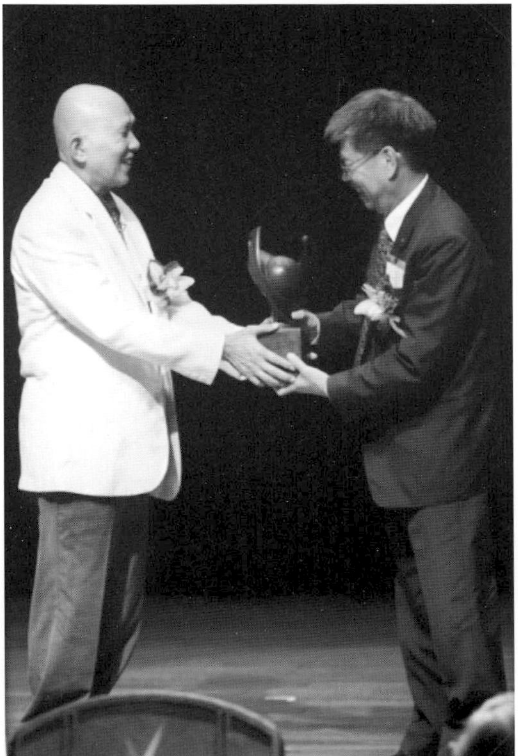

2005年3月12日，與文友於布老虎廚房聚餐。左起：莊金國、葉笛、龔顯榮、林佛兒。（葉蓁蓁提供）

2005年10月20日，應邀擔任第九屆國家文藝獎頒獎人，頒獎予國家文藝獎得主鄭清文（右），攝於高雄文化中心。此為葉笛最後一次於文藝場合露面，已因化療而落髮。（國立臺灣文學館提供）

2005年，文建會副主委吳建發一行人，探訪葉笛，攝於女兒葉蓁蓁家中。前排左起：劉維瑛、妻子邱桂春、葉笛、林佛兒、吳錦發、吳麗珠；後排左起：林佩蓉、葉瓊霞、女兒葉蓁蓁。（葉蓁蓁提供）

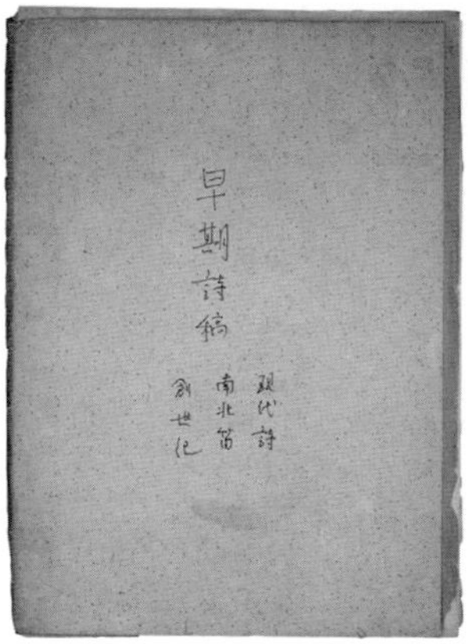

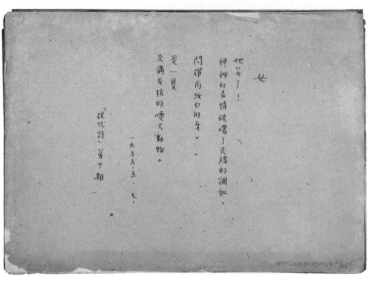

葉笛早期發表在《現代詩》、《南北笛》、《創世紀》的詩稿。（國立臺灣文學館提供）

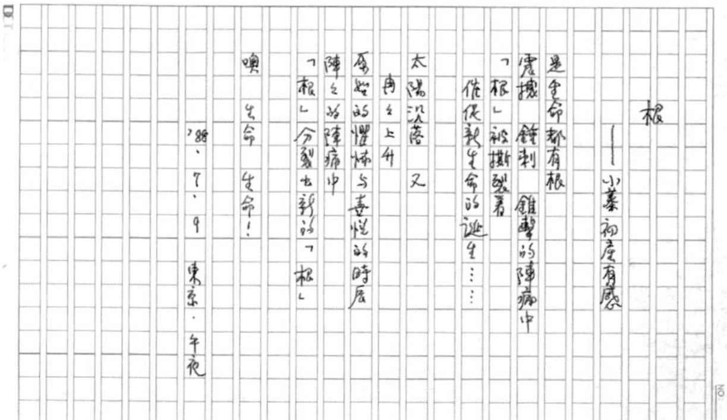

1988年7月9日，葉笛詩作〈根——小蓁初產有感〉手稿。（國立臺灣文學館提供）

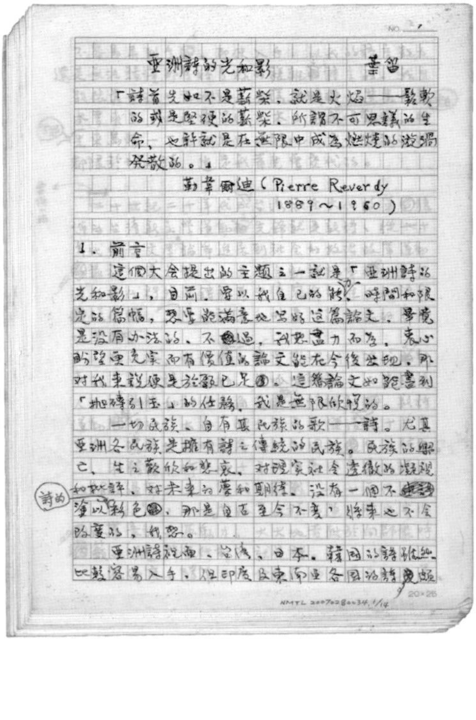

1995年6月26日，葉笛為「'95亞洲詩人會議」撰寫論文〈亞洲詩的光和影〉手稿。（國立臺灣文學館提供）

1999年1月18日，葉笛訪畫家陳輝東，陳輝東以粉彩為葉笛繪製肖像。（文訊文藝資料中心）

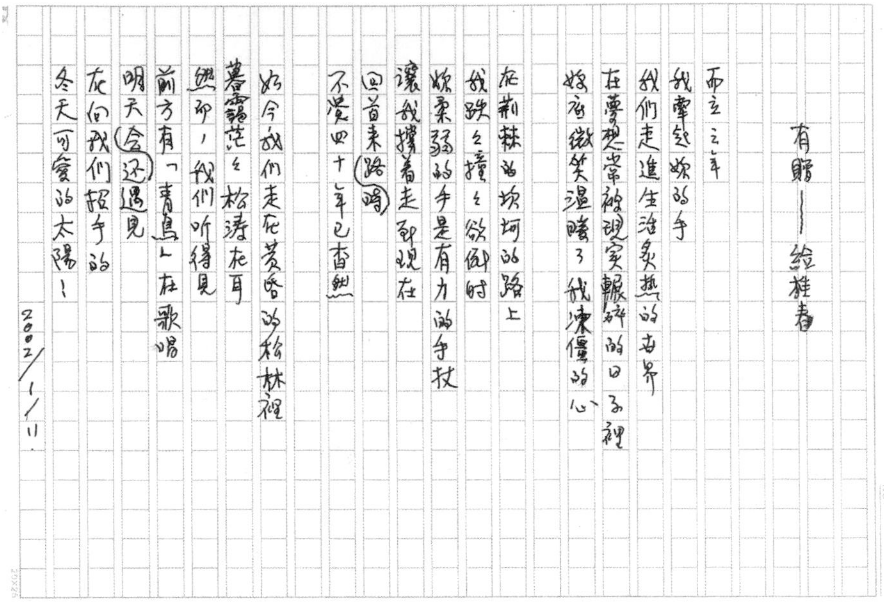
有贈——給桂春

而立之年
我牽起妳的手
我們走進生活炙熱的世界
在夢想常被現實輾碎的日子裡
妳的微笑溫暖了我凍僵的心
在荊棘的坎坷的路上
我跌跌撞撞欲倒時
妳柔弱的手是有力的手杖
讓我撐着走到現在
回首來路時
不覺四十年已杳然
如今我們走在黃昏的松林裡
暮靄茫茫 松濤在耳
然而，我們聽得見
前方有「青鳥」在歌唱
明天會還遇見
在向我們招手的
冬天可愛的太陽！

2002/1/11

2002年1月11日，葉笛詩作〈有贈——給桂春〉手稿。（翻攝自《葉笛全集18．資料卷二》，國家臺灣文學館籌備處）

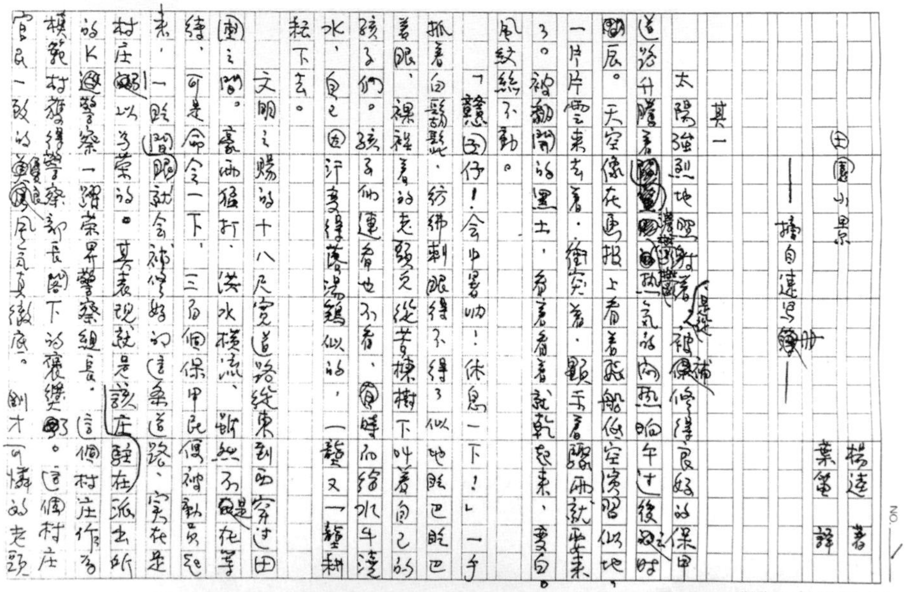
田園小景
——摘自達界冊——
楊逵 著
葉笛 譯

其一

NMTL20060810013-001

葉笛協助《楊逵全集》翻譯工作，此為葉笛〈田園小景〉手稿。（國立臺灣文學館提供）

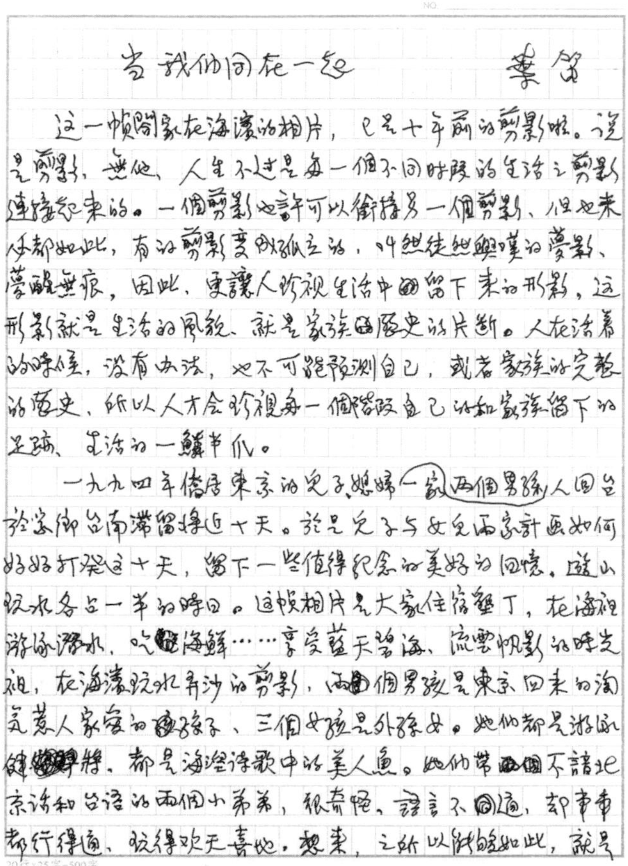
NO.

當我們同在一起　葉笛

這一幀闔家在海濱的相片，已是十年前的剪影啦。說是剪影，無他，人生不過是每一個不同時段的生活之剪影連接起來的。一個剪影也許可以銜接另一個剪影，但也未必都如此，有的剪影變成孤立的，終然徒然興嘆的夢影、夢醒無痕，因此，更讓人珍視生活中留下來的形影，這形影就是生活的風貌、就是家族歷史的片斷。人在活着的時候，沒有辦法，也不可能預測自己，或者家族的完整的歷史，所以人才會珍視每一個階段自己的和家族留下的足跡、生活的一鱗半爪。

一九九四年僑居東京的兒子、媳婦一家（兩個男孩）人回台於家鄉台南滯留將近十天。於是兒子與女兒兩家計畫如何好好打發這十天，留下一些值得紀念的美好的回憶。遊山玩水各佔一半的時日。這幀相片是大家住宿墾丁，在海裡游泳潛水、吃海鮮……享受藍天碧海、流雲帆影的時光，在海濱玩水弄沙的剪影，兩個男孩是東京回來的淘氣惹人疼愛的孫子、三個女孩是外孫女。她們都是游泳健將，都是海浪詩歌中的美人魚。她們帶不諳北京話和台語的兩個小弟弟，很奇怪，語言不通，卻事事都行得通，玩得歡天喜地。想來，之所以能如此，就是

20行×25字=500字

2005年，葉笛為《文訊》專題「親情圖——作家用照片說故事」撰稿〈當我們同在一起〉，發表於《文訊》第237期。（文訊文藝資料中心）

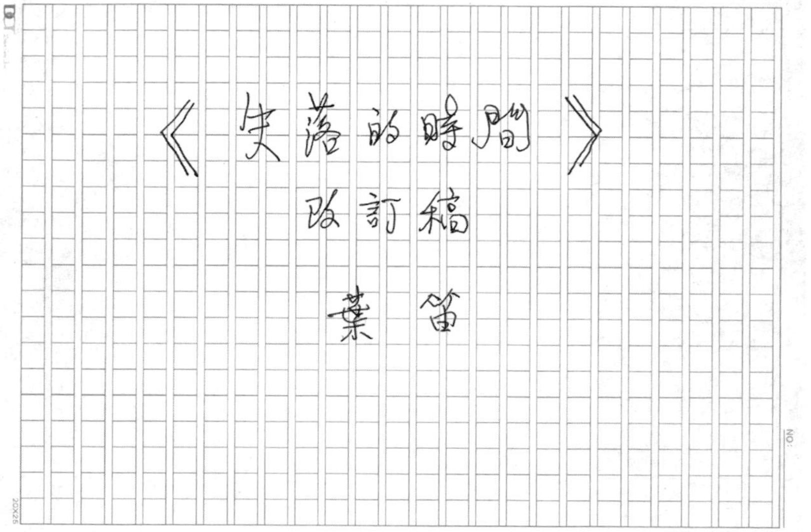
《失落的時間》
改訂稿
葉笛

NMTL 20090250001, 2/64

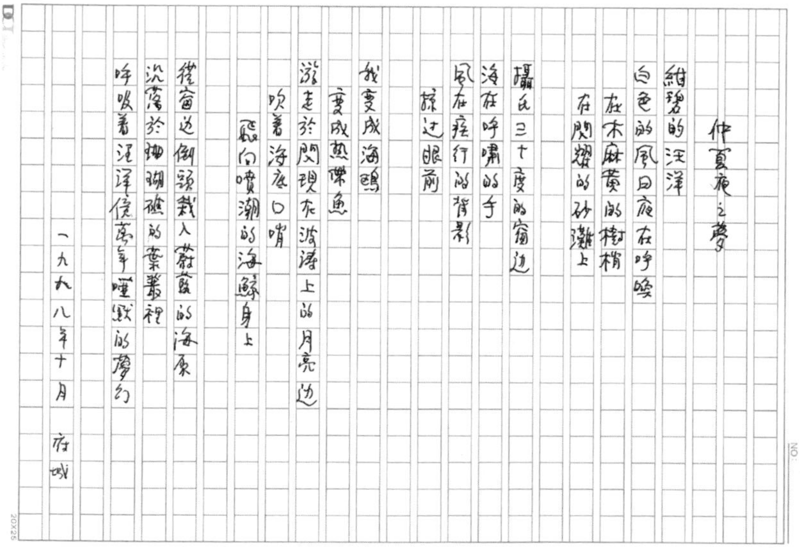
仲夏夜之夢

紺碧的汪洋
白色的風日夜在呼喚
在木麻黃的樹梢
在閃爍的砂灘上

攝氏三十度的窗邊
海在呼嘯的手
風在旋行的背影
掠过眼前

我變成海鷗
變成熱帶魚
游走於閃現在波濤上的月亮边
吹着海底口哨
飛向噴潮的海鯨身上

從窗边倒頭栽入蔚藍的海原
沉落於珊瑚礁的葉叢裡
呼吸着汪洋億萬年喧戲的夢幻

一九九八年十月　府城

NMTL 20090250001, 3/64

2005年，葉笛《失落的時間》改訂稿。（國立臺灣文學館提供）

輯二◎生平及作品

小傳◎作品◎年表

小傳

葉笛（1931～2006）

葉笛，男，本名葉寄民，另有筆名野風、牧民、白水、葉長菁。籍貫臺南灣裡，1931 年（昭和 6 年）9 月 21 日生，2006 年 5 月 9 日辭世，享壽 75 歲。

日本大東文化大學日本文學研究所博士課程修了。曾任教於海東國小、東京學藝大學、跡見女子大學、專修大學、聖德學園女子短期大學等校。曾獲府城文學獎特殊貢獻獎、《創世紀》50 週年榮譽詩獎、巫永福文學評論獎。

葉笛的創作文類以詩、翻譯為主，兼及評論與散文。葉笛自 1948 年開始寫作，作品曾發表於《野風》、《半月文藝》、《創世紀》等處。1956 年，他擔任國小教師之餘，與郭楓、李天林創辦《新地》文藝月刊，並任發行人。1964 年加入「笠詩社」，除發表詩作外，亦時常譯介日本及各國評論與作品。因對文學懷有熱忱，1969 年葉笛辭去教職，赴日進修，攻讀日本文學，旅居三十載，直至 1993 年返臺，持續耕耘故鄉。

1954 年葉笛的第一本詩集《紫色的歌》出版，素樸的筆觸傳達飽滿的情感，透露徬徨、孤寂、渴望愛的感受，風格浪漫，據張默所言，此為臺籍詩人的第一本詩集。1990 年推出第二本詩集《火和海》，寫對戰爭、人生、家庭、社會和臺灣的種種反思，面向更寬廣、內涵更深入，筆鋒轉趨犀利、批判。收於本書的組詩〈火和海〉，出自其於金門服役時親身經歷，戰爭、死亡的意象交相疊映，背後蘊含濃厚的反戰思想，他曾自言：「詩是對生活與社會的凝視和剖析，是一種見證」。

散文方面，葉笛以嚴謹的態度創作，悉心觀察周遭社會，並加以分析、綜合，再以藝術家的心和手，雕鑿屹立於心靈中的典型，寫成《浮世繪》一部。評論方面，則有《臺灣文學巡禮》、《臺灣早期現代詩人論》兩書，文字犀利，處處可見對於現代文學理論的了解和運用的貼切。

創作之餘，葉笛更投注極大心力於翻譯工作，譯介日本及各國作家作品、評論不遺餘力。1969 年一連翻譯石原慎太郎《太陽的季節》、芥川龍之介《羅生門》、《河童》、《地獄變》四書，1990 年代旅日返臺後，更參與了多部日治時期作家的全集翻譯工作，以其精準暢雅的譯筆，為翻譯文學奠下良好的基石，造福臺灣文壇。

葉笛是一位熱情豪放的詩人，生性豁達，待人真摯，常與文壇至交當筵對酒，興至彈吉他或歌或舞，一如其瀟灑的人生觀。出身於臺灣、曾旅日三十載的葉笛，精通中日文，並身兼創作者、學者、譯者三重身分，其作關懷的是社會，展望的是世界，思考的是人和人群之間的存在意義與價值。他一生熱愛文學勝於生命，得知罹患胃癌末期，猶以詩文自娛，在病榻前仍奮力翻譯作品，誠如許達然所言：「葉笛始終是個真誠的學者和創作者。他總是默默地寫作、研究、翻譯，篤實為臺灣文學的發展和學術研究而奉獻。」

作品目錄及提要

【論述】

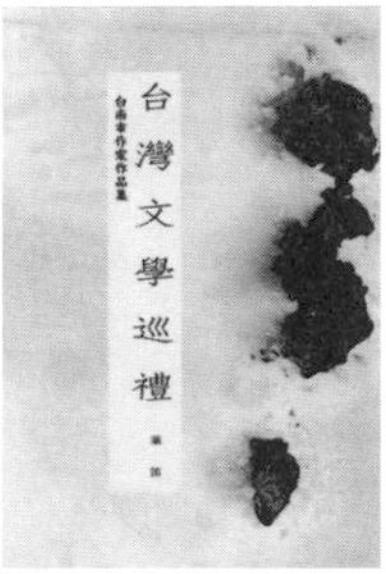

臺灣文學巡禮

臺南：臺南市立文化中心
1995 年 4 月，25 開，353 頁
南臺灣文學（一）——臺南市作家作品集

本書以評論臺灣現代詩為主，兼及臺灣現代詩史的抒寫與臺日比較詩學的應用。全書分兩輯，收錄〈不死的野草——臺灣新文學的奶母賴和〉、〈張我軍及其詩集《亂都之戀》——日據時代文學道上的清道夫〉、〈日據時代臺灣詩壇的超現實主義運動——以風車詩社核心人物楊熾昌的運動為軸〉等 15 篇。正文前有施治明〈南臺灣文學（一）——臺南市作家作品集　市長序〉、陳永源〈南臺灣文學（一）——臺南市作家作品集　主任序〉、葉笛〈自序〉，正文後附錄葉笛〈二〇年代中國文學中的虛無傾向〉、葉笛〈中日兩國近代詩的革命——「白話詩運動」和《新體詩抄》的比較〉。

國立臺灣文學館 2003

春暉出版社 2003

臺灣早期現代詩人論

臺南：國立臺灣文學館
2003 年 10 月，25 開，324 頁

高雄：春暉出版社
2003 年 10 月，25 開，324 頁
文學研究 5

本書集結作者於《創世紀》第 126～136 期開設的「臺灣早期詩人略論」專欄文章出版，論述 12 位臺灣早期詩人的創作背景及其作品。除論述外，作者亦於各篇篇末以詩詠歎，表達對前輩詩人的敬仰之意。全書收錄〈被浮囚的詩人賴和〉、〈王白淵的荊棘之路〉、〈張我軍及其詩集《亂都之戀》——日據時代文學道上的清道夫〉等 12 篇。正文前有葉笛〈前記〉。

2003 年春暉版：內容與 2003 年國立臺灣文學館版同。

【詩】

紫色的歌

嘉義：青年圖書公司
1954 年 9 月，32 開，126 頁

本書為作者第一本詩集，風格浪漫抒情，亦不失哲理與批判性。全書收錄〈神女淚〉、〈輪迴〉、〈孤獨〉、〈夢〉等 42 篇。正文前有郭楓〈關於《紫色的歌》〉，正文後有葉笛〈後記〉。

火和海

臺北：笠詩刊社
1990 年 3 月，新 25 開，115 頁
臺灣詩庫 3

本書集結作者詩作，內容多為戰爭詩及旅日感懷，皆是作者親身經驗，批判風格強烈，蘊含反戰思想。全書共分「火和海」、「獨語」、「星光」、「島」、「六行小輯」五輯，收錄〈火和海〉（共 13 首）、〈白鴿之死——哀 馬丁路德・金恩博士〉、〈黑色的女神〉、〈秋〉等 45 篇。正文前有葉笛〈序〉。

葉笛集／趙天儀編

臺南：國立臺灣文學館
2008 年 12 月，25 開，135 頁
臺灣詩人選集 19

本書集結作者中期詩作為主。全書收錄〈紫色的歌——給 Lih Lih〉、〈火和海〉（共 13 首）、〈黑色的女神〉、〈秋〉等 42 首。正文前有黃碧端〈主委序〉、鄭邦鎮〈騷動，轉成運動〉、彭瑞金〈「臺灣詩人選集」編序〉、〈臺灣詩人選集編輯體例說明〉、「葉笛影像」、〈葉笛小傳〉。正文後有彭瑞金〈解說〉、〈葉笛寫作生平簡表〉、〈閱讀進階指引〉、〈葉笛已出版詩集要目〉。

【散文】

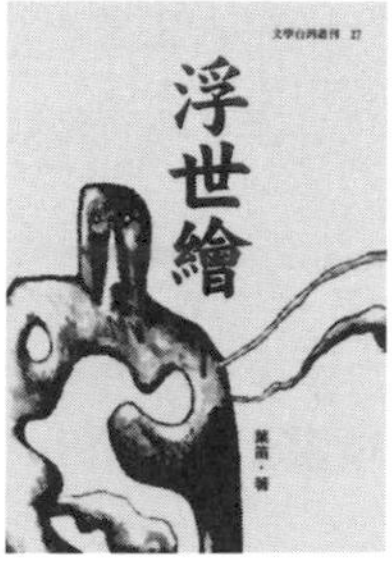

浮世繪

高雄：春暉出版社
2003 年 11 月，25 開，197 頁
文學臺灣叢刊 27

本書以自然、淺白的筆調，敘寫生活中的一切，反諷並批判庸俗的現代社會，並從中衍伸出對生命的深刻哲思。全書分四輯，收錄〈煙〉、〈綠〉、〈澗溪〉、〈那個女人〉、〈曙天〉等 50 篇。正文前有許達然〈論葉笛的散文〉、葉笛〈代序〉，正文後有葉笛〈後記〉。

【翻譯】

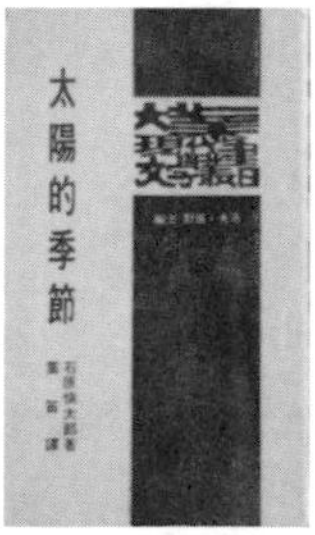

太陽的季節／石原慎太郎著；葉笛譯

高雄：大業書店
1969 年 9 月，40 開，212 頁
大業現代文學叢書

短篇小說集。本書由石原慎太郎著，葉笛翻譯。全書收錄〈貧瘠的海〉、〈伏擊〉、〈獅子之死〉、〈不復歸的海〉、〈太陽的季節〉共五篇。正文前有葉笛〈新世代的旗手——略談石原慎太郎其人及作品〉，正文後有葉笛〈譯後記〉。

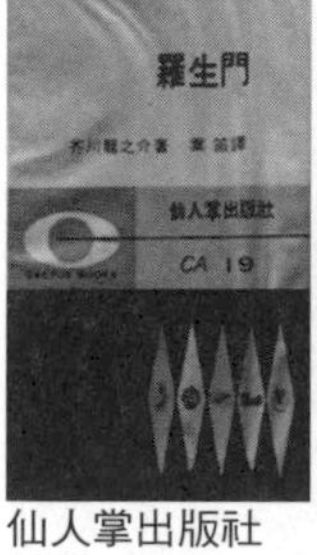

仙人掌出版社
1969

水牛圖書出版公司
1986

桂冠圖書公司
2001

羅生門／芥川龍之介著；葉笛譯

臺北：仙人掌出版社
1969 年 9 月，40 開，200 頁
仙人掌文庫 19

臺北：水牛圖書出版公司
1986 年 4 月，25 開，200 頁
哲學叢書 22

臺北：桂冠圖書公司
2001 年 8 月，25 開，187 頁
桂冠世界文學名著 143

短篇小說集。本書由芥川龍之介著，葉笛翻譯。全書收錄〈羅生門〉、〈竹籔中〉、〈杜子春〉、〈秋山圖〉、〈西方的人〉、〈海市蜃樓〉、〈大導寺信輔的半生〉、〈玄鶴山房〉、〈秋〉、〈尼提〉、〈Mensura Zoili〉、〈三個為什麼？〉、〈點鬼簿〉、〈三個窗子〉共 14 篇。正文前有吉田精一〈序〉、葉笛〈關於芥川龍之介〉、〈關於葉笛〉，正文後有葉笛〈後記〉。
1986 年水牛版：內容與 1969 年仙人掌版同。
2001 年桂冠版：正文與 1969 年仙人掌版同。正文前刪去吉田精一〈序〉、〈關於葉笛〉、改葉笛〈關於芥川龍之介〉篇名為〈芥川龍之介的生平與文學藝術〉、新增芥川龍之介身影照片，正文後刪去葉笛〈後記〉，新增莫渝編〈芥川龍之介年表〉。

河童／芥川龍之介著；葉笛譯

臺北：仙人掌出版社
1969 年 9 月，40 開，211 頁
仙人掌文庫 23

臺北：水牛圖書出版公司
1986 年 4 月，25 開，211 頁
哲學叢書 23

臺北：桂冠圖書公司
2001 年 8 月，25 開，203 頁
桂冠世界文學名著 145

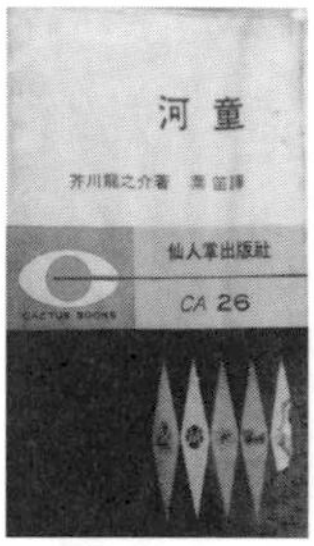

仙人掌出版社
1969

水牛圖書出版公司
1986

桂冠圖書公司 2001

短篇小說集。本書由芥川龍之介著，葉笛翻譯。全書收錄〈某傻瓜的一生〉、〈手推車〉、〈冬以及書信〉、〈齒輪〉、〈沼地〉、〈湖南之扇〉、〈疑惑〉、〈給某舊友的手記〉、〈河童〉共九篇。正文前有吉田精一〈序〉、葉笛〈關於芥川龍之介〉、〈關於葉笛〉。
1986 年水牛版：內容與 1969 年仙人掌版同。
2001 年桂冠版：正文與 1969 年仙人掌版同。正文前刪去吉田精一〈序〉、〈關於葉笛〉、改葉笛〈關於芥川龍之介〉篇名為〈芥川龍之介的生平與文學藝術〉、新增芥川龍之介身影照片，正文後刪去葉笛〈後記〉，新增莫渝編〈芥川龍之介年表〉。

仙人掌出版社
1969

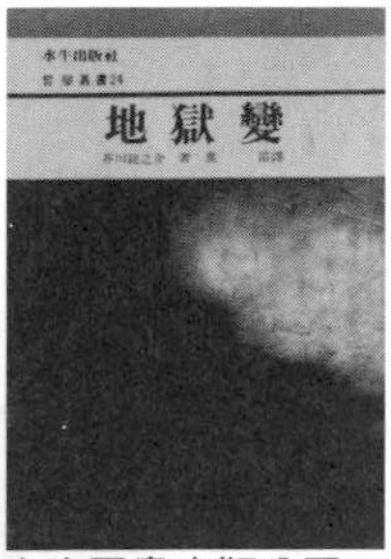

水牛圖書出版公司
1986

桂冠圖書公司
2001

地獄變／芥川龍之介著；葉笛譯

臺北：仙人掌出版社
1969年9月，40開，196頁
仙人掌文庫30

臺北：水牛圖書出版公司
1986年4月，25開，195頁
哲學叢書24

臺北：桂冠圖書公司
2001年8月，25開，183頁
桂冠世界文學名著144

短篇小說集。本書由芥川龍之介著，葉笛翻譯。全書收錄〈地獄變〉、〈山鷸〉、〈蜜柑〉、〈闇中問答〉、〈盜賊〉、〈南京的基督〉、〈阿富的貞操〉共七篇。正文前有吉田精一〈序〉、葉笛〈關於芥川龍之介〉、〈關於葉笛〉，正文後有葉笛〈後記〉。
1973年大林版：內容與1969年仙人掌版同。
2001年桂冠版：正文與1969年仙人掌版。正文前刪去吉田精一〈序〉、〈關於葉笛〉、改葉笛〈關於芥川龍之介〉篇名為〈芥川龍之介的生平與文學藝術〉、新增芥川龍之介身影照片，正文後刪去葉笛〈後記〉，新增莫渝編〈芥川龍之介年表〉。

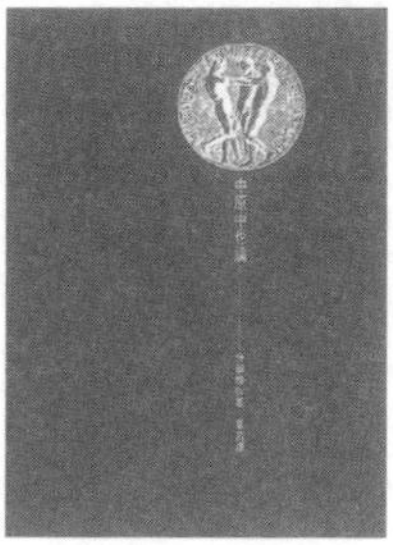

中原中也論／分銅惇作著；葉笛譯

臺北：新地文學出版社
1987年12月

本書由分銅惇作著，葉笛翻譯。全書分：1.詩人的宿命及其家鄉；2.其生長和詩的體驗；3.青春和詩的出發；4.《山羊之歌》的抒情；5.《在世之歌》的不幸等七章。正文前有分銅惇作〈代序——祝葉寄民的翻譯工作〉及葉笛中譯〈代序——祝葉寄民的翻譯工作〉，正文後附錄〈中原中也年譜〉、分銅惇作〈後記〉、葉笛〈譯後記〉。

噴！噴！民主進步黨——爆發的臺灣人力量／吉田勝次著；葉寄民譯
高雄：第一出版社
1990 年 9 月，32 開，227 頁

本書由吉田勝次著，葉笛翻譯，介紹民主進步黨的建黨過程。全書收錄：1.形成中的臺灣市民社會；2.爆發的臺灣人力量；3.獲得選民共鳴的「大家和縣長一起來」的訴求；4.藉投票箱革命邁向執政之路；5.迫力不讓田中角榮，但我並無私心等十章。正文前有〈飛越的臺灣概觀〉、吉田勝次〈前言〉，正文後附錄「民主進步黨黨章」、「民主進步黨黨綱」、「民主進步黨組織系統圖」等七篇，及吉田勝次〈後記・與臺灣人活動家的邂逅〉。

中國近現代史／小島晉治，丸山松幸著；葉寄民譯
臺北：帕米爾書店
1992 年 2 月，25 開，322 頁

本書由小島晉治、丸山松幸著，葉笛翻譯，內容從 18 世紀末寫到 20 世紀，詳細敘述其反帝、反封建的歷史，文革及批判文革的意義，為讀者提供理解中國的觀點。全書分：1.中華帝國的動搖；2.帝國主義的侵略和抵抗；3.民國的苦惱；4.「統一」和內戰；5.抗日戰爭和解放戰爭等八章。正文前有小島晉治、丸山松幸〈前記〉，正文後有「中國近現代史年表」。

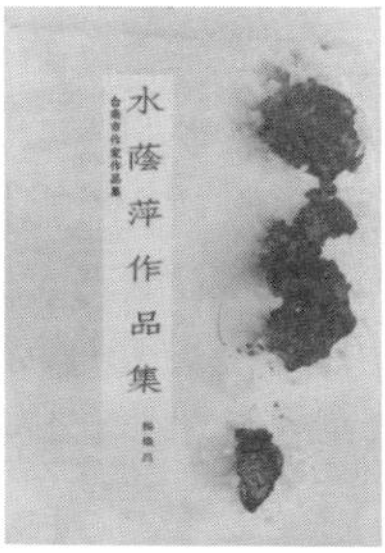

水蔭萍作品集／楊熾昌著；葉笛譯；呂興昌編訂
臺南：臺南市立文化中心
1995 年 4 月，25 開，430 頁
南臺灣文學（一）——臺南市作家作品集

本書由楊熾昌著，葉笛翻譯，內容集結楊熾昌作品及專家學者評論文章。全書分五卷，「卷一　詩」收錄〈傷風的唇——有氣息的海邊〉、〈彩色雨〉、〈靜脈和蝴蝶〉、〈秋之海〉、〈燃燒的臉頰〉等 70 首；「卷二　評論」收錄〈臺灣的文學喲・要拋棄政治的立場——河崎寬康君的批判〉、〈檳榔子的音樂——吃鴕豆的詩〉、〈燃燒的頭髮——為了詩的祭典〉等 12 篇；「卷三　小說」收錄〈花粉與唇〉一篇；「卷四　回憶、序跋」收錄〈記者生活閑談〉、〈《燃燒的

臉頰》後記〉、〈回溯〉等六篇；「卷五　水蔭萍研究資料」收錄林芳年〈燃紅的臉頰——楊熾昌的詩與人〉、林佩芬〈永不停息的風車——訪楊熾昌先生〉、羊子喬〈超現實主義的提倡者楊熾昌——訪楊熾昌談文學之旅〉等 11 篇。正文前有施治明〈南臺灣文學（一）臺南市作家作品集市長序〉、陳永源〈南臺灣文學（一）臺南市作家作品集主任序〉、作家身影照片、楊蒼嵐〈寫在《水蔭萍作品集》出版之前〉、葉笛〈義不容辭‧情何以堪——《水蔭萍作品集》譯序〉、呂興昌〈詩史定位的基礎——《水蔭萍作品集》編序〉，正文後有呂興昌〈楊熾昌生平著作年表初稿〉。

李登輝新傳／伊藤潔著；白水譯

臺北：希望出版公司
1996 年 11 月，32 開，232 頁
希望系列 3

本書由伊藤潔著，葉笛以筆名「白水」翻譯，敘述前總統李登輝之傳記故事。全書分：1.少年時代；2.青年時代；3.走上學者之路；4.轉而成為政治家；5.榮升副總統等 14 章。正文前有伊藤潔〈中文版序〉、伊藤潔〈寫在前面〉，正文後有伊藤潔〈後記〉與附錄「李登輝年表和關係事項」、「主要參考書目」。

臺灣文學——異端的系譜／岡崎郁子著；葉笛、鄭清文、凃翠花譯

臺北：前衛出版社
1997 年 1 月，25 開，345 頁
臺灣文學研究系列

本書由岡崎郁子著，葉笛、鄭清文、凃翠花翻譯，內容撰述臺灣文學中較少被人論及的文學家。全書分：1.臺灣文學的正統和異端；2.文學中的二‧二八事件——向禁忌挑戰的作家們；3.邱永漢——戰後臺灣文學的原點；4.陳映真——對中國革命懷抱希望的政治作家；5.劉大任——求新天地於美國的知識分子作家等六章。正文前有葉石濤〈序〉、岡崎郁子著；葉笛譯〈楔子〉，正文後有岡崎郁子著；葉笛譯〈後記〉、陳千武〈臺灣文學的光與暗——岡崎郁子著《臺灣文學——異端的系譜》〉。

羅生門／芥川龍之介著；葉笛譯
臺北：洪範書店
1998年7月，50開，86頁
世界文學大師隨身讀39

短篇小說集。本書由芥川龍之介著，葉笛翻譯。全書收錄〈羅生門〉、〈竹籔中〉、〈地獄變〉共三篇。

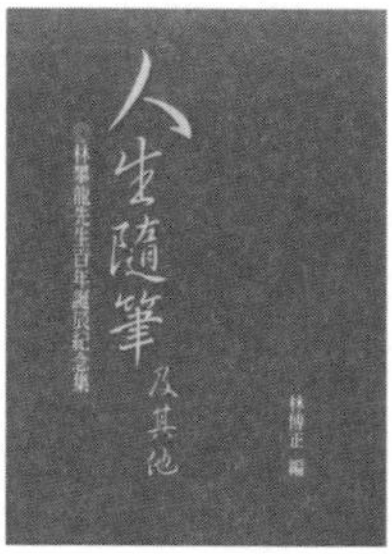

人生隨筆及其他——林攀龍先生百年誕辰紀念集／林博正編；葉笛譯
臺北：傳文文化公司
2000年4月，25開，335頁

本書由林博正編，葉笛翻譯，為林攀龍《人生隨筆》一書與往昔隨筆文章結集出版。全書分「人生隨筆」、「其他」兩部分，收錄〈永遠的今天〉、〈人生大學〉、〈神獸之間〉、〈人間到處有青山〉等34篇。正文前有作家身影照片、林博正〈序〉，正文後有秦賢次編〈林攀龍（南陽）先生年表〉。

北京銘——江文也詩集／江文也著；葉笛譯
臺北：臺北縣文化局
2002年12月，25開，234頁
臺北縣作家作品集57

本書由江文也著，葉笛翻譯，以中日對照的方式呈現江文也1942年於東京出版詩集《北京銘》。全書分四部分，收錄〈寄「銘」的序詩〉、〈歷史〉、〈要凝視的　其一〉、〈要凝視的　其二〉、〈要凝視的　其三〉等102首。正文前有蘇貞昌〈縣長序〉、潘文忠〈局長序〉、鄭清文〈編輯導言〉、葉笛〈江文也詩集《北京銘》譯後記〉、作家身影照片，正文後有「譯者簡介」、〈江文也年表〉。

曠野裏看得見煙囪——林芳年日文作品選譯集／林芳年著；葉笛譯
臺南：臺南縣政府
2006年11月，25開，319頁
南瀛文化叢書142

本書由林芳年著，葉笛翻譯，集結林芳年以日文創作的詩、散文、小說等作品出版。全書分四部分，「詩卷」收錄〈熱病孕育著夢〉、〈女神的魔手纏繞〉、〈想要石榴的弟弟〉、〈月夜的墓地和虎斑犬〉、〈秋和少年英雄〉等61篇；「散文卷」收錄〈小姐的面皰和化妝〉、〈懷念朋友郭天留兄〉、〈村子裡道路的補休日〉等五篇；「小說卷」收錄〈已經不是妹妹了〉、〈看臺之花〉、〈文貴舍〉共三篇；「評論卷」收錄〈最近的《新民報》學藝欄——尤其關於活躍的女作家〉、〈《臺灣文藝》——主要對文聯同仁所希望的〉、〈《臺灣文藝》（五月號）讀後一得〉等七篇。正文前有蘇煥智〈曠野上看見「鹽分地帶文學」〉、葉澤山〈風華再現〉、「林芳年文學寫真簿」、林捷津〈詩朵的祝福〉、葉笛〈心象風景——贈詩人林芳年〉、葉笛〈憤怒的詩人林芳年〉、陳豔秋〈從《失落的日記》找尋浪漫的腳印——記林芳年先生一、二事〉、李若鶯教授導論〈春天的喜鵲〉，正文後有黃章明整理〈林芳年先生年譜〉。

【全集】

葉笛全集／戴文鋒主編
臺南：國家臺灣文學館籌備處
2007年5月，25開

共18冊；按新詩、散文、評論、翻譯、資料分卷。各卷前均有邱坤良〈主委序——不死發光的夢想〉、吳麗珠〈代館長序〉、許達然〈總導讀〉、葉瓊霞〈編序——葉笛文學意義之呈現〉、〈編輯體例〉。

葉笛全集1．新詩卷一
臺南：國家臺灣文學館籌備處
2007年5月，25開，257頁

本書收錄《紫色的歌》、《火和海》。正文前有張默〈狂飲滔滔不絕的生命之水——簡析葉笛《紫色的歌》、《火和海》、《失落的時間》〉。

葉笛全集 2 · 新詩卷二
臺南：國家臺灣文學館籌備處
2007 年 5 月，25 開，〔287〕頁

本書收錄作者已整理而未及出版的詩集《失落的時間》，與其他未集結出版的作品。

葉笛全集 3 · 散文卷
臺南：國家臺灣文學館籌備處
2007 年 5 月，25 開，377 頁

本書收錄《浮世繪》，並以「附錄一：補遺」、「附錄二：日文散文」的方式，將作者未集結出版的作品同收於此書中。正文前有郭楓〈鑑賞葉笛散文的藝術境界〉。

葉笛全集 4 · 評論卷一
臺南：國家臺灣文學館籌備處
2007 年 5 月，25 開，513 頁

本書收錄《臺灣早期現代詩人論》。正文前有陳昌明〈史觀與鄉愁——葉笛文論述評〉，正文後附錄葉笛〈臺灣新詩的萌芽和發展——日據時代二〇年代詩壇的鳥瞰〉、葉笛〈不死的野草——臺灣新文學的奶母賴和〉、葉笛〈日據時代臺灣詩壇的超現實主義運動——以風車詩社核心人物楊熾昌的運動為軸〉等五篇。

葉笛全集 5 · 評論卷二
臺南：國家臺灣文學館籌備處
2007 年 5 月，25 開，586 頁

本書集結作者論評臺灣戰後現代詩人的文章。全書收錄〈臺灣新詩的歷程——一九二〇年至七〇年代詩壇鳥瞰〉、〈臺灣現代詩《笠》的風景線〉、〈論《笠》前行代的詩人們〉等 25 篇。

葉笛全集 6．評論卷三

臺南：國家臺灣文學館籌備處
2007 年 5 月，25 開，289 頁

本書集結作者論評臺灣當代藝文之文章。全書分兩輯，收錄〈郭楓的《早春花束》〉、〈談寫作〉、〈黃春明〈兒子的大玩偶〉分析〉、〈回顧和前瞻〉等 35 篇。

葉笛全集 7．評論卷四

臺南：國家臺灣文學館籌備處
2007 年 5 月，25 開，442 頁

本書集結作者論評東亞的近現代文學之文章。全書收錄〈芥川龍之介的生平與文學藝術〉、〈新世代的旗手——略談石原慎太郎其人及作品〉、〈日本現代詩的淵源和流變〉等 18 篇。

葉笛全集 8．翻譯卷一

臺南：國家臺灣文學館籌備處
2007 年 5 月，25 開，520 頁

本書集結作者 1993 年返臺後，參與作家全集翻譯工作，協助翻譯葉榮鐘、林攀龍、楊逵、王昶雄四人之作品。全書分「葉榮鐘作品」、「林攀龍作品」、「楊逵作品」、「王昶雄作品」四部分，收錄〈求之於己〉、〈地方自治和知識階級的任務〉、〈自治聯盟之聲明書——對改選協議員〉、〈關於新黨組織問題〉等 30 篇。正文前有下川作次郎〈葉笛の文学生活と翻訳の仕事——戦争体験を持つヒューマニズムの詩人〉、下川作次郎著；葉蓁蓁譯〈葉笛的文學生活與翻譯工作——擁有戰爭體驗的人道主義詩人〉。

葉笛全集 9．翻譯卷二

臺南：國家臺灣文學館籌備處
2007 年 5 月，25 開，551 頁

本書集結作者 1993 年返臺後，參與作家全集翻譯工作，協助翻譯水蔭萍、利野蒼、林修二、楊雲萍、江文也五人之作品。

葉笛全集 10．翻譯卷三

臺南：國家臺灣文學館籌備處
2007 年 5 月，25 開，609 頁

本書集結作者 1993 年返臺後，參與作家全集翻譯工作，協助翻譯吳新榮、王登山、郭水潭、林芳年四人之作品。

葉笛全集 11．翻譯卷四

臺南：國家臺灣文學館籌備處
2007 年 5 月，25 開，485 頁

本書集結作者 1993 年返臺後，參與作家全集翻譯工作，協助翻譯龍瑛宗之作品。

葉笛全集 12．翻譯卷五

臺南：國家臺灣文學館籌備處
2007 年 5 月，25 開，322 頁

本書集結作者 1993 年返臺後，參與作家全集翻譯工作，協助翻譯龍瑛宗之作品及評論龍瑛宗之作品。

葉笛全集 13．翻譯卷六

臺南：國家臺灣文學館籌備處
2007 年 5 月，25 開，645 頁

本書集結作者翻譯臺灣文學史料相關文章。全書分「日治時期臺灣文藝評論史料」、「臺灣文學——異端的系譜／岡崎郁子」、「其他」三輯，收錄連雅堂〈鄭氏時代的文化〉、巫永福〈我們的創作問題〉、官田彌太朗〈詩集《媽祖祭》閒話〉、吉江喬松〈《媽祖祭》一卷在手〉等 37 篇。

葉笛全集 14．翻譯卷七

臺南：國家臺灣文學館籌備處
2007 年 5 月，25 開，575 頁

本書收錄作者翻譯芥川龍之介《羅生門》、《河童》、《地獄變》三部作品的內容。正文前有葉笛〈芥川龍之介的生平與文學藝術〉，正文後有〈芥川龍之介年表〉。

葉笛全集 15．翻譯卷八

臺南：國家臺灣文學館籌備處
2007 年 5 月，25 開，412 頁

本書收錄作者翻譯分銅惇作《中原中也論》、石原慎太郎《太陽的季節》兩部作品內容。

葉笛全集 16．翻譯卷九

臺南：國家臺灣文學館籌備處
2007 年 5 月，25 開，595 頁

本書集結作者翻譯外國文學史料內容。全書分四輯，收錄波特萊爾〈法國散文詩抄〉、波特萊爾〈波特萊爾散文詩抄〉、藍波〈藍波詩抄〉、尼采〈太陽沉落著〉等 32 篇。

葉笛全集 17．資料卷一
臺南：國家臺灣文學館籌備處
2007 年 5 月，25 開，454 頁

本書集結作者日記、與文友往來書信、相關學者評論等。全書分五部分：「日記選輯」收錄 1969 年 12 月至 1971 年 8 月、1990 年 2 月至 2006 年 1 月的日記；「書信選輯」收錄〈葉笛致張默（一）—（五）〉、〈葉笛致桓夫（一）—（二）〉、〈葉笛致郭楓（一）—（三）〉等 49 封；「評論選輯」收錄張默〈《紫色的歌》讀後〉、趙天儀〈「笠下影」專欄評葉笛〉、林瑞明〈老葉托新芽——賀葉笛獲特殊貢獻獎〉等 13 篇；「生平寫作年表」收錄莊永清〈葉笛生平寫作年表初編〉一篇；「作品目錄」收錄〈葉笛作品目錄初編〉一篇。正文前有葉瓊霞〈文學之夢的信仰與實踐〉，正文後有葉蓁蓁〈後記〉。

葉笛全集 18．資料卷二
臺南：國家臺灣文學館籌備處
2007 年 5 月，25 開，223 頁

本書收錄作者身影照片、攝影作品，及《失落的時間》改訂稿手稿本。正文後附錄各式獎狀與證書。

文學年表

1931 年（昭和 6 年）	9 月	21 日，生於屏東市。本名葉寄民。父親葉丁做，母親葉薛格，家中排行第三，上有兩個哥哥，下有一弟一妹。
1938 年（昭和 13 年）	4 月	就讀屏東市竹園公學校（後改隸臺南師範學校，更名為「臺南師範學校附屬第二國民學校」；今為「屏東大學附設實驗國民小學」）。
1941 年（昭和 16 年）	12 月	太平洋戰爭爆發，擔任義務勞動，或作「勤労奉仕」，協助搬土、挖防空洞。
1944 年（昭和 19 年）	3 月	畢業於臺南師範學校附屬第二國民學校初等科（原屏東市竹園公學校）。
		因級任老師覺井兼三遊說而報考州立高雄工業學校航空科，無心準備，未考取。
	4 月	考入臺南師範學校附屬第二國民學校高等科。
	10 月	因美軍空襲屏東，全家疏開至臺南灣裡，轉入臺南師範學校附屬國民學校高等科就讀。
1945 年（昭和 20 年）	4 月	1 日，臺南大空襲。
1946 年	3 月	畢業於臺南師範學校附屬國民學校高等科。
	春	考入臺灣省立臺南第一中學初中部。
1949 年	9 月	就讀臺灣省立臺南師範學校普通科。
1951 年	10 月	6 日，詩作〈對語〉、〈淚〉發表於《自立晚報》3 版，「新詩週刊」第 48 期。
		25 日，〈海怨——悼亡兄〉發表於《學生》第 30 期。

	11 月	25 日，詩作〈晨歌〉發表於《學生》第 32 期。
	12 月	12 日，詩作〈心之歌〉發表於《半月文藝》第 4 卷第 2 期。 27 日，詩作〈你可曾知道！姑娘〉發表於《半月文藝》第 4 卷第 3 期。
1952 年	1 月	15 日，〈秋的憂鬱——秋僅是傷感嗎？〉、〈榕樹〉以筆名「牧民」發表於《學生》第 35、36 期合刊本。 16 日，〈煙〉，詩作〈向〉發表於《野風》第 28 期。
	2 月	27 日，〈鄉村拾零〉，詩作〈我永遠奔向海〉發表於《半月文藝》第 4 卷第 5 期。
	3 月	1 日，〈綠〉，組詩「拾碎篇」：〈夜曲〉、〈音〉、〈永恆〉、〈星〉發表於《野風》第 31 期。 10 日，詩作〈路〉發表於《學生》第 39 期。
	4 月	12 日，〈別〉發表於《半月文藝》第 4 卷第 6 期。 16 日，〈澗溪〉發表於《野風》第 34 期。 30 日，〈夢〉發表於《半月文藝》第 5 卷第 1 期。
	5 月	19 日，詩作〈刈草的老婦〉發表於《半月文藝》第 5 卷第 2 期。
	6 月	5 日，〈啟明星〉以筆名「葉長菁」發表於《半月文藝》第 5 卷第 3 期。 20 日，組詩「南風」：〈南風〉、〈鳳凰花〉、〈蟬〉發表於《半月文藝》第 5 卷第 4 期。
	7 月	1 日，詩作〈詩人之戀〉發表於《野風》第 39 期。 6 日，畢業於臺南師範學校普通科。 20 日，詩作〈孩子，我不會忘記你們！〉發表於《半月文藝》第 5 卷第 6 期。
	10 月	1 日，詩作〈流螢〉發表於《野風》第 43 期。

16日，詩作〈鄉村行腳〉發表於《野風》第44期。
11月　1日，〈那個女人〉發表於《野風》第45期。
12月　1日，詩作〈牧歌〉發表於《野風》第47期。
16日，詩作〈深夜草〉發表於《野風》第48期。
本年　任職於雲林縣元長國小教師。

1953年
1月　1日，〈田野之暮〉發表於《野風》第49期。
2月　詩作〈讓我呼喚你，大地喲〉發表於《野風》第51期。
4月　16日，詩作〈無題草〉、〈墓誌銘〉發表於《野風》第54期。
5月　1日，〈曙天〉發表於《野風》第55期。
6月　〈郭楓的《早春花束》〉發表於《文藝列車》第1卷第6期。
10月　詩作〈神女淚〉發表於《綠洲》第1卷第7期。
12月　詩作〈斷章〉發表於《綠洲》第1卷第9期。

1954年
4月　〈松鼠及其他〉發表於《綠洲》第1卷第12期。
5月　1日，詩作〈綠的夢（外二章）〉發表於《野風》第68期。
8月　詩作〈紫色底歌——給 Lih Lih〉發表於《綠洲》第2卷第2期。
9月　詩集《紫色的歌》由嘉義青年圖書公司出版。
10月　詩作〈十二行〉（三首）發表於《創世紀》創刊號。

1955年
2月　以「詩三首」為題，詩作〈小夜曲〉、〈離情〉、〈昏眩的歌〉發表於《創世紀》第2期。
4月　1日，〈山中遠簡〉發表於《野風》第79期。
詩作〈黃昏的詩〉發表於《綠洲》第2卷第5期。
6月　詩作〈山麓的黃昏〉發表於《創世紀》第3期。
詩作〈寄〉以筆名「白水」發表於《文藝列車》第3卷第

2 期。

8 月　1 日，〈印象、期待、媽祖廟〉發表於《野風》第 83 期。

調任屏東，擔任前進國小教師。

詩作〈痴人夢語〉發表於《綠洲》第 2 卷第 8 期。

9 月　25 日，〈都市的鱗爪〉發表於《新新文藝》第 2 卷第 6 期。

10 月　詩作〈相思林〉發表於《創世紀》第 4 期。

詩作〈旅行〉發表於《綠洲》第 2 卷第 9 期。

11 月　1 日，詩作〈暴風雨〉發表於《詩與音樂》創刊號。

詩作〈夜花園的暈眩底歌〉發表於《野風》第 86 期。

12 月　1 日，〈靈——給 L 的故事之一〉發表於《野風》第 87 期。

本年　與郭楓、李天林等創辦《新地》文藝月刊，任發行人。

1956 年　1 月　15 日，翻譯芥川龍之介短篇小說〈蜜柑〉，波特萊爾（Charles Pierre Baudelaire）詩作〈波特萊爾散文詩抄〉，發表於《新地》第 1 卷第 1 期。

2 月　5 日，參加創世紀詩雜誌社於高雄左營舉辦「詩墻十五家詩作」展示。

3 月　詩作〈幻覺的癖性〉發表於《創世紀》第 5 期。

4 月　15 日，〈洞簫〉，翻譯芥川龍之介短篇小說〈某傻瓜的一生〉、波特萊爾詩作〈波特萊爾散文詩〉發表於《新地》第 1 卷第 3 期。

5 月　〈霧及其他〉，翻譯〈何謂詩〉、芥川龍之介短篇小說〈杜子春〉、尼采〈太陽沉落著〉發表於《新地》第 1 卷第 4 期。

6 月　詩作〈你將往何處〉，翻譯堀口大學詩作〈烏鴉〉、〈祕密〉、〈遙遠的薔薇〉、〈香吻的誘惑〉、〈落葉〉發表於《創

		世紀》第 6 期。
	9 月	23 日，入伍。初期部隊駐紮於嘉義東石，結識邱桂春。
1957 年	3 月	書信〈致張默的信——葉笛的隱憂〉發表於《創世紀》第 8 期。
	6 月	翻譯〈論小說的主題〉、芥川龍之介〈點鬼簿〉發表於《當代文藝》創刊號。
1958 年	3 月	1 日，〈吉普賽狂想曲——致 A、K、L〉發表於《野風》第 114 期。
		14 日，隨部隊前往金門，遇八二三炮戰。
	4 月	翻譯波特萊爾散文詩抄〈藝術家的告白〉、〈老嫗的焦慮〉、〈愚人和女神〉、〈沉醉著吧〉，發表於《創世紀》第 10 期。
	12 月	3 日，以陸軍一兵階級退伍。
1959 年	4 月	翻譯波特萊爾散文詩抄〈柔髮的半球〉、〈異國人〉、〈狗和香水壜〉，發表於《創世紀》第 11 期。
	5 月	4 日，翻譯石坂洋次郎短篇小說〈河鹿館〉，以筆名「牧民」發表於《筆匯》革新號第 1 卷第 1 期。
	6 月	10 日，〈浮世繪代序一〉，〈極樂世界和地獄〉、〈美人魚〉（「浮世繪系列散文」首二篇），翻譯芥川龍之介短篇小說〈蜜柑〉、〈何謂詩〉發表於《筆匯》革新第 1 卷第 2 期。
	7 月	15 日，〈米糕粥〉（「浮世繪系列散文」第三篇）發表於《筆匯》革新號第 1 卷第 3 期。
	8 月	調任臺南安南區海東國小教師。
	10 月	20 日，〈葬列〉、〈窮巷〉、〈市場漫步〉、〈星期日的公園〉（「浮世繪系列散文」）發表於《筆匯》革新號第 1 卷第 6 期。
	11 月	15 日，翻譯富田常雄短篇小說〈紋身〉，以筆名「牧民」

		發表於《筆匯》革新號第 1 卷第 7 期。
1960 年	1 月	翻譯維那蒙諾短篇小說〈猝發的戀愛〉，以筆名「白水」發表於《筆匯》革新第 1 卷第 9 期。
	2 月	28 日，翻譯堀口大學〈秋及落葉〉，發表於《筆匯》革新號第 1 卷第 10 期。
	4 月	27 日，翻譯芥川龍之介短篇小說〈河童〉，以筆名「牧民」發表於《筆匯》革新號第 1 卷第 12 期。
	8 月	1 日，翻譯丹世尼劇本《光之門》、葉慈（W. B. Yeats）詩作〈卡斯琳・寧・霍利漢〉，分別以筆名「長菁」、「白水」發表於《筆匯》革新號第 2 卷第 1 期。
	9 月	1 日，翻譯藍波（A. Rimbaud）詩作〈我的流浪〉、〈戰禍〉、〈永恆〉發表於《筆匯》革新號第 2 卷第 2 期。
	12 月	19 日，與邱桂春結婚。
1961 年	7 月	女兒葉蓁蓁出生。
	11 月	20 日，翻譯石原慎太郎短篇小說〈太陽的季節〉，發表於《筆匯》革新號第 2 卷第 11、12 期合刊本。
1963 年	4 月	5 日，〈談寫作〉以筆名「牧民」發表於《文藝列車》革新號第 1 卷第 1 期。
	8 月	兒子葉軒宏出生。
1965 年	3 月	14 日，加入笠詩社。
		21 日，首次參加笠詩社「作品合評」活動，會議紀錄刊載於《笠》第 6 期。
	6 月	4 日，翻譯安德烈・蒲魯東（André Breton）〈超現實主義宣言〉，發表於《笠》第 7 期。
	7 月	詩作〈年輕的獸——某種精神的風景畫〉發表於《臺灣文藝》第 2 卷第 8 期。
	8 月	15 日，翻譯馬里內蒂（F.T. Marinetti）〈未來派宣言書〉，

		發表於《笠》第 8 期。
1966 年	3 月	詩作〈醉酒的人〉發表於《星座》春季號。
	6 月	15 日，詩作〈獻詩〉(錄自〈神女淚〉)、〈黑色的女神〉、〈幻覺的癖性〉發表於《笠》第 13 期。
	10 月	以「浮世繪」為題，〈廟前〉、〈筵席上〉發表於《文學季刊》第 1 期。
1967 年	1 月	6 日，同陳千武等文友前往佳里，拜訪吳新榮。
	4 月	15 日，翻譯安東次男〈法國詩史——在達達、超現實主義的潮流中〉(上)，〈作品的感想〉發表於《笠》第 18 期。
	6 月	15 日，詩作〈火和海〉(1～6 首)，翻譯安東次男〈法國詩史——在達達、超現實主義的潮流中〉(下)，筆錄〈高橋喜久晴對「詩學」上中國詩人作品的評論〉發表於《笠》第 19 期。
	8 月	15 日，〈作品欣賞〉發表於《笠》第 20 期。
	10 月	15 日，詩作〈火和海〉(14～17 首)發表於《笠》第 21 期。 出席笠詩社於臺北吳瀛濤宅所舉行的「白萩詩集《風的薔薇》合評會」。
	11 月	12 日，出席「中國新詩學會」成立大會，與白萩、林亨泰、陳千武等當選理監事。
	12 月	15 日，詩作〈火和海〉(7～11 首)，〈孤岩的存在——白萩的《蛾之死》到《風的薔薇》〉發表於《笠》第 22 期。
1968 年	2 月	1 日，翻譯高橋喜久晴〈一個日本詩人看：中國的現代詩壇——「跨越語言的一代」的詩人們〉，發表於《幼獅文藝》第 170 期。 15 日，〈一棵成長的枇杷樹——論楓堤〉發表於《笠》第

		23 期。
	3 月	1 日，翻譯芥川龍之介〈秋山圖〉，發表於《中央日報・副刊》9 版。
	4 月	15 日，〈探索異數世界的人——桓夫論〉發表於《笠》第 24 期。
	5 月	翻譯鈴木信太郎〈保羅・魏爾崙論〉，發表於《創世紀》第 28 期。
	10 月	15 日，詩作〈秋〉發表於《笠》第 27 期。
		15 日，翻譯鮎川信夫〈何謂現代詩〉，連載於《笠》第 27～34 期，至隔年 12 月 15 日止。
	12 月	15 日，詩作〈夢底死屍〉發表於《笠》第 28 期。
1969 年	1 月	1 日，〈黃春明《兒子的大玩偶》分析〉發表於《幼獅文藝》第 181 期。
	5 月	翻譯石原愼太郎短篇小說〈最後之獵〉，發表於《幼獅文藝》第 185 期。
	8 月	15 日，〈白萩論〉，翻譯醍醐華夫〈對立體的傳統之認識及其破壞——《笠》30 期所感〉發表於《笠》第 32 期。
		26 日，應臺南美新聞處、南部現代美術會舉辦之現代藝術季邀請，進行演講，演講主題「現代詩的創作與欣賞」。
	9 月	翻譯石原愼太郎短篇小說集《太陽的季節》，由高雄大業書店出版。
		翻譯芥川龍之介短篇小說集《羅生門》、《河童》、《地獄變》，由臺北仙人掌出版社出版。
	12 月	15 日，翻譯谷克彥詩作〈裸笛——被斷掉假眠的腦波〉發表於《笠》第 34 期。
		20 日，抵日本東京，前往留學。

		〈瞧這個人！——作家的臉〉,〈新世代的旗手——略談石原慎太郎其人及作品〉，翻譯石原慎太郎短篇小說〈伏擊〉發表於《幼獅文藝》第 192 期。
1970 年	1 月	〈回顧與前瞻〉發表於《幼獅文藝》第 193 期「文藝豐年（全國作家新春筆談）」專題。
	4 月	插班就讀日本大東文化大學日本文學科二年級。
	10 月	12 日，妻邱桂香攜兒女赴日團聚。 15 日,〈海外來鴻〉發表於《笠》第 39 期。
1971 年	9 月	1 日，詩作〈火和海〉（六首）收入《華麗島詩集・中華民國現代詩選》，由日本若樹書房出版。
	本年	與魏連財、張逸雄、李天林、呂增輝等共創「東京中國語專門學院」。
1972 年	6 月	15 日,〈文化是純種馬嗎？——對〈溫柔的感嘆〉的感嘆〉發表於《笠》第 49 期。
1973 年	4 月	就讀東京教育大學大學院文學研究科日本文學專攻修士班（碩士班）。
1974 年	4 月	日文論文〈魯迅兄弟與日本作家武者小路實篤〉發表於東京教育大學大學院文學研究科（日本文學專攻）。
1975 年	3 月	25 日，獲東京教育大學大學院文學研究科日本文學專攻修士（碩士）學位。
	4 月	就讀東京大學大學院人文科學研究科中國哲學科，專研近代思想。
1976 年	3 月	翻譯丹羽文雄短篇小說〈蛾〉發表於《幼獅文藝》第 267 期。
1977 年	4 月	就讀大東文化大學文學研究科日本文學專攻博士課程後期課程。
1979 年	12 月	15 日,〈日本現代詩的源溯和流變〉，詩作〈白鴿之死——

哀馬丁路德・金恩博士〉發表於《笠》第 94 期。

本年 修畢大東文化大學文學研究科日本文學專攻博士課程後期課程。

1980 年 3 月 修畢大東文化大學日本文學研究所修習博士課程。

4 月 15 日，〈日本現代詩的淵源和流變〉（續）發表於《笠》第 96 期。

5 月 16 日，任教於跡見學園女子大學。

11 月 14 日，日文論文〈日本《新體詩抄》與中國白話詩運動的比較〉發表於第四屆國際日本文學研究集會。

1981 年 4 月 兼任於專修大學。

6 月 15 日，〈日本現代詩的淵源和流變〉（續）發表於《笠》第 103 期。

1982 年 2 月 15 日，母葉薛格逝世，享壽 79 歲。

11 月 6 日，為歡迎楊逵赴日演講，撰寫詩作〈玫瑰——致楊逵先生〉。

1983 年 4 月 以「浮世繪」為題，〈手〉、〈老人和小鳥〉、〈船，碼頭和螺絲釘〉發表於《文季》第 1 卷第 1 期。

兼任聖德學園短期大學比較文學教師。

6 月 6 日，翻譯芥川龍之介小品〈青蛙〉、〈黃粱夢〉、〈女神仙〉發表於《聯合報・副刊》8 版。

7 月 〈日本現代詩鳥瞰〉連載於《現代詩》復刊第 4、5 及 7、8 期合刊本，至 1985 年 3 月止。

8 月 以「浮世繪」為題，〈狗・女・男〉、〈公共廁所〉、〈敲竹梆子的人〉發表於《文季》第 1 卷第 3 期。

9 月 〈露店の文學者の非業の死〉（死於非命的攤販文學家）發表於《鄖其山》秋季號。

1984 年 3 月 以「浮世繪」為題，〈班鳩〉發表於《文季》第 1 卷第 6

期。

4 月　詩作〈玫瑰——致楊逵先生〉發表於《春風》第 1 期。

6 月　〈竹中伸・日下恒夫・蘆田孝昭他訳「老舍小說全集」全 10 卷〉發表於《中國研究月報》第 436 號。

9 月　以「浮世繪」為題，〈一件小禮物〉，詩作〈有感〉發表於《文季》第 2 卷第 3 期。

為郭楓《九月的眸光》撰序，由臺北帕米爾書店出版。

1985 年　3 月　17 日，父葉丁做逝世，享壽 83 歲。

6 月　〈命運〉發表於《文季》第 2 卷第 5 期。

8 月　31 日，「臺灣學術研究會」於日本東京都港區芝公園福祉會館成立，由許極燉、張良澤、李宗藩、林銀任常務理事；劉進慶、郭安三、張雅孝、張明雄為理事；洪毓盛、陳伯壽為監事。

11 月　詩作〈還魂草〉發表於《文學界》第 16 期。

〈請看這個人：莫那能——受苦的人沒有悲觀的權利〉發表於《臺灣文藝》第 97 期。

1986 年　2 月　〈臺灣文壇〉連載於《中國當代文學研究會會報》第 3～5 期，至 1988 年 7 月止。

〈朋友！安息吧！——悼唐文標〉發表於《中國當代文學研究會會報》第 3 期。

4 月　翻譯芥川龍之介短篇小說集《羅生門》、《地獄變》、《河童》，由臺北水牛圖書出版公司出版。

8 月　15 日，〈臺灣新詩的萌芽和發展——日治時代 30 年代詩壇的鳥瞰〉發表於《臺灣學術研究會誌》創刊號。

本年　〈臺灣新詩的歷程——一九二〇至七〇年代詩壇鳥瞰〉發表於《留日學人學術論文專輯》。

1987 年　11 月　10 日，〈不死的野草——臺灣新文學的奶母賴和〉發表於

		《臺灣學術研究會誌》第 2 期。
	12 月	15 日，詩作〈島的聯想〉以筆名「葉長菁」發表於《笠》第 142 期。 翻譯分銅惇作《中原中也論》，由臺北新地出版社出版。
1988 年	1 月	14～17 日，從日本返臺，出席於臺中文英館舉行的「亞洲詩人會議大會」。會後與郭楓、許達然、李魁賢、李敏勇、趙天儀等文友聚餐。
	3 月	詩作〈世相篇——大家樂、飆車樂〉發表於《臺灣文藝》第 110 期。
	4 月	15 日，詩作〈石之花〉發表於《笠》第 144 期。
	12 月	〈張我軍及其詩集《亂都之戀》——日據時代文學道上的清道夫〉發表於《臺灣學術研究會誌》第 3 期。
1989 年	10 月	15 日，翻譯峠三吉詩集《原爆詩集》，連載於《笠》第 153～155 期，至隔年 2 月 15 日止，並於 155 期連載完畢後發表〈譯後記〉。
	12 月	25 日，〈愛與匕首——論許達然詩集《違章建築》〉，翻譯松永正義〈關於鄉土文學論爭（1930～32 年）〉發表於《臺灣學術研究會誌》第 4 期。
1990 年	3 月	詩集《火和海》由臺北笠詩刊社出版。
	4 月	5 日，《新地文學》創刊，任顧問。翻譯松永正義〈臺灣新文學運動研究的新階段〉，發表於《新地文學》第 1 卷第 1 期。 於兼任東京學藝大學教職。
	6 月	5 日，以「浮世繪三則」為題，〈將軍〉、〈電動馬〉、〈異鄉〉發表於《新地文學》第 1 卷第 2 期。
	8 月	5 日，以「浮世繪三則」為題，〈啞巴和瞎子〉、〈批示症〉發表於《新地文學》第 1 卷第 3 期。

	9月	翻譯吉田勝次《噴！噴！民主進步黨——爆發的臺灣人力量》，由高雄第一出版社出版。
	10月	5 日，〈二〇年代中國文學中的虛無傾向〉發表於《新地文學》第 1 卷第 4 期。
	12月	5 日，〈浮世繪——守靈〉發表於《新地文學》第 1 卷第 5 期。
	本年	於東京文學院習「世界語 Esperanto」。
1991年	2月	5 日，組詩「白眼看天篇」:〈人民的天堂〉、〈道德經〉、〈尊貴的大人們〉、〈保險室〉發表於《新地文學》第 1 卷第 6 期。
	6月	5 日，〈中日兩國近代詩的革命——「白話詩運動」和《新體詩抄》的比較〉發表於《新地文學》第 2 卷第 2 期。
	10月	〈論柯旗化的詩集《母親的悲願》〉發表於《臺灣學術研究會誌》第 5 期。
1992年	2月	翻譯小島晉治、丸山松幸《中國近現代史》，由臺北帕米爾書店出版。
	6月	25 日，〈春天遠簡〉發表於《文學臺灣》第 3 期。
	8月	22 日，與郭楓、許達然、馬森等文友同赴中國，參加座談會，會後至北京、南京、上海、青島等地，與中國作家交流。
	本年	當選臺灣學術研究會會長，任期兩年。
1993年	1月	5 日，〈老太婆〉發表於《文學臺灣》第 5 期。
	4月	自日本返臺灣。
	7月	〈文學與電影的滄桑〉收入許極燉編著《尋找臺灣新座標》，由臺北自立晚報文化部出版。
1994年	1月	5 日，〈散文一束：夢、雪夜、北風〉發表於《文學臺

灣》第 9 期。

6 月 11～12 日，出席巫永福文化基金會主辦、臺灣筆會承辦，於臺中上智社教研究院舉行的「一九九四年臺灣文學會議——戰後臺灣小說、詩的探討」。

7 月 5 日，翻譯龍瑛宗〈兩種《狂人日記》〉，發表於《文學臺灣》第 11 期。

17 日，赴日參加兒子葉軒宏的婚禮。

10 月 5 日，翻譯陳逢源〈站在臺南公園的池畔〉及邱炳南〈廢港〉，發表於《文學臺灣》第 12 期。

14 日，〈戰後文學的堡壘〉發表於《聯合報・副刊》24 版。

11 月 9 日，翻譯張文環〈檳榔籠〉，發表於《自由時報・副刊》29 版。

25～27 日，出席由行政院文建會與清華大學中國語文學系合辦「賴和及其同時代的作家——日據時期臺灣文學國際學術會議」，並於會中發表〈日據時期「外地文學」概念下的臺灣新詩人〉一文。

12 月 翻譯龍瑛宗〈時間的嬉戲〉，發表於《臺灣文藝》第 146 期（新生版第 6 期）。

1995 年 1 月 5 日，翻譯楊逵短篇小說〈自由勞動者的生活剖面——怎麼辦才不會餓死呢？〉，發表於《文學臺灣》第 13 期。

3 月 3 日，應邀出席由《臺灣新生報》副刊於臺北佛光山道場舉辦「臺灣現代詩史研討會」，並於會中發表〈日據時代臺灣詩壇的超現實主義運動——風車詩社的詩運動〉一文。

4 月 5 日，翻譯黃啟瑞〈友誼〉發表於《文學臺灣》第 14 期。

		《臺灣文學巡禮》，翻譯楊熾昌《水蔭萍作品集》，由臺南市立文化中心出版。
		翻譯黃氏寶桃〈人生〉，發表於《臺灣文藝》第 148 期（新生版第 8 期）。
	5 月	11 日，〈義不容辭，情何以堪——關於《水蔭萍作品集》〉發表於《聯合報・副刊》37 版。
	6 月	〈日據時代的「外地文學」論考〉發表於《思與言》第 33 卷第 2 期。
	7 月	5 日，翻譯《風車詩誌》第三輯全冊，發表於《文學臺灣》第 15 期。
	8 月	24 日，應邀出席笠詩社於臺中日月潭主辦「1995 亞洲詩人會議」，詩作〈火燄〉收入陳千武、白萩、李魁賢編《'95 亞洲詩人作品集》，由臺北笠詩刊社出版。
		27～28 日，〈亞洲詩的光和影〉發表於《中華日報・副刊》14 版。
		翻譯翁鬧〈東京郊外浪人街——高圓寺一帶〉發表於《臺灣文藝》第 150 期。
	10 月	〈臺灣新詩的萌芽和發展——日據時代二〇年代詩壇的鳥瞰〉發表於《臺南市立文化中心季刊》第 10 期。
	11 月	4～5 日，出席由淡水工商管理學院臺灣文學系（今真理大學臺灣文學系）主辦「臺灣文學研討會」，並擔任論文評論人。
1996 年	3 月	擔任臺南市永都長青福利館日語班教師，至 2004 年 6 月。
	5 月	〈走不完的路〉收錄於陳永源總編輯《第二屆府城文學獎得獎作品專集》，由臺南市立文化中心出版。
	6 月	獲頒第二屆府城文學特殊貢獻獎。

	7月	10 日，翻譯岡崎郁子〈拓拔斯——非漢族的臺灣文學〉，連載於《文學臺灣》第19～20期，至10月5日止。
	8月	9～12 日，與陳萬益、呂興昌、林瑞明等赴美國德州大學參加吳三連史料基金會、陳逢源先生文教基金會、德州大學奧斯汀校區亞洲研究中心主辦「北美第一屆臺灣文化歷史研討會」。
	10月	5 日，〈吳濁流《臺灣文藝》雜誌的意義和影響〉發表於「吳濁流學術研討會」。
	11月	翻譯伊藤潔《李登輝新傳》，由臺北希望出版公司出版。
1997年	1月	與鄭清文、涂翠花合譯岡崎郁子《臺灣文學——異端的系譜》，由臺北前衛出版社出版。
	2月	27 日，應邀出席於成功大學舉辦「成功大學二二八事件五十週年紀念研討會」。
	3月	15 日，出席由臺南縣立文化中心於佳里鎮舉辦「吳新榮文學作品討論會」，並於會中發表〈扎根於鄉土深根的詩人——試論鹽分地帶前輩詩人吳新榮〉一文。
		翻譯呂興昌修訂《吳新榮選集（一）》中「震瀛詩集」及〈亡妻記〉兩部分，並為此書撰序〈也是文學因緣——「震瀛詩集」、〈亡妻記〉譯後記〉，由臺南縣立文化中心出版。
		擔任臺南市永都長青福利館臺灣文學班教師，至2005年6月。
	4月	5 日，翻譯島田謹二〈臺灣文學的過去、現在和未來〉，連載於《文學臺灣》第22～23期，至7月5日止。
	8月	15 日，組詩「Ilha Formosa」：〈垃圾〉、〈苦旦〉發表於《笠》第200期。
		16 日，出席第十九屆鹽分地帶文藝營，演講主題「吳新

		榮先生的詩和散文」。
	12 月	15 日，〈戰後臺語詩的發展〉發表於《臺灣新文學》第 9 期。
	本年	參與《楊逵全集》、《龍瑛宗全集》日文作品翻譯工作，兩全集分別於 2001 年 12 月、2006 年 11 月出版。
1998 年	2 月	11 日，出席鹿耳門臺灣文藝營，演講主題「戰後的臺語詩」。
	6 月	〈深海的活火山——讀許達然的詩與散文〉收錄於許耿修總編輯《第四屆府城文學獎得獎作品專集》，由臺南市立文化中心出版。
	7 月	翻譯芥川龍之介《羅生門》，由臺北洪範書店出版。
	12 月	獲頒臺南師範學院（今臺南大學）第 11 屆傑出校友獎。
1999 年	2 月	11 日，出席第三屆鹿耳門臺灣文學營，演講主題「日據時代的臺灣話文運動」。
	6 月	詩作〈仲夏之夢〉發表於《推理》第 176 期。
	7 月	5 日，〈臺灣文學史的拓荒者——黃得時〉、〈林梵詩的軌跡——從《失落的海》到〈臺灣俳句〉〉，翻譯黃得時〈美人〉，發表於《文學臺灣》第 31 期。
	8 月	22 日，出席第 21 屆鹽分地帶文藝營，演講主題「從郭水潭的作品談其文學思想」。
		翻譯連雅堂演講〈鄭氏時代的文化〉，發表於《文史薈刊》復刊第 4 輯。
	12 月	為方耀乾《予牽手的情話》撰序〈《予牽手的情話》序〉，由臺南市十信文教基金會出版。
	本年	參加「葉榮鐘全集」日文作品翻譯工作，並擔任編輯委員。
2000 年	1 月	5 日，翻譯龍瑛宗短篇小說〈趙夫人的戲畫〉，〈中外小說

上「多餘的人」系譜之探索——龍瑛宗的〈植有木瓜樹的小鎮〉和〈羅亭〉、〈貴族之家〉、〈奧勃洛莫夫〉、〈浮雲〉的比較〉發表於《文學臺灣》第33期。

3月 11～12日，出席臺杏第二屆臺灣文學學術研討會「詩／歌中的臺灣意象」，並於會中發表〈日治時期居臺日本詩人的臺灣意象〉一文。

4月 5日，翻譯垂水千惠〈追悼王昶雄氏〉發表於《文學臺灣》第34期。

協助翻譯林博正編《人生隨筆及其他——林攀龍先生百年誕辰紀念集》部分內容，由臺北傳文文化公司出版。

5月 翻譯中島利郎〈日治時期的臺灣新文學與魯迅——其接受的概觀〉於中島利郎編《臺灣新文學與魯迅》，由臺北前衛出版社出版。

6月 翻譯水蔭萍詩作〈茉莉花〉，發表於《聯合文學》第188期。

8月 3日，出席第22屆鹽分地帶文藝營，演講主題「林芳年的詩及其作品與日本的關係」。

9月 23日，出席由巫永福文化基金會於臺灣師範大學舉辦「笠詩社學術研討會」。

11月 5日，〈墳塋〉被譯為英文"The Tomb"，發表於*Taiwan News* 6版。

本年 與陳千武共譯《林修二集》，由臺南縣文化局出版。

2001年 2月 2日，出席第五屆南鯤鯓臺語文學營，演講主題「日治時代兮臺語詩」。

應聘擔任《海翁臺語文學》顧問。

3月 〈談賚志以終的詩人楊華〉，詩作〈荒野裡的小花——致詩人楊華〉發表於《創世紀》第126期，為「臺灣早期詩人略論」專題首篇，此專題連載於《創世紀》第 126～136 期，共談 11 位作家。

6 月　翻譯巫永福〈我們的創作問題〉，發表於《臺灣文藝》第 176 期。

〈王白淵的荊棘之路〉，詩作〈致王白淵〉發表於《創世紀》第 127 期。

8 月　15 日，〈關於現代詩〉、〈臺灣現代詩《笠》的風景線〉發表於《笠》第 224 期。

〈日據時代的臺語詩〉發表於《海翁臺語文學》第 4 期。

翻譯芥川龍之介短篇小說集《羅生門》、《河童》、《地獄變》，由臺北桂冠圖書公司出版。

9 月　〈被俘囚的詩人賴和〉，詩作〈俘囚之歌——致詩人賴和〉發表於《創世紀》第 128 期。

12 月　3 日，應成功大學之邀，以「葉笛的南方觀點」為主題，擔任駐校作家一週，並於成大光復校區成功湖畔舉行第一場座談「時光——檳榔樹・運河・斷牆殘瓦・異國的月亮」，由林瑞明教授主持。

〈水蔭萍的 esprite nouveau 和軍靴〉，詩作〈詩人和貓的憂鬱——輓詩人水蔭萍〉發表於《創世紀》第 129 期。

本年　選修臺南市永都長青福利館蘇景炫老師行書書法班。

參與《楊雲萍全集》（2001～2004 年）以及「日治時期臺灣文學日文史料蒐集翻譯計畫」（2001～2005 年）的日文作品翻譯。

2002 年　2 月　15 日，〈斯人已遠——悼柯旗化兄〉，詩作〈有贈——給桂春〉發表於《笠》第 227 期。

詩作〈冷眼篇〉發表於《臺灣文藝》第 180 期。

3 月　協助翻譯葉芸芸、陳昭瑛主編《葉榮鐘全集 7・葉榮鐘早年文集》部分內容，由臺北晨星出版公司出版。

〈詩、真實和歷史——詩人楊雲萍的《山河集》和《山河新集》〉，詩作〈logos 和聖經——致詩人楊雲萍先生〉發表於《創世紀》第 130 期。

6 月 15 日，組詩「行雲流水篇」:〈日曆〉、〈問答〉、〈戶籍〉發表於《笠》第 229 期。

〈閃耀的流星〉，詩作〈失落的星星——致詩人林修二〉發表於《創世紀》第 131 期。

9 月 14 日，應邀出席國立文化資產保存研究中心舉辦「葉石濤全集編集會議」。

〈陳奇雲是誰？〉，詩作〈熱流——致詩人陳奇雲〉發表於《創世紀》第 132 期。

10 月 15 日，詩作〈墓標〉發表於《笠》第 231 期。

協助翻譯《王昶雄全集》部分內容，由臺北縣文化局出版。

11 月 應邀出席由成功大學臺灣文學研究所主辦「臺灣文學史書寫國際學術研討會」，並於會中發表〈臺灣與日本文學史書寫的比較〉一文。

12 月 〈鹽分地帶的詩魂——吳新榮〉，詩作〈綻開在鹽分地帶的詩之花——致詩人吳新榮〉發表於《創世紀》第 133 期。

翻譯江文也《北京銘——江文也詩集》，由臺北縣文化局出版。

2003 年 3 月 〈用音樂語言寫詩的江文也〉，詩作〈刻在肉體上的詩——致詩人・音樂家江文也〉發表於《創世紀》第 134 期。

4 月 〈放膽文章——黃勁連兮臺語文創作〉發表於《海翁臺語文學》第 16 期。

〈詩的行為〉發表於《笠》第 234 期。

5 月　4 日，翻譯邱永漢詩作〈戎克船〉，發表於《臺灣日報・副刊》19 版。

6 月　〈郭水潭的詩路歷程〉，詩作〈寫在土地上的十四行詩——致郭水潭〉發表於《創世紀》第 135 期。

7 月　7 日，應邀擔任第九屆北臺灣文學研習營講師，演講主題「詩的創作與譯述」。

8 月　17 日，〈路是人走出來的——素描陳輝東的精神風景畫〉發表於《自由時報・藝術文化／藝術長鏡頭》45 版。

9 月　30 日，〈詩的創作與譯述〉發表於《北縣文化》第 78 期。

10 月　《臺灣早期現代詩人論》由臺南國立臺灣文學館、高雄春暉出版社出版。

11 月　8 日，應邀擔任真理大學臺灣文學系主辦「福爾摩莎文學——詹冰詩作學術研討會」第一場主持人。

22 日，與鍾肇政、塚本照和一同出席客家委員會於桃園渴望學習園區主辦「鍾肇政文學國際學術研討會」，三人談「鍾肇政的文學・文學的鍾肇政」，並於會中發表〈鍾肇政——臺灣文壇的長跑健將〉，收於《大河之歌——鍾肇政文學國際學術論文集》，由桃園縣文化局出版。

30 日，應邀出席由文訊雜誌社於臺南國家臺灣文學館舉辦「臺灣文學雜誌展」。

《浮世繪》由高雄春暉出版社出版。

12 月　1～9 日，與臺灣筆會同仁赴印度出席第 8 屆國際詩歌節。

〈上帝、詩人和聽診器〉，詩作〈不為人知的美麗的世界——致夭折的詩人陳遜仁〉發表於《創世紀》第 137 期。

〈府城，我文學的沃土〉發表於《臺灣文學館通訊》第 2

期。

〈府城舊夢〉收入《攬古興懷到此遊——作家遊府城專輯》，由國家臺灣文學館籌備處出版。

2004年 1月 31日，應邀出席第八屆南鯤鯓臺語文學營，演講主題「臺語文學概論」。

3月 〈憤怒的詩人林芳年〉，詩作〈心象風景——贈詩人林芳年〉發表於《創世紀》第138期。

4月 詩作〈玻璃屋〉發表於《推理》第234期。

6月 15日，〈關根弘的詩與詩論〉發表於《笠》第241期。

18～19日，應邀出席於由南臺科技大學舉辦「二〇〇四語文教育國際學術研討會」，並於會中發表〈從戰前與戰後的臺語詩創作來看臺語運動〉一文。

22日，擔任第一屆海翁臺語文學獎評審委員。

25日，〈運河新夢〉發表於《中華日報・副刊》23版。

〈論萩原朔太郎——日本現代詩新抒情的旗手〉發表於《創世紀》第139期。

8月 擔任臺南市西門教會日語班教師，至2005年6月。

10月 2日，應邀出席笠詩社於國立臺灣文學館舉行的「笠詩社成立四十週年國際學術研討會」，並於會中發表〈論《笠》前行代的詩人們〉一文，後收錄於《笠詩社四十週年國際學術研討會論文集》中。

30日，應邀出席創世紀詩社五十週年慶，並於會中獲頒創世紀詩社五十週年榮譽詩獎。

詩作〈綠色恐怖——「白眼詩抄」之一〉發表於《推理》第240期。

〈素描吳坤煌——一個文化人的精神風景畫〉、〈走出去，引進來，兩者並行不悖〉，詩作〈有罪的詩人——給詩人吳坤煌〉發表於《創世紀》第 140、141 期合刊本。

11 月　7 日，應邀出席真理大學舉辦「福爾摩莎文學錦連詩作學術研討會」，並於會中發表〈複眼的詩人錦連〉一文。

2005 年　1 月　15 日，〈談莫渝的心象風景——「永恆與時間的產物相戀著」〉發表於《文學臺灣》第 53 期。

26 日，應邀出席第九屆南鯤鯓臺語文學營，演講主題「臺灣第一部史詩《胭脂淚》」。

2 月　15 日，〈雪山・潟湖・黑琵和蓮香〉發表於《臺南縣報》5 版。

為《國民文選・現代詩》撰序〈扎根土地，走入人群——《國民文學・現代詩》序〉。

3 月　24～27 日，應邀出席「二〇〇五高雄市世界詩歌節」。

〈鹽村的詩人王登山〉，詩作〈鹽鄉璀璨的詩星——致詩人王登山〉發表於《創世紀》第 142 期。

5 月　11 日，被推選為臺灣筆會五位監事之一。

詩作〈神龕前的冥思——題畢森德的雕刻「苦行僧的神龕」〉發表於《中華日報・副刊》。

6 月　〈生命在時間裡的回音——《陳鴻森詩存》的光和影〉發表於《臺灣詩學學刊》第 5 號。

〈日本戰後詩派「荒地」的軌跡一瞥〉連載於《創世紀》第 143～145 期，至 12 月止。

應邀出席靜宜大學臺灣文學系主辦「楊逵文學國際研討會」，擔任講評人。

為《白翎鷥之歌》撰序〈詩人之眼・土地之歌——臺語詩集《白翎鷥之歌》序〉，由臺北遠流出版公司出版。

7 月　〈當我們同在一起〉發表於《文訊》第 237 期。

8 月　得知罹患胃癌。

		翻譯鮎川信夫《何謂現代詩》第三章「沒有祖國的精神」，此為1968年翻譯時獨漏的段落。
	10月	15日，翻譯齋藤忞〈金光林詩中「恨」的抒情〉，發表於《文學臺灣》第56期。 15日，〈母親的形象——讀詩箚記（一）〉發表於《笠》第249期。
	11月	3～4日，接受臺灣日報社採訪，談其家庭與文學生涯，由林德政撰稿寫成〈走過一甲子的文學路‧葉笛——家世與故鄉〉，連載於《臺灣日報‧副刊》21版
	12月	1日，〈鹽分地帶文學的靈魂——吳新榮〉，詩作〈向日葵——梵‧高的精神風景畫〉發表於《鹽分地帶文學》創刊號。
	本年	獲頒巫永福文化基金會「巫永福文學評論獎」。
2006年	2月	1日，〈病中散記〉，詩作〈癌病棟〉（手稿），翻譯鹿野忠雄〈噶瑪蘭族的船以及同族與阿美族的關係（二）〉發表於《鹽分地帶文學》第2期。 國家臺灣文學館籌備處委託臺南大學進行「《葉笛全集》整理、編輯、出版計畫」。
	3月	《創世紀》製行「葉笛特輯」，創世紀編輯部〈吮飲強烈的生命之光〉、〈葉笛小傳〉、〈葉笛寫作年表〉、文訊雜誌社編〈葉笛評論篇目〉、葉蓁蓁提供「葉笛生活照片」、「葉笛詩作五首」、李瑞騰〈葉笛論〉、趙天儀〈葉笛詩作賞析——從現實出發到現代性的追求〉、莫渝〈以詩雕人，為前輩塑像——葉笛初論〉、楊宗翰〈化荒地為沃土——評葉笛《臺灣早期現代詩人論》〉刊載於《創世紀》第146期。 詩作〈詩人〉、〈雲海〉、〈微笑〉、〈謎〉、〈塞納河畔〉刊載

於《創世紀》第146期。

4月 15 日，翻譯〈陳遜仁遺稿〉，發表於《文學臺灣》第 58 期。

〈父女書——葉笛與女兒葉蓁蓁的書信體〉，詩作〈年輕的獸——某種精神的風景畫〉發表於《鹽分地帶文學》第3期。

5月 9日，因胃癌病逝於臺南新樓安寧病房，享壽75歲。

6月 1 日，《鹽分地帶文學》製作「告別葉笛特集」，林佛兒〈告別葉笛——訣別三日間〉、許達然〈念葉笛〉、鄭清文〈攫取時間——懷念葉笛〉、郭楓〈送兄弟葉笛歸大化〉、莫渝〈出遠門——送浪漫主義詩人葉笛〉、葉蓁蓁〈死後快樂的話〉刊載於《鹽分地帶文學》第4期。

15 日，《笠》製作「葉笛懷念專輯」，莊紫蓉〈藍色的大海，紫色的歌——專訪詩人葉笛〉、趙迺定〈詮釋葉笛〈夢的死屍〉等詩六首〉、莫渝〈在時間的洪流裡泅游——葉笛論〉、許達然〈寫葉笛〉、莊柏林〈詩的信仰——獻給詩人葉笛〉、趙天儀〈懷想詩人葉笛〉、莫渝〈詩人獨行——送葉笛〉、周華斌〈佫乾一杯！——敬葉笛先生（せんせい）〉、陳銘堯〈悼葉笛〉、莊紫蓉〈懷念葉笛先生〉刊載於《笠》第253期。

25 日，趙天儀〈詩人葉笛與我〉、利玉芳〈寄給葉笛〉、林鷺〈戰勝的容顏〉、蔡秀菊〈詩人的精神〉刊載於《臺灣現代詩》第6期。

翻譯林芳年〈《曠野裏看得見煙囪》選錄〉，刊載於《鹽分地帶文學》第4期。

8月 15 日，《笠》接續第 253 期，製作「葉笛懷念專輯（續）」，鄭智仁，吳明珊，黃怡君〈閃耀希望的亮光——

專訪詩人葉笛〉、岩上〈詩與酒——悼念詩人葉笛〉刊載於《笠》第254期。

〈臺灣第一部史詩《胭脂淚》〉刊載於《海翁臺語文學》第56期。

9月 25日，《臺灣現代詩》製作「想念葉笛」專輯，黃騰輝〈噩訊〉、賴欣〈還沒說再見——給葉笛兄〉、林盛彬〈春風——懷念葉笛〉、林鷺〈葉笛——悼詩人葉笛〉、張碧霞〈悼葉笛〉、趙天儀〈葉笛翻譯兩本日文書〉、利玉芳〈南門側寫〉刊載於《臺灣現代詩》第7期。

10月 由黃英哲主編，涂翠花、葉笛監譯《日治時期臺灣文藝評論集（雜誌篇）》（四冊），由臺南國家臺灣文學館籌備處出版。

11月 翻譯林芳年《曠野裏看得見煙囪——林芳年日文作品選譯集》，由臺南縣政府出版。

2007年 5月 11日起，國立臺灣文學館主辦「不死發光的夢想——詩人葉笛逝世週年紀念活動」，系列活動「詩人，乾杯！——葉笛逝世週年紀念展」、「葉笛文學學術研討會」於國家臺灣文學館（今國立臺灣文學館）舉行。

戴文鋒主編《葉笛全集》（共18冊），由臺南國家臺灣文學館籌備處出版。

6月 《臺灣文學館通訊》製作「生命的明鏡・歷史的裁縫——詩人葉笛紀念專輯」，陳瀅州〈典型在夙昔——走看「詩人，乾杯！——葉笛逝世週年紀念展」、陳瀅州〈府城文學的良心——葉笛的人生與文學講座〉、簡弘毅〈未曾遠行的詩人——「葉笛文學學術研討會」側記〉發表於《臺灣文學館通訊》第16期。

2008年 9月 《新地文學》製作「葉笛專輯」，陳輝東「葉笛畫像」、許達然〈葉笛的文學事業〉、阮美慧〈青春、理想、死亡——葉笛詩中的生命三部曲〉、郭楓〈紅蕃薯及其他——詩六章・焚寄兄弟葉笛〉、陳萬益〈我們在「日本時代」相會〉、呂興昌〈行入無邊的寂寞佮稀微——懷念葉笛〉、李若鶯〈我稱呼他「葉老師」〉、陳金順〈茄仔色的批紙上——獻予飄撇的詩人葉笛〉、〈葉笛寫作年表〉刊載於《新地文學》第5期。

11月 24日，「那個劇團」改編葉笛相關詩文，由楊美英編導舞臺劇《夢之葉》，於臺南草祭二手書店公演，並邀請葉笛女兒葉蓁蓁進行日文口白錄音。

12月 趙天儀編詩集《葉笛集》，由臺南國立臺灣文學館出版。

參考資料：

- 葉笛口述；林德政撰稿，〈家世與故鄉——走過一甲子的文學路・葉笛〉，《臺灣日報》，2005年11月3日，21版。
- 創世紀編輯部，〈葉笛寫作年表〉，《創世紀》第146期，2006年3月。
- 莊永清，〈葉笛生平寫作年表初編〉，《葉笛全集 17・資料卷一》，臺南：國家臺灣文學館籌備處，2007年5月。
- 趙天儀編，《葉笛集》，臺南：國立臺灣文學館，2008年12月。
- 電子資料庫：報紙標題索引資料庫。
- 電子資料庫：臺灣文學期刊目錄資料庫。

輯三◎

研究綜述

葉笛研究綜述

◎葉瓊霞
◎葉蓁蓁

一、葉笛生平

葉笛，本名葉寄民，本籍為臺南灣裡，昭和 6 年（1931 年）生於屏東市。二次大戰中被派往南洋戰場的大哥陣亡，開啟他對生命與死亡的思索。戰爭結束時 15 歲，考入臺南師範學校（今國立臺南大學），41 級普師科畢業，任職國小教師共 18 年。為心中始終不滅的文學追求，放棄國小教職赴日留學，以十年苦讀取得日本大東文化大學日本文學學士、東京教育大學日本文學碩士學位，繼續於大東文化大學日本文學修讀博士課程畢業，並於東京大學人文科學研究所從事中國近代思想史研究兩年，專攻日本文學、中國近代思想等。陸續任教於東京學藝大學、跡見女子大學、專修大學、聖德學園女子短期大學。葉笛在日本居停前後 30 年，不入日籍，不忘故鄉，他在東京的居所，經常是臺灣文壇詩友過境東京的「出張所」，有朋自故鄉來，舉杯共話故鄉人事，是他人生至樂。1985 年，與許極燉、張良澤、劉進慶等共組「臺灣學術研究會」，每月邀請日臺教授演講，並每年出版一冊《臺灣學術研究會誌》。1993 年辭職歸返臺灣，定居故鄉臺南，除持續性地耕耘文學園地、永不間斷地專事文學寫作、翻譯外，也於永都長青福利館擔任日語及臺灣文學之研究教師，貢獻所長，傳承智慧於後學。1996 年獲頒第二屆府城文學特殊貢獻獎，1998 年獲選為臺南大學第 11 屆學術類傑出校友，2004 年《創世紀》詩社頒予 50 週年「榮譽詩獎」，

2005 年更獲「巫永福評論獎」。

葉笛早期以詩人知名，是臺灣戰後第一代詩人，已結集出版的詩集有《紫色的歌》（1954 年）、《火和海》（1990 年）；散文集《浮世繪》（2003 年）；評論集《臺灣文學巡禮》（1995 年）、《臺灣早期現代詩人論》（2003 年）。譯著十數種，包括日本芥川龍之介《羅生門》、《地獄變》、《河童》（1969 年）、石原慎太郎《太陽的季節》（1969 年）、《中原中也論》，以及日治時期臺灣前輩作家作品，如楊熾昌《水蔭萍作品集》（1995 年）、吳新榮「震瀛詩集」、〈亡妻記〉（1997 年）、林攀龍《人生隨筆及其他》（2000 年）、江文也《北京銘》（2002 年）等。返臺後參與多種日治臺灣文學研究計畫如《楊逵全集》（1997～2001 年）、《龍瑛宗全集》（1997～2001 年）、《葉榮鐘全集》（1999～2002 年）、「日治時期臺灣文學日文史料蒐集翻譯計畫」（2001～2005 年）、《楊雲萍全集》（2001～2011 年）、《王昶雄全集》（2002 年）之翻譯工作，為 1990 年代的臺灣文學研究作出極大貢獻。2006 年 5 月因胃癌病逝。

二、葉笛的文學活動

第一階段：與詩壇交心的早慧詩人

此階段的文學表現集中在現代詩與散文的創作，具體成果為詩集《紫色的歌》。據張默所言，《紫色的歌》1954 年出版，為華語詩壇第一本臺灣詩人的詩集，以詩人身分而言，葉笛出道甚早，詩集出版皆早於林亨泰、方思、鄭愁予等。

葉笛自南一中、南師在校時期，即時常從事文學創作，作品發表於當時各種文藝刊物如《半月文藝》、《野風》等。1954 年《創世紀》詩刊創刊，葉笛即有三首詩作發表，與軍中作家張默、瘂弦以詩會友，鴻雁往來，甚至傾囊相助，論交半世紀。

1956 年他與摯友郭楓、李天林創辦《新地》文藝月刊，並任發行人。1965 年加入《笠》詩社，除了新詩的發表外，也翻譯日本及各國詩論及小說，將臺灣詩壇的視野引向廣闊的世界。另外，來自馬來西亞的詩人王潤華發行《星座》詩刊，葉笛也慨然以詩相挺。

葉笛熱情重義，俠骨柔腸，以文學為唯一信念，是故他的摯友滿文壇，他的詩作、譯作也同樣見諸各詩刊，不分畛域。戰後第一代詩人彼此友誼歷數十年而彌新，考察葉笛創作、文學活動及文壇交遊，即可窺知 1950、1960 年代現代詩史之吉光片羽，也印證臺灣現代詩史曾有這樣以詩交心的年代。

第二階段：日本當代文學的譯介前行者

翻譯，是一種亟需重新定位的文類。晚近學界逐漸以「再創作」的眼光來看待翻譯，而非僅原文的附庸。意即，翻譯乃「藝」而非「技」。翻譯者本身文學敏感度夠高的話，足以披沙撿金，在龐大的異國文學中為讀者「鉤沉」，或者以先行者的眼光，將具有時代性的異國文學譯介到本國，其重要性猶如龔自珍所言「但開風氣不為師」，影響所及，甚至可能是一整個文學世代的思想內涵。葉笛於 1960 年代翻譯芥川龍之介的《羅生門》、《地獄變》、《河童》等中短篇小說，就有這樣的影響力道。臺灣文學研究者林瑞明、陳萬益、呂興昌等大家就不止一次提到自己在青年時期深受芥川文學影響，而且所讀就是葉笛譯著。

葉笛在 1960 年代即開始從事翻譯志業，一系列發表於《笠》詩刊的詩論翻譯如安德列・蒲魯東的〈超現實主義 1924 第一宣言〉、馬裡奈地、鮎川信夫〈詩人的條件〉、安東次男的〈法國詩史〉、鈴木信太郎〈保羅・魏爾崙論〉、萩原朔太郎〈何謂詩〉等重量級文學理論、詩論，對當時詩壇影響甚大。對當時讀者而言亦是透過日文，開啟了一扇通往世界文學的視窗。

第三階段：結合詩人、譯者、史家多元縱深的評論者

2001 年起，葉笛應老友張默之邀為《創世紀》撰寫一系列臺灣詩人論，從詩人的選擇、研究，到詩作的中日對照譯介，都有他的獨到眼光，而最令人驚豔的創舉則是文末還為每個詩人獻詩一首。這種結合研究、翻

譯、創作的體例前所未有，也映證了楊宗翰所說「詩人葉笛」、「翻譯家葉笛」、「學者葉笛」三重身分的合體。本系列後來結成《臺灣早期現代詩人論》，作為 2003 年國家臺灣文學館開館紀念出版品，陳昌明認為這本專著是一種對前輩典範的詮解，葉笛論詩最重要的準繩是回歸感動人心的基本要求，文末的獻詩更是把對前輩詩人的理解昇華為創作，一種具有審美高度的致敬。放眼文壇，此種多元縱深的詩史詩論，再無別作。

留學日本後，葉笛有十年時間專研日本現代文學，亦關懷中國現代文學發展軌跡，並開始以比較文學觀點，觀察中日現代詩史的互動與影響。〈魯迅兄弟與日本作家武者小路實篤〉、〈日本新體詩抄與中國白話詩運動的比較〉與〈日本現代詩的源溯和流變〉為此時期代表性的日文論著。其間已涵蘊著治日本現代詩史，及比較中日現代詩史的學術視野。返臺之後，他的學術關懷在原有基礎上，拓展為日本／中國／臺灣三地現代詩史的比較研究，同樣從詩的現代性出發，探究現代詩在精神領域的互動與承傳。1993 年後發表的單篇詩論，對他構思中的《一個現代詩史的比較研究——現代詩在日本、中國與臺灣》專著，提供了基礎與思考線索。

除了專論，葉笛散見各詩刊的散論，也有其共同的內在指向：建立戰後臺灣詩史的脈絡。身為戰後第一代詩人，參與過各詩刊的草創與經營，他的眼光是充滿情感的深刻建言，反映著他的本土詩觀、現實主義批判精神。可以說，他站在臺灣歷史長河的中游，面對前方日治前輩詩人，他「以詩雕人，為前輩塑像」（莫渝語），面對戰後詩壇，他立足土地、放眼世界，希望為臺灣戰後詩史添磚造路。唯有心中恆存詩史脈絡的詩人，才會有如此的的悲願和嚮往。

第四階段：呼應臺灣文學界期待的翻譯者

留日期間，與在日本的臺灣學者共同創立「臺灣學術研究會」，透過研究會，將臺灣文學介紹到日本學界，亦翻譯日本研究者的相關研究以饗臺灣讀者，在兩種語文間篩選、翻譯、評介，為 1970 年代臺日文學交流的重要橋樑。尤其翻譯日治時期前輩作家作品，必須能掌握時代氛圍、習慣用語，熟悉文化人的閱讀面向及思考特性，方能為作品作精確的再現。返臺定居之後，因文學使命感的驅策，以其詩人身分、文學史眼光，加上深厚的日文學養，參與了多部作家全集的研究計畫，如楊熾昌《水蔭萍作品集》（1995 年）、吳新榮「震瀛詩集」、〈亡妻記〉（1997 年）、林攀龍《人生隨筆及其他》（2000 年）、江文也《北京銘》（2002 年）、《楊逵全集》（1997～2001 年）、《龍瑛宗全集》（1997～2001 年）、《葉榮鐘全集》（1999～2002 年）、「日治時期臺灣文學日文史料蒐集翻譯計畫」（2001～2005 年）、《楊雲萍全集》（2001～2011 年）、《王昶雄全集》（2002 年）等，擔任吃重的翻譯工作，其嚴謹考據的態度、信達忠實之譯筆，被視為翻譯前輩作家作品的最佳人選之一。葉笛自己卻認為，為豐富臺灣文學研究的內涵與深度，前輩作家的作品都應該擁有兩種以上的翻譯，方為研究者之福。葉笛至今所譯的作品，眼光獨到，掌握的時代氛圍與作家特性精準，為臺灣文學領域不可或缺的重要經典。

下村作次郎以極深度的理解，闡釋了日治時期臺灣文學史料的翻譯工作的豪情與俠氣：

> 臺灣文學研究是將日本統治時代 51 年之間，前人以日文留下的業績，延續、連繫到下一個時代，如此龐大的重任正在等待被挖掘。葉笛以臺灣文學研究前輩，呼應周圍臺灣文學研究者的期待，將此工作一肩承擔。筆者身為一個日本人，親近了從事這樣臺灣文學研究工作的葉笛。這樣的翻譯工作令人心酸，而且絕對不是件容易的工作。
>
> 戰前的臺灣文學家被時代愚弄，幾乎沒有人一輩子以作家為生的，但是或許也可以說就是因為那樣，這樣的遺產才會以延續的形式，傳承至下一個世代的吧。

1993 年返臺到 2006 年逝世之前，葉笛將絕大多數的時間投入翻譯日治時期臺灣文學史料，堪稱將一生能量奉獻給學術界與文學界，後人得以在這土地上迅速而充沛地汲取臺灣文學與臺灣文化的養分，當代文學研究者可以透過這些翻譯，進入歷史時空和日治時代前輩對話。2005 年 8 月得知罹患胃癌之後，有幾件指標性的作為值得注意。首先，他著手將已發表而未結集的新詩輯為一冊，親手抄錄，命名為《失落的時間》，其中包括未發表的組詩〈癌病棟〉，記錄著他因化療出入醫院的所思所想，手稿捐贈臺灣文學館。其次，他曾於 1968 年翻譯鮎川信夫的詩論《何謂現代詩》，分成五期於《笠》詩刊發表，其中獨缺〈沒有祖國的精神〉一章。2005 年，葉笛病中勉力將鮎川信夫《何謂現代詩》整部著作補全，另外，在未發表手稿中還發現了〈不安之貌〉、〈現代與詩人〉（鮎川信夫、石原吉郎）、〈給 X 的獻詞〉（荒地同仁），這可以從兩個方向來理解。第一，如下村作次郎所推測，基於當年臺灣仍處白色恐怖餘波下，言論出版自由處處受限，葉笛雖然身在東京，為恐波及《笠》詩刊發行，他自動選擇讓這一章敏感內容消音，事隔 38 年，他為了《何謂現代詩》的完整性將之譯出，了卻一樁心事。第二，鮎川信夫所屬的文學團體「荒地」，在戰後日本文壇有十足的代表性。荒地同仁對於人性的回復及語言的基本思考，具有恆常性及普遍性，也引導了戰後日本詩史的流向。葉笛從鮎川信夫、石原吉郎的《現代詩論》（1972 年）中選譯了〈不安之貌〉、〈現代與詩人〉，又從《現代詩讀本》（1986 年）中選譯了〈給 X 的獻詞〉，可見他閱讀不同的詩論專著，始終關心著鮎川信夫和「荒地」的文學信念，他主題式的閱讀與翻譯，使臺灣得以認識「荒地」這個文學團體完整詩觀。

三、葉笛相關評論

綜觀葉笛相關研究的時間分布，1990 年代之前極少，慮及他詩作不多，又去國甚早，加以臺灣文壇評論風氣未熾，並不令人意外。葉笛相關研究的高峰，在 2006～2007 年，也就是臺灣文學界驚聞葉笛罹病之後。葉笛夙來古道熱腸、先人後己。去國 24 年，1993 年葉笛自東京返回故鄉臺南定居後，與林瑞明、呂興昌、陳萬益等學界摯友共同努力，迎來臺灣文學開花結果的 1990 年代。臺灣文學系所的成立、葉石濤獲頒成大榮譽博士學位、臺灣文學館的籌設、前輩作家文集的出版……，鶴髮紅顏的他，無役不與。最直接的貢獻是他一頭栽進日治時期臺灣文學史料的翻譯工程，工作量之大，明顯限縮了他自己創作與評論的時間心力。因此當 2006 年文友得知葉笛病況後，各大詩刊都紛紛以製作專號、特輯的方式，向葉笛致敬。以下將各詩刊所編特輯羅列如下：

《創世紀》第 146 期 葉笛特輯　2006 年 3 月
《臺灣現代詩》第 7 期 想念葉笛專輯　2006 年 9 月
《笠》第 253 葉笛懷念專輯　2006 年 6 月
《笠》第 254 葉笛懷念專輯（續）　2006 年 8 月
《新地文學》第 5 期 葉笛專輯　2008 年 9 月

另外，《鹽分地帶文學》（總編輯林佛兒、主編李若鶯）雖未製作成專卷，但自第 1 期到地 12 期陸續有葉笛相關研究刊登，以時間分布和關懷密度來講，反而跨距最長、密度最高。

2006 年開始，國家臺灣文學館委託國立臺南大學臺灣文化研究所戴文鋒教授組成研究團隊，在家屬協助之下進行「《葉笛全集》整理、編輯、出版計劃」，並於 2007 年 5 月葉笛逝世週年，舉辦全集 18 冊的新書發表會，以及葉笛文學學術研討會，《葉笛文學學術研討會論文集》專冊於 2007 年 8 月出版。

歷年學界有關葉笛研究相關研究，學位論文有兩篇，分別是郭倍甄〈葉笛及其現代詩研究〉（2006 高雄師範大學國文學系國文教學碩論）、施慧珠〈葉笛散文集《浮世繪》研究〉（2006 高雄師範大學國文學系國文教學碩論），皆由高雄師範大學國文學系李若鶯教授指導。本研究彙編，由《文訊》同仁所蒐羅 230 筆研究資料中，選錄 18 篇，依其方向可分四大類。第一類是宏觀的綜論，論者所言包括其跨文類的創作，夾敘夾議中，也論及葉笛不同階段生涯及文類創作之關係，此類包括許達然、尉天驄、三木直大共三篇。第二類集中在葉笛的新詩，葉笛以詩名家，出道甚早，此類篇章最多，共收七篇，分別由不同角度探討葉笛詩藝與題旨。第三類為散文評論，選錄郭楓先生一篇專論，亦選趙天儀一篇綜論。第四類主題為葉笛評論，共收錄陳昌明、李瑞騰、孟樊、楊宗翰四篇。第五類為翻譯類，收錄下村作次郎、邱若山兩篇。

第一類綜論以許達然、尉天驄為首，希望透過這兩位葉笛摯交犀利鉅觀的眼光，為讀者勾勒出葉笛文學版圖的精神象限。許達然與葉笛兩人都有創作者兼學者的思考脈絡與社會關懷，又分別在英文、日文的學術語境和中文創作間轉換書寫，因此相知甚深。葉笛生前就表達由許達然為其全集撰寫總導讀的希望，許氏慨然允諾，撰成導讀近兩萬言，遍論葉笛各種文類，標舉出六大特質：在歷史脈絡中進行所有的文學論述、廣徵博引，全方位探討主題、雖不高舉理論大旗，卻具比較文學的意涵、日文作品翻譯親力親為、解析詩文時有新意、對臺灣文學、文學史及詩有其洞見。許達然認為葉笛的文學論述皆在歷史脈絡中進行，而且他從思想史和政治社會運動角度來觀察詩人的心路歷程，特別能洞見詩人神髓。誠如艾略特〈傳統和個人才氣〉之言「你不能單獨評價他，你必須把他放在已去世的詩人和藝術家當中做對照和比較。我認為這不只是歷史批評，更是美學批評的原則」，從一家之論到文學史料、到構建文學史的大方向上，兩人始終擁有同樣信念：以個別臺灣文學資料構成文化資源、進而影響社會形成，廣泛累積文化資本，以文學立足於世界。

尉天驄〈府城的李白〉一文，除了相當篇幅討論葉笛所翻譯的芥川龍之介（源於另一篇論文〈葉笛與芥川〉），更多了對葉笛生涯的憶述，在他優美暢述兩位桀傲青年友誼的同時，讀者卻更深刻地感受了葉笛與芥川在生命情調和文學美感的呼應，而這心靈上的波紋，影響一整個世代。尉天驄剖析了葉笛對芥川文學的內在理解：

有人說，芥川文學是虛無的，老葉不以為然。他說：對於芥川來說，對俗世的厭惡和質疑並不等於他對人的徹底絕望，他的作品裡時時顯現著另一種努力，那便是：由承受生命的煎熬而去追尋生命的意義和出路。這樣，在厭世的喟嘆和悲苦中，便一直企盼著另一個溫馨的理想世界的出現。這是最真的「詩」的精神。這種「詩」的追尋和宗教般的執著，就是芥川龍之介最深沉、也最攪動人心的地方。

這是真正吸引葉笛的芥川特質，葉笛曾提到他在芥川作品中看到他自己，感受到來自靈魂不安的戰慄之美，因此，在尉天驄穿越時空的解碼之下，我們得以看到，葉笛的文學世界實際上呼應著芥川的文學世界，不管是詩或散文，都有他對人世悲憫的回望、對理想的憧憬。而他對臺灣文學無怨無悔地奉獻，更有委身傳道般的奉獻熱情。

三木直大作為葉笛東京時期的學生，以及現役的臺灣文學研究者，十分清晰地交代了一位日本學子如何透過葉笛，認識臺灣文學的學思歷程，呈現了從 1970 年代那種日本回望臺灣的時代氛圍，三木的用語是「體溫感」。可以說，1970～1990 年代的異鄉生活與望鄉情切，葉笛始終心朝故鄉，這也決定了 1993 年的返鄉與其後義無反顧的投入臺灣研究。

第二類詩論，角度多元，張默所撰〈狂飲滔滔不絕的生命之水——簡析葉笛《紫色的歌》、《火和海》、《失落的時間》〉是葉笛全集新詩卷總論，整體觀照了葉笛全部詩作，包括最後未結集出版的《失落的時間》。張默總結葉笛不同時期的詩風，認為《紫色的歌》表現青年詩人浪漫真摯的一面，禮讚青春與夢想，《火和海》探問戰爭、生命、死亡的極限，以不斷變奏的時間意象，為現代戰爭詩開拓廣闊深邃的空間。《失落的時間》為早期臺灣詩人素描，從感覺出發到超現實的高舉，打開寬廣悲慨的風采。另外葉笛撰述的「臺灣早期現代詩人論」專欄，乃由張默邀約，先以專欄形態在《創世紀》詩刊連載，他也客觀論評：「處理史料的旁徵博引，下筆行文的深入推敲，評論態度的一絲不苟，這些都足以作為研究臺灣新詩後學者的典範」。

林亨泰、岩上、莫渝本身皆是詩家，詩人惜詩人，往往有其獨到「詩眼」，幻化為筆下劍光，為讀者指路。例如林亨泰指出《火和海》系列詩作中的「死亡意象」、「炮彈意象」，最後聚焦在精神與肉體的「極限狀態」，終於其所失去的不是存在，而是時間。岩上指出葉笛詩風主旨明確、不故弄玄虛、著落現實性的命題。莫渝認為葉笛是純粹的浪漫主義者，回首其畢生詩蹤，往往在時間之流中泅泳、築夢，向命運之神索取歲月，探詢時間長河中個人的定位。

不同於詩史常見的分期方式，阮美慧〈青春、理想、死亡——葉笛詩中的生命三部曲〉，將葉笛詩作理出「青春的歌詠」、「理想的追尋」、「死亡的諦關」三大象限，不以時間分期，而是詩作所投射的精神指標。韓裔學者金尚浩為韓國著名詩人金光林之子，葉笛是最早將金光林的詩作譯介到臺灣者。金尚浩將葉笛《火與海》系列詩作不單是歷史見證，更因透視傷痕，而有助於療癒，重現「臺灣的呼吸聲」。

長年致力臺語文研究的李勤岸、蔡瑋芬，關心的就是葉笛的臺語文研究和評論。他們耙梳葉笛的九篇臺語文學研究，寫作年代都在 1990 年代返臺之後，而他的語言文學觀兼具文化性與工具性，也涵容臺語書寫、華文書寫，互容而不相斥。既呼應 1930 年代以來「臺灣話文」的荊棘之道，也接納中文書寫的臺灣文學。

第三類散文，郭楓〈鑑賞葉笛散文的藝術境界〉由葉笛人格特質與創作理念切入，融會了兩人深交半世紀的深刻理解——以悲憫心懷，立於弱勢庶民之中，以及將這些生活群像昇華為生命的思索。

第四類評論，學者葉笛的投影面積，首度大於創作者葉笛，其中《臺灣早期現代詩人論》以其形式上的卓異與內容的厚重，成為李瑞騰、孟樊、楊宗翰討論的焦點。《臺灣早期現代詩人論》書中所引日文史料皆為葉笛一手翻譯、12 位日治詩人專論構成斷代詩史的預備作業，最特別的是詩人葉笛在文末現身，提贈給每位前輩詩人一首詩作，眾評論家一致推崇此類「題贈詩」、「志人詩」建立在對詩人的深刻理解上，是詩人閱讀詩人的典範。陳昌明〈史觀與鄉愁〉，勾勒葉笛文學評論的三大維度：日治前輩典範、戰後詩史、東亞文學，確實有其一脈相承的史觀和世界觀。

第五類翻譯，邱若山歸納了葉笛翻譯的特色：他將自己視為翻譯者，同時也是引介者，所以他的譯作總伴隨著導讀、譯後記出現，這是奠基工作，甚至也發展成他的相關評論。其次，以詩人身分譯詩者眾，願意像葉笛一樣翻譯〈超現實宣言〉、〈未來派宣言書〉等冷僻詩論者極少，在發表當時更有其針砭時代的意義。下村作次郎則比較從日本文學史的角度來剖析，經過戰爭洗禮，又具有濃厚人道主義精神的葉笛，他翻譯生涯中再三致意的幾位日本詩人：鮎川信夫、峠三吉、中原中也，不謀而合地具有反省愛國精神、冷眼反思戰爭的特點。下村作次郎不但細究葉笛翻譯的微言大義，並且發掘出譯作發表時間與葉笛生命歷程重要階段暗相呼應的關係。《中原中也論》譯於 1987 年，恰是臺灣解嚴前夕；《原爆詩集》發表在《火和海》出版之前；而鮎川信夫《何謂現代詩》一書，1968 年便已陸續發表，獨缺事涉政治敏感的〈沒有祖國的精神〉一章。2005 年夏天他被告知罹患胃癌，踏上跟許多人一樣難熬的化療療程，病中他始終將此書帶在身邊，2005 年 12 月譯畢補全，心願得償。葉笛與鮎川同屬「擁有戰爭的共同體驗而殘存於戰後荒地」的一代，下村作次郎透過翻譯，解讀了詩人心中那從未消失的戰爭殘響。

四、結語

葉笛在臺灣文學界是頗具異質性的存在，對照於量少質精的詩、散文創作，葉笛文學志業版圖跨及評論、翻譯領域的浩瀚內容，呈現了一種「非典型」的文學現象，也讓詮釋葉笛這件事，必須從單一「創作者」角度轉化到複性「文化人」的層次，才能做出適切的理解與定位。

「文化人」一詞，特指日治時期臺灣新興知識階層（在日治文學史料中曾以「文化的」、「文化仙仔」等臺語語彙呈現），雖然概念上借自舊俄智識分子（Intelligentsia），必須將他們放在日治歷史的社會網絡關係加以認識，他們是殖民地社會的產物，為臺灣負起了文化啟蒙和政治社會教育的職能。他們對改革社會有高度使命感，願意投身社會運動，透過他們的實際參與，臺灣本土精神與道德自覺從 1920 年代慢慢型塑建構起來。隨著歷史演變，戰後「知識分子」一詞的內涵已經不同，朝向「中產階級、受高等教育的專業人士」轉化，而關懷現實、實現社會正義等高度使命感的精神內涵卻有逐漸淡化之趨勢。葉笛潛入日治文學史中耙梳的前輩詩人幾乎都是「文化人」，有高蹈的理想主義，也以行動實踐信念。雖分屬不同年代，親炙這些前輩作品，直接影響葉笛文學志業分布的光譜。

人生充滿各種選擇，時間與心力的選擇分配，正是觀察一個人價值觀的參考座標。葉笛所獻身的方向，標示了臺灣文學最不功利的途徑，最應傳承的薪火。所幸這些努力，能夠被臺灣文學同道理解，並從各方角度深度詮釋。葉笛研究資料彙編的 18 家論述者，或與葉笛共同經歷一個世代、或共同傾力澆灌一份刊物，就其同者而言，都是廣義臺灣文學論述的共同建構夥伴。他們彼此間相互折射文學信念，互證互文，呈現出評論者對葉笛文學的多方解讀，也勾勒出臺灣文學界的精神風貌。葉笛本身常以文學接受的角度進行文本分析，他自己（包括所有文本、文學活動、人格特質）又何嘗不是文學史中一頁風景？如姚斯（Hans Robert Jauss）所言：

> 藝術品的歷史本質不僅在於它再現或表現的功能，而且在於它的影響之中。……這種不斷的理解、和對過去的能動的再生產就不能被局限於單個作品。相反地，現在必須把作品的關係放進作品和人的相互作用之中，把作品自身含有的歷史連續性放在生產與接受的相互關係中來看。

姚斯認為，與其把文學作品當作一尊紀念碑，不如將之視為一部管弦樂譜更為恰當。因為樂譜在演奏中會不斷獲得讀者新的反響，使文本從字詞的物質形態中解放出來，成為一種當代的存在。也就是說，文學作品邀請讀者與之對話，這種對話過程是「再創造」的活動。

因此，解讀葉笛，除了評論、研究等學術面向，也許還有其他方式，延續葉笛的精神，以再創造的方式向詩人致敬。葉笛自 1993 年返回故鄉定居，因其熱忱慷慨，至情至性，對學術或其他藝文領域的青年後輩總給予鼓勵提攜，是太陽一般的存在。葉笛逝世倏忽十年，紀念懷想的詩作、劇作仍不時得見，可以想見他滲入人心之深。當年受他影響的劇場人，以懷想葉笛而發想創作的舞臺劇《夢之葉》曾以不同版本，三度搬上舞臺，分別是 2008 年臺南草祭二手書店室內版本、2013 年愛國婦人館戶外版本，以及 2015 年高雄衛武營讀劇版本。此三部作品皆由「那個劇團」藝術總監楊美英編導。臺語詩人陳金順、王貞文在母語創作路上受葉笛溫暖鼓舞，誦讀他們懷念葉笛的詩作，也能讀出跨越時空阻隔的幽幽憶念。這些映照詩人人格特質的吉光片羽，或許可視為文學接受理論一種最美的實踐。

輯四◎
重要評論文章選刊

《葉笛全集》總導讀

葉笛的文學志業

◎許達然*

甚至連序也只是寫給理解書的人的。

——維根斯坦（1889～1951）[1]

葉笛（1931～2006）是位才華橫溢，學識淵博，情操高潔的卓越學者、作家和翻譯家。《葉笛全集》的出版使我們能有系統地讀他在臺灣文學發展史上對詩和散文創作、臺灣文學研究、臺灣文學和日本文學翻譯和欣賞方面的奉獻和貢獻。

文學是葉笛一生的志業。馬克斯（1818～1883）認為「必要時，作者為寫作的目標犧牲而存在。」[2]為了理想，葉笛幾乎什麼都可犧牲，總是堅毅地走著文學之路。對法國超現實主義作家卜烈東 （1896～1966），「總提醒你自己文學是通往每件事最傷感的路之一。」[3]然而，對葉笛，文學是快樂的路，他走得很豪邁。事實上，文學是他的日常工作。法國學者詩人華列理（梵樂希 Valéry，1871～1945）承認他「對工作本身比對工作成品更有興趣。」[4]葉笛也是這種學者作家。雖然研究並翻譯日本和臺灣文學作品

---

*作家、臺灣史學家、美國西北大學名譽教授。

[1]Ludwig Wittgenstein, *Culture and Value*, trans. Peter Winch (Chicago: The University of Chicago Press, 1984), p.7.

[2]Karl Marx, "The Writer's Profession," in Karl Marx and Frederick Engels, *Literature and Art : Selections from Their Writings* (New York: International Publishers, 1947), p.63.

[3]André Breton, "Manifesto of Surrealism: Secrets of the Magical Surrealist Art," *Manifestoes of Surrealism*, trans. Richard Seaver and Helen R. Lane (Ann Arbor: The University of Michigan Press, 1972), p.29.

[4]Paul Valéry, "A Poet's Notebook," *The Art of Poetry*, trans.
Denise Folliot, The Collected Works of Paul Valéry, Vol. 7, ed. Jackson Mathews (Princeton: Princeton

以致減少了他自己創作的時間，但他都願意。只要能推動臺灣文學發展的，他都無私地全力以赴。從《葉笛全集》我們讀的不僅是他文學工作的成品和成就，也是他的辛勤、真摯、熱誠、淡泊和奉獻。

關於序，黑格爾（1770～1831）認為「唯一的責任是寫些對所要介紹之書的觀點的外在和主觀短評。」[5]關於《葉笛全集》，我想從臺灣文學發展、藝術性和內容三方面簡略寫我讀他創作的感想，從文學欣賞和研究的角度綜觀他的論著和翻譯的貢獻。

一、詩

詩等著意義。詩聽著它的讀者。

詩的意義……是讀者的事。

——華列里（1871～1945）[6]

葉笛的創作，詩和散文，都多少運用直喻、隱喻、反諷和通感精巧地表達他對自然和人生的抒情和哲思，對眾生的關注，對臺灣家國的情懷和寄望，以及對社會和政治的批判。在日治時期臺灣公學校（相當於「國小」）念日文的葉寄民，1946 年上初中才學中文；學了兩年後就開始用中文發表詩和散文作品，顯現了他創作的才華。關於他的創作，我們按全集的次序，先讀卷一和卷二的詩，再讀卷三的散文。

葉笛的詩創作收在《紫色的歌》、《火和海》（詩卷一）及《失落的時間》（詩卷二）。

先看《紫色的歌》。葉笛在 1954 年出版的這本詩集，我認為是臺灣 1950 年代初期出版的詩集中，詩質較好的一本。它主要是抒情的，但輝映

University Press, 1958), p.183.

[5]George Wilheim Friedrich Hegel, *Hegel's Philosophy of Right*, trans. T. M. Knox (Oxford: Oxford University Press, 1967), p.13.

[6]Paul Valéry, "On Poets," *Poems*, trans. R. Lawler, The Collected Works of Paul Valéry, Vol. 1, ed. Jackson Mathews (Princeton: Princeton University Press, 1971), pp.398, 416.

著哲思的火花。從《紫色的歌》裡有關自然意象和生命意象的經營可看出年輕的葉笛的詩藝術和詩內容。對入籍法國的詩人阿波里奈爾（1880～1918），「要再充實靈感，使靈感更新奇，更奧妙，我想詩人必得指涉自然和人生。」[7]的確，葉笛豐盈的靈感表現在他生動的自然意象和人生意象的活潑運用。

在自然意象裡，葉笛描寫自己和別人的心境，以及他對自然的態度和認同。自然是他的心情，讓風嘆息孤獨（〈孤獨〉）。自然也是母親的心情：古井的反響→狗吠→驚醒的孩子哭→催眠曲→母親的心燈（〈夜籟〉）。古井的反響自然引起狗向井吠自然嚇得孩子自然哭了自然聽著催眠曲自然睡著了自然亮起母親的心燈。所有自然的和人為的聲音都溶入母親的沉默裡。年輕的詩人對自然溫柔，總是怕打擾迎接黎明的露珠和草蟲的夢（〈晨歌〉）。他要屬於自然，飛上高山，漫遊四海（〈夢〉）。他跟自然一樣充滿活力：「啊，力，力，力，力／崇高的歡騰的力喲！」（〈讓我呼喚你，大地喲〉）。葉笛向大地呼喚，也像濟慈（1795～1821）那樣認為「土地的詩永遠不死」[8]，表現了有色有聲有力的自然和大地。

海和陽光，這兩個葉笛常用的自然意象，開始出現在《紫色的歌》。對他，海是一種心情，凝注的對象，和活力的象徵。海是他的心情，寂寞像海的眼睛注視（釋）孤獨的心（〈妳可知道！姑娘〉）。而從海的眼睛，他看到廣漠深邃的寂寞。奈何海也是他愛凝注的對象：「你底明眸是神祕而紫綠色的海」（〈紫色的歌〉），勾起他渺漫的遐思。海更是「生命和力的象徵」（〈我永遠奔向海〉）。在海上聆聽島送來的歌，他要把掉落海如寶石的月光，串成項鍊掛在胸前，隨著浪濤的旋律而舞。「揚起的鋼鐵似的憤怒臂膀」對生命負責，讓「交織著熱情和夢幻的歲月」遺落在海邊的島上。島上陽光燦爛，輝映景和情，而「殷紅的夕陽／像熱情的少年的心／那柔情

[7]Guillaume Apollinaire, *Soirées de Paris*, 1914; cited in Scott Beats, *Guillaume Apollinaire* (New York: Twayne Pubilshers, 1989), p.108.
[8]John Keats, "On the Grasshopper and Cricket," *Selected Poems and Letters*, ed. Douglas Bush (Boston: Houghton Mifflin Company, 1959), p.19.

脈脈的光輝／羞紅了西天的雲霞」——雲霞是貼在少年害羞的臉的顏色。唱著〈紫色的歌〉時，他看見「一隻鷹啄著綻開在身上的陽光的花朵。」畢竟，陽光是再怎樣凶猛貪婪的動物都摧殘不了的美麗。無論如何，他的〈心之歌〉是「永遠朝著太陽／……自己生活／也讓別人生活。」對他，陽光是理念的閃爍，平等主義的展現。總之，陽光、海、山、風、露珠、草蟲、狗等自然意象描繪了年輕詩人的自然心境、熱忱和憧憬。

葉笛也用些生命意象展露博愛精神、寂寞、意志、感傷和活力。對他，愛是人血液都相同的顏色（〈神女淚〉）。雖然路程險厄，但他仍然「撲捉著靈感一霎的迴光／窺探過生命的意義」（〈寂寞〉）。雖然疏離，但他仍然堅決「唱著無人了解的歌／向那不可知的世界獨行」（〈詩人之戀〉）。雖然「唯一的真實／是永不褪色的悲哀」（〈輓歌——悼亡兄〉），但他的生命「有無數綺麗的希望，和／詩情奔放的日子」（〈心之歌〉）。詩或詩情，對「達達」派詩人扎拉（1896～1963），是「對字的意志」[9]。但詩情對葉笛是對生命的意志，相信「生命力／保證了生命的自由和活力（〈孩子與野花〉）。

總的來看，葉笛在《紫色的歌》運用自然意象和人生意象體現了德國浪漫主義詩人理論家諾瓦里斯（1772～1801）對人生的看法，以及阿波里奈爾對詩人的期望。在諾瓦里斯看來，「使一切都有活力是人生的目的。」[10] 而阿波里奈爾強調：「詩人是發現新喜悅的人，儘管新喜悅可能痛苦。」[11] 最後，我用葉笛結合自然、人生和社會而寫的〈鄉村行腳〉來總結《紫色的歌》的詩藝術和內容。〈鄉村行腳〉開始時，陽光向稻秧微笑。最後，「打穀機的聲響／……像陽光下濺跳的水珠／那一粒粒金色的穀子。」在

[9]Tristan Tzara, "Note sur la poésie," *Sept manifestes Dada, suivis de lampisteries* (Paris: Pauvert, 1963), p. 104; quoted in Mary Ann Caws, *The Poetry of Dada and Surrealism* (Princeton: Princeton University Press, 1970), p.95.

[10]Novalis (Friedrich von Hardenberg), "New Fragments," *Pollen and Fragments: Selected Poetry and Prose of Novalis*, trans. Arthur Versluis (Grand Rapids: Phanes Press, 1989), section 204, p.64.

[11]Guillaume Apollinaire, "L'Esprit nouveau et les poètes (The New Spirit and the Poets)," *in Selected Writings of Guillaume Apollinaire*, trans. Roger Shattuck (New York: New Directions, 1971), p. 234.

「通感」裡，聲音變成視覺。視覺又變成觸覺。響的不只是打穀機的發動也是汗珠的跳躍。那些跳躍是可觸摸的濕潤。透明的汗珠又衍化為金黃的穀子，既看得見也摸得到。而陽光更熱情地觸撫這些聲響、色彩、濕潤以及農夫的笑容。透過「通感」，葉笛描寫的不僅是鄉村情景，更是農人收穫，以及他觀察的心境。

葉笛第二本詩集，1990 年出版的《火和海》收入 1960～1989 年創作的詩，寫他對戰爭、人生、家庭、社會和臺灣的反思，面向更寬廣，內涵更深入。他和有強烈社會意識的法國超現實主義詩人艾呂雅（1895～1952）那樣，寫作「從個人的視野到所有人的視野。」[12]以下，我只粗略寫《火和海》裡五輯的內容概要。

第一輯「火和海」17 首組詩寫他在 1958 年金門「八二三」炮戰的經驗和感受。他以有關戰爭的各種意象省思生死、社會和時代。在這組詩裡，葉笛控訴炮火射下太陽，染紅了海，點燃樹，使葉凋落，掠奪生命，大地失色。他也抗議戰爭使時間癱瘓，扭曲人性，把人間打成地獄。他更反思存在和死的焦慮和荒謬。很寫實地，他描繪了戰爭的殘酷，潛意識及意識裡的生命焦慮，而凝聚了「超現實主義」者所主張的潛意識和現實（意識）的互動關係。所有這些，他都「陌生化」意象，好讓讀者欣賞時好好思考。〈火和海〉組詩，我認為是 20 世紀臺灣詩史上，在寫戰爭的詩中，內容最紮實，藝術性最高明，思想也最深邃的。

在第二輯「獨語」，他控訴圍著鐵絲網、飢餓、殺戮、痙攣，白天也要點燈的世界。只是他仍有顫慄的夢和孤獨的清醒。第三輯「星光」閃爍著他對臺灣的情懷，回響著他在東京的呼喚，要取回失去的太陽，光明地做自己的主人。第四輯「島」寫他對臺灣社會的觀察和批判，是少見的強有力的社會寫實批判的詩。在這三輯，葉笛回應了德國詩人劇作家布希特（1898～1956）的〈箴言〉:「在黑暗的時代／將也有歌唱？／是的，將也

[12]Paul Eluard, *Poèmes politiques* (Paris: Gallimard, 1948), n.p.; "Préface," *Poèmes politiques, CE uvres completes, II* (Paris: Gallimard, 1968), p.199.

有歌唱／關於黑暗的時代」。[13]然而，他也歌唱淳真，例如第五輯的組詩是幽美的音樂，伴奏他的吟詠。

總結《火和海》這五輯詩，在抒情中展露哲思，在批判中顯現理性。他充滿著期望，而不像英國詩人學者阿諾德（1822～1888）那樣惆悵：「啊，愛，讓我們互相真誠／因為世界看似我們前面的夢土／如此多樣、美麗、新穎／卻著實沒有歡愉、愛、光／也沒有確信、和平或給苦痛任何援助／這裡我們在幽暗的平原。」[14]無論如何，葉笛這本詩集展現類似華列里的詩哲學：「詩應是智性的慶典」[15]，「有節奏的、自發的思想活動」[16]，是「意識結構的複製」[17]。總之，葉笛的《火和海》詩集實踐了他結合感性和智性的詩創作理念。而智性還包括理性的批判。

感性、智性和理性的批判也重現在葉笛的第三本詩集：《失落的時間》。我就從感性、智性和理性批判來讀，他這本收入 1983～2005 年 12 月寫的詩。

先讀「感性」的詩。只舉四個例子。他用自然意象勾畫孫女的意象（〈十行詩〉），一如他另外兩本詩集，都有女孩純真的美麗。他看著花「飄落在樹下沉思的臉上」（〈花落滿地〉）。沉思時，他也擁有那飄落的美麗。無論如何，他要「攫住時間／把它一口吞下去」，讓蔚藍和光波填滿心胸（〈詩人〉）。詩人感激體貼的妻，儘管也有「夢想常被現實碾碎的日子」（〈有贈——給桂春〉），但都珍惜相扶持的美好時光。無論如何，他要抓住時間保護夫妻的恩愛，家庭的美滿，以及人間的美麗。

關於「智性」的詩，只看三個例子。第一個例子：時間在臉上沉思

---

[13]Bertolt Brecht, “Motto,” *Poems, 1913-1956*, ed. John Willet, Ralph Manheim, and Erich Fried (New York: Methuen, 1976), p.320.

[14]Matthew Arnold, “Dover Beach, ” *The Poetry of Matthew Arnold*, commentary by C. B. Tinker and H. F. Lowry (London: Oxford University Press, 1940), p.175.

[15]Hugo Friedrich, *The Structure of Modern Poetry*, trans. Joachin Neugroschel (Evanston: Northwestern University Press, 1974), p.109.

[16]Ralph Freedman, “Paul Valéry: Protean Critic,” in *Modern French Criticism from Proust and Valéry to Structuralism,* ed. John K. Simon (Chicago: The University of Chicago Press, 1972), pp.27-29.

[17]Valéry, “A Poet’s Notebook,” *The Art of Poetry*, p.176.

(〈時間〉)。其實是臉沉思時間，時間貼在臉上，而也在時間的臉上沉思，使臉又沉思在臉上的時間。第二個例子是在〈沒有星星的夜晚〉，「我們傾聽太陽的跫音」。再怎樣黑暗，詩人都相信光明總會到來，照亮人們行動的跫音。第三個例子是他用〈百年的呼喚〉寫下臺灣悲壯的史詩。苦難終會過去，臺灣人憧憬著亮麗的將來。他呼喚拒絕做「奴隸的奴隸的奴隸」的，行動起來，創造當家做主的明天。

還有感性加智性的詩，這裡只用兩個例子簡述。第一個例子：「我活過，思想過，愛過」(〈墓標〉)。題目「墓標」使我想起匈牙利詩人約澤夫（1905～1937）的短句：「世界將是你的墓碑。」[18]然而，葉笛詩的「墓標」並不是「墓悲」，而是活、想、及愛，然後回到大地，沒有什麼可悲傷的。無論如何，他人生的「目標」是活、想、並愛得有意義。另外一個有感性和智性的例子：「靜夜無眠傾聽點滴的跫音」(〈癌病棟〉)。那些點滴是維持體力的點滴，也是經驗的點滴，時間的點滴。他聆聽生命的點滴，靜思點滴的生命。對艾略特（1888～1965），「全部的大地是我們的醫院」[19]。然而葉笛並不那樣悲觀，在打點滴的生命裡，他仍要抒情和哲思生命的點滴，理性地看待人間，批判不理性的社會。

在葉笛智性的反諷裡，溫善被看做痴呆，「連上帝／也瘋狂」(〈微笑〉)。他笑不出來，因為什麼都「顛倒翻」了；邏輯是錯亂，狠毒的排除理智的、古意的、公義的。他也反諷「皮肉不笑」者、屈服者、及鄉愿(〈生日〉)。貝多芬（1770～1827）壯美的第九交響樂是要使人快樂的，但卻「哀悼／不再有夢的荒地」(〈冬之歌〉)。葉笛沉重地反諷，彷彿一切都化成灰色了，「心是汙染的化石」(〈火焰〉)。即使點火也燒不裂，只是更黑而已。他也理性地批判暴君、剝削者、「大人們」、虛枉、政治馬戲、潟湖國會、玻璃屋。而在〈歷史之眼〉、〈白眼看天篇〉、〈冷眼篇〉等篇更控訴

[18]Attila József, "The Seventh," trans. John Batki, in *Against Forgetting: Twentieth-Century Poetry of Witness*, ed. Carolyn Forché (New York: W. W. Norton & Company, 1995), p.433.

[19]T. S. Eliot, "Four Quartets: East Coker," *The Complete Poems and Plays* (New York: Harcourt, Brace and Company, 1952), p.128.

不合理的社會和政治。壯年以後的葉笛似乎同意艾略特的看法:「詩不是放縱情感,而是從情感逃脫;詩不是個性的表達,而是從個性逃脫。當然,只有那些有個性和情感的人知道要從這些情感和個性逃脫的意思。」[20]然而,不像艾略特保守,葉笛智性的反諷和理性的批判是積極介入人間、社會和政治的,要否定不合理的社會、政治和經濟宰制。

總的來看,葉笛青年的《紫色的歌》、壯年的《火和海》和老年的《失落的時間》都充滿理念和熱誠;洋溢對自然的憧憬、對人間的關懷、和抗議精神;惦記對社會的責任和臺灣的命運。葉笛的感性是阿波里奈爾的信念:「從善良和苦難／美麗終究構成／……確切寫我所感覺的／以及我在那裡吟唱的。」[21]葉笛的智性、反諷和理性批判也是布希特所想和所做的:「而我總是想:最簡潔的字／該就夠了。當我說事情像／每個人的心破碎似的／倘若你不為自己站起來你就下去／你確實知道的。」[22]葉笛的詩創作有著布希特智性反諷和理性批判的詩風。他希望該站起來的都站起來,該下去的都下去。總之,青年、壯年、老年葉笛詩的呼喚始終是:有文藝、社會和政治意識和良心的都站出來,不只為自己更為群體而創作。

二、散文

人的表達終究是「真實」和「不真實」的提出和描述。

——海德格爾(1889～1976)[23]

除了詩以外,1950 年代在臺灣作家當中,散文寫得最好的一位是葉笛。然而,一向謙遜的他在半個世紀過後才出版散文集《浮世繪》。收入

---

[20]T. S. Eliot, "Tradition and the Individual Talent," *Selected Prose of T. S. Eliot*, ed. Frank Kermode (New York: Harcourt Brace Jovanovich, Publishers, 1975), p.43.

[21]Guillaume Apollinaire, *Calligrammes: Poems of Peace and War (1913-1916)*, trans. Anne Hyde Greet (Berkeley: University of California Press, 1980), pp.42-43.

[22]Brecht, "And I Always Thought," *Poems*, 1913-1916, p.452.

[23]Martin Heidegger, "Language," *Poetry, Language, Thought*, trans. Albert Hofstadter (New York: Perennial Classics, Harper Collins, 2001), p.192.

1952～1994 年作品的散文集《浮世繪》出版後，又找到的其他發表過的散文作品也包括在《葉笛全集》卷三。

《浮世繪》裡的散文大抵可分成「抒情」和「敘事」，葉笛散文的特色之一是抒情時哲思，敘事時也反思、評論，或批判。不管抒情或敘事，他文筆灑脫，各種技巧運用自如，從不矯飾，讀來流暢，感覺如流水行舟。而他在文中穿插詩化的語句，更引讀者遐思，擴展想像的空間。以下我按「抒情」和「敘事」兩方面來探討葉笛的散文。

在抒發情思方面，葉笛在自然裡思考自然和生命，也在人造的意象裡體會人生。他在自然裡思考自然的散文，只舉兩篇做例子。第一個例子是〈綠〉。他對綠有著「嚴重的相思」，要活在綠的歌裡，歌唱自然，以及綠的象徵：青春、清純、新鮮和喜悅。第二個例子是〈澗溪〉。葉笛欣賞澗溪流成江河而匯入大海。在流動的過程中，澗溪創造自己，活生生地穿過山崖，拔起樹，推磨石頭，積蓄能力，越流淌越活潑，終於海的澎湃。讀葉笛的〈澗溪〉，我彷彿也聽貝多芬的第六交響樂第二樂章河邊幽美的旋律，湧入第三樂章村人的歡騰和第四樂章暴風雨的咆哮；看見水聲淙淙流入海的洶湧。維根斯坦認為「除了自然外，不要用別人的模範做你的嚮導。」[24]葉笛以自然作嚮導，走入人間。

葉笛在自然景象裡思考人生。喜愛自然的尼采（1844～1900）強調「我們很喜歡外出到自然裡，因為自然對我們沒有意見。」[25]自然對葉笛沒意見，但葉笛對自然對人生有看法。從〈曙天〉醒來，他看到自然，感受那「超越一切力量的力量」，而也領悟「生命就是創造」。他相信他也和自然那樣有力量創造些什麼。他走出去，要撥開假象，尋求生命裡的真實。他到山上。在〈山中遠簡〉，在「被峭陡的山崖壓扁似的躺在山腳」所直喻的小屋，他看見並聽到自然和人。在澗水聲伴著山風「流」過來的通感

---

[24]Wittgenstein, *Culture and Value*, p.41.

[25]Friedrich Nietzsche, "Vol. 1:Man Alone with Himself," *Human, All Too Human*, trans. R. J. Hollingdale (Cambridge: Cambridge University Press, 1986), section 508, p.181.

裡，森林起伏著綠濤，伐木縈繞著回音，走著扛拖木材的工人。工人有一個是被木材壓斷了腳的，為了生活，仍然搬運著木材，陡斜曲折的山路一如斷腳工人踉蹌的人生。山上自然給予的喜悅消散了，襲來人間的苦難。從自然的徜徉，葉笛又回到人間使他感動的。在〈雪夜〉，他想生活中應「保持新鮮的感動」。雪夜使人打寒顫，但也使葉笛抖擻起來，探索新鮮的，可感動的。可感動的來自外在的，例如對社會上發生的事的感動，對別人的思想、作為或遭遇的感動，還有對文學、藝術欣賞的感動。倘若生活裡沒有感動就不新鮮了，未免太沉悶了，也太貧乏了。要使生活裡有感動，葉笛在〈北風〉裡，要「根據思考去生活，去走自己的路，去搓揉出自己的人生」。不是吹到寒風就退縮，也不是隨什麼風掛什麼旗。更不是跟別人的風起舞，而是隨自己的理念和理想生活，創造充實的，有所感動的人生。真善美都能使人感動。葉笛瞥見老太婆的〈紅茶花〉時感動得領悟「美是永遠活著的」。紅茶花輝映著老婦，使伊也紅了。茶花會枯，老婦會死，但「紅」永不枯，「美是永遠活的」。真的，對懂得欣賞的人，美都使人感動——不論是自然的美還是人造的美。

正如書名《浮世繪》所提示，葉笛的抒情不一定都用自然意象，有些用人造的東西抒發對人生的省思。只舉〈船，碼頭和螺絲釘〉做例子。童年坐銜著煙斗的船到大海散步的夢已變成泊在港口的船上的螺絲釘，因牢固動不了而生鏽的現實。葉笛用三個相干的具體人造產物：船、碼頭和螺絲釘，以及超現實的想像，寫夢的破碎和意識到的惆悵，組合成彩繪人生的「拼貼藝術」（collage）。諾瓦里斯認為「最高，最純的散文是抒情詩。」[26]葉笛這篇散文〈船，碼頭和螺絲釘〉正是這種動人心弦、寓意深遠的抒情詩。

抒情以外，葉笛寫得較多的是記人述事散文。他寫人和人間，反思道德、理性、生死的問題，反諷批判世事和社會。在記人述事時，他是寫

[26]Novalis, "New Fragments," *Pollen and Fragments*, section 134, p.51.

《公義理論》的美國哲學家羅爾士所說的理性的、公正的、富同情心的觀察者。[27]在理性的觀察裡，葉笛也做價值判斷。

在記人方面，葉笛寫慈愛的母親、恩愛的夫妻以及卑微的人們。〈米糕粥〉對照著兩個年輕人以話配酒的清談和「貧窮就是她唯一的財富」的母親餵孩子米糕粥的動作。那動作是慈愛，寫在母親的臉上。慈愛的臉總是美麗。那慈愛是美麗臉上的美麗。那美麗使人暫時忘記人間的苦痛。瑞士精神分析家容格（1875～1961）在回憶錄裡曾說「我們出生的世界是殘酷的，但同時也是神聖的美麗。」[28]在殘酷的世界裡還有慈愛——美麗的美麗，一種神聖的美麗。在另一篇散文〈老人和小鳥〉，葉笛寫一對相伴相隨的夫妻的恩愛，那對老夫妻在東京經營一間鳥店。太太去世後，老頭聽到鳥叫就感傷，就不再賣鳥了。失去妻子後，老頭感到生活也失去和鳴的協奏曲，生命更失去相扶持的意義。葉笛平實的描寫更深沉強化我們閱讀老頭哀痛及夫妻恩愛的感受。

葉笛寫卑微的小人物。就舉三篇做例子。〈洞簫〉寫「斑駁的月光如同凋零的梅花」的夜裡，浪人回到家鄉才知道母親、妻子、子女都在瘟疫時死了。他感到世界上的一切也都死了，吹簫哀悼。一年後，他也死了，留下簫和悽慘的故事。〈斑鳩〉懷念家鄉一個被凌辱的長輩，身世就像斑鳩的哀叫「咕咕咕——婆婆打媳婦」。另一篇〈手〉寫東京的一個鞋匠。鞋匠總是親手補鞋，忠實於自己卑微的工作，欣賞他有個性的手的傑作。維根斯坦認為「一個人能看見他有什麼，但看不見他是什麼。」[29]在葉笛這三篇散文，前兩個卑微的人都看不見他們有什麼，但看見他們不是什麼。而東京的鞋匠看見他沒有什麼，但知道他是什麼。在海德格爾的女弟子哲學家鄂蓮德（1906～1975）看來，人雖然受到「存在的情境」所制約，但也經常

---

[27]John Rawls, “Classical Utilitarianism,” “Classical Utilitarianism, Impartiality, and Benevolence,” *A Theory of Justice* (Cambridge: The Belknap Press of Harvard University Press, 1971), pp.27, 86.

[28]C. G. Jung, “Retrospect,” *Memories, Dreams, Reflections*, ed. Aniela Jaffé and trans. Richard and Clara Winston (New York: Vintage Books, 1989), p.358.

[29]Wittgenstein, *Culure and Value*, p.49.

創造自製的情境。[30]葉笛筆下的鞋匠顯然受到情境的制約。他雖然沒有什麼，但仍然堅持要用手製作或補成什麼，表現他是什麼。

葉笛分別從一個男人和一個女人的遭遇探討公義和道德的問題。在〈敲竹梆子的人〉，土地和妻子都被侵占的男人敲著竹梆唱著歌控訴。他再怎樣申訴也都無用。葉笛反諷「連天公都認錢不認人」；突顯好人悲慘，壞人得意的杜會。在邪惡橫行的人間，倫理淪陷，公義崩潰，邏輯失效。葉笛的反諷也是尼采的感慨：「所有對人生價值的判斷都不合邏輯地演化，所以不公正。……我們一開始就是不合邏輯不公正的動物，而也能承認這是存在最大，最不能解決的不諧和。」[31]和尼采一樣，葉笛質疑道德。在〈那個女人〉，他追念一個受誤解，不被世俗寬容，反被所謂道德害死的女人。葉笛對道德的看法類似尼采的，認為道德「從錯誤發展。」[32]、「道德毒化世界的概念，阻礙到知識之路，傷害本能」；因此「要去考驗道德是最高的價值的主張。」[33]尼采要大家注意特別重視道德的人，因為「只要他們在我們面前做錯事，他們就永遠不原諒我們（或更糟的是既做錯事又反對我們）。」[34]在葉笛看來，不道德的人最喜歡講道德以合理化自己的不道德，用道德的名義加害別人以掩蓋自己的不道德。然而，倫理還是必要的，以維繫社會秩序。執教芝加哥大學多年的法國哲學家利柯爾（1913～2005）認為人生是敘事，給我們「跟人生關聯的」意識；因此就也沒有「倫理上中立的敘事。」[35]葉笛以他的倫理價值觀揭穿不公義、不道德的人和社會的面向。

---

[30]Hannah Arendt, "Vita Activa and the Human Condition", *The Human Condition,* second ed.(Chicago: The University of Chicago Press, 1998), p.9.

[31]Nietzsche, "Vol. 1: Of First and Last Things," *Human, All Too Human*, section 27, p.26.

[32]Friedrich Nietzsche, "Book Five: We Fearless Ones," *The Gay Science*, trans. Josefine Nauckhoff (Cambridge: Cambridge University Press, 2001), section 345, p.205.

[33]Friedrich Nietzsche, "Book Three: Principles of a New Evaluation," *The Will to Power*, trans. Walter, Kaufmann and R. J. Hollingdale (New York: Vintage Books, 1968), section 583c, p.314; section 584, p.316.

[34]Friedrich Nietzsche, *Beyond Good and Evil*, trans. Walter Kaufmann (New York: Vintage Books, 1966), section 218, p.146.

[35]Paul Ricoeur, "Personal Identity and Narrative Identity," *Onself as Another*, trans. Kathleen Blamey (Chicago: The University of Chicago Press, 1994), p.115.

做為一個理性的觀察者，葉笛探討理性，反諷「非理性」。在〈媽祖廟〉，他反諷靠神明和別人的慈悲而吃飯的人。在〈狗・女・男〉，他反諷妻子把愛投射到狗，丈夫一踢狗，她就把丈夫戳死了。在〈命運〉，他反諷算命的給別人看命，卻算不準自己的命而賠了命。葉笛反諷的都是「非理性」的行為。他並不像哲學家李歐塔那樣斷言「歷史上沒有理性。」[36]理性畢竟是有的，但卻有限。對寫《反基督》的尼采，「所有主要的問題，所有主要的價值問題都在人的理性之外。……了解理性的局限才是真正的哲學。」[37]然而，即使是有限的理性也總比「非理性」好。既然理性有限，人就得充分運用所能夠擁有的理性。哈伯瑪斯（1929～）強調「理性也意謂理性意志」[38]在反諷「非理性」時，葉笛希望人都有意志用理性思考，有意志理性生活。而不是靠別人的慈悲生活，或憑狂熱和信仰盲目行動。無論如何，別人的慈悲會削弱自己的理性意志，而不理性的狂熱和信仰是會害死人的。

記人述事時，葉笛也思考生死的問題。儘管斯賓諾莎（1632～1677）強調「人的智慧不是沉思死而是沉思生命」[39]，但不想死的人都會碰到自己及別人死的問題。葉笛在〈印象〉寫他看到祖父、外祖母、陌生男人及聽到大姨死的印象。「死者的永恆的沉默」使他感到恐懼，悲哀，空虛，和寂寞，也意識到自己的存在被死者的「無意識」否定了。在古羅馬人的語言裡，「活」和「在人間」是同義字；「死」和「停止在人間」也是同義字。[40]「停止在人間」的看不見「在人間」的，「死」的連帶也否定了「活」的。然而，每個人都是將來都會死的人。在葉笛寓言式的〈老太婆〉散文裡，

[36]Jean-François Lyotard and Jean-Loup Thébaud, *Just Gaming*, trans. Wlad Godzich (Minneapolis: University of Minnesota Press, 1985), p.73.

[37]Friedrich Nietzsche, The Anti-Christ, in *Twight of the Idols and The Anti-Christ*, trans. R. J. Hollingdale (Harmondsworth: Penguin Books, 1968), section 55, p.174.

[38]Jürgen Habermas, "Knowledge and Human Interests: A General Perspective," *Knowledge and Human Interest*, trans. Jeremy J. Shapiro (Boston: Beacon Press, 1968), p.314.

[39]Benedict de Spinoza, "Part 4: Of Human Bondage or of the Strength of the Affects," *Ethics*, trans. W. H. White, in *Descartes Spinoza*, Great Books of the Western World, No. 31(Chicago: Encyclopedia Britannica, Inc., 1952), proposition 67, p.444.

[40]Arendt, "Vita Activa and the Human Condition," *The Human Condition*, pp.7-8.

「走著生之路的死的身影」倒在旅程上。生命再美好，人都確定倒下。正如尼采所說的：「每個人都要在將來是第一，但死及死的靜止是這將來唯一確定和共同的。」[41]確定的也是親人的「靜止」，最難忍受。〈守靈〉、〈生與死〉、〈墳塋〉、和〈寂寞——憶父親〉，悼念人間最可貴的父母的親情。父母再也不灑脫地活了，哀痛的仍要活著。

活著就還可受苦，思考、創作、欣賞、反諷和批判。葉笛敏銳觀察並反諷人間世。例如，在〈葬列〉，他反諷富貴，死了還要風光，然而「受苦的還是活著」。在〈極樂世界和地獄〉，他反諷極樂世界是虛幻；宗教儀式「有著超現實而虛妄的哀愁，和富哲學味的愚蠢」。他也反諷是非不分本末顛倒的荒唐，彷彿人不犯罪，世界就寂寞，罪惡不彰顯，善良也不出現了。在〈我不為什麼地走〉，他看到櫥窗展覽著女性流行品，反諷世界若沒有女人，經濟就繁榮不起來了。在〈啞吧和瞎子〉，他反諷「不是瞎子，不是啞吧，也難生存在臺灣這塊樂地上！」而在樂土上，擁擠著從未打過仗的將軍。葉笛反諷〈將軍〉神經病，表演鬧劇。他還批判臺灣社會和政治現實。他批判做父親的把女兒扮成「美人魚」給人觀賞而賺錢的把戲。他批判無所不用其極的人間時充滿著人道主義精神。他也用〈批示症〉批判臺灣有權力的人動不動就下命令的大頭病。既然有病，就該醫醫。利科爾認為「敘事」包括「描寫，陳述和開處方。」[42]而對李歐塔，「處方」可招致行動，甚至轉變現實。[43]葉笛的「敘事」反諷和批判，也希望感動並激發肯思考的讀者。

葉笛的散文，除了內容豐盈外，表達技巧也精湛。關於葉笛的散文藝術，請參看《浮世繪》的序，拙文〈論葉笛的散文〉下半部。

總結葉笛的散文創作。不管抒情還是敘事，他的散文是他跟自然和人世間的對話錄。維根斯坦認為「我的著作幾乎都是我跟自己私自的會

[41]Nietzsche, "Book Four: St. Januarius," *The Gay Science*, secion 278, p.158.
[42]Ricoeur, *Oneself as Another*, p.114.
[43]Lyotard and Thébaud, *Just Gaming*, p.27.

話。」[44]葉笛固然反思自己，但他洗鍊的文字記下來的主要是他跟自然和「浮世」寓意深長的對話。在臺灣介入文學裡，值得細讀的散文集中，葉笛的《浮世繪》是令人讚賞的一本好書。

三、論著

有思想的讀者將理解。

——尼采[45]

葉笛用中文和日文寫的論著，在全集中有四卷。陳昌明教授寫的導讀，〈史觀與鄉愁——葉笛文論述評〉，既宏觀又微觀地探討葉笛的論著。這篇紮實並有洞見的重要論文大大幫助我們了解學術的葉笛。這裡我只根據葉笛已經出版成書的兩本論著來探討葉笛論著的特點。收集在全集裡的其他論文，有些在陳教授的導讀裡提到，請參考。

關於葉笛這兩本論著。在《臺灣文學巡禮》(1995 年，臺南市立文化中心出版)，葉笛跨科際希望在比較文學的視野裡建構臺灣文學。另一本書，《臺灣早期現代詩人論》(2003 年，國立臺灣文學館出版)，組合他對 1945 年以前臺灣 12 位詩人及詩作的研究，要建構 1920～1940 年代的臺灣新詩史。以下我只簡述這兩本書的六個特色：1.歷史脈絡裡的論述；2.外國文學和哲學的援引；3.比較文學的視野；4.日文詩文的新譯；5.詩文詮釋的新意；及 6.對臺灣詩和文學發展的見解。

葉笛的文學論著幾乎都是在歷史脈絡裡闡述的。文學理論家詹明遜希望人文研究「歷史化」(historicize) [46]。葉笛都「歷史化」他的文學論述。

---

[44]Wittgenstein, *Culture and Value*, p.77.

[45]Friedrich Nietzsche, *The Use and Abuse of History*, trans. Adrian Collins (Indianapolis: The Bobbs-Merrill Company, Inc., 1957), p.158; "On the Use and Disadvantages of History for Life," *Untimely Meditations*, trans. R. J. Hollingdale and ed. Daniel Breazeale (Cambridge: Cambridge University Press, 1997), p.110.

[46]Fredric Jameson, *The Political Unconscious: Narrative as a Socially Symbolic Act* (Ithaca: Cornell University Press, 1981), pp.9, 11, 14.

他以歷史的視野，綜合政治、社會、哲學和文學思潮，宏觀論述臺灣文學，並微觀剖析個別作者的作品。

在宏觀的論文方面，他從臺灣歷史探討〈臺灣新詩的萌芽和發展〉和〈臺灣新詩的歷程〉，論述 1920～1970 年代臺灣新詩的發展。他也從臺灣歷史和新舊文學論爭的角度探討臺灣 1920～1970 年代的臺灣文學（〈文學和電影的滄桑〉）。他「歷史化」這三篇論文，概略綜合他對 20 世紀臺灣文學和新詩發展的看法。

葉笛也「歷史化」他對個別作家的論述。他的兩篇有關賴和（1884～1943）的論文，〈不死的野草〉和〈被俘囚的詩人賴和〉，都在臺灣歷史的脈絡裡探討賴和的文學理念、小說和詩。另外，在有關張我軍（1902～1955）的兩篇論文，他從世界和臺灣歷史，及新舊文學論爭的角度來肯定要臺灣人多讀文學原理、文學史和「中外文學」作品的張我軍在臺灣文學史上的「清道夫」地位。

「歷史化」時，葉笛從思想史以及文學、政治和社會運動的角度來觀察詩人的心路歷程。只以他論述陳奇雲、吳新榮、巫永福（兩篇）、水蔭萍（兩篇）和林修二為例。他在介紹〈陳奇雲是誰〉前先簡述日本大正時期（1912～1926）的思潮和運動，像大杉榮（1885～1923）的無政府工團主義（大杉榮在 1919 年曾發表工人小說《從死灰中》），[47]日共（1922 年成立），普羅文學和日本無產者藝術聯盟（1928～1931），以及在臺灣的社會、工農運動，臺共（1928 年成立）、《伍人報》（1930 年）等，從而追述陳奇雲（1905～1938）詩裡的社會主義思想。葉笛討論吳新榮（1907～1967）時，提到吳新榮在東京讀書時，聽倡導工農運動的大山郁夫（1880～1955）的演講。[48]參與社會主義運動，並受民眾詩派（以 1918 年福田正夫（1893～1952）和白鳥省吾（1890～1973）等人創辦的《民眾》為主）

---

[47]George M. Beckman and Okubo Genji, *The Japanese Communist Party, 1922-1945* (Stanford: Stanford University Press, 1969), pp.7-16.
[48]Ibid., pp.101-103.

的影響。而在論述巫永福（1913～2008）時，葉笛簡介巫永福 1929～1935 年留學東京時日本的思想界、日共主張工農運動的山川均（1880～1958）[49]、「私小說」，並追述巫永福小說的心理寫實的背景。巫永福在明治大學主修文藝科，教授都是當時日本著名文學家和評論家。該系由劇作家小說家山本有三（1887～1974）創辦並主持（1923～1937），網羅的作家包括詩人萩原朔太郎（1886～1942）、新感覺派並提倡新心理主義的小說家橫光利一（1898～1947）、劇作家小說家岸田國士（1890～1954）及評論家小林秀雄（1902～1983，曾在 1935 年出版《私小說論》等。在論述水蔭萍（1909～1994）時，葉笛簡介超現實主義及西脇順三郎（1894～1982）等人的引進日本文壇。至於另一個超現實主義詩人林修二（1914～1944），在慶應義塾大學讀英文科，除了受到在那裡教書的西脇順三郎的影響外，也可能受到慶應對抗自然主義文學的《早稻田文學》而辦的有唯美主義傾向的《三田文學》，以及詩刊像《詩與詩論》（1928～1931）和《四季》（1933～1944，1946～1947）的影響。[50]

葉笛的「歷史化」也使我們在《臺灣早期現代詩人論》書裡找出詩人的其他特色——例如教育背景、思想傾向、才華和其他經驗。在教育方面，這 12 位臺灣日治時期就成名的詩人中，有七位曾留學日本。他們是王白淵（東京美術學校，1923～1926），楊雲萍（日本大學預科及文化學院，1926～1932），吳新榮（金川中學，1925～1928；東京醫專，1928～1932），江文也（上田中學，1924～1929；東京武藏野高等工業學校及上野音樂學校，1929～1932），水蔭萍（大東文化學院，1931～1934），巫永福（名古屋五中，1929～1932；明治大學，1932～1935）及林修二（慶應義塾大學預科，1933～1936；慶應英文科本科，1936～1940）。在思想方面，

[49]Robert A. Scalapino, *The Japanese Communist Movement,1920-1966* (Berkeley: University of California Press, 1967), pp.11-35; Beckmann and Genji, *The Japanese Communist Party*. pp.3-14,50-54; Gino K. Piovesana, S. J. "Culturalism and Hegellianism; Marxism and World Philosophy, 1926-1945," *Contemporary Japanese Philosophical Thoughtt* (New York: St. John's University Press, 1969), p.174.

[50]Also cf. Donald Keene, *Down to the West, Japanese Literature of the Modern Era: Poetry, Drama, Criticism* (New York: Holt, Rinehart and Winston, 1984), pp.325-326, 332-333, 336-337, 342-351.

至少有六位受社會主義洗禮。在經驗方面，有四位在中國住過。在才氣方面，所有 12 位都相當多才。至少有七位除詩寫得好外，也是傑出小說家。王白淵也從事美術工作，而江文也更是國際級的作曲家。他們不只創作而已，除了一兩位外，他們都參與臺灣的文學、文化和社會運動。

葉笛論著的第二個特色是廣徵博引，多方位探討他的主題。他的每篇論文都援引外國文學和哲學，試圖做跨科際的解釋。我只舉其中八篇做例子。在〈王白淵的荊棘之路〉，他引荀子的話分析王白淵的〈詩人〉，追悼「詩人不為人知地活著／吃著自己的美死去。」他引用尼采解析陳奇雲；引用歌德（1749～1832）和羅曼・羅蘭（1866～1944）解析楊雲萍。在〈鹽分地帶的詩魂〉，他引用惠特曼（1819～1892）及超現實主義的艾呂雅（1895～1952）和阿拉貢（1897～1982）。討論桓夫（陳千武）的詩時，葉笛引用梵高（1853～1890）、華格納（1813～1883）、莎士比亞（1564～1616）、朵思多耶夫斯基（1821～1881）、英國藝術評論家 Herbert Read 及法國小說家藝術評論家 Joris Karl Huysman（1848～1907）。在討論白萩的兩篇論文，他引用里爾克（1875～1926）、魏爾崙（1844～1896）、華列里（梵樂希）、沙特（1905～1980）。而他引用海德格爾（1889～1976）：「語言是存在的住所」是我看過的中文論著中第一次出現海德格爾這名句的。[51] 論楓堤（李魁賢）時，他引用柏拉圖（427～347B.C.）和法國劇作家詩人導演高克多（1889～1963）。顯然，學識淵博的葉笛援引時也豐富了他的詮釋。

葉笛論著的第三個特色是有比較文學的意涵。《臺灣文學巡禮》附錄兩篇比較現代中國文學和外國思想、文學的論文。一篇比較中外虛無主義傾向，先簡介屠格涅夫（1818～1883）和波特萊爾（1821～1867）的「虛無」，再解析並比較郁達夫（1896～1945）的《沉淪》、魯迅（1881～

[51] Martin Heidegger, "Letter on Humanism", *Basic Writings*, ed. David Farrell Krell (New York: Harper Collins Publishers, Inc., 1993), p.217; "The Way to Language," *On the Way to Language*, trans. Peter D. Hertz (New York: Harper Collins Publishers, Inc., 1982), p.135.

1936）的《野草》和李金髮（1900～1976）的《微雨》裡的「虛無」。另一篇在近代史和文學史的脈絡裡比較「社會達爾文主義」影響下的中國「白話詩運動」和日本的《新體詩抄》。在 1993 年，「後殖民研究」還沒在臺灣流行時，葉笛就寫了〈日據時代「外地文學」觀念下的臺灣新詩人〉，比較被島田謹二（1901～1993）稱為「外地文學」之一的「臺灣文學」裡日本人作家和臺灣人作家的日文創作。葉笛反對日本人以殖民者觀點寫的有關臺灣的作品。他批判島田很欣賞的伊良子清白（1877～1946）的〈聖廟春歌〉「缺乏血肉的生命的震顫」。另外，葉笛把臺灣作家的作品跟外國的做比較。只舉八個例子。他比較：1.賴和的〈可憐她死了〉和魯迅的〈祝福〉；2.王白淵的〈靈魂之故鄉〉和泰戈爾（1861～1941）的《頌歌集》第 100 首；3.楊雲萍的動物詩和雕刻家詩人翻譯家高村光太郎（1883～1956）的動物詩；4.江文也的〈金魚〉和法國小說家翻譯家 Antoine-François Prévost（1697～1763）的小說《曼儂》（*Manon Lescault*）【Jules Massenet（1842～1912）在 1884 年改為歌劇；普西尼（1858～1924）在 1893 年也改為歌劇】[52]；5.陳奇雲的詩和馬雅可夫斯基（1893～1930）的詩，及普羅詩人小熊秀雄（1901～1940）的詩；6.郭水潭（1908～1995）的〈乞丐〉和美國黑人詩人 Langston Hughes（1902～1967）的詩；7.吳新榮的〈誰能料到三月會做洪水〉和阿拉貢的〈巴黎〉，以及 8.波特萊爾的〈拾荒者的酒〉和《違章建築》拙詩。[53]葉笛的比較不但顯示他解釋的功力，也增加讀者對他所比較的作品的理解。

第四個特色是日文作品的新譯。在《臺灣早期現代詩人論》的 12 位詩

---

[52]Vivienne Mylne, “Manon Lescaut” and “Prévost, Antoine-François,” in *The New Oxford Companion to Literature in French*, ed. Peter France (Oxford: Clarendon Press, 1995), pp.494, 642-643. For the operas “Manon” and “Manon Lescault” composed separately by Jules Massenet and Giacomo Puccini, see Henry W. Simon, *100 Great Operas and Their Stories* (Garden City, New York: Doubleday & Company, Inc., 1960) pp.283-294; Stanley Sadie, ed., *The New Grove Book of Operas* (New York: St Martin’s Press, 1997), pp.392-398.

[53]Charles Baudelaire, “Le Vin des Chiffoniers (Ragpicker’s Wine), ” *Les Fleurs du mal, in The Flowers of Evil and Paris Spleen*, trans. William H. Crosby (Brockport, New York: BOA Editions, Ltd., 1991), pp. 203-205.

人中，除了賴和及楊華用中文創作外，有十位用日文創作。葉笛在解析他們作品時都譯成中文，並附上日文原文。這些詩作大多是以前沒被翻譯過的。

葉笛論著的第五個特色是解析詩文時的新意。艾略特認為：「大體上，詩的意義是任何說明都不能窮盡的，因為意義是詩對不同靈敏的讀者不同的意義。」[54]葉笛對詩的說明常有新意。這些新意，我們在他每篇作家論裡分析作品時都可看到，例如：吳新榮的〈思想〉和〈故里與春之祭〉，楊雲萍的〈道〉，巫永福的〈遺忘語言的鳥〉，王白淵的〈詠上海〉，水蔭萍的詩，桓夫的〈不眠的眼〉，白萩的〈流浪者〉，及〈愛與匕首〉裡的〈路〉、〈陰陽圖〉等詩。

葉笛論著的另一個特色是對臺灣文學、文學史及詩的洞見。他令人深思的句子相當多，這裡我只抄幾句。在文學和文學史方面，他強調「沒有真正屬於國民的文學是可悲的」(〈張我軍及其詩集《亂都之戀》〉)。他相信「文學是反映社會的人類良心的工作」(〈論柯旗化的詩集《母親的悲願》〉)。他惋惜「現代派只實驗了一些第一次世界大戰後的歐美、日本詩壇丟棄下來的東西。也就是說：沒有屬於自己真的內容。」、「臺灣文壇最缺少而急待建立的就是合乎文學理論與現實契合的批評風氣」(〈臺灣新詩的歷程〉)。他更堅持「我們並不悲觀，正因為還貧瘠才可期待有朝一日會豐盈。」、「人活著就會不斷地思索存在的現實、意義和價值的」(〈呼喚祖靈和土地的詩人巫永福〉)。在詩的創作方面，他批判臺灣詩壇「乖離了讀者，與現實社會脫了節，……患上嚴重的貧血症。」、「無論如何，總不能睜著眼睛說夢囈而無所睹於周遭及自己賴以生存的現實世界」(〈臺灣新詩的歷程〉)。他認為「詩是感性活動沉潛後理性的組織形式。」、「把自己的『想像』化為……形象，給人以衝擊。……『批判精神』，繫於詩人的良心。」、「所有關心時代與社會的人都要成為見證人」(〈愛與匕首〉)。

[54]T. S. Eliot, "The Frontier of Criticism," *On Poetry and Poets* (New York: The Noonday Press, Farrar, Straus and Cudahy, 1961), p.126.

最後，我引用葉笛在〈郭水潭的詩路歷程〉裡的話來總結他論著的特色：「文學應該是生活於該土地的作家們發自內在精神的，有歷史辯證觀念的創作行為，能與自己的土地、人民共享存在的，擁有能激起共同的理想，一起站起來創造明天的文學，才是大家需要的真正的文學。」——這也是葉笛創作和論著的理念和實踐。

四、翻譯

外國語文在生命的奮鬥中是武器。

——馬克斯[55]

葉笛的譯作包括日本文學和臺灣文學；前者三卷，後者六卷，是《葉笛全集》頁數最多的。在日本文學方面，關於小說家芥川龍之介（1892～1927）和石原慎太郎（1932～）、詩人鮎川信夫（1920～1986）和峠三吉（1917～1953），及分銅惇作教授的著作，葉笛的翻譯和技巧，下村作次郎教授在翻譯卷的導讀，〈葉笛的文學生活與翻譯工作——擁有戰爭體驗的人道主義詩人〉，有精闢的解析。請參看下村教授這篇論文。這裡我只簡略提一下翻譯的苦差事，以及葉笛翻譯臺灣文學家日文著作的經過和貢獻。

翻譯文學作品是「艱苦無人知」的苦差事。其實，在真正翻譯以前，對翻譯的看法就已經分歧了。曾任教哈佛大學比較文學系的 Renato Poggioli 認為「明顯的真實是翻譯是一種詮釋的藝術。」[56]然而，一般都認為詮釋是讀者的事，不是譯者的。譯者直譯就夠了。畢竟直譯已經不容易了。至於語言更凝縮，可能有節奏甚至押韻的詩的翻譯，不管是不是詩人，也不管有沒有翻譯經驗，大家的意見更多了。有人說：「對詩的翻譯有

[55]Paul Lafargue, "Marx and Literature," in *Marx and Engels, Literature and Art: Selections from Their Writings*, p.139.

[56]Renato Poggioli, "The Added Artificer", in *On Translation*, ed. Reuben A. Brower (New York: Oxford University Press, 1966), p.137.

兩種主要的方法：模擬和再創造。」[57]在模擬和再創造方面，翻譯華列里（梵樂希）的 David Paul 選擇後者：「一首詩的翻譯不能只是改編或複製。在某種意義上，它應是再創作的嘗試。」[58]另一方面，布希特認為：「或許（翻譯者）應把自己局限在翻譯詩人的理念和態度。」[59]無論怎麼翻譯，人類學家李維・史造斯最擔心的是「除非嚴重曲解，詩是一種不能被翻譯的話語。」[60]或譯出來後，一首詩成了 Peter Levi 所說的「像一座廢屋。」[61]總之，即使經驗豐富的卓越翻譯家也都感到譯詩較難。中國和日本古典文學的翻譯大家韋理（1889～1966）認為「在所有的詩當中，日本詩是最不能翻譯的。」[62]他指的是日本古典詩，但日本近代詩的翻譯恐怕更難了。無論如何，不管是詩、散文還是小說，葉笛認為都是可被翻譯的文類，總是忠實地、嚴謹地以優美的文筆譯出，按照作者的原意，建造作者的語言所居住的屋子。

在日本 24 年後，葉笛偕牽手邱桂春 1993 年回臺南，要為臺灣文化做他所能做的，並專注研究著述和創作。大家都知道他除了創作和論著外，在 1960 年代就已經翻譯日本文學作品出版。就這樣，已六十多歲的他在故鄉翻譯日治時期的臺灣作家用日文寫的作品。楊逵、葉榮鐘、吳新榮、龍瑛宗、林攀龍、王昶雄、楊熾昌、郭水潭、林修二、王登山、林芳年等文學家家人的珍藏；林瑞明、陳萬益、呂興昌等教授的加持，使葉笛積極投入臺灣文學日文作品的翻譯。為了翻譯臺灣文學前輩的日文作品，他擱下自己的研究和創作，以及用中文改寫在日本時用日文寫的日本近代詩和詩人論的計畫。有強烈責任感和使命感的葉笛翻譯相當認真。每天一大早去

[57]J. M. Cohen, "Dr. Waley's Translations," in *Madly Singing in the Mountains: An Appreciation and Anthology of Arthur Waley*, ed. Ivan Morris (New York: Harper Torchbooks, 1970), p.29.
[58]David Paul, "A Note on the Translations", in Valéry, *Poems*, trans. Paul, p.390.
[59]John Willet and Ralph Manheim, "Disclosure of a Poet," in Brecht, *Poems, 1913-1956*, p. xxv.
[60]Claude Lévi-Strauss, "The Structural Study of Myth", *Structural Anthropology*, trans. Claire Jacobson and Brooke Grundfest Schoepf (Garden City, New York: Anchor Books, 1967), p.206.
[61]Peter Levi, quoted in Alan Bold, "Editor's Note," *The Penguin Book of Socialist Verse*, ed. Alan Bold (Harmondsworth: Penguin Books, 1970), p.59.
[62]Arthur Waley, "The Originality of Japanese Civilization," in *Madly Singing in the Mountains*, p.334.

游泳或和牽手去公園散步回家後就是翻譯。這十年來，我每次打電話給他時，他幾乎都正在翻譯。每次住他家，在書房敘談時，都看到他的書桌上擺著翻譯稿。有時碰到手稿，因為字草，他就更細心看，確定作者的原意後才翻譯。自 1960 年代他翻譯芥川龍之介以來，碰到人名或專有名詞時，他還有加註的習慣，以使讀者理解。葉笛就是這樣為別人著想的人，任何他認為有意義的事，他都全心全力去做。他的心情正是他在 2003 年出版的《臺灣早期現代詩人論》書序裡所說的：「我認為吃力不討好的翻譯工作，對於提升文化是不可或缺的。」

臺灣文學研究不可或缺的也是葉笛的這些翻譯。他的翻譯增補了已經出版的日治時期臺灣文學家用中文和日文寫的著作。日治時期臺灣作家的中文著作，這三、四十年來在張良澤、李南衡、林瑞明、陳萬益、呂興昌、羊子喬、張恆豪、許俊雅、施懿琳、黃美娥、張炎憲、翁佳音、陳逸雄、楊洽人和其他學者的收集和編輯下已出版了不少。至於日治時期臺灣文學家用日文寫的短篇小說、詩、日記、評論，經葉石濤、鍾肇政、陳千武、林至潔、月中泉、鄭清文、廖清秀、林鍾隆、李永熾、張良澤、林曙光、陳曉南、魏廷朝、文心、林妙鈴、劉理民、陳明台、黃英哲、陳添富、鍾瑞芳和其他作家學者的翻譯也出版了不少。大約二十年前，我開始收集日治時期臺灣用中文和日文寫的散文，其中，日文的散文，葉笛翻譯並發表了一些。葉笛翻譯的詩、短篇小說和散文顯然使日治時期臺灣文學資料更加充實。

臺灣學者和作家翻譯的日治時期臺灣作家用日文寫的作品，再加上已出版的中文作品，使日治時期臺灣文學的傳承趨於完整。這些臺灣文學原始資料不但可培養當今臺灣作家和讀者的文化和歷史意識，而且更俾益 20 世紀臺灣文學史的研究。

臺灣文學作者，在文學傳承裡，將能比較充分地和前輩對話，持續臺灣文學進一步的發展。不管願意不願意，每個作者都在文學史的長流裡。沒有作者能天才到什麼都獨創。艾略特雖政治、社會和宗教觀點很保守，但他在 1919 年發表的論文〈傳統和個人才氣〉裡的一些話，迄今仍然有道理：「沒有詩人，或任何藝術的藝術家單獨就有他完全的意義。他的意涵和賞識是他跟已死去的詩人即藝術家之關係的賞識，你不能單獨評價他，你必須把他放在已去世的詩人和藝術家當中作對照和比較。我認為這不只是歷史批評，更是美學批評的原則。」[63]只有浮誇的作者才虛妄到自己鑑識，找同類的人編選集，互相吹捧，誤導沒有文化素養和歷史意識的教師和讀者。越來越充實的臺灣文學資料或許可使臺灣作者謙遜些，不但耐得住寂寞，還肯更加努力。其實，那些反抗各種形式的殖民和霸權，那些社會批判寫實，那些象徵主義，那些超現實主義，還有那些現代主義，在 1945 年以前，臺灣前輩作家不但早就做了，做得堅毅，做得美妙，而且做出來的內容還嘎嘎叫。無論如何，不管有意識還是無意識或潛意識，任何作者都難免在「互通文本」（intertextuality）裡創作。「互通文本」，對 Julia Kristeva，意指「任何文本像引句那樣的拼湊而建構；任何文本是其他文本的汲取和轉化。」[64]換句話說，任何文本都或多或少跟以前的或另外的文本相聯。在文學傳承裡，臺灣過去的文本難免跟現在的或其他的文本有關。從「互通文本」，作者可能在「互通主格」（intersubjectivity）裡寫作。畢竟，在許多人的努力下，臺灣文學資料已構成文化資源，不但使臺灣文化可以傳承，還可多少影響「社會形成」。[65]這些文化資源也使臺灣人培養「文化能力」（cultural competence），鑑賞文藝，並可能累積「文化資本」（cultural capital）或「資訊資本」（informational capital），而更能夠在各方面發展。[66]在 Pierre Bourdieu（1930～2002）看來，累積文化資本在文學及

---

[63]Eliot, "Tradition and the Individual Talent," *Selected Prose of T. S. Eliot*, p.38.

[64]Julia Kristeva, "Word, Dialogue, and Novel", *Desire in Language: A Semiotic Approach to Literature and Art*, trans. Thomas Gora, Alice Jardine, and Leon S. Roudiez (New York: Columbia University Press, 1980), p.66. For a detailed discussion, see John Frow "Intertextuality," *Marxism and Literary History* (Cambridge: Harvard University Press, 1986), pp.125-169.

[65]Pierre Bourdieu, "Structures, Habitus, Power: Basis for a Theory of Symbolic Power", *Outline of a Theory of Practice*, trans. Richard Nice (Cambridge: Cambridge University Press, 1977), p.187; "Modes of Domination", *The Logic of Practice*, trans. Richard Nice (Stanford: Stanford University Press, 1990), pp.124-125.

[66]For "Cultural Competence," see Pierre Bourdieu, "Introducion," *Distinction: A Social Critique of the*

其他場域也「累積歷史」，而至少在文學場域裡就更能與別人競爭，產生更好的作品。[67]

臺灣文學原始資料的編輯和翻譯，除了增長作者和讀者的文化能力和文化資本外，還可推廣臺灣文學（尤其是 1945 年以前的）研究，提升研究水平，並修正從前由於無知或無意有意對臺灣文學的成見。就以臺灣文學史的研究為例。研究者不但用資料較方便，解釋時視野也可較寬廣，解析更深入。研究日治時期臺灣小說和詩的，除了刊載日文報紙和雜誌的還沒翻譯的，以及還沒「出土」的外，可不必再像過去那樣花很多時間找資料，而語言障礙也不再是嚇阻研究日治時期臺灣文學的主要因素了。研究 1945 年以來臺灣文學發展的，若精讀臺灣文學家 1945 年以前的作品，就不會再胡說八道了。比較之下，在內容和技巧上，臺灣 1920 年代及 1930 年代的短篇小說和詩有些比 1950 年代及以後的還社會寫實批判，還象徵主義的，還超現代主義的，還現代主義的，也更好。無論如何，不管是 1945 年以前的還是以來的，臺灣文學都是世界文學的一部分。

五、五句

事實上，歷史並不屬於我們，而是我們屬於歷史。

——伽達瑪[68]

Judgement of Taste, trans: Richard Nice (Cambridge: Harvard University Press, 1984), p.2; David Swartz, *Culture and Power: The Sociology of Pierre Bourdieu* (Chicago: The University of Chicago Press, 1997), pp.75-76. For "cultural capital" or "informational capital," see Pierre Bourdieu, "The Purpose of *Reflexive Sociology* (The Chicago Workshop)," Pierre Bourdieu and Loic D. Wacquant, *An Invitation to Reflexive Sociology* (Chicago: The University of Chicago Press, 1992), p.119; "What Makes a Social Class? On the Theoretical and Practical Existence of Groups," *Berkeley Journal of Sociology* 32 (1987): 3-4.

[67] Pierre Bourdieu, "The Author's Point of View," *The Rules of Art: Genesis and Structure of the Literary Field*, trans. Susan Emanuel (Stanford: Stanford University Press, 1995), pp.215, 231-232; Moishe Postone, Edward LiPuma, and Craig Calhoun, "Introduction: Bourdieu and Social Theory," in *Bourdieu: Critical Perspectives*, ed. Craig Calhoun, Edward LiPuma, and Moishe Postone (Chicago: The University of Chicago Press, 1993), pp.4-5.

[68] Hans-Georg Gadamer, "The Elevation of the Historicality of Understanding to the Status of Hermeneutical Principle, " *Truth and Method*, trans. ed. Garrett Barden and John Cumming (London: Sheed and Ward Ltd., 1975), p.245.

在世界文學裡有臺灣。在臺灣，奉獻文學的人當中，有一個不只創作詩和散文，還詮釋並翻譯的學者作家叫葉笛。《葉笛全集》記錄他對臺灣文學的奉獻；而奉獻給臺灣文學的葉笛無疑也已成了臺灣文學發展史的一部分。我想起我到美國讀書的第二年，1966 年冬天龐德（1885～1972）紀念艾略特短文的結語：「我只能像五十年前那樣再力促：讀他。」[69]在臺灣，五十多年前就有愛好文學的人讀葉笛；現在我們讀葉笛；將來更多的人也會再讀葉笛。

——選自戴文鋒主編《葉笛全集 1．新詩卷一》

臺南：國家臺灣文學館籌備處，2007 年 5 月

[69] Ezra Pound, "For T. S. E.," *Selected Prose, 1909-1965*, ed. William Cookson (New York: New Directions, 1973), p.464.

府城的李白

懷念葉笛

◎尉天驄[*]

臺南被人稱為府城。似乎也只有這樣的稱呼，才讓人面對它時覺得像面對家裡的老人那樣，有著歷史的親切感。我的老友葉笛是臺南人，自從認識他以後，那裡也就成了我們一些朋友所熟悉的地方。老葉一說起臺南，就會扯出一大篇典故，他說，在府城他最喜歡的地方就是沙卡里巴。

沙卡里巴是臺南市的一座古舊的夜食市集，像四十多年前臺北市的圓環，感覺上還要老些。所以它帶給人的夢也是古老的。那年代，夜市是不太用電燈的，隨著黃昏的到來而點燃的是一盞盞的電石燈，或者長長的竹竿掛起一盞盞的燈籠，一盞一盞地搖曳著藍色的火焰。望著它，或者漫步其中，都像走在夢裡。

一說起沙卡里巴，就會想著那麼一個少年人。他坐在一張竹椅上，彈著吉他，瞇著雙眼，沙啞地唱著一些不知名的曲子，尾音拖得很長，把酒和夜都融合成一波一波的春水。夜深了，似乎連天上排列的北斗七星也垂下頭來，聽他低吟。這個少年就是葉笛。不過，那時候還沒有人這樣叫他，大家都叫他葉寄民，而且他還沒有資格被人稱之為老葉。

這個景象是一些熟識葉笛的老朋友轉述的，也是根據老葉散亂的回憶捉摸而成的。有時是得自他在異鄉半醉時散發的鄉愁，有時是他微醺、透過電話在與老友瞎扯時對老家所生的懷想。隔著千里的路程，讓人聞到濃濃的酒香。

---

[*]作家、文學評論家，政治大學中國文學系名譽教授。

第一次見到老葉，是 1953 年的事，那時他從臺南師範畢業，來臺北畢業旅行，匆匆地見了一面。在這之前，經由通信，對他已經有一番認識；其實說是認識，起初一大段日子也只是經由朋友而熟悉他而已。也是因為如此，便就有他的一些趣事在朋友間流傳開來，譬如他在高雄吃完喜酒要回屏東，上了車就昏昏入睡，一覺醒來，已經到了臺北。又譬如定情之日，他騎著腳踏車送女友回家，車子緩緩穿越鄉間的小路，心中一興奮就左右搖擺、一遍又一遍地哼起修伯特的〈小夜曲〉起來，走了半天，才感到車子的後座很輕，趕快回程尋找失落的佳人。我一直覺得這個故事編得太笨，但是多少年後又談了起來，葉大嫂說：「那故事不是別人消遣他，是真的，那個失蹤半天的人就是我。」

與老葉認識的年代，雖然籠罩在戒嚴的窒息之中，但人與人無法抑制的關懷，以及浪漫的情操，卻也相對地不時顯露出來。我和老葉就是在這樣的日子裡由認識而熟悉起來的。

臺灣剛光復不久，在中學時代，他已經成了文藝青年，不時在《學生雜誌》、《野風》、《半月文藝》發表作品。然後以文會友地與一些朋友相互聯繫起來。那時候，彼此懷想，臺南、臺北都是很遠的地方。見一次面總是一場興奮，接著大醉一番。到底都興奮些甚麼，卻也說不出來。多少年後回想起來，也不過東拉西扯，胡說八道而已。但那卻是一次次說不出所以然的滿足。

老葉雖然渾身上下都顯示著浪漫的性格，但他並不激進。他說，他像歌德那樣最痛恨暴力，這當然包括戰爭和革命。戰爭和革命原是屬於少數人的事，但很多人都喜歡把它掛在嘴上，當作一種興奮，一種過癮。老葉很欣賞別人興奮和過癮，但絕不攪在其中。他經常講他大哥的一生，說是一生，其實還沒有滿二十歲，就在二次世界大戰的後期，被日本政府拉去當軍伕，在南洋一次調動後便從此失去消息，據說是整條船被美國空軍炸沉海底。戰爭結束了，很多人都回鄉了，他的母親卻陷入絕望之中。後來有幾個躲在南洋原始森林的老兵被發現送了回來，讓她又燃燒起希望，她經常問老葉：「那裡的森林有多大啊？到底要走多遠。」他就編一些說辭騙她，說那裡也有很多土地可種，也有好奇異的水果，說不定還會討了南洋婆子，帶著孫子回來。他的母親一直到過世之前，每天都殷殷等待這個兒子的歸來；老人家在世的最後幾年，就是這樣活在煎熬和盼望裡的。

老葉說：「我痛恨戰爭，管它是甚麼樣子。甚麼聖戰，甚麼為自由而戰，全是狗屁。我也不喜歡革命，做甚麼事都是連根拔起。很多人喜歡吹噓革命，以革命先進自居。其實，真的是先進，早就犧牲掉了，剩下來的大多是撿現成的投機分子。」他罵得興奮了，就一連兩杯酒下了肚子。

老葉痛恨戰爭，卻無法逃離戰爭。「八二三」金門大炮戰，他在前線服役。他因為吉他彈得出色，被調去在康樂隊工作，後來炮戰打急了，被調回原單位服役。每天穿梭在火網之中，隨時都在等待死亡。他有一系列的詩〈火和海〉，就是那段日子的紀錄：

「喂，死到底像個甚麼？」
「管他媽的！」
「還不是像射一泡精液昏昏睡去……」
終日酗酒的老戰士瞪著我說。
大家哄然大笑，
喝酒、吃花生米
咀嚼著　細細地
　咀嚼著黃昏，
咀嚼著
　自己的死亡……

他說，當他一切絕望的時候，就不知不覺地走向被稱為軍中樂園的「特約茶室」，尋求安慰。這時候，說甚麼理論都是沒有意義的，每個人都只等待著發洩，而且要發洩甚麼，滿腦子也只是空白。等待的阿兵哥太多了，那些女子用一張被單半掩蓋著自己裸露的身體，躺在床上，冷冷地催著每一個人：「快點啊，外面還有人！」老葉說，他一生從來沒有被這樣的景況擊得崩潰過，整個人澈澈底底地垮了下來。沒想到，在戰火中一個人的尊嚴被這樣摧殘殆盡。

跟老葉在一起，我學習到很多日本文學的知識。在日本當代作家中，他最喜歡芥川龍之介。他曾多次說過：「在芥川的作品中我看到自己，在他心靈的矛盾處，我感到自己心靈的不安。」他說，芥川的許多歷史小說或現代小說中的人物，都有一抹人生的憂鬱、陰暗、無常以及悲哀，但在他的字裡行間，縹緲的陰鬱裡，卻處處滂沱著追求真實人生的靈魂的呼喚。那是發自靈魂深處的愛。我編《筆匯》時期，他譯介了很多日本當代的文學作品，其中以芥川的作品為多。芥川不僅有著獨特的散文風格，他那處於當代文明之下所造成的心靈掙扎與煎熬更有強烈的現代性，所以他的作品經由老葉的介紹和翻譯，所流露的對於人性的質疑和探尋，以及對於人世的依戀和徬徨，都對當時臺灣青年有著相濡以沫的作用，於是芥川作品中所流露著的一些對於生命撕裂後的悲鳴，便也成他們的心聲：

・對於二十九歲的他，人生已不再光亮了！
・人生真是不如一行的波特萊爾啊！
・芥川龍之介，芥川龍之介，扎緊你的根吧。你是被風吹著的蘆葦，你從現在起要重新做起。

因此，說到上世紀 50 到 60 年代的臺灣文學，如果忽略芥川所引發的波紋，總會讓人有欠缺之感。

有人說：芥川文學是虛無的。老葉不以為然。他說：對於芥川來說，對俗世的厭惡和質疑並不等於他對人的澈底絕望，他的作品裡時時顯現著另一種努力，那便是：**由承受生命的煎熬而去追尋生命的意義和出路**。這樣，在厭世的喟嘆和悲苦中，便一直企盼著另一個溫馨的理想世界的出現。這是最真的「詩」的精神。這種詩的追尋和宗教般的執著，就是芥川龍之介最深沉的、也最攪動人心的地方。雖然如此，芥川並不採用一般浪漫派的手法，那太膚淺了，在人的心靈深處無法引發出大的震動，他還要往更深處挖鑿，澈澈底底地在人的心的最根柢處，去體認人的善與惡的本質，並由這善與惡的對決來肯定人之所以為人的根本所在。他的作品，特別後來經由電影導演黑澤明的詮釋，更對人的種種有著深刻的啟發。在〈竹藪中〉（即電影《羅生門》），當那身為人妻的女人要求那位姦汙她的強盜殺死她的丈夫，然後與之逃跑時，那強盜所受到強烈的震撼，與做丈夫的舉刀自殺，與其說是人世的最大悲苦，不如說是一種帶血的覺醒（覺醒於人世之惡竟然到達這種地步！）。「絕望之為希望」，這是人在極端悲苦中往高處的一次爬升。這樣的歷程的至高點便是超越世間的一切功利、得失的心靈境界。把它揭示出來，便是藝術境界。所以，藝術的完成是以面對、穿越慘絕人寰的悲苦而產生的。他的《地獄變》等作品，便是對人生作了如此的反省。到了這一地步，他才能以超越的智慧洞悉人間的諸相，而對生命的美醜、是非等等有了真實的了解。因此，在芥川的文學認知中，他的著眼點往往不是驚天動地的大事情，而是人與人之間的日常小事。例如在〈蜜柑〉中，那畫面中出現的只不過是幾個窮苦人家微不足道的小人物間的送行，卻能讓人讀著讀著，不期然地在心靈中燃燒出愛的火焰。像在〈阿富的貞操〉中，一個原想胡作非為的乞丐，竟然在阿富的忠貞中受到了前所未有的悸動，因而改變了自己充滿慾念自私的初衷。這些都讓人真實地見到人性在最深的根柢處所顯現的晶瑩；那也許只是微不足道的瑣屑小事，只是在生命長河中輕若鴻毛的一點，但經由芥川的揭示，就讓人在這小小的一點中，在那一剎那的回望裡，生命受到前所未有過的震撼。而為了這一悸動，心中便有了某種要為之犧牲、為之委身的應許，這就是一種新生命的開始。在這裡，我們看到沉澱在芥川生命裡的佛與儒的「原善」的信心；一種對於西方功利主義提出異議的東方倫理的精神。

四十多年了。至今我仍然忘不了老葉當年談論芥川時的神情。他那樣的嚴肅，完全換成了另一個人。在他過世的前一年，他在我家作客，當我問及日本目前的文學，他無可奈何地說：「純正的文學少了，都是渡邊淳一的《失樂園》一類的沉淪。日本真的被美國的消費文明打垮了。黑澤明一再自殺，就顯示了日本當代的悲哀。」

葉笛的文學世界與芥川的文學世界是分不開的。

他和芥川一樣，不吶喊，不唱高調，只在瑣瑣碎碎的事物中，付出關心，並且在其中注入神聖，再由此而顯示人性的不朽。而且他也和芥川一樣，以作品中語言的波動表現心靈的波動，使作品經由「詩化」而一層層地舒展開來。它們與舊有的寫實主義不同處，在於它們不僅在述說一件事，或宣揚某些現實價值，而是在詩化的語言中，把一個新世界鋪陳在人們的眼前。這是心靈的創造，不是簡單的、枯燥的現實反映。

他承襲了芥川的苦惱，也承襲了與芥川類似的對於人世的關懷，而對於生命中善與惡、真與假，偶然與終極的探究與質疑，更是有相近之處。我們讀芥川的《某傻瓜的一生》、《大導寺信輔的半生》、《闇中問答》，看到的正是青年葉笛的形象：瘦削、孤單、憂鬱而充滿徬徨、探尋的眼神。在兩人的精神夥伴中，我們也看到他們共同的朋友：尼采、叔本華（A. Schopenhauer）、史特林堡（A. Strindberg）等人。而葉笛所特別要顯示的，則是他透過自己生於斯、長於斯，而最後也死於斯的小城中漸漸步上現代都市所產生的關懷與鄉愁。說是鄉愁，並不帶有濃厚的感傷，他不像波特萊爾（C. Baudelaire）的《巴黎的憂鬱》那樣，對於物質化、消費化的市民生活，產生分量很重的憎恨和絕望，也不像尼采的《查拉圖斯特拉如是說》那樣，處處流露著自我的驕傲。他與芥川所相近的，則是一種東方式的憂鬱，語言之間雖有著無奈，卻也處處流露著溫暖。

在作品的情調方面，葉笛的筆觸有些地方很像日本戰後電影導演小津安二郎。葉笛的散文集叫做《浮世繪》，在他筆下，臺灣市鎮的媽祖廟、米糕粥、斑鳩、市場、莊稼人……等等，也一一散發著活潑的光輝和溫暖，這些事事物物都日夜吸引著他，而他也終於在 63 歲那年，下定決心，離開日本，束裝返臺，定居故鄉。他說他不喜歡臺北，臺北太擁擠，常會讓人窒息。他對我說：還好你家住在木柵動物園附近，相對之下，還知道自己是人，否則，住在臺北這個人像動物的世界裡，久而久之，你就分辨不出自己到底是人還是動物了。

老葉雖然以酒聞名，但對他而言，酒只是交談的方式，他平日言談，有時也很木訥，但是三杯下肚，人就生動起來，夾雜著英語、日語，別有一番風味。1961 年，我去金門當兵，先到高雄左營金馬賓館報到，說第二天開船，晚上十點以前回營。我把行李放好，就去臺南找老葉，兩個人當然又是飲酒聊天，我喝多了，他說：「不是明天開船嗎？明晨一早報到就好了，你這樣走會出問題。」我第二天一早趕去左營，船已開走了。下班船在一個月以後，我只好留在臺灣，延遲報到。當我一個月後到達金門時，報到處查了整本名冊找不到我的名字，就問：「你是哪個梯次？」我說：「第二。」他說：「你真是糊塗。現在是第三梯次……」說是說了，還是讓我報了到，沒有先關一個星期的禁閉。

他的女兒小蓁，在日本讀完大學，申請就讀政治大學的中文研究所，做了我的學生。他每次由東京來臺，必到我家作客。有一次我對他說：「老葉，看到小蓁，我對人生有了信心。」他說：「此話怎講？」我說：「像你這樣的人，竟然也能夠生出這樣出色的女兒，怎能不讓人產生信心呢？」小蓁長得很可愛，人又善良，葉大嫂就常常不放心，交代這，交代那。有一次她又多話了，正好小蓁不在，老葉就說：「桂春，你說這些話，擔這些心幹甚麼？我們不是也當過年輕人嗎？我們甚麼時候規矩過？」害得葉大嫂直捶他的背。他也向我抗議：「真後悔讓小蓁當了你的學生，我的一切上古史都被你掀開了，讓我這位做老爸的人失去了威嚴。」他的上古史就是他的八卦，包括一些早期戀愛情史都一一成為出土文物，成為我送給小蓁的禮物。

其實，他是一個實實在在重感情的人。小蓁就糗他說：「爸爸雖然一副男人的架式，但卻好哭。大陸剛開放，冰心帶了一些作家到東京訪問，講到反右和文革時被鬥被整的經過，他就跑出會場哭了起來，直叫：『人整人怎麼到了這種地步？』前一陣子，他的一位老友人品出了問題，他也痛哭。最糟的是，我結婚頭一天，他哭得像個小孩子一樣，煞我的風景。」

有一次，他們一家人到我家來玩。我問老葉的三個孫女說：「你們阿公是做甚麼的？」

她們異口同聲說：「李白。阿公說他是李白。」然後問我：「李白是做甚麼的？」

我說：「瘋子！你們阿公是瘋子！」

哪裡想到，這位揮灑自在的瘋子竟然得了癌症，一再受著化療的折磨。

老葉的癌症末期，我太太也進了醫院。她過世時我打電話給老葉，他問：「桂芝怎麼樣？」我忍了一下，說：「桂芝走了！」他說：「怎麼？怎麼？」接著號啕大哭起來。他立刻要趕來臺北。我說：「老葉，你這樣做，桂芝會生氣的。聽我的話，你在臺南用禱告替桂芝送行好了！」

辦完了桂芝的喪事，我去臺南新樓醫院看老葉。他正在沉睡。我和葉嫂、小蓁守在床前，一小時以後，他要翻身，小蓁叫他：「爸爸，尉叔叔來了！」我暗示小蓁不要吵他，小蓁又叫了一次，他竟然掙扎著坐了起來，兩眼空空地望著我，又緊緊抓著我的手不放，無力地對我說：「人生……這就是人生！」他搖搖頭，然後倒下去，又陷入沉睡中。那眼色我不知道該怎樣才能形容出來。2006 年 5 月 9 日，這位孫女心目中的李白，瀟灑地，不捨地，走了。

第二年五月，國家臺灣文學館出版《葉笛全集》18 冊，第 17 冊（資料卷一）有一封〈葉笛致小島醫師〉（1997 年）的信，讀後不禁熱淚盈眶。

1997 年 8 月，老葉的兒子從東京來信告訴他：一歲的孫子發現眼癌，醫生說要挖掉一隻眼珠。他立即給那位醫生寫信，表示要以自己的一隻眼睛移植給孫子：

請您原諒，貿然地寫信給您。我是因「網膜芽腫瘤」而開刀、取出左眼的葉政憲，在臺灣的祖父。……

我因小小可愛孫子的殘酷宿命，而無法抑制湧出的淚水。我覺得孫子很可憐，可憐得不知如何是好，不過，我抱著一絲希望想請求醫師您。

如果可以用我的眼睛來維持孫子的光明，我打從心裡很樂意想移植給孫子，因此，希望您能估計其可能性，告知我一聲，這是我無上的榮幸。……

如果能移植的話，我會立刻到日本的。……

這件事以前小蓁曾對我說過。雖然後來因為醫學專業的問題，葉笛未能如願把自己的眼睛移植給幼小的孫子。但是翻閱著那封信，讀著，讀著，一位慈悲的祖父形象便在我的心中牢固下來。

——2007 年 8 月《印刻文學生活誌》

——選自尉天驄《回首我們的時代》

臺北：印刻文學生活雜誌出版公司，2011 年 11 月

詩人葉笛與其年代

◎三木直大*
◎陳貞竹補譯**

前言

在這篇文章中，我將一邊回想在東京跟臺灣與葉笛先生相會的一些場景，一邊思考葉笛先生主要的文學工作，即詩跟翻譯的意義。葉笛先生詩的數量並不是非常多，但在戰後的臺灣，他是非常早就開始以中文來創作詩的詩人。我認為應該給予這件事更多的評價。並且，與他詩作的開展有著非常密切的關係的是葉笛先生的翻譯工作，他的翻譯工作也給予了臺灣現代詩的發展與研究很大的影響。試著定位臺灣戰後文學史上，葉笛先生文學工作所占有的位置是本稿的目的。

一、1970 年代東京

我第一次見到葉笛先生，是那時在新大久保的「中國語文學院」。作為教師的都是臺灣人。這是 1970 年代中期的事情了。為什麼我會去這個中國語學校呢？那個時候，我還是學生，也在新宿附近的補習班兼差做老師。我記得所以選擇了這個中國語學校，是因為這個學校離我打工的補習班比較近，而且也考慮到在大學裡認識的人大概也不會來到這裡。我在這裡學習了數年。對於上課的內容，確實有讀過魯迅的記憶，其他的就幾乎完全

---

*日本廣島大學綜合科學部教授。
**發表文章時為日本廣島大學社會科學研究科博士生，現為教育部辦理補助人文及社會科學博士論文改寫專書暨編纂主題論文集計畫博士後研究員。

沒有印象了。只是發音是用拼音字母來進行教學的。並沒有叫我記住注音字母的記憶。我想這恐怕是葉笛在日本的大學教中國語的關係吧。1970 年美國宣布「尼克森主義」，1971 年國民政府退出聯合國，1972 年的中日共同聲明，這是亞洲動盪的時代。在日本戰後的大學外語教育中，不屬於主流的中國語逐漸轉為流行，在這樣的狀況下，日本的中國語教育無論如何開始偏向中國，葉笛先生一定也是在這樣沒有辦法的情況下，試著對應著變局吧！

讀魯迅是在文章讀解的班級，一起讀魯迅這件事，我想是葉笛先生經過深思熟慮所選擇的。在今天能夠有黃英哲先生的《臺灣文化再構築的光和影——魯迅思想被接受的行跡》[1]這樣關於魯迅在臺灣的影響的研究，但在當時的臺灣，魯迅當然是被列為禁書的。而這有可能是葉笛先生在剛剛光復的時候讀了中文版的魯迅，在被殖民時期時讀過被翻譯成日語的魯迅也不一定。[2]

關於通過讀魯迅，葉笛先生思考了些什麼的這一點，我們可以在〈二〇年代中國文學中的虛無傾向〉[3]當中看到一些蛛絲馬跡。並且從葉先生讀過竹內好的這一點也可以看到一些端倪。竹內好是日本研究現代中國文學第一世代的代表者，他的代表作《魯迅》[4]展現了戰時日本知識分子對於權力的抵抗與想法，竹內好其思想的影響力至今並沒有消逝。在〈二〇年代中國文學中的虛無傾向〉當中，葉笛先生一邊引用竹內好的《野草》論、一邊說到在散文詩集《野草》當中「實存主義的先行性思想」被表現出來。在這裡這段葉笛先生的意見也與葉笛先生的思想相連結著。雖然葉笛先生用「虛無主義」這樣的視點來構成論文全體，但是這個「虛無主義」

---

[1]創土社，1999 年。

[2]莊紫蓉，〈藍色的大海，紫色的歌——專訪詩人葉笛〉，《笠》第 253 期（2006 年 6 月）「葉笛紀念專輯」裡有葉笛之如下的發言：「那時（臺南師範時代）我們很看到魯迅的書，30 年代書還看得到，有時候可以在舊書店買到。」，頁 184。

[3]1990 年發表，收入葉笛《臺灣文學巡禮》（臺南：臺南市立文化中心，1995 年 4 月）。

[4]竹內好，《魯迅》（東京：日本評論社，1944 年）。

也放在葉笛先生的文脈當中或許應當置換成「實存主義」。

「實存主義」在葉笛先生文學批評的根底當中，是從戰後的出發期繼承下來的想法。討論白萩的〈孤岩的存在〉[5]當中，是以引用 J. P. 薩特的「人，做為世界中之存在，最後是他自己的無與消失」作為開始的。葉先生也可以說是在戰後的臺灣社會中，受到現代主義文學洗禮的青年。他以波特萊爾與屠格涅夫等為例試圖來說明「文學上的虛無主義」。並認為第一次世界大戰後市民社會價值觀的崩壞現象，孕生出了以「虛無主義」為基礎的「不安的文學」。同時用「虛無主義」來理解在五四運動的挫折與五／三〇事件後的「人少畜牲多」（引用自郁達夫之文）那樣情況下之郁達夫、魯迅、李金髮的作品。

葉笛先生對於魯迅的《野草》是這樣的評價的：「可以推測它是在『無從寫』中寫出來的心靈的獨白，獨白是沉默的話語，是凝視自我的最真實的聲音，所以可以說《野草》是表現魯迅文學的原生質的」。[6]恐怕葉笛先生是將魯迅與白色恐怖時代的臺灣重疊起來來進行理解的吧。並且葉笛先生將魯迅、夏目漱石與波特萊爾的作品作為有血緣關係的文學作品，將李金髮所代表的中國的象徵主義做如下的評價：「中國象徵主義的萌生，除了反對『五四』早期新詩單純的形式之外，反映了 1920 年代的青年們的精神苦悶、彷徨、失望，從高歌反抗精神轉而凝視、追求自我、潛心挖掘自己，低吟一己的傷感和絕望，從而要樹立一種文學上新的美學原則」[7]。在這裡葉笛先生像是在說明自己的詩一般，不是嗎？

在〈中日兩國近代詩的革命——「白話詩運動」和《新體詩抄》的比較〉[8]當中，葉笛先生也如下的引用著竹內好的話。

「現代中國文學的問題就是中國文學現代化的問題。所謂現代化亦即國

[5]《笠》第 22 期（1967 年 12 月）。
[6]葉笛，《臺灣文學巡禮》，頁 312。
[7]同前註，頁 319。
[8]1980 年發表（日語）。《臺灣文學巡禮》所收。

民覺悟之意，而國民的覺悟即是以世界文學（一般文學）來規定自己的。是以在另一方面便含有自我要世界化的契機。反過來說，中國文學要怎樣把自己世界化這樁事就是要以什麼樣的國民形式來世界化。」我認為竹內好這句話，同樣可以套用於日本文學的世界化問題。[9]

葉笛先生可以說是將中國文學置換成戰後的臺灣文學來思考的不是嗎？[10]並且我們也可以認為葉笛先生在這裡試圖看出 1920 年代的中國文學中，相通於臺灣苦難時代的現代性。這個苦難的時代的現代性，恐怕是貫徹葉笛先生一生文學事業的主題。

二、醉酒的人

在那個中國語學校當中，葉笛先生是最受歡迎的老師。在平時白天的授課時間裡，會有許多的女性坐在教室裡。這些女性的年齡並不限制在特定階層，我記得家庭主婦來的很多。這是在日本學習中文逐漸流行起來的年代，葉笛老師的課堂裡充滿著愉快氣氛。印象中，到了傍晚，課堂結束了之後，經常是大家一起走到新宿的歌舞伎町去。偶爾也有自己掏錢出來，但是大部分的時候都是葉笛先生請客。上課的人大家都是這樣子讓葉笛先生請客似的。教中文所得到的錢，結果又都這樣的回到了學生手上，葉笛先生自己身上幾乎是沒有留什麼錢吧。也有抱怨著不知何時放了相當多錢的錢包弄丟了的時候。我想葉先生是一個沒有什麼金錢概念的人吧。也可能葉笛先生的夫人非常的困擾呢。我曾被邀請到當時位於池袋的葉笛先生的家中吃飯。雖然正是孩子們都還很小的辛苦時期，卻還是受到葉笛先生夫人非常熱情的招待。

---

[9]《臺灣文學巡禮》，頁 327。引用部分之竹內好的文章是〈現代中國文學の特質〉，原載於《支那》1937 年 4 月號，《日本と中国の間》（東京：文芸春秋，1973 年）所收。

[10]不過葉笛先生也曾寫到：「臺灣文學就是在特殊的歷史的環境下萌了芽，經過與紆余曲折之艱苦道路所發展下來的中國文學之一部分」，〈台湾文壇（1）概況〉，《中国当代文学研究会会報》第 3 號（1986 年），頁 10。

葉笛先生曾寫過〈醉酒的人〉（1966 年）這樣的作品。穿了褪了色的大衣，將兩手插在口袋裡，從酒館裡頭走出來，在「患盲腸炎的大街」上自己的影子延伸著，此時沒見過的男人，拍著自己的肩。我認為描寫林立著雜亂的飲食店的後街景象的「患盲腸炎的大街」是非常有趣的描寫。葉笛先生到日本來是 1964 年笠詩社設立之後的 1969 年，因此，雖然說在這個作品當中，是以臺灣為題材，但是這樣的表現，有著即使是將場景置換成東京的新宿，也能夠相通的廣泛的印象。將「患盲腸炎的大街」想成是我們一起喝著酒的新宿歌舞伎町也不會有一點不協調的感覺。

有人拍我肩膀招呼我，
哦，陌生人
　　陌生的城市，
別招呼我，
我不認識你，
我不認識這城市，
我連自己都陌生，
我像一匹獸
　只認得自己的腳印，
　　冷冷的星子們的
　　　冷笑和囁語。

別問我要去哪裡！
上天入地
東西南北
我走我的！
但，該去哪裡？
既然賭輸地上的天國

該去哪裡？！

在這首詩當中的「我連自己都陌生」的這一詩句有著很深的興味。在東京，我想葉笛先生正是在「我連自己都陌生」的氛圍中生存著的。在請我們喝酒時的心情，就像這個作品的結尾所描寫的那樣吧。

別沖我訝異，

我沒有醉！
我的純粹理性如康德，
只是酒精軟化的舌根
要吐一些夢話
要唱出殭死在胸臆間的
讚美歌而已……
陌生的兄弟，
緊握住手和手吧，
為什麼人會寂寞透心——
　像丟棄在深夜街上的空酒瓶

在東京的我們，確實是「陌生的兄弟」。到了現在，我想當時的我，可以說是一名對臺灣一無所知的學生。我從葉笛先生那裡拿到了翻譯成中文的芥川龍之介的《河童》[11]及《華麗島詩集》[12]。現今回想起來，這些書裡頭，隱藏著思考臺灣戰後文學的重大的線索。即使是這樣，那時候的我對於臺灣文學仍毫無一絲的關心。1972 年雖然中日簽訂了中日友好條約，但在中國，仍然是四人幫的時代。文化大革命中，並沒有可以閱讀的關於那

[11]仙人掌出版社，1969 年。
[12]中華民國《笠》編輯委員會編，《華麗島詩集・中華民國現代詩選》（東京：若樹書房，1971 年 9 月）。

個時代的文學作品。如果是這樣的話，那麼也可以閱讀臺灣與香港同時期的文學作品吧，但我們學生們卻總是在大學圖書室裡頭閱讀戰前的中國現代文學。於是，等到了文化大革命結束，我們變得如同決堤一般拼命的去閱讀和理解中國那個時代的文學，我想看到了這樣的日本學生，葉笛先生或許會有一種焦躁感油然而生吧。

三、〈火和海〉

即使是這樣，我在新大久保的中國語文學院的數年裡，並沒有直接從葉笛先生那兒聽到有關於臺灣話題的記憶。是我忘記了，或者是葉笛先生真的什麼也沒說，也或者是我沒有詢問過他。懷抱著在過去殖民臺灣的歷史，日本人在戰後對臺灣卻是多麼的不關心，多麼的無知。葉笛先生或許是絕望的。這個時候在東京的葉笛先生究竟是懷抱著怎樣的想法？我並沒有一窺他內心的方法。唯一可以作為線索的或許是《華麗島詩集》。作為在戰後的日本，第一次有系統的介紹臺灣現代詩的詩選集，《華麗島詩集》是值得紀念的。這本書也給予我在後來得以如同現在這樣研究臺灣現代詩的重要的契機。在這當中，可以說是葉笛先生的代表作〈火和海〉也收錄在其中。當中有這「我在金門八・二三炮戰下的 Sketch」[13]的後記，這說明這應是描寫 1958 年的作品。這是葉笛先生在徵兵時的作品吧。作品傳達出來的是用現代的手法所浮現出的戰爭的無情。

血管中
呼嘯的炮彈，
心臟中
爆炸的炮彈，
大腦中

[13]葉笛，〈火和海〉，《笠》第 19 期（1967 年 6 月）。

凝固了的炮彈的哄笑。

耳膜變成薄的雲母
頭顱失去重量，
變成連接死亡的一直線
兩點的一黑點。

我覺得這一段詩有著與瘂弦〈上校〉[14]中的「那純粹是另一種玫瑰／自火焰中誕生／在蕎麥田裡他們遇見最大的會戰／而他的一條腿訣別於一九四三年／他曾聽到過歷史和笑」的這一場景，相近似的性質。瘂弦的〈上校〉也同時收錄於《美麗島詩集》中。當然第三段的「砂丘連綿著砂丘，／矮樹和壕塹環繞碉堡，／充血的眼睛默望著／墜落一千次的太陽。／在時間之流沙中／硝煙和鋼片消失，／摧折的大樹／沒入白晝巨大的黑夜裡，／在碉堡湫溢的子宮裡／我緊握住『現在』——／一把流動的砂，／啜泣著的砂。」當中，使用了在「島」中的「火」跟「海」的這樣的元素，而使其產生出一種對比的手法，這是葉笛先生自己的東西。在強調「現在」的這件事當中，葉笛先生表達著與瘂弦並不相同的一份濃厚的關於臺灣的本土性色彩、並且賦予某一種戲劇詩性的構造。但是在表現出戰爭的現代主義式的手法上，令人感受葉先生受到了瘂弦的影響。

這一點似乎與葉笛先生在「光復」後之文學的出發很有關係。葉笛先生的第一本詩集《紫色的歌》是在 1954 年出版的。在《創世紀》第 3 期中，刊出了創刊者其中之一的張默先生的書評。[15]在那裡張默先生寫著民國 41 年春天在臺北與葉笛先生相見的事情。根據在《創世紀》的作者介紹，當時葉笛先生在雲林縣從事教員工作。葉先生從創刊號開始便在《創世紀》發表作品，這也有因為與張默先生相識的緣故吧。[16]葉笛先生並且以編

[14]《瘂弦詩集》（臺北：洪範書店，1981 年 4 月，初版）所收。
[15] 張默，〈《紫色的歌》讀後〉，《創世紀》第 3 期（1955 年 6 月）。
[16]「張默、瘂弦、洛夫他們辦《創世紀》，我跟他們有聯絡。」（莊紫蓉〈藍色的大海，紫色的歌—

輯委員的身分出現在第 10 期當中，作為本省人出版的中文詩集，《紫色的歌》是戰後非常早期的作品。張默先生的書評，使用了《創世紀》兩大面的紙面。我想這一定是因為作為本省人詩人的詩集，這本詩集受到了注目。林亨泰先生的第一本中文詩集《長的咽喉》[17]的出版是在 1955 年，陳千武先生出版中文詩集則是更後來的事情了。

在雜誌《新地》的活動也是如此。在戰後的臺灣，作為受日本語教育最後世代的本省人，葉笛先生是非常早就開始以中文發表詩作的詩人。在「現代派運動」開始前的《創世紀》的創刊號（1954 年 10 月）已經登載了〈十二行〉這樣的作品。這個作品充分表現出葉笛先生詩作的特徵，及一種內在的躍動感。在這裡讓我引用〈三・矛盾〉。

我底理性常在另一個意念中昏迷，
像天空的飛鳥有時羨慕海洋的魚，
為何攀上天堂的腳猶躊躇在禁園，
啊！我聽見我靈魂抗拒肉體的聲音。

我常常逡巡在不相交的平行線上，
天上明星和人間的快樂同在眼前。
我要嘗盡地上的快樂又想擷下星，
啊！理性和慾念的火熾燃在我心中。

昨夜靡非斯特扣問我虛寂的心扉，
願以我底一滴血讓我走遍歡樂鄉，
請來呵！浮士德，我願和你促膝細談，
那最後的勝利是否抵過痛苦的自嘲？

—專訪詩人葉笛〉，《笠》第 253 期）。
[17]林亨泰，《長的咽喉》（臺中：新光書店，1955 年）。

在這個詩作所表現出來的是，人是懷抱著矛盾的存在者，自我這樣的東西一直有著一種多重性，這樣的多重性當中有著沒有辦法終止的對自我的疑問。我感到我很能了解這樣思考的葉笛先生為什麼將芥川龍之介的作品翻譯成中文。在日本近現代文學當中芥川龍之介正是這樣的作家。

只是我想葉笛先生並不將自己的文學想像，持續拘泥在芥川那樣的自我的多重性的網絡中，而是從這裡超脫出來追求一種超現實主義，以及實存主義。我想這追求與葉笛先生思想的開展，及翻譯安德列・布列東的〈超現實主義宣言〉[18]的工作是有關係的。當然，這個翻譯如同劉紀惠所指出的，是以日本語翻譯本為底本的譯本，而且，也如同葉笛先生本人所指出的那樣，臺灣詩人所接受的超現實主義與在法國的超現實主義是有所不同的。[19]儘管如此，但這個翻譯對戰後的臺灣詩壇仍然是一個很重大的事件。並且，到了今日，這個翻譯刊載在初期的《笠》的這件事，也是應該重新給予評價的。我想處在出發期的《笠》可以說是以現代主義來表現臺灣的鄉土為目標的。[20]葉笛先生的〈火和海〉是代表著這樣創作觀的作品之一。於是，如果讓我們順著葉笛先生的文學開展來看，我們可以認為〈火和海〉是用超現實主義的手法，來試圖超越〈十二行〉所展現的世界的作品。在這裡，我們可以認為翻譯工作對於葉笛的文學來說，是有著極大影響的。

1982 年日本出版的丸谷才一的小說《裏声で歌へ君が代》(新潮社)，是取材於在東京生活的臺灣人的樣態的一種政治小說。在大學的圖書室看到臺灣殖民地時期的日本語雜誌，如收錄在《台湾新文学雑誌叢刊》系列的《文藝台湾》等等的復刻本，確實是在那段期間。在此一時期，河原功先生已經開始著手於臺灣文學的研究，在 1978 年若林正丈先生等少數的臺

[18]安德列・布列東著；葉笛譯，〈超現實主義宣言〉，《笠》第 7 期（1965 年 6 月）。
[19]劉紀蕙，〈超現實的視覺翻譯：重探臺灣現代詩「橫」的移植〉，《中外文學》第 24 卷第 8 期（1996 年 1 月）。
[20]請參照〈對談・台湾現代詩のモダニズムとその周辺〉，杜國清、三木直大，《現代詩手帖》（東京：思潮社，2006 年 8 月號）。

灣研究者也創立了臺灣近現代史研究會。松永正義先生與岡崎郁子先生等，開始《台湾現代小說選》系列（研文書院）的發行則是在 1984 年。即使是這樣，在大學裡研究中國文學的大部分的學生，並沒有把研究的目光轉向臺灣。對在戰後出生的我們這一世代來說，即使到了 1980 年代，臺灣還存在在很遙遠的地方。1989 年因為天安門事件所產生的，中國的自由化挫折及「革命中國」的客觀化，才使得像我這樣從中國現代文學研究出發的人將目光轉向了臺灣。

於是在東京的葉笛先生，於 1986 年參與了「臺灣學術研究會」的成立，作為理事之一，刊行了到 1994 年第 7 期為止的研究會誌。關於臺灣學術研究會，葉笛先生在《臺灣早期詩人論》的序文當中有著簡單的介紹，這是臺灣人的研究者以東京為中心據點所成立的研究會。《臺灣文學巡禮》及《臺灣早期現代詩人論》收錄了葉笛先生在《臺灣學術研究會誌》中所發表的有些論文。葉笛先生也有擔任理事長的時期，所以他給予這研究會花了相當多的力氣吧。在其他的方面，關於臺灣文學方面，也有 1986 年到 1988 年《中国当代文学研究会会報》第 3 號到第 5 號的連載。

連載的文章裡讓我感到印象深刻的是追悼唐文標的〈朋友啊，安詳地睡吧——哀弔唐文標〉。關於 1970 年代現代詩論爭中的唐文標，葉笛寫著如下：「你被『圍剿』著，變成了滿身瘡痍。但是你保持著豪放磊落的態度。你堅持著冷徹的論理寫了的文章高高地燃起情熱之火。像上戰場的兵士一樣，你拋棄了加州大學教授的穩定職位，你回了臺灣去了」[21]。在這樣的表現，使我不得不聯想起生活在東京葉笛先生，他是如何的思考自己的存在與處境，從那以後，葉笛先生或許懷抱著一份沒有辦法壓抑著的，渴望回到臺灣的情感吧。並且，與唐文標那樣作為外省人卻選擇以臺灣為自己鄉土的人們的交流，也象徵著葉笛文學之多樣性。在這裡特別想要一提的是，不論在臺南師範學校的學習期間或者在這畢業之後，葉笛先生通過

[21]葉笛，〈朋友啊，安詳地睡吧——哀弔唐文標〉，《中国当代文学研究会会報》第 3 號（1986 年），頁 13～14。

與郭楓先生的交流以及共同創刊《新地》等的文學活動，加深了對外省詩人內涵的多樣性的理解。我認為，葉笛先生初期的文學活動的形態，對於他做為本省詩人的文學觀給予相當大的影響。

四、回到臺南

讓我們將場景轉向臺灣。不知道從什麼時候起，離開東京在地方大學就職的我跟葉笛先生中斷了聯繫。在很久沒有見到葉笛先生之後，我再次遇到葉笛先生，是在 1995 年的日月潭所舉行的，由臺灣筆會跟笠詩社所主辦的亞細亞詩人會議。那時候，我剛剛開始著手於研究臺灣現代詩人的作品，確實是向陳千武先生寫了一封信，請他允許我參加這個會議。葉笛先生也出席了這個會議。我記得跟先生說了一些，因為在東京時從先生那裡得到了《華麗島詩集》，才使我有了開始從事臺灣現代詩研究的契機。管管先生也出席在那個會議中，我深刻地記得，管管先生不知道為什麼地對著我說，變得如此全面地打出臺灣鄉土，像我這樣的外省詩人們又該如何呢？

在會議期間，葉笛先生給了我他的詩集《火和海》[22]。透過這個詩集我第一次系統的讀到了葉笛先生的詩。知道了《華麗島詩集》當中所收錄的〈火和海〉只不過是 13 篇長詩的一部分。因為《紫色的歌》是 1954 年出版的，《火和海》則與其相差了 35 年，是還在東京的時候所整理出來的詩集。也知道除了 1960 年代所寫成的 3 篇之外，其餘大概都是 1980 年代之後的作品，似乎沒有我與葉笛先生相識的那一段時期的作品。因為，詩集的序文當中說明了有些是散逸的作品，所以在那一段時期自然也不是完全不寫詩吧，只是可以確定的是詩的寫作中斷了一段很長的時間。這是因為離開了臺灣，才有了這樣的結果吧！

詩集《火和海》中有一個〈禱〉的作品。在這裡葉笛先生也謳歌了自

[22]葉笛，《火和海》（臺北：笠詩刊社，1990 年 3 月）。〈火和海〉連載於《笠》第 19 期（1967 年 6 月）、第 21 期（1967 年 10 月）、第 22 期（1967 年 12 月）。

我內在所懷抱的多重性——無神論者葉笛與自我內在的神的對話[23]。記錄著關於執筆的地方寫著「1988 年 7 月、晨、東京」。這是在母親過世，第一個孫子出生之時左右的作品吧。從這個時候開始，葉笛先生開始現實的思考回臺灣這件事吧。接下來要引用的〈禱〉的最後的一節，我認為這也是非常具有葉笛先生風格的詩句。

啊！您的迷迷羔羊
夾在理性和情感的峭壁中，
日夜逡巡喟嘆，
夾在正義和自私的鐵壁中，
日夜喘哮自慚，
告訴我吧！
該怎麼　活
下去？！

在這樣的苦惱當中，葉笛先生最後還是選擇了回到臺灣吧。我有幾次到臺南葉先生的家裡，訪問葉先生。葉先生也曾帶我觀光臺南市內，但是令我印象深刻的卻是在先生家受到招待的事。我喜歡臺灣的芒果，所以不知不覺間臺灣的水果就變成了話題。我記得那時我們說著芒果什麼時候開始好吃，香蕉畢竟不是臺灣的就不行等等的事情。在這樣的話題中，葉笛先生說臺灣的水果比日本好吃，有許多配合臺灣的品種改良，只是柿子的栽種並不是很順利。在這樣的話題當中，我感受到在戰後接近 30 年的時光，生活在日本的葉笛先生活著的那種體溫感。

與葉笛先生的對話中，印象最深的是水蔭萍的話題。呂興昌先生編葉笛先生擔任翻譯的《水蔭萍作品集》是出版於 1995 年的。水蔭萍先生則是

[23]最初我覺得葉笛先生似乎不知從何時開始成了一個基督教徒。但是，葉笛先生老朋友林瑞明則認為：「葉笛先生是無神論者」。

在前一年 1994 年去世的。不知道何時與葉笛先生聊到關於水蔭萍先生的話題，葉笛先生說到「日本當中也沒有用這樣日語表現來實現超現實主義的詩人」。這是葉笛先生作為臺灣人的認同意向與在其內在根底處之世界主義的葉笛式的表現。而這或許也造成了他對現代主義詩的精神的強烈關心吧。

我也在這個時候影印了葉笛先生藏書的水蔭萍的日語詩集《燃そる頬》。晚年的葉笛先生的重要工作之一，是翻譯連載在《創世紀》詩刊、收錄在《臺灣文學巡禮》中有關被殖民時期的詩人的評論及日語詩。當中特別值得一提的，我想還是翻譯楊熾昌作品的工作。因為這件事情，臺灣讀書界認知到殖民地時期的臺灣，存在著臺灣獨自的超現實主義的文學。我想這點有著非常大的意義。因為這個翻譯的工作，臺灣的現代主義並不是在戰後才開始被移入的這一點，變成共同的認識，這也使得臺灣現代詩史研究的深化跟發展變得可能。在這裡葉笛的翻譯工作，與其在白色恐怖時期翻譯了芥川龍之介及安德列・布列東的東西相並，給予了臺灣現代文學巨大的影響。並且這些翻譯工作也可以說是由葉笛自己本身所生產的芥川、布列東、楊熾昌等文學之「再創造」[24]。

對葉笛先生來說，以作為受到殖民地時代日語教育的最後一代人來作為其文學的出發，或許是不幸的。與其留學日本，並在這之後在日本度過了 30 年。要是他留學歐美的話，作為非常具有獨自性的臺灣的現代主義詩人，葉笛先生或許會成為更著名的詩人。但是，因為翻譯這個工作，他超越了作為日語世代的不幸，其足跡將留在臺灣的現代文學史上。

——選自戴文鋒主編《葉笛文學學術研討會論文集》
臺南：國家臺灣文學館籌備處，2007 年 8 月

[24]葉笛曾經寫到：「翻譯是中國的翻譯家時常自嘲地說的『吃力不討好』，就是說『在背地裡賣力氣』，並且就是翻譯家的文學再創造。」〈書評《老舍小說全集全 10 卷（學研刊）》〉、《中国研究月刊》第 436 號（1984 年 6 月），頁 42。（附記：這期揭載山田敬三所主編的臺灣文學特集。這是早期日本研究誌上的臺灣文學紹介）

狂飲滔滔不絕的生命之水
簡析葉笛《紫色的歌》、《火和海》、《失落的時間》

◎張默*

小引

記憶
在夜裡，
是沒有腳的
液體……

——林亨泰〈回憶 2〉（選句）[1]

每當我悄然想起 1951 年秋天的某一黃昏，與葉笛首次在臺北市重慶南路一段某巷《半月文藝》社相見的一幕，總會不自覺的唸著林亨泰這首超現實有趣的短詩，那時候咱們都是如楊喚所說的「小白馬般」的年齡。純真、靦腆、涉世未深，那天被該刊主編周文宗（周介塵）接待喝稀飯，非常高興，但彼此還是生生澀澀的對視著，詞不達意的說一些客套話。

當時葉笛好像是小學教師，我則是一名海軍陸戰隊的少尉軍官，餐畢他回臺南，我返淡水祖師廟警衛部隊防地。以後常見葉笛詩作在《野風》、《半月文藝》刊出，十分欣慰。1952 年中，我奉調到左營陸戰隊某炮兵中隊任職，不期然的又和葉笛重逢了，他並介紹好友李天林與我相識，回憶那一段青澀的歲月，經常見面交換寫作心得，真有說不出的喜悅。

---

*本名張德中。詩人、評論家、編輯家，《創世紀》詩雜誌社創辦人之一。

[1]引自張默、瘂弦編，「林亨泰詩稿」，《六十年代詩選》（高雄：大業書店，1961 年 1 月），頁 49。

1954 年 10 月，洛夫和我在左營籌辦《創世紀》詩刊，創刊號即有葉笛的〈十二行〉三首相挺，其中第三首〈矛盾〉，有如下的句子：

我底理性常在另一個意念中昏迷
像天空的飛鳥有時羡慕海洋的魚
為何攀上天堂的腳猶躊躇在禁園
啊！我聽見我靈魂抗拒肉體的聲音

雖然本詩未收入他的處女詩集，但從字裡行間，詩人隱隱約約對未來的期待，依然伸手可觸。之後他常有詩作在《創世紀》發表，他那清新綺麗的詩的姿影，令人難忘。諸如——

山麓的靜靜的黃昏。
我底心浮沉，遨遊，
在大自然的真實的立體畫中。

——〈山麓的黃昏〉（選句）[2]

秋裸露著熟透了的肢體
……
像 Van Gogh 的彩色燃燒著

——〈印象〉（選句）[3]

你擁抱著鮮紅的心臟
　浮沉在沒有鹹味的淚海
啊！你將何處去？

——〈你將往何處〉（選句）[4]

---

[2]《創世紀》第 3 期（1955 年 6 月），頁 20。
[3]葉笛詩作〈幻覺的癖性〉第一首〈印象〉，《創世紀》第 5 期（1956 年 3 月），頁 9。
[4]《創世紀》第 6 期（1956 年 6 月），頁 10～11。

除詩作外，他又給早期《創世紀》譯介尼采、波特萊爾、堀口大學的詩，給這個初生詩刊以無比豐沛的滋養。

那一時期，也是葉笛和我、瘂弦通信最勤的階段，筆者最近翻閱 1957 年初的手抄本，赫然有葉笛寫給我的長短信十多封（原件已散失）。特抄錄 1956 年 4 月 24 日的信如下：

> 恰好我想給你寄書寫信的時候，接到你的信了，不約而同，也許，這便是所謂「靈犀一點通吧」？
>
> 翻譯，我正陸續的工作中，奈何諸事羈身，近日心煩意亂，工作遲遲不進，這，我是感到遺憾的。
>
> 尼采的散文詩是我翻譯的，我不懂德文，從日文轉譯。我時常懷著一顆惴惴不安的心，把譯稿送上《新地》的[5]，現在聽你說喜歡它，我真高興呢！但，我想不再譯它了，因為我的生活和感覺，離尼采的世界還是太遠了。
>
> 你說「文藝」必須在生活裡植根。這，我有同樣的意見。尤其是詩，沒有從生活的呼吸裡取得血、肉的東西是蒼白的。昨日瘂弦來信，也談到詩，他的見解和你一樣。從忙中走出去吧！
>
> 葉笛‧四月廿四日屏東

當年我們在書信中，無話不談，包括愛情的不順遂，窮得沒有錢買香菸，以及對好書新知的渴望，甚至比賽搞手抄本等等⋯⋯。

1956 年 12 月聖誕前夕，瘂弦以精緻的賀卡，寄給老友，包括葉笛、葉泥和咱們一群在軍營以體溫取暖的老夥伴。他在卡上題了一首小詩，耐人尋味：

---

[5]葉笛致張默信，題為〈葉笛的隱憂〉，刊於《創世紀》第 8 期（1957 年 3 月）「新民族詩型筆談小集」，同時刊出金刀、羅暉、葉泥、瘂弦、葉笛、魯蛟、亞汀等七人的信。

因為沒有雪

聖・尼古拉的鹿車便滑不過來

我們也失去滿襪筒的童年禮物

就這樣

荒寂的年月

又渡過了……！

痖弦・民國 45 年 12 月 19 日[6]

去年暑假的某一深夜，我打電話向葉笛催稿，也便中談起痖弦 49 年前在賀卡上寫詩的往事，葉笛還依稀脫口而出，那張有著日本風的卡片相當精美，接著我一字不漏讀出以上的六句詩，葉笛十分感慨的說，虧得你還保留了這些古董，當時我只能苦笑以對。

《創世紀》自 1954 年 10 月創刊以來，一直活在不乏雪中送炭的友情中。而創辦初期尤其受到葉笛的鼓勵。現在我還清清楚楚的記得，那是 1956 年夏天的一個黃昏，當時葉笛在屏東大橋旁一所國民小學教書，那天我去找他，放學他邀我到他住在屏東市區的姑媽家晚餐，那是一棟日式庭園，園內花木扶疏，十分雅緻，那晚咱們對飲，享用上好的日本料理，她姑媽的手藝的確十分高超。我們促膝對談了近兩小時，臨走時，葉笛塞給我 200 元，他說是捐給《創世紀》的，那時候的 200 元，可不是小學教員一個月的薪資嗎？[7]

1959 年 4 月，《創世紀》集議再出發，並擴版為廿開，一躍而與當時的《現代詩》、《藍星》鼎足而三。葉笛為該期精心翻譯的波特萊爾散文詩〈柔髮的半球〉三首，頗得佳評。記得是同年的六月某一晚上，葉笛和邱桂春小姐在臺南老家結婚，詩人方艮、痖弦和我三人結伴，在左營包了一

[6]張默手抄本《詩人書簡》痖弦的信，1957 年 2 月於鳳山。痖弦當年發的聖誕卡上，他親筆寫了同樣的六行小詩，不少老友都接到了，但原件早已散失。

[7]張默，〈三十年的滄和桑〉，痖弦等編《創世紀詩選（1954～1984）》（臺北：爾雅出版社，1984 年 9 月），頁 616。

輛小汽車，趕赴他的喜宴，那晚當新郎的葉笛，依然用他最鍾愛的吉他，彈奏了好幾曲，以娛嘉賓，據說他在軍中服役時，就是以琴聲打動了他的新娘子……。[8]

葉笛從 1969 到 1993 年，在日本攻讀博士、教書，為中日現代文學打拚，有目共睹。這一段長達廿多年的時間，咱們較少連絡。但是他自 1993 年 4 月束裝返臺，咱們又陸續恢復往日的交遊。《創世紀》第 126 期（2001 年 3 月），葉笛應本刊的邀請，以「臺灣早期詩人略論」為專欄，每期介紹一位 1930 年代崛起的省籍前輩詩人。一直到 142 期（2005 年 3 月）共撰寫楊華、王白淵、賴和、水蔭萍、楊雲萍、林修二、陳奇雲、吳新榮、江文也、郭水潭、巫永福、陳遜仁、林芳年、吳坤煌、王登山。同時並附作者對每位前輩的贈詩一首。此一專欄對臺灣有志研究早期新詩人的基礎資料，極有裨益。孟樊、楊宗翰正在進行中的《臺灣新詩史》，對葉笛擁有的第一手文獻，頻頻多方徵引，可以為證。[9]國家臺灣文學館在館長詩人林瑞明（林梵）的策畫下，於 2003 年 10 月 17 日大力出版葉笛《臺灣早期現代詩人論》，作為開館紀念專書。除張我軍一篇外，其他 11 篇均係作者發表在《創世紀》上的專文。而葉笛處理史料的旁徵博引，下筆行文的深入推敲，評論態度的一絲不苟，這些都足以作為研究臺灣新詩後學者的典範。[10]至於他寫給 15 家前輩不同風貌的贈詩，容後節再行討論。

2005 年 10 月，我輾轉得知葉笛得胃癌末期的消息，但是他在《創世紀》上約專欄仍未中斷，而改以〈日本詩派探微〉代替，介紹「荒地集團」的作為。咱們數度在電話中閒聊，他毫不隱瞞病情，終於敲定 12 月 22 日上午，我搭遠航早班機到臺南建平七街他女兒蓁蓁的寓所去看他。

---

[8]張默，〈回首葉笛的詩學之旅〉，《臺灣現代詩概觀》（臺北：爾雅出版社，1997 年 5 月），頁 191～198，曾說過類似的話，供參閱。

[9]《創世紀》第 126 期（2001 年 3 月）到 142 期（2005 年 3 月），葉笛連續撰 1930 年代「臺灣早期詩人略論」共 15 篇，十分叫座。

[10]葉笛，《臺灣早期現代詩人論》（臺南：國立臺灣文學館，2003 年 10 月），收賴和到林修二等 12 家評論。卷前特標明「謹將此書獻給為臺灣現代詩披荊斬棘的前輩詩人們」十分醒目而具啟發性。

那天，他的夫人邱桂春女士也在座，葉笛只是清瘦了一些，而談鋒仍健，多屬追憶舊事。接著我提議《創世紀》第 146 期（2006 年 3 月）想為他做一個「研究特輯」，他當場欣然答應，並說讓我活著能看到也不錯，同時允諾立即提供個人小傳、年表、生活照片、詩稿等相關資料。當日中午葉氏夫婦請我在「陶板屋」便餐，1 時 55 分，我懷著依依不捨的心情辭別搭機回臺北。次日中午與辛牧商定，邀約趙天儀、李瑞騰、莫渝、楊宗翰四家撰稿，分自不同角度，以其詩作、評論、翻譯，進行十分中肯客觀的論述。一月底稿件全部列齊，立即編發。「葉笛特輯」包括小傳、年表、照片、詩稿、評論篇目，另有四家的專論，咱們展開密集的編校，而於三月一日黃昏時分拿到新一期的樣書，當夜九時許，我到臺北北門夜間郵局以包裹快捷寄發臺南葉蓁蓁十冊，當時葉笛已轉到臺中榮總療治中。不久蓁蓁打電話來，她說老爸已看到新刊了，非常高興，並深致謝意。當下，我心頭的一塊大石頭輕輕落下，老友終於看到這個活過半世紀的老詩刊第一次為他做的特輯的全貌，阿門！[11]

關於《紫色的歌》

《紫色的歌》詩集，於 1954 年 9 月，由嘉義青年圖書公司出版，可以想見葉笛出道甚早，在當時被譽為省籍青年詩人的第一部新詩集，確是事實。

根據筆者 1992 年編《臺灣現代詩編目》有關詩集資料，經查 1954 年全年出版的詩集不逾十冊，作者包括梁雲坡、公孫嬿、紀弦、楊喚、葉笛、季予、麥穗、夏菁、余光中、陳香等人。

另如林亨泰有名的《長的咽喉》、鄭愁予的《夢土上》、方思的《夜》、彭邦楨的《戀歌小唱》、吳望堯的《靈魂之歌》、鍾雷的《在青天白日旗幟下》、覃子豪的《向日葵》等詩集，都是晚後一年，於 1955 年出版。

[11] 《創世紀》第 146 期（2006 年 3 月），策畫出刊「葉笛特輯」（頁 43～72），評論史料十分翔實，是當代新詩期刊第一個率先為葉氏製作的特輯，深具歷史性的意義。

《紫色的歌》出版後，筆者曾撰短文指出：「最近拜讀葉笛先生的《紫色的歌》，我深深感覺，他那瑰麗的詩想，真摯的詩情，鮮活的意象和美妙的詞彙，使我如置身於春風輕拂的青青的草原」。[12]

郭楓在小序中形容：「我曾行走在書與書之間，如尋夢者找出失落的夢，這些像開放在秋的郊原底小花朵一樣，從它們：我嗅到了一種屬於生命底苦艾的氣息和泥土底香。」[13]

想不到半個世紀之後，李瑞騰在〈葉笛論〉中更燦然總結：「青年葉笛素樸的筆觸傳達出飽滿的情感，他一方面面向自然；一方面熱情呼喚愛情。他時而高唱『牧歌』，時而告訴我們，他『徬徨』、『孤獨』、『寂寞』，他渴望『愛』！他的朋友郭楓說，這些作品『該被珍惜和熱愛』。」[14]

同是笠詩社的資深詩人趙天儀，在〈葉笛詩作賞析——從現實出發到現代性的追求〉一文中，也朗朗界定：「青年時期的詩作：以《紫色的歌》為代表，他在浪漫的抒情、現實的觀照中，抒寫他青春的情懷。」[15]

雖然在《文訊》雜誌編的〈葉笛作品評論篇目〉的檔案中，對他早期《紫色的歌》的評介專文不多，但《創世紀》第 62 期（1983 年 10 月），曾策畫「全國絕版詩集封面特展」〈從金軍到商禽〉（1949～1969），共選介 62 本詩集，其中也包括葉笛的《紫色的歌》[16]，出刊後曾受到不少熱愛新詩史料人士的關注。

早年，由於葉笛精研日文，他更孜孜不倦閱讀若干世界文學名著，接受新思潮的洗禮，吸收多方面的滋養，從而也讓他的處女詩集某些篇章，也次第綻放不少新鮮飄逸的光芒。

---

[12]張默，〈《紫色的歌》讀後〉，《創世紀》第 3 期（1955 年 6 月），頁 32～33。
[13]郭楓，〈《紫色的歌》序〉，《紫色的歌》（嘉義：青年圖書公司，1954 年 9 月），無頁碼。
[14]李瑞騰，〈葉笛論〉，《創世紀》第 146 期，頁 56～58。
[15]趙天儀，〈葉笛詩作賞析——從現實出發到現代性的追求〉，《創世紀》第 146 期，頁 59～64。
[16]《創世紀》第 62 期（1983 年 1 月）「全國絕版詩集封面特展」，頁 1～16。葉笛《紫色的歌》依序排在第 5 頁，同頁有蓉子《青鳥集》、楊喚《風景》、夏菁《靜靜的林間》四種，從 1949～1969 年，這 20 年間出版的重要詩集，大致都網羅了。在當年引起愛好新詩史料人士很大的回響。

從仔細反覆的閱讀中，我們發現葉笛早年甘於寂寞，也能忍受孤獨，當他在茫茫詩海巡弋時，怎能忽視那鋪天蓋地擎天巨浪的襲擊？他的〈孤獨〉一詩有絕佳的對自己內心與當下環境極貼切的某些瞬間之映照。

是夜的來訪者
抑或，風底嘆息
為什麼門扉有幽微的聲響
然而，當我渴望的回首
那剝蝕了的壁上——
只看見自己孑然的陰影
呵！風在嘆息，風在嘆息……

一切的一切，無需訴說，不必表白，都在末句那一聲「風在嘆息」的唏噓中消逝。一首短詩確是靈光一閃，它怎能滿載太多的雜碎，詩人的精省策略可從本詩得到明確的印證。

〈孩子與野花〉也洋溢著十分天真動人的奇趣。其中佳句如——

沒有鮮豔的顏色
沒有高貴的丰姿
怎能擠進圍牆內肥沃的花園裡
我毫無拘束地

吮飲強烈的生命之光
我把生命之根
向土地之心伸展開去

孩子與野花一樣，他們都需要呵護，都需要灌溉，都需要在大自然的天地中無拘無束的成長，讓他們像紙鳶一樣，大搖大擺地直上青天。

〈林中早行〉更吐露作者對當下現實土地貼心的感觸與熱愛，不然他怎能譜出以下出其不意甚至弦外之音的抒情。請你不妨輕聲唸著本詩的上半節，它的幽微的步姿，可能會與讀者的心靈同時交響：

我獨自漫步林中的幽徑
晨露親吻著細草，微笑盈盈
世界已在晨之音樂中甦醒
呵，盪漾在漣漪的心呵
聽一聽，那百靈的低吟
可是她的聲音

這末句「可是她的聲音」，你能感受到作者在大清早異常寧靜清新的氛圍中所捕捉的詩的節奏與想像的熴熴起伏嗎？

〈鄉村行腳〉一輯三首，曾被選入《中國新詩選輯》[17]一書中，葉笛對土地的情懷，從他不斷地縱橫「田野」，歌讚「老農夫」，以及歡欣的擁抱「收穫」，在在見證他視野的寬廣與夫對鄉野風情書寫的滿足。

陽光微笑著
在那稻穗的綠波上
那深深地犁開了的土地
閃著黑亮的光！

——〈田野〉第一節

一滴一滴的汗珠
從那一起一落的鋤頭底下

[17]洛夫、張默編，《中國新詩選輯》（高雄：創世紀詩刊社，1956 年 1 月），收入葉笛〈鄉村行腳〉三首，頁 23。這是較早期的詩選本之一，水準比較龐雜，特此一提。

一串一串的時間

深埋於泥中的罅隙裡

——〈老農夫〉第一節

像陽光下濺跳的水珠

那一粒粒金色的穀子

跳進打穀機的桶子裡

生命的血汗的穀子

比不上一顆黃金給人的歡悅呢

——〈收穫〉(選句)

一幅鄉野自然素樸、充滿農家樂的風情畫，立即在吾人的眼簾展現，那一種親摯、忙碌、滿足於當下的最帥氣的快感，豈只是詩中的文字所能完全詮釋的。

小詩著重「一舉中的」，著重「語近路遙」，著重「另有所指」，葉笛收入本書的小詩不多，但也有相當亮眼的表現。諸如——

無熱的如豆火花

是一顆失落的魂魄

在掙扎，顫慄！

——〈流螢〉(選句)

是虔誠地躺在那裡

仍聽著人們堅定的步伐

也等待著

我踏上它的胸膛

——〈路〉(選句)

我失去了飛上天堂的翅膀

但，我可憐的靈魂

卻又不願迷入地獄呵

——〈禱告〉(選句)

他憂傷地回來了

因為命運的骰子

已在上帝的玩笑裡

注定了殘局

——〈賭徒〉(選句)

作者是相當細緻深情經營這些短章,不論是流螢的「一閃而逝」,路的「堅實寬廣」,禱告的「徬徨不定」,以及賭徒的「悲慘下場」……。他都以暗示語,為小詩下了引人再三吟誦的註腳。

本集中收入七、八篇較長詩作,是葉笛早年辛苦經之營之的佳作。在1950年代出版的詩集中,並不多見。特列舉如下:

〈心之歌〉(62 行)、〈紫色的歌〉(72 行)、〈牧歌〉(84 行)、〈讓我呼喚你,大地〉(93 行)、〈我永遠奔向海〉(154 行)、〈詩人之戀〉(145 行)

上述六首,都各有主旨,作者幾乎在創作它們時,似乎十分亢奮,一氣呵成,這也十足證明年輕的葉笛在寫作時的專注與堅持。

◎〈心之歌〉以「太陽、愛、真理」為標的,鞭策自己,渴想將來,要永不停歇,奔赴生命的汪洋。

◎〈牧歌〉讓自己天天放牧於山野、森林、草叢,與白雲、澗水同在。

◎〈紫色的歌〉由六首詩作組成,是寫給他心中特定的繆斯,傾訴青春纏綿的相思之詩。

◎〈讓我呼喚你,大地〉是作者繾綣泥土現實,又一純真樸實的寫照。

◎〈我永遠奔向海〉作者早年鍾情德國海涅的長詩,以及王爾德筆下年輕漁夫的悲情故事,故有感而發,成就本詩。

◎〈詩人之戀〉全篇採對話方式,穿插荷馬史詩的餘緒以及維納斯美的頌讚所勃發的心靈一連串的質疑與探詢……。

總之，葉笛在寫作這些稍長的篇章，態度非常真摯，以疏朗有致的語言，輕柔流動的調子，既諷喻又浪漫，既婉典又率真，讓他的詩作，臻至他自己所期盼的真正能在愛詩人心中靜靜迴旋，不時流淌一種豪放親切典雅的美感。

關於《火和海》

《火和海》詩集，1990 年 3 月，列入「臺灣詩庫」三，由笠詩社出版。[18]此集距葉笛第一詩集《紫色的歌》已歷 35 載，實在相當漫長。作者曾自述：「如此久才又出版詩集，只是表示如同上述的對詩的認識，我生活著，斷斷續續寫過詩」而已。

回首葉笛第一詩集刊行的 1954 年，那時候每年出版詩集少得可憐，只有寥寥的個位數。而 1990 年 3 月的《火和海》，笠同仁共有卅位一次出齊，相當壯觀。這一年國內共出版 90 部詩集，從黃恆秋到杜十三[19]，請參閱《臺灣現代詩編目》立可分曉。

時空不同，詩的大環境迥異，詩集印製的水準也逐漸提升。葉笛的《火和海》於 1990 年代投入詩壇後，所得的評價自可從若干採取不同角度的評論中得出端倪。

〈火和海〉組詩 13 首，共 213 行。是葉笛於 1958 年「八‧二三」金門炮戰時，他在掩蔽坑、塹壕裡陸續完成的組詩。可說是詩人以一個兵士的身分，冒著猛烈的炮火，每天感受死亡的凌遲，它是作者痛恨暴力、鄙視戰爭最強烈的控訴，更是他深刻體驗人間最悲慘的絕境，以極犀利的筆觸，透過血淋淋的燃燒意象，一點一滴，真實記錄他個人當時對戰地卑微

[18]葉笛，〈《火和海》序〉，《火和海》（臺北：笠詩刊社，1990 年 3 月），頁 1～2。

[19]張默編，《臺灣現代詩編目》（臺北：爾雅出版社，1996 年 1 月，2 版），頁 83～89。笠同仁策畫的「臺灣詩庫」計有陳千武、李魁賢、葉笛、龔顯榮、林外、杜潘芳格、莫渝、德有、林豐明、陳亮、江自得、岩上、杜國清、巫永福、李敏勇、白萩、柯旗化、利玉芳、徐雁影等人個集，其他詩人個集，同年也出版多部，就不一一詳列了。

的人事物無可取代的一種石破天驚「極限狀態」[20]的刻繪。

一開篇，葉笛以一句無可取代的引言：

有兩種不能凝視的東西——太陽和死亡！

來詮釋「金門戰役」難以破解的謎團。接著他以「大腦中，凝固了炮彈的哄笑」之句，企圖勾勒出某些時空場景的突兀與迷茫。而每天時時刻刻瀰漫的「炮彈輪番開花」,「人人雙目充血」、「樹木碉堡冒火」——，誰也不知道究竟還有沒有風和日麗的明天。

請看，詩人在第一～五節中，是怎樣寫出個人觀照戰友們出生入死的感覺。

耳膜變成薄的雲母，
頭顱失去重量，

——第一節（選句）

祭司們和猶太
　爭吵著「血債」，
藍藍的藍天
閉目入定，

——第二節（選句）

在碉堡湫隘的子宮裡
我緊握住「現在」——

——第三節（選句）

踏過千百次死亡，

[20]林亨泰，〈現代詩的光芒——葉笛的〈火和海〉〉，曾指出葉笛撰寫此詩，就是以一種生命的「極限狀態」，化作詩的語言。原刊《笠》第 227 期（2002 年 2 月），頁 108～112。原作為日文，由林巾力中譯，特此註明。

輕輕地呼喚自己，
猛地一醒——
哦，一雙黑色的巨掌
叩開碉堡空洞的門。

——第四節（選句）

失去晝和夜
變成地洞中陰性的植物，
……
噢，戰神
你怎能叫鋼盔保證一個存在？！

——第五節（選句）

這幾段真是令人觸目驚心，戰士們在狹小的碉堡裡，每天面對數以千計炮彈的襲擊，只以血肉之軀能抵擋得了嗎？因此詩人說：「頭顱失去重量」，怕不是這顆腦袋被轟得昏昏沉沉的，他那裡還有心思想別的，故只有「在湫隘的地道裡」，「緊緊握住現在」，能緊握住現在，也就暫時保全了生命。

在戰地，特別是夜晚，每個人的聽覺特別靈敏，一有任何風吹草動，在海邊站崗哨的衛兵，尤其感受深刻，如果你不強打起精神，說不定你手中的槍會被暗中的水鬼偷走，或者被幹掉。

他在第一節最末兩行：

變成連接死亡的一直線
兩點的一黑點。

也就更具「真實感」，那麼漆黑漫長的海岸線，你能守得住嗎？當下只覺得個人生命的卑微，豈只是恐懼和傷感才能形容的。

其實，每天在碉堡裡生活著，已不知多少回同死亡擦肩而過，但是又能怎樣，每天在陰暗潮濕發霉的呼吸中，對著那空空洞洞碉堡的門，是他們唯一的出路，他當然不自覺的變成地窖中的「陰性植物」，是故他憤怒的道出：

在我之外
炮彈在葉脈中謀反……

他們那一群，已沒有呼吸藍天碧海清新空氣的自由。他們能幹啥，請看下面進一層的分解：

本詩從第六～九節，處處遍布亂竄狂奔的「炮彈意象」，在不斷的擴張——

炮彈像罵街的潑婦
在地洞上搥胸踹腳，

——第六節（選句）

炮彈踢破碉堡的門
而我擁一支 M1 式步槍
倚立在圓柱式的窀穸中

——第七節（選句）

爆炸的梅花，
小丑的花臉，
　逗弄著死神縱聲狂笑，

——第八節（選句）

炮彈的謔樂正酣的山下，
我迷失在黑色的森林中

——第九節（選句）

作者以各種霍霍奪目「炮彈奇襲」的陣式，把戰地奇景描繪得更活靈活現，誰能抵擋它排山倒海無情的掃射。而這當中，葉笛最神來一筆的抒寫是：他形容炮彈炸射的音響。「真像那個騷婊子，那天和我在竹床上，弄出來的……」的吱吱作響，而令人不禁大笑。想來這或許是詩人故示戲謔的雕蟲小技吧！

最後四節，從十～十三，作者「在夢也患風濕病的日子裡」，他想大聲發洩呼喊：

炸倒的枯樹在萌芽？
沙塚裡的人在起身？

——第十節（選句）

一些城市、街道、花叢、樹林，
一些臉孔、眼睛、聲音、跫音，

——第十一節（選句）

我們喝著高粱，邊談邊吃，
吃著發僵的夢，
喝著透明的時間。

——第十二節（選句）

刷牙、啃饅頭、喝豆漿，
想天邊的女人……
我活著
把死亡擁在懷裡。

——第十三節（選句）

全詩就在如此灑脫、深摯，十分戲劇化的氛圍中結束。至此筆者也得出以下三點小小的結語。

◎在〈火和海〉未完成前，抒寫金門戰役的詩也有一些，諸如洛夫

〈石室之死亡〉[21]、魯蛟〈西望〉、辛鬱〈堡，我終於來了〉、劉布〈金門狂想曲〉[22]，他們均各有觀點，同時站在統一的座標上，為現代戰爭詩開拓更廣闊深邃的空間。

◎〈火和海〉詩中展示血淋淋的戰場景象，由於詩人親身參與，多角度深入的契刻，勢將讓這首充滿「時間意象」的詩篇，永留愛詩人的心底！

◎「戰爭」與「死亡」是難以切割的。〈火和海〉，強烈暗示一位省籍詩人對土地的摯愛，以及生命的卑微與無奈，相信透過歷史無情的鑑照，它一定會讓人記得：所謂「失去的並非是恆久的」，後來者，不妨繼續去挖掘與檢視吧！

〈火和海〉曾入選《混聲合唱——「笠」詩選》[23]，趙天儀對葉笛有如下的評介：「葉笛是一位熱情豪放的詩人，在經歷『八・二三』炮戰，體驗死亡與戰爭的殘酷，這些經驗成為他詩世界的重要部分。」

林瑞明主編《國民文選——現代詩卷 2》，也將〈火和海〉一、五、八三首輯入，並評述「在八二三炮戰中，詩人近距離與死亡對視，凝煉出鮮明對比的意象」。十分貼切，而具說服的張力。[24]

陳千武曾在〈詩人印象〉一文，介紹葉笛時，也特別引用〈火和海〉第六節，更朗朗剖白：「葉笛的戰爭經驗，不是對異民族外敵的實際戰爭，是內在的經驗，因而詩的氣氛頗為輕鬆，尤其書寫碉堡生活，具有切實的

---

[21]洛夫，〈石室之死亡〉組詩一～九首，首刊《創世紀》第 12 期（1959 年 7 月），頁 18～19。作者在「前記」中直指：「給這九首詩冠以「石室之死亡」，乃是隨便擬的，與這些詩任何一首均無關係。如勉強給以解釋，即這批詩乃於金門炮彈嗖嗖聲中完成。」筆者以為這輯詩有濃烈的「超現實意象」，暗喻「暴力之可惡」，多與金門戰爭無關。

[22]《現代詩》第 21 期（1958 年 3 月）「金門特輯」，共收入沙牧〈時間不為什麼的流著〉、魯蛟〈西望〉、一夫〈大擔之歌〉、蜀弓〈散步的馬〉、梅新〈主峰・城〉、辛鬱〈堡，我終於來了〉、戰鴻〈秋蚊、輕氣球〉、徐礦〈公墓行及其他三首〉、劉布〈金門狂想曲〉等九家，前有紀弦小序，可供參閱。本文現收入麥穗《詩空的雲煙——臺灣新詩備忘錄》（臺北：詩藝文社，1998 年 5 月），頁 276。

[23]趙天儀等編，《混聲合唱——「笠」詩選》（高雄：春暉出版社，1992 年 9 月），頁 208～212。

[24]林瑞明編，《國民文選——現代詩卷 2》（臺北：玉山社，2005 年 2 月），頁 23～33。

感受，得到共鳴」。[25]

郭楓亦於〈磊落終生・瀟灑一葉〉一文中，對〈火和海〉組詩十分推崇。認為「這輯詩是臺灣唯一高舉反戰旗幟的現場戰爭詩，勢將在現代詩汪洋大海矗立成高峻的山嶽」。[26]

關於《失落的時間》

《失落的時間》，為葉笛最新詩集，收 1983 年舊作〈眼睛〉到 2005 年 12 月完成的〈癌病棟〉共 74 首。

葉笛愈到晚近，詩作更見「圓融寬實」，漸次臻至「飄逸悲慨」的佳境。

對於這部作者生前編成而他未能親眼看到的新集，我採取從後面向前翻讀的倒帶方式，可能抒寫的思路會更順遂些。請讀〈癌病棟〉其中兩首——

之三

聽診器壓在
　胸腔上　背上
生命的潮汐不知變化如何？

四隻手指按壓胸部
醫師敲敲腹部
　在探索我生命的暗礁
然而　生命啞默沒訊息
我在五里霧中輾轉

[25]陳千武，《臺灣新詩論集》（高雄：春暉出版社，1997 年 4 月），頁 176～177。
[26]郭楓，〈磊落終生・瀟灑一葉——葉笛的人格與文品速寫〉，《文訊》第 248 期（2006 年 6 月），頁 45～48。

之九

凝視鏡中的臉龐
　形銷骨立——
　　凜然看透生與死

不像原先的自己
愈來愈像誰人？
　像兄弟？
　　卻都不像……
哦　原來像病榻上晚年的父親

細細閱讀〈癌病棟〉一輯十首，讓我不得不憶起去年 12 月下旬在臺南和葉笛最後一面的情景，他還興致勃勃地說要繼續為《創世紀》撰寫介紹日本戰後詩派的文章。

葉笛生前抒寫〈癌病棟〉的詩作，他在「後記」中說明，「是注視病中的自我，環視癌病棟的風景」。實則我輩出生於 1930 年前後的詩人，如大荒（1930 年生）、梅新（1934 年生），他們均先後因癌症惡化而辭世，事先都有很明確的徵兆，但都沒有為病房寫詩的情愫。而葉笛這組詩，從現場平凡的瑣碎切入，鋪陳個人細密的觀察，用語確鑿，展示病房景象不為人知的一面。譬如第二首——

〇四〇六八九八—一
我的病歷號碼
猶如從新兵訓練中心被解放
　分發到部隊起
　至一九五八年十二月
　從金門砲戰歷劫歸臺

「玄一三二七一七」是我的兵籍號碼

驗明正身

驗血　驗尿　輸血

都以病歷號碼為憑

從「兵籍」號碼到「病歷」號碼，不過是時間不得已向後推移而已。詩人如此清楚的獨白，看似白描，實則更能以生活瑣碎的點滴直搗後人讀詩的興味。而人，這個不堪一擊的臭皮囊，當一旦被病毒入侵腐朽了，可能連一堆無所事事的號碼都不如。

以下我們再來檢驗之三、之九兩詩作，儘管前者，作者指認的是病房醫生的動作，可是當咱們讀到「生命的潮汐不知變化如何？」以及「我在五里霧中輾轉」，你能不為作者的真誠細膩的表白所感動？而後者，作者乍然「凝視鏡中的臉龐」、「原來像病榻上晚年的父親」，這樣突兀的逆轉，更使人覺得他詩中綻放的「清明有味」的魅力而難以阻擋。

接著，請細讀葉笛為 1920、1930 年代臺灣早期詩人所寫的與眾不同的贈詩：以下特選斷句——

我愛你摯情燃燒的小詩

你吃著夢活著

在活著的夢裡死去……

——〈荒野裡的小花——致詩人楊華〉

小鳥依然歡唱

我依稀聽見

發自你幽暗墳塋裡的

明天之歌！

——〈致王白淵〉

於是　面向太陽
你永遠歌唱
一個毀滅不去的夢

——〈俘囚之歌——致詩人賴和〉

讀你的詩
我測量著現實和超現實的
跌進空濛濛的悲哀裡……

——〈詩人和貓的憂鬱——輓詩人水蔭萍〉

也許在詩裡行間
您總是瞥見各各他山丘上
被釘在十字架上的詩人基督淌著血

——〈logos 和聖經——致詩人楊雲萍〉

你在午夜的曇花裡
聽到月亮和星星在細語

——〈失落的星星——致詩人林修二〉

你挺起腰幹站在海灘上
你咬著沙睥睨黑暗

——〈熱流——致詩人陳奇雲〉

哎，詩人，你別讓憂傷和空虛吞噬你
你播種在鹽分地帶的種子
綻開了歷史的芬芳的小野花

——〈綻開在鹽分地帶的詩之花——致詩人吳新榮〉

你把一百個石碑和
一百個銅鼎的詩銘
刻在自己的肉體上

——〈刻在肉體上的詩——致詩人音樂家江文也〉

你底詩燃亮被宿命打倒的土地

你底詩是尋找春天的腳印

——〈寫在土地上的十四行詩——致郭水潭〉

天黑風急四野無人

你泣血的呼喚找不到回音！

——〈呼喚——致前輩詩人巫永福〉

你揭開悶葫蘆裡的膏藥

讓新詩從敗草叢中

萌發出鮮綠的新芽

——〈敗草叢中的新芽——致詩人張我軍〉

詩人，請你讓「青鳥」回來

帶領我們去那不為人知的國度

——〈不為人知的美麗世界——致夭折的詩人陳遜仁〉

這是你揮不去的心象風景

這是你憤怒的活火山

——〈心象風景——贈詩人林芳年〉

你聽海邊的防風林

木麻黃講海洋的故事

——〈鹽鄉璀璨的詩星——致詩人王登山〉

苦苦等待十年不能見面的

太陽——啊，太陽！

——〈有罪的詩人——給詩人吳坤煌〉

葉笛深刻抓住以上 16 位前輩詩人某些思想的步姿，以畫龍點睛的妙筆，在短短的篇章裡，給他們繪像，讓他們豁達再現當年為臺灣現代詩播種的盛景。凡有志發掘研究早期新詩史料的人士，請你悉心閱讀全詩，並以他的《臺灣早期現代詩人論》，作為鑽研的工具書，一定大有收穫，筆者就不再強作解人了。

這輯詩，先後被選入國內各大詩選，特臚列各主編人的精要評語如下：

> 葉笛近年為《創世紀》撰寫「臺灣早期詩人略論」，以泣血的心情寫給已故詩人的贈詩，不論是〈荒野裡的小花〉的楊華，〈刻在肉體上的詩〉的江文也，以及〈logos 和聖經〉的楊雲萍，他俱以深刻感人的筆觸，力求穿透前輩靈魂的極處，而令讀者唏噓。
>
> ——張默評語，《現代百家詩選》[27]
>
> 〈荒野裡的小花——致詩人楊華〉，此詩將楊華悲劇一生，結晶為荒野小花的形象，煮字療飢，以夢為食更是他精神的素描，楊華地下有知，當歎知音之來遲。
>
> ——林瑞明評語，《國民文選——現代詩卷 2》[28]
>
> 詩人楊華短暫的一生，以〈黑潮集〉五十五首傳世，作者以烏托邦暗喻，這種無法實現的理想國，孤獨艱困，彷彿吃夢而活，在夢裡死去，詩人對詩人，感佩哀歎之情躍然紙上。
>
> ——李敏勇評語，臺灣青少年新詩讀本《花與果實》[29]

又莫渝在〈以詩雕人，為前輩塑像——葉笛初論〉中第二節，即全部以他贈早期詩人的詩為主軸，進行客觀深入的探討。同時他並統計每首詩的行數與字數，他的小結是：「這樣的詩寫詩人，從閱讀前輩的詩篇找出『詩眼』，讓詩眼傳達詩韻，達到『畫龍點睛』的效果。」[30]

或許有人認為這是筆者偷懶，但我寫作的策略是：這批詩讓它各各獨立，自由存在，「以詩證詩」，「以詩傳詩」有啥不好，這不也是一種偶而可以一用的評詩方法嗎？

---

[27]張默編，《現代百家詩選》（臺北：爾雅出版社，2003 年 6 月），頁 152～156。
[28]林瑞明編，《國民文選——現代詩卷 2》，頁 23～33。
[29]李敏勇編，臺灣青少年新詩讀本《新詩讀本 2——花與果實》（臺北：五南圖書公司，2006 年 1 月），頁 13。
[30]莫渝，〈以詩雕人，為前輩塑像——葉笛初論〉，《創世紀》第 146 期，頁 65～70。

而收入在本集前三輯的詩作，諸如旅行與鄉愁，筆者也不擬切入，讓後來的讀詩人，有更多發揮一己靈思馳騁的空間。

結語

綜觀葉笛一生，包括他在日本求學講學的漫長歲月，其為臺灣文學扎根播種，特別是「現代詩」評介，譯述的默默付出，更是有目共睹。

本文側重對葉笛三部個人詩集的簡析，筆者曾多次翻箱倒櫃，四處尋找早期若干絕版的資料，以佐證他在詩創作上踽踽獨行特殊的身影。

下面不妨對他三部個集，作一個精要的總結：

◎《紫色的歌》，是葉笛的少作，滿溢浪漫的抒情，熱烈渴求對青春夢幻真摰無私的禮讚。

◎《火和海》，詩人深體戰爭的殘酷，企圖以不斷變奏的時間意象，掌握「炮彈壓著炮彈、頭顱舔著頭顱」的絕景，活用精緻銳利的語言，雕塑成 17 尊令人動容見證歷史的詩篇。

◎《失落的時間》，為早期現代詩人素描，讓旅遊和鄉愁抱擁，從感覺出發到超現實的高舉，殷殷為個人詩作，打開更其寬廣悲慨的風采。

筆者此次應《葉笛全集》編纂小組的邀約，為他的三部個集作一些簡略的導讀，自認難以全面掌握葉笛詩作的發展脈絡，實則要判定詩人一生詩作的優劣，絕非易事；故盡可能旁徵博引，摘取多家之言，讓真正喜愛葉笛詩作的讀者有所依據及選擇。

筆者早有自知之明，並認定本文僅是評介葉笛詩作一份初步基礎資料，藉此拋磚引玉，讓真正具有識見、一份完備擲地有聲的〈葉笛論〉早日誕生。

我，深深期待著。

——二〇〇六年五月廿三～廿七日初稿・六月六日定稿

——選自戴文鋒主編《葉笛全集 1・新詩卷一》

臺南：國家臺灣文學館籌備處，2007 年 5 月

現代詩的光芒
葉笛的〈火和海〉

◎林亨泰*
◎林巾力譯**

詩人葉笛，曾就讀於日本的大東文化大學、東京教育大學以及東京大學，並在修完博士課程之後任教於東京學藝大學和跡見女子大學。他並於1958 年的「八二三炮戰」中，親身體驗了戰爭煉獄以及死神靠近的瞬間。而葉笛也將自身所經驗的這種人間最為悲慘的絕境，換句話說，就是一種生命的「極限狀態」化作詩的語言。由 13 首作品所構成的系列詩篇〈火和海〉，可以說是詩人來自這種血淋淋的個人經驗所獲得的一種「賜予」吧！

爆炸的梅花，
小丑的花臉，
　逗弄著死神縱聲狂笑，
狂笑搗碎我的腦，
噢，荒謬是我的真實！
痛苦是透明的屍衣，
我是死亡
最原始的圖騰。

而當死亡

*詩人、《笠》創辦人之一。
**發表文章時為興國管理學院應用日語系講師，現為臺灣師範大學臺灣語文學系副教授。

轟然　向我逼來，
我如迸裂的砂礫，
只是一粒砂礫，
不是什麼的
　一粒　砂礫！

這首詩是〈火和海〉系列作品當中的第八首。在毫無前提或背景的預備知識下來讀這首詩，或許會令人感覺不知所以其然。所以，不妨先從第一到第七首詩作品當中，整理出與第八首的核心主題意象相關的內容。而第八首詩最為鮮烈明顯的意象，不外乎是有關炮彈的描寫。以下，就是從第一到第七首詩當中，所出現之與炮彈相關的內容整理。

血管中／呼嘯的炮彈／心臟中／爆炸的炮彈，／大腦中／凝固了炮彈的哄笑。

——1

當大炮閉住血口／……／爭吵著「血債」

——2

在時間之流沙中／硝煙和鋼片消失／……／在碉堡湫溢的子宮裡／我緊握住「現在」——

——3

猛地一醒——／哦，一雙黑色的巨掌／扣開碉堡空洞的門。

——4

在我之外／炮彈在葉脈中謀反……。

——5

炮彈像罵街的潑婦／在地洞上搥胸踹腳，／地洞中的黑暗／愕然／驚立

——6

島在炮彈中／跳起來，／躍入燃燒的海，／在柔得叫人心疼的秋空下，

／硝煙吞噬著／溫柔得令人心酸的黃昏，／炮彈踢破碉堡的門／而我擁一支 M1 式步槍／倚立在圓柱式的窀穸中

——7

這些詩作品，幾乎可以說是他所親身體驗的忠實紀錄，當生命飽受極端的壓抑時，他所感受的是「愕然」與「驚立」。而炮彈、大炮、硝煙、鋼片不斷地呼嘯飛過，舔舐著傷口，血債叫囂著血還，碉堡的門被捶開、踢破，葉脈中進行著謀反……。整座島嶼因此而驚動、彈跳，燒成赤紅一片，化成燃燒的火海。一個接著一個、節節升高的緊迫感令人暈眩，而這種暈眩的狀態不斷持續的結果，是作為人的精神內部的一種荒謬感之「哄笑」瞬間而起：「大腦中，凝固了的炮彈的哄笑」。接著下來，更是成了比「哄笑」更加違和卻無奈的：「炮彈像潑婦／在地洞上搥胸踹腳」之帶有詼諧語調的表現方式。順著這樣的脈絡，接著就是第八首詩開頭第一與第二行的：「爆炸的梅花，小丑的花臉」。這或許是來自自我意識的苦澀，也或許是無從發洩的戲謔之言。換句話說，「哄笑」或許是徹徹底底的大笑，或者是因為嚴肅深刻而徹底地笑不出來，總之，詩人此時是被推入了一種人性極端處境的深淵之中。

而「炮彈的意象」不僅僅以威脅壓迫的方式展開，另一方面，外在的強勢攻擊越是兇猛，也迫使詩人越是屈折內觀：「在碉堡湫溢的子宮裡，我緊握住『現在』」。就這樣，在外界巨大的威脅之下，詩人必須屏氣凝神地專注凝視「現在」的瞬間，並與之對決生死。「而我擁有一支 M1 式步槍，倚在圓柱式的窀穸中」，這是詩人對於戰爭的某種了解並且如實地將之反映出來。這樣的描寫方式，可以說是透過了戰爭場面逼真且赤裸的描寫，而勾起讀者們威迫與緊張的情緒。而在臨界點上的孤然佇立，同時也意味著通往內心深層通路的開啟。於是，在八號作品第一段第三行中：「逗弄著死神縱聲狂笑，狂笑搗碎我的腦，噢，荒謬是我的真實！痛苦是我的屍衣，我是死亡，最原始的圖騰」而第一段就在如此的描寫當中結束。作品當中

的「死亡的意象」可以說是在第一段落裡攀上了最高點，絕唱至此，詩作品的、乃至於作為人的存在，總算在這裡到達了「極限狀態」。

深刻而優秀的作品，往往無法僅在一首的詩作當中表達到淋漓盡致。詩人在書寫的過程中，經常會發現自己乃是處在不得不繼續寫上一系列的作品方能充分表達的狀況之中。之前，為了要正確地掌握「炮彈的意象」，我們已從第一首詩看到了第七首。但是接著下來，為了準確無誤地傳達「死亡意象」，不妨更進一步地來看看系列詩的後半從第九到第十三首的詩作。

誠然，不管是「死亡意象」也好，「炮彈意象」也好，其在 13 首詩作當中散見各處，卻又時而相互關聯呼應，時而呈現有機的交錯關係，並在其中增加其複雜度而發展。以下，則是從第九到第十三首作品中有關「死亡意象」的部分整理。

祢正在「最後的晚餐」席上？／祢在尋覓頭上的荊冠？／牧羊人——／倘若人子的淚洗不掉痛楚，／倘使人間比地獄還要地獄，／生命是什麼？！

——9

死的靜寂裡／被酒精麻痺的心／驀然驚醒，觸及／死亡的板機！／巨大的黑色鐵手，／那些不斷的跫音／幽幽靠攏來，／靠攏／來……

——10

垂死的記憶／漂流在灰白的海／灰白色的記憶／在死亡的陽光下／隨波盪漾……／噢，失去光影的／垂死的記憶！

——11

喝酒、吃花生米，／咀嚼著　細細地／咀嚼著黃昏，／咀嚼著／自己的死亡……。

——12

有些人受傷，／有些人死亡，／但，我還沒有死，／死去的——／只是

「時間」！……／我活著／把死亡擁在懷裡。／在陽光的閃爍裡，／死亡在微笑，／死亡溫柔的身子／老妓女似的／老纏著人不放。

——13

太陽被黑色的煙霧所圍繞，槍林彈雨，在黑色的森林裡迷失自己，以顫抖的身軀，詩人向耶穌基督禱告。「神在哪裡？」「祢」不就是預知弟子的謀反而煩惱不已，或者，「祢」是那既是在乎著「頭上的荊冠」同時又不得不痛切地思索其象徵意象的處境嗎？處在「比地獄還要地獄」的生存情境，便不得不進一步要問：「生命是什麼？」，也不得不進一步思考人類微小的存在的真意究竟是什麼。即使是被酒精麻痺了的心，也不得不在「死亡的板機」的惘惘威脅中驀然驚醒。「垂死的記憶」在灰白的海上漂流，終致亦成了「灰白色的記憶」，「在死亡的陽光下」隨波逐流，任海撥弄。而不論是飲酒，食落花生，咀嚼黃昏都是在體驗著「死亡」。那是因為，「死亡」無所不在。終於，在系列詩作的最後一首，也就是第 13 首當中，詩人終於了解到自己免於一死的情況：「有些人受傷，有些人死亡，但，我還沒有死，死去的——，只是『時間』！」詩人在這裡道出，死去的乃是「時間」。而「時間意象」的展開，除了第 13 首詩作之外，還出現在其他的許多地方。比如第三首：「在時間的流沙」；第六首：「『時間』癱瘓的肉體，掉落在我的髮叢中。」；還有，第 12 首的：「我們喝著高粱，邊談邊吃，……喝著透明的時間」等等。而這個「時間的意象」在系列的詩作當中，也是一個中心課題，在詩裡占著相當重要的位置。

〈火和海〉的系列詩作中，炮彈間歇不斷地攻擊中（「炮彈意象」），將生命逼至最無以為繼的最窘境，而身置此境的詩人親身體驗了死亡的各種瞬間（「死亡意象」），最後，在精神與肉體上經驗著一種生命的「極限狀態」，而終於悟出其所失去的，不是「存在」，而是「時間」（「時間意象」）。詩人將自身無可取代的體驗，巧妙地鑲嵌在 13 首系列的詩作上，而完成了一篇令人感動的表白。對葉笛而言，「時間的意象」是「流沙」是

「掉落髮叢」的「癱瘓肉體」，同時也是「我們」所喝著的「透明的東西」。而這些所謂的時間意象，是穿越戰爭，比人類微渺的「存在」更微不足道，處於極限狀態的，不知什麼時候會在何處淪落與屍體一起埋葬的命運，並且不知何時何地要被送進墓穴終了於此的一種意象吧！

——1999 年 12 月 15 日　作

——2001 年 12 月 20 日　譯

——選自戴文鋒主編《葉笛全集 17・資料卷一》
臺南：國家臺灣文學館籌備處，2007 年 5 月

論葉笛詩中的主題與詩藝技巧

◎岩上*

一、詩的投射前語

詩人的才情是天生的，能感應天地與人間多變而潛在的現象；而做為詩人持續保有詩心抒發內心的感受以之吐露共振的詩篇，則是詩人後天修為的志業。

可貴的是詩人踏實的人生腳步，離合悲歡的感懷，看準人生的方向，一步一詩，步印消失而詩流存。

詩人葉笛，他的詩令人尋味；他的人讓我們懷念。

二、愛的見證詩觀

葉笛除了寫詩外，還寫散文、評論和翻譯，但沒有專屬詩論的著作。他對詩的看法，散落於詩中或評論文述裡。較難歸納其整體的肌理，卻在《笠》詩社出版的其中兩本詩選裡，能清晰地概括他詩觀的脈絡。

其一：真摯的愛和祝福，使我們接近上帝，也使地獄成天堂，別以有色的眼睛鄙視任何人：人類的血液祇有一種顏色，最崇高的人性，也祇是個「愛」。[1]

其二：對人生與世界沒有真切的認識，詩就無法產生，因而「詩」個性的表現，同時，也是具有普遍性。唯有對事象正確的認識，藉暗示的形

---

*本名嚴振興。詩人，曾任《笠》主編，現為臺灣兒童文學學會理事長。

[1]見《美麗島詩集——戰後最具代表性的臺灣現代詩選》(臺北：笠詩社，1979 年 6 月)，頁 220；與葉笛詩集《紫色的歌》(嘉義：青年圖書公司，1954 年 9 月)，頁 2。

象的語言表現出來，詩才會具有張力和輻射力感動讀者，從這一點來說，詩人是見證者，詩是人與人溝通最經濟，最有力的語言。[2]

「愛」是人類崇高的品德，不是人人都有愛。不自愛且不知愛別人者比比皆是。愛包括小我與大我之愛，大愛不僅對人，還對物和對天。葉笛認為「真摯的愛和祝福，使我們接近上帝」，上帝是造物者，則就有「天地一指也，萬物一馬也」莊子齊物平等的觀點。真愛不僅使我們接近上帝，「也使地獄成天堂」，這是何等的心胸！可說是「物固有所然，物固有所可，無物不然，無物不可」[3]的境地。愛心就是詩心，以愛心詩心去看待人與物，一切都可入詩。《論語・顏淵》篇：「樊遲問仁，子曰：愛人」，愛人之仁德是葉笛詩學基本之心性，也是詩創作動力的基調。

愛的詮釋依範圍和特質有很多種的類型，然哲學、神學家田立克（Paul Tillich）提到：「只有愛的限定，沒有愛的類型，因為所有愛的行動，都是各種特質或多或少的混合」，又提到：愛的特質限定（qualifications），即是 eros（審美之愛），philia（友情之愛），libito（慾望之愛），及 agapy（超然之愛）。[4]其中「審美之愛」的特質，就是從「愛」的奧妙之途的各種感覺，朝向「美」的境地，進入美與善本身合而為一的驅策力，而達到領悟美的本質。

葉笛詩觀其中之一，即以「愛」的動力，朝向「美」的詩的效果，可說是愛的見證詩學。

要達到詩的表現效果，只有心性的修為是不夠的，詩人的才情特質之一是具備敏銳的觀察力，能洞悉事與物象的本質，所以葉笛認為詩人「對人生與世界沒有真切的認識，詩就無法產生」；詩非僅個人的觀感或情緒的宣洩，所以詩的表現也要「具有普遍性」的共相，和被接受的詩感。詩的溝通和延伸張力，在於語言的結構，「藉暗示的形象的語言表現出來」，暗

---

[2]《穿越世紀的聲音——笠詩選》（高雄：春暉出版社，2005 年 8 月），頁 50。
[3]《莊子・寓言》篇。
[4]蘇昌美，《愛的哲學》（臺北：東大圖書公司，1983 年 1 月），頁 49。

示的形象語言，是詩表現的技巧問題；「詩人是見證者」表示詩人良知的態度。在葉笛詩觀其一、二之中，已言簡意賅披示了他的看法，包括詩的本質、內容與形式等。而可引伸了解葉笛的詩志業，有兩條基本的軌道：一是他以溫柔敦厚的態度和切身經驗內容從事詩的創作；二是他的詩建立在自我完整的結構和自律的主題表現上，不隨流行起舞，例如早期的超現實主義和近期的後現代主義，都擦身而過，萃取其表現的技法不陷入主義的迷陣。

詩觀所透露的訊息，真的有助於探索詩人內心的世界和詩藝的演示。

三、詩集問世的光影

葉笛從 1952 年在臺南師範時投稿《學生》半月刊刊出〈路〉至 2005 年 12 月 13 日病榻中寫〈癌病棟〉十首刊於《鹽分地帶文學》[5]，前後共 60 年詩齡。到 2006 年 5 月 9 日詩人撒手離開我們，生前只出版過二本詩集：《紫色的歌》47 首（1954 年 9 月），《火和海》48 首（1990 年 3 月）。第三本詩集《失落的時間》57 首正計畫出版，來不及等待見書，他就走了。國家臺灣文學館正進行《葉笛全集》出版計畫，除收錄這三本詩集外，又補遺 25 首列入詩卷中，目前可知的全部詩作共 177 首。以 60 年間寫這樣數量算是少產，平均一年約三首而已。然詩人的評價不是以量的多寡來衡量的，這三本詩集不論是詩質內容或出版的意義，都有它的特殊性，在戰後臺灣詩史上都有值得研討的價值。

《紫色的歌》詩集，1954 年 9 月由青年圖書公司出版，當年葉笛 24 歲，在雲林縣元長鄉當小學教師，由郭楓介紹認識小說家郭良蕙，經郭良蕙關係得出版詩集，那是臺灣人由出版公司出的第一本書。[6]根據張默編的《臺灣現代詩編目》資料，戰後至《紫色的歌》的出版是第 55 本詩集，檢視前 54 本詩集作者全部是大陸來臺者，葉笛可說是戰後本土詩人第一位出

[5]〈癌病棟〉十首葉笛手跡刊於《鹽分地帶文學》第 2 期（2006 年 2 月）。
[6]見《笠》第 253 期，「葉笛紀念專輯」專訪。

版詩集者。

葉笛詩集的出版有其幸運的機遇，但以當時離日本戰敗，國民政府接收臺灣重新學習中國語文不到十年，葉笛即能寫詩，出版詩集，是詩人早慧和努力的結果。葉笛的好友許達然在其〈葉笛的詩義和詩意〉一文[7]中說：「它是我讀到的 1950 年代在臺灣出版的詩集中最好的一本」，不是沒有道理的。郭楓在其〈關於《紫色的歌》〉的序文裡說：「他吸吮著感情的乳汁而從豐厚的泥土所生長，他閃爍著誠摯和動人的真實，它由自然取得了一份美，光澤和顏色。」可說是知音之言。可惜在 60 年前冷清的臺灣詩壇，一本年輕臺灣詩人詩集，並不受注目，儘管詩歌裡充滿愛與祝福的高亢律動，仍然度過一甲子詩的孤獨，寂寞的暗夜征程。

《火和海》詩集 1990 年 3 月由笠詩社自費出版，收錄 1958 至 1989 年之間的詩作 48 首。距離第一本詩集出版相隔長達 35 年。這本詩集最大的特色在於收錄了作者 1958 年在金門前線服役，適逢「八二三」炮戰，在炮火中寫下〈火和海〉13 首戰爭經驗與反戰的詩。許達然「認為〈火和海〉13 首是 20 世紀臺灣詩史上，在對戰爭和和平，生與死的思考方面寫得最深刻的」。[8]林亨泰對這組詩也有高度的肯定，「葉笛也將自身所經驗的這種人間最為悲慘的絕境，換句話說，就是一種生命的『極限狀態』化作詩的語言」。[9]葉笛的《臺灣早期現代詩人論》一書評論介紹 12 位詩人，論述之後，又各寫一詩致意詠歎，國立臺灣文學館 2003 年 10 月出版。出書後又增寫四位，共 16 位。這是時空特殊的機遇也是詩人生命體驗靈思的呈現，把詩放置在生與死時間的刀刃上閃爍之作品。為詩人刻化了明晰的記印。

《失落的時間》詩集，收錄 1998 至 2005 年所寫的作品，這些詩都是從日本舉家回臺之後寫的，分五輯共 57 首。每輯各有不同內容與特色，其中以第四輯為臺灣早期現代詩人寫的 16 位的詩[10]和第五輯〈癌病棟〉詩十

---

[7]《文學臺灣》第 59 期（2006 年秋季號），頁 93。
[8]同前註，頁 93。
[9]林亨泰，〈現代詩的光芒——葉笛的《火和海》〉，《笠》第 227 期（2002 年 2 月），頁 108。
[10]葉笛的《臺灣早期現代詩人論》（臺南：國立臺灣文學館，2003 年 10 月）一書評論介紹 12 位詩

首最為特殊。前者是對早期前輩詩人研究的論述作總結詩語的評價和詠讚，文與詩並列輝映；後者是葉笛癌症病重住院時，知道時日已不多，自視觀察周遭與人間的剖示之作，堪稱是詩壇少見的佳構。

李瑞騰在〈葉笛論〉一文的末段說：「翻譯和評論掩蓋了葉笛在創作上的光彩……都沒有引起文壇太多的注目。」[11]指的是葉笛的詩和散文，而前述兩輯詩作，卻在葉笛詩感放電輻射裡有異彩光芒。文壇滄海，但得知音，相信詩人無遺珠之怨才對。

四、時空漂流的主題

詩是時間與空間交會的一點顫動。時間無始無終，空間也隨時間流竄漂蕩，詩人的心性投射，表意符號語言的凝定，如電火之一瞬。光影的浮動閃爍，形成多種樣相，樣相有如詩意散落的意象主題，而發電的光源是詩人中心詩思與情感的發放。

葉笛詩作雖不多產，詩齡卻長達一甲子，年少即喜讀書，游學東瀛二十多年，學識深厚，閱歷豐廣。對詩文學已自成體系，在他簡明露餡的詩觀裡，已概括指出詩學的方向。天生的才情加上文學經驗的體認，是詩情詩意發動的光源；滄桑多歷的人生經驗，遂形成繁複的詩文學表現的內容，茲化繁為簡歸納八項主題，用以窺探詩人內心的世界與品嚐詩花朵的蜜汁香澤。

（一）孤寂苦悶的情懷

葉笛第一本詩集命名為《紫色的歌》，從詩集的名稱就可略知這本詩集內容的性質傾向。紫色為紅與藍混和的中間顏色，紅代表熱情；藍代表憂鬱。把詩稱為歌，是 1950 年代初，詩性尚未淨化之前，「詩歌」統稱的名定說法。

年輕早慧的詩人葉笛，有著熱情、寂寞又孤獨的情懷，帶著浪漫且傾

人，論述之後，又各寫一詩致意詠歎。出書後又增寫四位，共 16 位。

[11]見《創世紀》第 146 期（2006 年 3 月），頁 58。

向自然主義之美的憧憬，處在戰爭年代之前後的動亂更替背景，他的詩作表露了他的心緒，是可以想像得知的。

這是深沉的寂寞的夜，
一盞昏黃的燈，
一窗寒冷的月色……
……
那剝蝕了的壁上——
只看見自己孑然的陰影，
啊！風在嘆息，風在嘆息……

——〈孤獨〉節錄[12]

這首詩以夜裡的燈和月色投射的陰影，影射而表達詩人年輕時孤獨且寂寞的嘆息和自憐。同樣把詩的場景置於夜裡〈寂寞〉[13]一詩有如此詩句：「今夜：／鉛色的天空，／充滿著憂鬱的空虛……荒寒而淒涼的曠野，／無比的寂寞呵！」這是直接以寂寞的詩題，抒放寂寞的情鬱。而在寫〈小蟲〉[14]一詩裡，也藉由小蟲「在沉沉的夜裡／你不息地低吟……」來「慰我底孤寂以你底歌」，則是託物呈達個人的情懷。

孤獨、寂寞的苦悶，呈現《紫色的歌》年少時的詩情主題之一，其情節背影也深深扣勒當時「不可說」的年代忌禁、在所謂新批評派的解讀裡，認為作者生平和創作意圖與時代背景對作品的價值沒有必然的聯繫關係，如果依此觀點來看待葉笛這些詩作，不免有「少年不識愁滋味，為賦新詞強說愁」的誤解之嘆！畢竟詩不能只解剖語言結構的析釋而已，詩文學的意義還是要傳達作者生活與時代背景所映應的情思呀！

---

[12]見《紫色的歌》，頁 9。
[13]見《紫色的歌》，頁 47。
[14]見《紫色的歌》，頁 35。

（二）大自然鄉野與事物的詠讚

前世紀 50 年代，臺灣的社會和經濟仍處於戰後百廢待興的階段，尚未真正踏入工商時代，舊農業社會的景象仍存在著。詩人以外在現象事物為題材，離不開鄉野事物和大自然。

在〈鄉村行腳〉[15]的詩組裡，寫出〈田野〉、〈老農夫〉、〈收穫〉三小詩，就是對農村景象的描述和農夫勞動的辛苦、收穫喜悅的詠嘆！也是對土地勞動力的關懷。詠物詩最忌描形寫狀，只見物不見人。

詠物詩佳構，都能注入詩人的主觀感情，寓情思於物中！〈流螢〉[16]即如是：

……
也在草叢裡
低低地，低低地，低徊……
無熱的如豆火光
是一顆失落的魂魄，
在掙扎，戰慄？！

此詩藉流螢的飄忽飛旋的現象，隱喻自我失落的掙扎與戰慄的失魂心緒。物象由心生，什麼樣景象的託物狀情，在於其心象的投影。

葉笛是一位熱情豪邁的人，在詩法上是浪漫主義的詩人。浪漫主義宣揚感情至上和人性的善良，其詩中常表現自我、傷感、厭世，也帶有繫戀、憂鬱或熱情的激動以及想像中喚起的風景的描述。

維克多・雨果（Victar Hugo，1802～1885）是法國浪漫派最偉大的詩人。他的詩思想深邃，氣勢磅礴。《紫》集裡有兩首較長的詩：〈我永遠奔向海〉、〈讓我呼喚你，大地喲！〉謳歌大自然，就以內容、語言和節奏來

[15]見《紫色的歌》，頁 31～34。
[16]同前註，頁 59。

說，堪稱具有浪漫派詩作優點的氣運和格調。前者讚頌歌詠海洋壯闊、多彩變幻的形象，激烈、狂熱的情感宣洩對大海的擁抱；後者除謳歌大地遼遠曠闊外，對大地的力量給了自我的反思。而畢竟年輕浪漫時期的葉笛，即使面對大自然海與大地的力量召感，仍然無法掩飾心緒中的孤寂。請看這些詩句：「那遺落在海邊的／交織著熱情和夢幻的歲月呀，／永不回來啦！」[17]以及：[18]

呵！呵！大地，大地喲！
讓我千萬遍這樣熱切的呼喚呵！
當我在熙攘的人群裡，
感到孤獨和窒息的時候，
當我在虛偽和侮蔑之中，
心滴著鮮血的時候，
當我在「生命」之中戰慄，而
蔑視了「存在」的時候，
讓我心靈貼著你底心靈吧。

直述詠歎的詩語，直取人心，少有意象迂迴的隱喻反射，是浪漫主義詩法應用的徵象。

（三）愛情與親情

感情是詩的原動力，而愛情往往是年輕時寫詩的源泉，幾乎所有的詩人都在他的詩裡表達過愛情。愛情會給人夢想和滋潤的快感；也會給人憂傷的苦汁。

葉笛在《紫色的歌》詩集扉頁裡寫著「把這本書贈純潔的莉莉」，莉莉

[17]見《紫色的歌》，頁 69。
[18]同前註，頁 111。

（Lily 百合）是葉笛年輕時的女友，當兵時分手。[19]所以有關愛情和給莉莉的詩，也是早期葉笛詩中重要的主題之一。

儘管愛的表現有多種類型，但愛的真諦只有一種。葉笛在〈愛〉一詩裡，以「當我凝視著你／我底心歡悅而沉醉」具體表現了「未見過『愛』的型態」，可說是對抽象的愛，做了初嚐的詮釋。

給 Lih Lih 的〈紫色的歌〉是這本詩集的主題曲，詩長 72 行分六節。詩從浪漫情懷的示愛，融合意象經營。自然的形象：海、花、山、林、鳥鳴的襯景，詩充滿多彩形象的構成。表露了永浴愛情之海的憧憬與嚮往。

你底明眸是神祕而紫綠色的海
深湛地含著我奇異的情感，
憂鬱的快樂，甜蜜的痛苦，
像大海漲落的潮汐……
發光的夢似碧海的珊瑚
不褪色的愛似晶亮的真珠
我心中也有珊瑚、真珠、和
大海的不變的藍。

——〈紫色的歌〉節錄[20]

這是該詩，第一節前八行，以海的潮汐比喻愛情快樂與痛苦的起落；以珊瑚具象夢幻；以真珠具象愛。這愛情的纏綿漩渦有如情歌在山谷迴盪，愛之深染有著情景交織的契機。

給莉莉的另一首詩〈我想念你〉[21]有這樣的詩句：「若使你不在這裡／為誰我把心燈燃點到天明？／若使你不在這裡／為誰我重翻塵封的詩

[19]莊紫蓉，〈藍色的大海，紫色的歌——專訪詩人葉笛〉，《笠》第 253 期，頁 192。
[20]見《紫色的歌》，頁 93。
[21]同前註，頁 102。

集？」。這是對愛情一往情深的態度，在葉笛詩作主題表現裡，是深度刻畫的內容。

親情是人類最可貴且無可取代的情感。葉笛的詩作裡親情的至情至性躍然紙上，〈母親〉[22]一詩裡表達母愛的溫暖，和〈逝——悼亡母〉[23]淒情哀泣，都流露親情的可貴。寫給孫女玟婷的〈六行詩〉十節[24]，以多種動植物和時節春秋之美來陪襯描述小孫女的可愛，詩句意涵充滿慈愛的親情和生命喜悅的讚頌，且來欣賞其中之六一節：

來！我可愛的小多多，
我們循著馬蹄花的幽徑走去，
毛茸茸的小花狗迎上來了，
你伸去雙手要抱牠
牠無限友愛地依偎著你
你和小花狗談了些什麼？

小多多是孫女的暱稱。花、狗、祖父、孫女構成天倫親情圖面，是人生幸福的寫照！

（四）戰爭炮火中的戰慄思考

1958 年 8 月 23 日中共以各型火炮三百四十餘門，向金門列島瘋狂攻擊，炮戰連續至 10 月 5 日，共計 44 日，總計發射四十七萬四千九百餘發炮彈，史稱「八二三炮戰」。此次戰役中，葉笛適值在金門前線，服兵役親歷過炮戰中摧毀與死亡的威脅。〈火和海〉17 首詩是他體驗戰爭經驗最深刻的作品。前六首發表於《笠》19 期，依其〈後記〉所寫是八二三炮戰下的 Sketch 的一部分。[25]7～11 首發表於《笠》22 期。這 13 首收錄於《火和

---

[22]見《紫色的歌》，頁 91～92。
[23]見《火和海》（臺北：笠詩刊社，1990 年 3 月），頁 74～76。
[24]同前註，頁 106～115。
[25]《笠》第 19 期（1967 年 6 月 15 日），1～6 首。

海》詩集，14～17 首收於《混聲合唱——「笠」詩選》，1992 年 9 月初版。從這看來，這組詩除了前六首是炮戰現場的速寫外，都是經過約十年或更多時日以後補寫的。

許達然在論〈火和海〉時提到：「這十三首詩以『超現實』筆法寫實生死戰場上的火與海的對立、矛盾、和荒謬」。[26]特別值得注意的是，發表這 13 首詩時，葉笛正經由日文安東次男的〈法國詩史——在達達・超現實主義的潮流中〉一文翻成中文在《笠》18、19 期發表。所以超現實主義對葉笛的〈火和海〉詩組的創作有很深的影響可想而知。

超現實主義它是一種非常複雜的現象，在臺灣曾被某詩社相當熱烈利用過，也曾被誤解過，當然超現實主義有其理論基礎矛盾之處，這且不表。借用葉笛的譯文〈第一次超現實主義宣言〉[27]一小段：「超現實主義（男性名詞）是心靈的純粹的自動現象，根據它，人不管是口述或靠筆記，以及其他任何方法，能夠表現思考的真正的作用。它又是不受理性任何的監督，完全離開審美的，或是倫理的顧慮而作的思考的口述」。從這段話裡，撇開「自動語言」為其主張的律規存疑外，其基本上仍不能脫離思考是作為詩創作的必要條件，換言之，即使是不被控制的思考仍是發自潛意識的存在。

對〈火和海〉戰爭的經驗在詩的表現上，重點不在對炮戰現象的外在描述，而是對戰爭存在的思考。那麼詩人葉笛在炮火中他思索些什麼。歸納可列出四項：

1. 存在的思考

噢，戰神
你怎能叫鋼盔保證一個存在？！

——第 5 首末句

[26]見《文學臺灣》第 59 期，頁 102。
[27]《笠》第 7 期（1965 年 6 月 4 日），頁 24。

哦！上帝，我和祢一樣

我們屬於沒有存在的

存在

——第 17 首末句

沙特存在主義哲學裡，認為上帝是不存在的，世界是荒謬的。在炮火擊襲中，一個鋼盔如何能保證生命的存在？在這個時候詩人認為上帝也不存在，個人的存在也無定數，而發出：噢，哦的慨嘆！

2. 對時間的詮釋

「時間」癱瘓的肉體

掉落在我的髮叢中

——第 6 首其中一句

患間歇性癲狂症的時間

攫住我的脖子

——第 7 首其中一句

在戰爭中，一切都投入炮火威脅中，連時間也癱瘓或患間歇性癲狂症，這是詩人在戰場中的時間感受思維。

「死亡的自由／曾把他抱起來拋向空中／而粉碎了他的頭顱／而那傢伙又從沒有時間的沙堆／站起身步履踉蹌的向我走來」[28]戰爭的恐怖，使人精神錯亂，對時間感是錯愕的。

3. 死像什麼？

「喂，死到底像個什麼？」

[28]〈火和海〉第 16 首，首段五行。

「管他媽的！」

「還不像射一泡精液昏昏睡去……」

——第 12 首節錄

死，真的像這樣的嗎？

「而當死亡／轟然　向我逼來，我如迸裂的砂礫」[29]，這「迸裂的砂礫」在戰爭炮火中，解釋死亡更為具體而確真。

4. 生命是什麼？

〈火和海〉的第 9 首，開頭就有「拿撒勒的牧羊人／祢在哪裡？」的詰問。拿撒勒位於以色列北部是耶穌童年時活動所在；也是十字軍戰爭中雙方爭奪之地。「拿撒勒的牧羊人」指的當然是耶穌。

噢，拿撒勒的牧羊人，

祢在哪裡？

祢正在「最後的晚餐」席上？

祢在尋覓頭上的荊冠？

牧羊人——

倘使人子的淚洗不掉痛楚，

倘使人間比地獄還要地獄

生命是什麼？！

——第 9 首末段

在面對戰爭悽慘摧毀下，人類的救主，祢在哪裡？生命是什麼？

思考戰爭的本質，人存在的意義和時間與存在的對應，把戰爭的內蘊提升到哲思的問題上，深化了這詩組的存在價值。至於答案與結果，那是

[29]〈火和海〉第 8 首，第 2 段。

永遠難以回答的課題。

思考人生哲理，在於自我醒覺，自我省思。

歷史是沒有結論的，人生也沒有結論，如易經最末一卦「未濟」表示「物不可窮也，故受之以未濟終焉」明示宇宙運動的無限性。

（五）社會的關愛與批判

葉笛是一位憤世嫉俗卻又愛臺灣關懷社會的人。詩人敏感和無奈的心緒常交織著失意指向的矛盾；個人與社會的衝突所激發的詩素更常在美與醜之間蕩漾。

在〈夢的死屍〉[30]一詩裡：「天氣預報、明星、車禍、謀殺、強姦／冰凍的熱戰、開花的炸彈、逮捕……／夢在顫慄！」表達對社會惡象的反感，寧願做夢不醒，連太陽也哭紅眼睛。在〈島〉的一輯裡[31]，對臺灣社會的歪斜怪象做了深刻的觀察和批判。1980 年代臺灣經濟起飛，曾造成經濟奇蹟為亞洲四小龍之首，一時臺灣年輕人不工作，吃喝玩樂不長進，遂被稱為「貪婪之島」。「大家樂」是當時臺灣瘋狂一時的賭博方式，此詩作者以諷刺的口吻表面直呼「來來來，大家樂呀！」興高采烈，詩句背後骨子裡，批評臺灣「樂」昏了頭，全民陷入賭博的陷阱而不自覺。〈飆車樂〉一詩批評年輕人對死亡缺少嚴肅的態度，看輕青春性命和人生無追求的目標，反映了年輕人的膚淺與追求速度衝動的快感。〈三溫暖〉一詩，批評社會浮華奢侈的一面。泡在「溫柔鄉」的小洞天，呈獻社會缺乏自我節制與麻醉自我的社會通病。〈股票傷寒症〉一詩，用漢醫學名「傷寒」的症狀：「發寒發熱」、「上吐下瀉」來直叱臺灣股票買賣熱絡的不正常經濟泡沫現象。

詩人在痛叱社會惡象之餘，實帶著關懷與悲憫的胸懷，看待臺灣人又愛又恨的社會。早在《紫色的歌》第一首詩〈神女淚〉就寫出神女遭遇的同情。

---

[30]葉笛，《火和海》，頁 40。
[31]葉笛，《火和海》，頁 85～102。

政治與社會是一體兩面的，〈歷史之眼〉對島上每個角落都豎之「偉人」銅像的唾棄；〈冷眼篇〉裡把臺灣國會比喻為「潟湖」議員是招潮蟹，和「馬戲般」成員的市儈嘴臉，都是直接而強烈的政治批判。政治社會的批判是詩人社會意識大我關注的發揮。

（六）去國與返鄉的思緒

葉笛是一位好學不倦，追求理想的人，39 歲（1969 年）才負笈東瀛，從大學部念到博士，在日本 25 年。這期間的人生歷練與生活的辛酸從他的詩裡可以窺見心中掙扎的明顯跡象。

葉笛嗜酒，酒後吐真言，〈醉酒的人〉這首詩表露酒醉看生存的環境，不知何往的喟嘆！且看此詩部分詩句：

有人拍我肩膀招呼我，
　　哦，陌生人，
陌生的城市，
別招呼我，
我不認識你，
我不認識這城市，
我連自己都陌生，
我像一匹獸
　只認得自己的腳印，
　　冷冷的星子們的
　　　冷笑和囁語。

別問我要去哪裡！

——〈醉酒的人〉部分

這首詩寫於 1966 年作者尚未去日本，可視為去日本之前尋找人生方向而苦悶的醉語直言。

葉笛在日時間很長，他的實際生活狀況卻少在詩中表達。是否詩與真實生活仍隔著一段距離，還是這些詩作在回臺時「有六箱書及原稿丟了」？[32]「丟了」，是丟掉還是遺失？不得而知。

詩，是生活的象徵，不宜直露。1988 年 4 月在東京六義園寫的〈看景心象〉詩三首：悟、櫻花、雪晨，可透露詩人在日時的一些心象。且看〈悟〉[33]：

春天裸浴著
四月柔柔之光，
「嘎」的一聲
烏鴉飛向太陽……

太陽無語
杜鵑無聲

揮別春天
我走向蒼茫的冬天

即使面對四月春天，杜鵑與櫻花盛開的美景，詩人的心象仍掛著淒冷悲感！

1990 年左右葉笛在東京寫的詩，隱隱約約已透露在日本心緒的茫然，對故鄉的懷念。

文旦與月餅在哪？
異國的中秋

---

[32]見《文學臺灣》第 59 期，頁 94。
[33]《火和海》，頁 64。

冷冷清清……

初升雲端的月亮

不比家鄉的又圓又亮麗

二十多年來

第一次仰頭尋覓中秋月

徒增迷惘與惆悵！

——〈中秋夜〉，1991 年 9 月 22 日在東京池袋

這首詩以直露望月思鄉，異國迷惘與惆悵的心情。人生永遠沒有答案，重要的是過程。詩是生命的紀錄，來去之間，只是瀟灑一回！

（七）前輩詩家的刻畫

1993 年 4 月葉笛自日本束裝返臺，並於 1995 年出版《臺灣文學巡禮》[34]，其文學巡禮的觸鬚延跨戰前戰後，並於 2001 年 3 月開始發表臺灣早期現代詩人的評論，且為評論的詩人寫一首詩。從《創世紀》詩誌第 126 期起陸續寫了楊華、王白淵、賴和、水蔭萍、楊雲萍、林修二、陳奇雲、吳新榮、江文也、郭水潭、巫永福等 11 人，再加上張我軍，共 12 人的論與詩，於 2003 年由國立臺灣文學館策畫出版《臺灣早期現代詩人論》一書。出書後又增寫陳遜仁、林芳年、吳坤煌、王登山四人也是發表於《創世紀》。[35]所以葉笛對早期前輩詩人的論述與詩寫共有 16 位。這些詩對葉笛全部詩作數量占了十分之一的比例，可見其分量之重。又原論與詩同置一體卻也可分開各自表述，在《創世紀》發表時，詩是放置於「詩創作」欄裡，是以顯示單獨自足於詩的質感，可看作是葉笛詩作中特殊的贈品。

臺灣詩人稍被看重，是這些年來的事，稍早之前詩的創作者不敢以詩

[34]葉笛，《臺灣文學巡禮》（臺南：臺南市立文化中心，1995 年 4 月）。

[35]葉笛撰寫臺灣早期現代詩人論述與詩的因緣，見《臺灣早期現代詩人論》前記。又所論述詩寫的早期前輩詩人從《創世紀》第 126 期起至第 142 期，收錄在專書裡必未按發表順序，後補增四位詩人詩部分已收錄於《葉笛全集 2．新詩卷二》。

人自居。葉笛所介紹刻畫的早期詩人不是個人生活困頓悽慘；就是社會政治環境備受阻擾，雖有滿腔熱血和文學才華，終究徒勞而屈怨而終的多。

以一首詩刻畫表現一位詩人的一生經歷和詩文學的特徵，除了高度的人生歷練的透視力外，還要能以小喻大，牽一髮動全身的象徵挽力才能呈現。葉笛均能在「致詩」中適當掌握，尤其詩題，有如詩眼畫龍點睛標示出詩人的特徵。致詩人楊華以〈荒野裡的小花〉為題，全詩如下：

在荒野裡
你紮下孱弱的根
而荒旱貧瘠的土地
不讓你綻開豐美的生命
轉瞬即逝

你像不知流落何方的流星

在自己生長的土地上
你踽踽獨行
煮字療饑
卻還在
尋覓自己的烏托邦

我愛你摯情燃燒的小詩
你吃著夢活著
在活著的夢裡死去……

葉笛在〈談賚志以終的詩人楊華〉[36]裡介紹「楊華是由於貧病交迫，以30 歲的壯年，無可奈何地扼殺自己的」，就是 1936 年五月卅日懸梁自殺，

[36]見《臺灣早期現代詩人論》，頁 141～158。

他的詩以小詩獨創一格。這些徵象轉換為詩，更能切入時空的裂縫表達作為詩人存在的悲感。臺灣氣候四季如春，土地肥沃，農產物資豐富，為什麼會是「荒旱貧瘠的土地」？為何「煮字療饑」？這是被殖民統治下的慘狀！「你吃著夢活著／在活著的夢裡死去……」，這兩句最能表達楊華一生追求詩文學，理想破滅的寫照。又如：〈俘囚之歌——致詩人賴和〉寫：「一誕生就命定要當牛做馬／至死成為異族的俘囚」，表達日治時被統治的悲哀！〈失落的星星——致林修二〉有詩句：「你深信超現實比現實還現實／於是——你從詩的星空上／墜落」，寫林修二與楊熾昌組風車詩社引進超現實主義和他 31 歲短暫的一生如「燃燒成火焰」的慧星隕落！〈寫在土地上的十四行詩——致郭水潭〉的詩句有：「你把詩寫在鹽工們皸裂的雙腳上／你把詩寫在蔗工們揚起的鐮刀上……」表達了郭水潭作品擁有鹽分地帶濃厚的鄉土風味和氣息。

每一首詩都為詩人雕刻清晰的面目，影印於臺灣詩史的簡冊上，這一詩組也是葉笛詩創作主題曲中重要的一章。其他詩人不一而足，不再引述。

（八）面對死亡

人都會死，因為有生必有死，要不死只有無生，既已生則必邁向死亡的深淵。海德格爾認為人的存在便是「趨向死亡的存在」是對死亡最精闢的見解。

死亡的方式千奇百態，不外自然死亡和意外死亡如戰爭、車禍。死有重於泰山輕於鴻毛，而詩人對死亡是一種自覺和哲思的感悟。沒有一個人可以寫出自己死亡的經驗，葉笛面對死亡的詩作不少，都是觸及聯想的感受，包括八二三炮火置身於死亡的邊緣，面對母與兄的死亡和癌症的侵襲。

在〈火和海〉17 首詩裡，共有 20 處出現「死亡」，可見在炮火中，死亡的陰影一直迴旋於詩人的詩作意象中。

「在陽光的閃爍裡／死亡在微笑／死亡溫柔的身子／老妓女似的／老

纏著人不放」。[37]死亡以陽光閃爍的微笑和妓女溫柔的身子纏著人不放，具體刻畫了死亡的威脅。

而當死亡
　轟然　向我逼來，
我如迸裂的砂礫，
只是一粒砂礫，

當我（身體）變化砂礫時，是被炮彈打碎的死，是對死亡形象的比喻描寫，見出面對死亡感受的深邃。

沒有一個活人能真正道出死亡的經驗，詩人敏銳的感受力寫出令人戰慄的詩句，為我們打開眾妙之門。

葉笛生病住院，醫師判定「胃癌第四期」，於住院期間寫下〈癌病棟〉詩十首，在「後記」說：「是注視病中的自我，環視癌病棟的風景」。[38]其對生死處之泰然，表露無遺，在這組詩裡真的環視書寫病房的風景，只有第七首有這樣的詩句：

死亡以癌出現也不足怪
只因世上「生」太孤單

這也是生命的領悟，詩人的特質表現而非對死的畏懼或感傷。2006 年 1 月 12 日接受莊紫蓉訪問時說[39]：「人總是會死的啊！不能說要一直活著不死。所以，生病是生病，我不在意」，這時離葉笛過世不到四個月，詩人不是不知死神的召喚，而是冷靜地凝視以待。[40]

---

[37]〈火和海〉第 13 首，頁 27。
[38]〈癌症棟〉詩十首以手跡發表於《鹽分地帶文學》第 2 期。
[39]見《笠》253 期，專訪詩人葉笛。
[40]葉笛於 2006 年 5 月 9 日早晨離開人間。

葉笛在他的詩作裡寫過不少關於人與事淒愴悲慼的主題內容，面對自己的死亡卻寧靜淡然真是樂天知命，何等適性灑脫的人。

五、詩藝揮灑的功夫

以葉笛的寫作經歷和豐富的文學涵養，他接受過自浪漫主義到後現代主義各流派理論的洗禮，但他生前並未特別標舉什麼主義的旗幟。也就是說他消化了各種主義的特質於他的詩作中，而不論採取何種詩藝表現手法，他的詩呈現三種風格特質。

（1）有主題、詩旨明確，不朦朧費解。

（2）不耍弄技巧，不故弄玄虛。

（3）著落現實性的命題，詩風自我形成。

詩人的詩觀論說有的與創作合貼：有的頗有距離。葉笛有關詩的論說未有專書，都散落於他評論文篇裡。本文不依他的詩論為據，僅從他的詩作表現梳理而歸納為四類詩藝技巧分述如下：

（一）浪漫抒情到現代知性

詩人年輕時往往從感性的抒情出發，早期葉笛的詩在《紫色的歌》詩集裡，充滿主情的詠歎。基本上是為浪漫主義的表現手法，由外界的事物感染或衝擊引發內在情緒的變化。例如〈悲歌〉：

再沒有漫長而苦痛的時光了，
當「愛」在苦澀的憂鬱中等待，
當「愛」在希望的虛妄裡
顫瑟而淒迷地徬徨……為什麼快樂而甜美的戀歌，
從我熾熱的心中彈出來，
變成了悲歌？！

苦痛、憂鬱、虛妄、淒迷、徬徨、戀歌、悲歌等感性的詞語營造為愛而悲苦的網線，表達一往情深！

〈紫色的歌〉一詩還是浪漫情懷為主調，但在技法上已相當加強意象的經營，看下列一段：

發光的夢似碧海的珊瑚
不褪色的愛似晶亮的真珠
我心中也有珊瑚、真珠、和
大海的不變的藍。

——〈紫色的歌〉第二段

同樣的示愛，以真珠來具象化，並加上不褪色的、晶亮的修飾形容，和海、珊瑚的襯托，「大海的不變的藍」，「藍」已接近取代象徵的意味。

知性的加強可以調和感性的濫情，它屬理性認識為人類思維對事物本質的把握；它也是現代詩的一個重要美學特徵。知性與感性的交融適衡問題，1950 年代中葉在臺灣現代詩的發展史上也曾激起一些爭論的漣漪。[41]

離開《紫色的歌》之後，葉笛在《火和海》的詩作裡，已呈現相當知性冷澈的思維。

耳膜變成薄如雲母，
頭顱失去重量，
變成連接死亡的一直線

[41]1954 年以紀弦為首，組成的「現代派」於 1 月 15 日在臺北成立。發出現代派六大信條，其第四條即「知性之強調」。紀弦釋義：「知性之強調。這一點關係重大。現代主義之一大特色是：反浪漫主義的。重知性，而排斥情緒之告白。單是憑著熱情奔放有什麼用呢？讀第二篇就索然無味了。所以巴爾那斯派一抬頭，雨果的權威就失去作用啦。冷靜、客觀、深入、運用高度的理智，從事精微的表現。一首新詩必須是一座堅實完美的建築物，一個新詩作者必須是一位出類拔萃的工程師。而這就是這一條的精義之所在」。信條和釋義刊於《現代詩》第 13 期，1956 年 2 月 1 日出版。紀弦的「現代派」引起詩壇的騷動，不在話下。主知的強調，也引發《藍星》的覃子豪、余光中的反對與《創世紀》洛夫等的意見。

兩點的一黑點。

——〈火和海〉第一首

把耳膜變成雲母，這是意象比喻的轉變，和頭顱失去重量皆因炮火的關係，而連接死亡，其間沒有任何感性的語言，只有知性冷澈的思考，這是詩情進入詩想的方式。又「死只是一個終結／只是時間征服了時間」(〈墓標〉)，也無任何傷情言語，只對死亡作探索性的思維。

（二）直賦到象徵

直賦就是一種不作迂迴轉折直接語言表達的方式，敷陳而直言表意清楚，可免晦澀不達的缺點。在詩的表意上，賦是主體。

孩童的語言最直接，不會虛設或掩飾，人到老境，還老返童，愈古早的記憶愈清楚。〈癌病棟〉和《紫色的歌》部分詩作是採直賦告白的方式表達，語言較少經過捶打，提煉和變體曲折的表現。而從直賦到象徵之間，他則採用很多自波特萊爾以降諸多詩的表現技巧，諸如直喻、隱喻、反諷、暗示、烘托、對比、渲染、聯想、意象轉移或變形等，以象徵意，詩意與詩藝制衡交感。尤以〈火和海〉這輯裡表現技巧最為豐富而優異。

島在炮彈中
　跳起來，
躍入　燃燒的海，
在柔得叫人心疼的秋空下，

——〈火和海〉第七首

這句詩在句法上好像直敘狀況，實則是意象動態給予主客體異位的視覺驚奇感。跳起來應該是炮彈，詩中轉換為島跳起來，這是何等的震撼！以「柔得叫人心疼的秋空」去襯托，這樣戰爭現象的描述，實則象徵炮戰的慘烈！

「炮彈踢破碉堡的門／而我擁一支 M1 式步槍／倚立在圓柱式的窀穸中」〈火和海七〉，炮彈威力的大和步槍威力的小是對比構成張力；這首詩最末一句變成「我變成一塊頑石」，也是炮彈爆炸的動和頑石靜態的強烈對比，這在詩象敘賦中有隱喻人活著的無奈如石。

象徵是對應的暗示，需透過意象的呈現。

「而當死亡／轟然／向我逼來／我如迸裂的砂礫／只是一粒砂礫」〈火和海八〉，「砂礫」作為比喻「我」的意象，卻是象徵自我的渺小，面對炮火，我只有被轟然的死亡。

（三）裝飾形容到明淨澈指

詩句的裝飾形容只要不破壞表達的主旨，則能產生多麗且豐繁的感覺氣氛。

絢麗的雲霞吻紅了半邊天。
遠處的炊煙裊裊的孃舞又飄散，
在那黛綠的山頂，朵朵的岩石上，
一隻鷹啄著綻開在身上的陽光的花朵。

——〈紫色的歌〉第四節

絢麗的、遠處的、孃孃的、黛綠的、朵朵的、陽光的，在四句中有六個屬於視覺性的形容詞，為營造視覺繁複而交感的效果。

詩的高境在於達到直覺的本體，如禪的「明心見性」，然見本體須得「純粹經驗」，經驗如純粹恐已離現象很遠而非語言所能掌握。詩是活在語言裡，不能奪，所以詩還是要回到語言的意指。

同樣在〈火和海〉第七首第二段：

硝煙吞噬著
溫柔得令人心酸的黃昏，

炮彈踢破碉堡的門

炮彈是在黃昏的時候「踢破碉堡的門」，而「黃昏」是在「硝煙吞噬著」和「溫柔得令人心酸的」修飾狀況下，這形容的狀況不單指黃昏而牽涉到「炮彈踢破碉堡的門」的意象延伸影響。明顯的現出詩意明指之背後所烘托的「黃昏」場景是詩內部的構成，而非如〈紫色的歌〉第四節例句的附加修飾。

「患間歇性癲狂症的時間／攫住我的脖子」〈火和海七〉第三段。這詩句裡更巧妙地由「患間歇性癲狂症」來形容「時間」，使時間具體化能「攫住我的脖子」。這「時間」是被裝飾成物象化的動力，是前句修飾與轉變為下句賦意明指的主語。這詩例比前例在技巧上更巧妙傳神。

（四）現實到超現實

葉笛在詩藝表現的技巧上有多樣的變化，而在變中有其不變的是，他的詩都有現實感，不做天馬行空，不著邊際的幻覺式的書寫。對於現實有寫實的現實；也有超現實的現實。對於社會的關懷、政治現象的批判的作品，大多採取寫實主義的手法表現。詩與生活愈貼近，詩意愈明，真相愈顯則距離之美相對減弱。

例如〈股票傷寒症〉寫：「一權在手的權貴們／大炒特炒／吸夠血汗錢的地下投資公司／大炒特炒／坐奔馳（Benz）牌汽車的巨亨們／大炒特炒／軍公教人員／小炒慢炒」，這是對臺灣曾經一度股票瘋狂的社會現象的關注，而在詩末「顯出一臉無可救藥的／哀傷！」的詩句，則帶有感傷的批評。在技法上則直露現實，賦述到底。又如在〈歷史之眼〉裡：「談到他／誰不一清二楚／中國近代史上的偉人哪／伊有惡魔的靈魂／殺人如麻／血流成河」，對「偉人」的批判，採現實告白，語意直露，不隱喻影射。

現今所講的超現實技法，已不是布勒東倡導超現實主義時所宣告的自動寫法。原先超現實主義是想從夢與潛意識取得詩的源泉，自動書寫是潛意識的行為。事實上，詩的創作過程是在人意識清醒中進行，超現實的技巧也是在清醒中操作，那是異化了現實層面另闢非現實空間的美學。非理性、非邏輯、虛幻的存在必須與現實性構成詩感的延伸張力，否則只是「無理取鬧」不見詩。

葉笛的詩藝技巧，諸多以超現實的手法表現現實的存在的荒謬，如〈火和海〉第一首：

血管中
呼嘯的炮彈，
心臟中
爆炸的炮彈，
大腦中
凝固了的炮彈的哄笑。

炮彈不可能在血管、心臟、大腦中呼嘯、爆炸、哄笑，然而詩讓我們感受到這樣真實的存在，在於炮戰給了我們荒謬的現實。詩道出了戰爭的荒謬現象，「哄笑」一詞更巧妙地被「凝固」於矛盾的現實裡。葉笛超現實手法的表現不是幻境的書寫，而是凝視實境移位的觀照。

以上的所述，僅從葉笛四條明顯來去詩路的面向，略論他詩藝表現的成就，不足以涵蓋他全部的功法。接著我們以三個「無」來做為論述葉笛詩藝表現的小結：一、無超現實非理性潛意識的自動書寫；二、無意識流夢幻意象的聯接；三、無後現代主義「去中心」無主題的形式結構。也就是他的詩藝是有選擇而節制的，不隨便揮灑詩的劍光！

六、未完的結語

葉笛在臺灣詩壇出道很早，卻不大被主流詩壇注目，研究《笠》的評論學者也少提論他，很多詩選集也甚少收錄他的作品，這種現象當然不止於他，而相對的因素：是否他的詩作不多，生前只出版二本？是否離臺去日的時間太久，和臺灣詩壇疏遠？是否從事詩文學研究和翻譯而減少詩作？或有其他原因，均非本文所述範圍。但本土詩人一直未被合理的注目和關切，即使被提及也僅限於某些意識型態做為代表者，是其中最大的因素。詩文學雖然是寂寞的行徑，但被鼓勵是詩人昂揚創作的助力。這幾年來臺灣文學的火苗由南方的熱浪鼓動燃燒起來，葉笛是其中被矚目的作家之一，可惜哲人其萎！詩人留下的文學遺產，有待後人多方的研究，所以本文至此是未完的結語。但本文的最後還是想這麼認定：

葉笛是浪漫主義者；也是思考性的詩人。

葉笛是人道主義者；也是悲劇感的詩人。

葉笛是學者；也是草根性的詩人。

葉笛是一位注重內在詩意勝於形式詩藝的現代詩人。

——選自戴文鋒主編《葉笛文學學術研討會論文集》
臺南：國家臺灣文學館籌備處，2007 年 8 月

在時間的洪流裡泅游
葉笛論

◎莫渝*

一、前言

昆蟲中，蜘蛛吐絲的動作，經常被引用為文學寫作的範例。譬如英國詩人濟慈（John Keats，1795～1821）的說法：「依我看，每個人可以跟蜘蛛一樣，由體內吐絲結成自己的空中樓閣——它開始時，只利用樹枝和枝椏的尖端，然後在空中布滿美麗的迂迴路線。人類也可以吐出他心靈的精細蛛絲，織出一張空中掛毯。」（莫渝，1997：71～72）。中國徐志摩（1896～1931）說：「文學的領域，等於一個蛛網，你只要有文學的素養，你一天拉到了一根絲，耐心的結，你就會一根一根地杷整個蛛網結好。」（出處待查，轉引自莫渝，1981：389）。美國詩人惠特曼（Walt Whitman，1819～1892）的短詩〈無言的綴網勞蛛〉，可能是更貼切例子。在詩集《草葉集》（*Leaves of Grass*）裡，他說：「一隻無言堅忍的蜘蛛，／我看見牠孤懸在小小的崎岬上，／看見牠如何為了探測廣亙的周匝，／牠自體內吐射出細絲一縷一縷又一縷，／永遠地吐織，永遠不疲倦地加緊吐織。」（吳潛誠譯，2001：203）。

有了立足點，小小蜘蛛構築牠的閣樓、城堡、王國。

任何時空裡，每個人都是辛勞綴網的蜘蛛，都努力擇定自己的立足點，出發。文學寫作者合當以此看待。

---

*本名林良雅。詩人、現為《笠》詩刊社務委員。發表文章時為臺北教育大學語文與創作學系兼臺灣文學研究所助理教授、《當代詩學》主編。

如是，葉笛的詩人立足點在哪裡呢？

1998 年 10 月 25 日葉笛寫了一首詩〈謎〉:「你是誰？／來自何處？／將往何處去？／／黝黑的夜天上／一瞬消失的那流星／為何向我微笑？／難道我生自那流星？／那流星是我的座標／我生命的軌跡？／／沉默的夜天／無數的星子們／閃熠著謎之光」（葉笛，2006）。這首三段 12 行的詩，首段三行，衍自法國畫家高更（Paul Gauguin，1848～1903）1897 年在大溪地一幅畫的標題：「我們從何處來？我們是誰？我們往何處去？」（巨匠，高更，1992：20～21），言生命之謎，點出詩的主旨。接著第二段，從夜空瞬息隕逝的流星，戲問自己的命理：「那流星是我的座標，我生命的軌跡？」這樣合理的推演，自然也暗示作者他個人想要的「立足點」。寫這首詩時，葉笛已 67 歲，這種年紀，還跟（或言還保持）青年時期以「流星」幻想成自己的「宿命」，十足是純粹的浪漫主義者。稱葉笛為「純粹的浪漫主義者」，應不算是侮蔑，或許，他的一生作為，都能以此貫之。其詩業開始的創作集《紫色的歌》，就是充滿浪漫主義的風貌。

本文由此試著追溯葉笛一甲子的詩蹤。

二、內涵

（一）抒情浪漫的情懷

《紫色的歌》收錄或長或短的詩，共 42 首。首篇〈神女淚〉與末篇〈詩人之戀〉兩篇都是篇幅較長之作，表現多愁文藝少年的抒情心曲。〈神女淚〉敘述下海為妓謀生的神女阿蓮，未婚懷子，投河自盡的悲劇，詩人從「愛」的人性，給予感傷的表揚。〈詩人之戀〉以「詩人」同「詩之神」的對談，表達詩人對愛情的渴盼：從希臘史詩、海涅詩篇，願追隨「愛與美之神」維納斯的歌聲；這篇〈詩人之戀〉的寫作模式，頗類似法國浪漫主義詩人繆塞（Alfred de Musset，1810～1857）的「四夜組曲」：詩人向詩神繆思（Muse）傾訴失戀之苦，心中之痛，詩神繆思則多方慰藉，詩人仍堅持：「受苦之後，應該再受苦／愛過之後，應該不停的愛」（莫渝譯，

1978：170 下）。短詩〈花園裡的少年〉一作，也採自問自答的方式，表露年少葉笛追求愛情的心跡。這樣的寫作與思維，當然是浪漫主義者的手法。集內的篇章，如教學之餘，與學生建立深厚情誼的〈孩子，我不會忘記你們〉一詩，題獻 Lih Lih 的〈紫色的歌〉、給莉莉的〈我想念你〉，都毫無隱瞞坦誠表露表白。至於歌詠海洋、太平洋、大地……等詩篇，無不顯露赤子心態的直抒情懷。〈牧歌〉一作 75 行，近乎一氣呵成地敘述田園風味的模擬與嚮往。

在接受莊紫蓉訪談時，葉笛回憶取《紫色的歌》為書名的原因：「我覺得紫色有一種夢幻的感覺，我們遠遠地看霧，有一種淡淡的紫色，裡面好像有一種不可知的世界，很夢幻。所以，就用《紫色的歌》做書名。」可以這麼說，年輕夢想家的葉笛發現浪漫主義的夢幻詩園，他為求愛而抒情寫詩，因抒情寫詩而安頓自己的愛。

（二）墓誌銘墓標與文學夢的終端

生命的熱誠與感傷，也是浪漫主義者之所好，對墳塋的接近，也是檢驗的切入點。年輕葉笛寫過〈墓誌銘〉一詩，兩段 22 行。首段 16 行，盼過路人留意亡者的心願：「在亙古『遺忘』的虛寂裡／『名譽』和『權利』，『悲哀抒懷』和『快樂』／都超越時空，變成了沒有顏色的顏色！」，甩脫後，詩的後段：

> 這裡埋藏著一個人，
> 像密林裡偷開了的野花，
> 又偷偷地凋殘了的人！
> 在這些「時間之輪」馱走一切的日子裡，
> 為這長眠之人編織著輓歌的，
> 衹有草叢裡低泣的草蟲……

——葉笛，1954：105

環視古今，無不如此。法國中世紀詩人維邕（Villon，1431～1463？）的名詩〈昔日佳人歌〉，引錄歷代后妃美女，再一轉：「她們都在何處？／然而去歲的雪如今何在？」（莫渝譯，1977：84），連雪跡都不見了，何嘗再見佳人呢！年輕詩人葉笛徒留感傷地說：「衹有草叢裡低泣的草蟲」為「長眠之人編織著輓歌」。

這篇〈墓誌銘〉為 1950 年代前期作品，隔半世紀，葉笛於 2000 年 7 月 29 日寫〈墓標〉一詩，2001 年 3 月 12 日自改一次後，收進《失落的時間》影印改訂稿，2002 年 9 月 2 日再改成目前的樣貌：

我誕生於土地
現在將復歸於土地
人從哪裡來
就得回歸哪裡去
我活過　思想過　愛過

生只是一個開始
死只是一個終結
生和死
　只是時間征服了時間
生和死
　出現而又消失於時間的空無裡

我靜靜地傾聽著
　山風低吟輓歌
我鼓動著心
　迎接波濤歡呼的新生

大海是我的墳塋

山上的巨木是我的墓標

我將回去
回去那擁有一切
　而又一無所有的故鄉

——〈墓標〉

首段，詩人自信滿滿地立下墓誌銘：「我誕生於土地／現在將復歸於土地／人從哪裡來／就得回歸哪裡去／我活過　思想過　愛過」，來自塵復歸於塵，末句雖有套用法國小說家斯湯達爾（Stendhal，1783～1842）墓誌銘「活過　寫過　愛過」，無損全詩詩意。二段，對生與死進行一番回味：不論開始或終結，總歸在「時間的空無裡」，沒有哪一位能「征服了時間」，只有「時間」是唯一的勝利者。三段，此刻的我，傾聽山風的送行；即將亡故的我則接納波濤的歡呼。四段，詩眼出現：「大海是我的墳塋／山上的巨木是我的墓標」，我安頓我自己，了無牽掛。末段，再次表明對安頓的處所。比起前一首的年少時的自憐，經歷半世紀歲月與人生的淬煉，這篇〈墓標〉擺脫傷情，呈現的恢弘氣態：「大海是我的墳塋／山上的巨木是我的墓標」，有回歸大自然與之合一的灑脫自如。

介於此兩詩的中間期，葉笛另有〈夢的死屍〉一詩：

別叫醒我，
我還要繼續我的夢，
怎能離開夢的碼頭呢？
只有在孤獨的夢裡
我才清醒。

扭掉收音機「早晨的公園」，
燒掉門縫投進來的日報，

天氣預報、明星、車禍、謀殺、強姦，
冰凍的熱戰、開花的炸彈、逮捕……
夢在顫慄！

誰叫你打開門窗？
陽光一踱進來，
向日葵枯萎，
靜謐的山野變成戰場，
七彩噴泉乾涸，
白鴿斷頸折翼，
頌歌嘎然而止，
滿床滿床夢的死屍。

每天每天
從清醒的夢中醒來，
總是看見哭紅眼的太陽。

——**葉笛，〈夢的死屍〉，1990：40～41**

這首詩安置於詩集《火和海》第二輯「獨語」八首之四，沒有標明寫作時間；之八為〈夢〉詩，1983 年定稿於東京。從第二段詩句：「扭掉收音機『早晨的公園』」，加以推算，大約是 1960 年代末之作，葉笛尚未出國赴日留學，仍有聽中國廣播公司晨間節目的習慣，當時葉笛已婚有幼子，正為前途思量打拼，詩中應有他為掙脫現實環境的烙痕以及夢醒時的挫傷。首段，詩人直言自己不願「離開夢的碼頭」，希望繼續作夢，作什麼夢，我們無從揣測。「夢」有碼頭停泊與出發，是頗富創意的意象。二段，天亮夢逸，所有夢中麗情逐一碎裂：「向日葵枯萎，／靜謐的山野變成戰場，／七彩噴泉乾涸，／白鴿斷頸折翼，頌歌嘎然而止」，床榻都是「夢的死屍」。末段，呼應詩題的寫照，因天亮陽光的出現，讓「夢」破碎，而且

「每天每天」都是，可見受盡現實折騰的這樣日子有多長！

我們聽得到詩人的吶喊：「我還要繼續我的夢」，究竟此時，葉笛的夢是什麼，他「夢的碼頭」在何處？從稍晚，攜眷遠赴日本讀書教書，「文學之夢」應該是答案。

夢或夢想，一旦與現實相撞，往往當事人頭破血流，困頓的現實逼詩人走投無路。葉笛以「夢」為題，詩集《紫色的歌》有頁 10～11 的〈夢〉；詩集《火和海》有頁 40～41 的〈夢的死屍〉（前引）、48～49 的〈夢〉；至於在詩中出現有關「夢」的詩句，頗多。例如：

那銀河的星星，
那絢爛的群花，
向你訴說過夢
也曾為你開放

——〈輪迴〉，《紫色的歌》，1950 年代前期，頁 8

這短促的人生是夢底夢

——〈人生〉，《紫色的歌》，1950 年代前期，頁 25

你年輕的生命和夢，
降生在渺渺的人海，
失落在渺渺的蒼海！

——〈輓歌〉，《紫色的歌》，1950 年代前期，頁 30

南風來了
……
在那酣睡著的孩子身旁盤旋
挑逗無憂的夢魂。

——〈南風〉，《紫色的歌》，1950 年代前期，頁 79

發光的夢似碧海的珊瑚！

——〈紫色的歌一〉，《紫色的歌》，1950 年代前期，頁 93

我們的綠色的夢棲息在那裡，
在那山巒的相思林如夢的綠裡。

——〈紫色的歌四〉，《紫色的歌》，1950 年代前期，頁 97

我走進了夢的王國：
……
在這人類的詩的國土裡，
在這人類的古老而又永遠年輕的詩的王國裡，
我的靈魂有輕適的死……。

——〈旋律裡的王國〉，《紫色的歌》，1950 年代前期，頁 100～101

你底影子夜夜縈繞著
我底夢魂……

——〈我想念你〉，《紫色的歌》，1950 年代前期，頁 103

第九交響樂的 melody
流瀉在空濛的大地上
猶如哀悼
不再有夢的荒地……

——〈冬之歌〉，1991 年

我變成海鷗
變成熱帶魚
游走於閃現在波濤上的月亮邊
吹著海的口哨
飛向噴潮的海鯨身上

——〈仲夏夜之夢〉，1998 年

這些「夢言夢語」，無非都像美國詩人艾德嘉・坡（Edgar Allan Poe，1809～1849）說：「夢著夢，任何凡人都不敢夢見的夢。」（林以亮編選，1961：20）。

（三）畫家與聖雄的啟示

前引葉笛〈謎〉詩首段三行的詩句，衍自畫家高更的畫題，1991 年，葉笛寫〈火焰〉一詩，1995 年修改，再度將之安放詩句前的引詞，配合詩的內容加強生命哲理的思考。這首詩〈火焰〉主旨即衍釋古希臘和古印度的觀念，世界是由地、水、火、風和天空的組合，希望「我們」擁有這些原始資源。除了與畫家高更有關之詩句，葉笛有首〈向日葵〉，副題：梵・高的精神風景畫。畫家梵谷（底下以習慣用語「梵谷」稱之，有時則沿用葉笛的用語）的繪畫生涯，是藝術家的典範，是藝術生命的完美展示。葉笛以「向日葵」為題，自有明亮陽光與梵谷窮困暗鬱現實生活的強烈對照，並突顯梵谷的塑造的精神層面。全詩四段 29（10+8+5+6）行，首段以「耶穌」稱許梵・高作畫前在貧窮礦區傳教的「愛」；二、三段，讚揚梵谷的幾幅名畫特徵；末段予以禮讚「你以彩色的奏鳴曲／謳歌翱翔六合的生命」；的確，梵谷傾生命之流，化作數百幅顏彩鮮豔的畫，留給世人。回看這首詩，首段「貧窮、潦倒、殘疾、孤獨／就是你的戶籍」，末段「世界不曾給你過一丁點歡樂／然而／你創造了歡樂賜予這個構造得不好的世界！」既確認梵谷的社會身分，亦對梵谷的藝術生命百般推崇。梵谷一生除早期畫商職員算是正常社會人外，之後，將日常生活品質降至最低地從事傳教和繪畫工作，所以詩中言「陽光和青春都未曾向你微笑過」，但他撒播的「藝術歡樂」已無從估算。葉笛詩中提及的幾幅畫《向日葵》、《兩棵絲柏》、《有烏鴉的麥田》、《星夜》都屬膾炙人口之畫。以《向日葵》言，1987 年日本商人以創紀錄的價格 2200 萬英鎊（合臺幣 12 億 7 千萬餘元）購得，引起轟動。據倫敦大學瑪麗皇后學院研究人員的實驗報導，這幅〈向日葵〉曾吸引蜜蜂 146 次青睞的停靠（見《自由時報》，2005 年 8 月 16 日，A7 版，生活焦點版）。

葉笛於 2005 年 7 月寫〈向日葵〉詩（8 月修定），在此之前，葉笛撰論〈王白淵的荊棘之路〉時，曾將王白淵詩〈向日葵〉的漢日文並列（原作日文書寫，葉笛漢譯），且言：「太陽，梵高，向日葵，象徵著什麼？不言而喻。詩人，藝術家的王白淵就是梵高，就是向日葵，永遠朝著太陽！」（葉笛，2003：39）。當葉笛捕捉「梵・高的精神風景畫」，必然也重疊著畫家梵・高的使命：創造歡樂賜予世界。早年的葉笛，留有同樣的詩句：「我永遠朝著陽光／緊緊地擁抱著理想」（葉笛，1954：74）。

與畫家為鄰，跟藝術相關者，2005 年 1 月，葉笛為畢森德的雕刻「苦行僧的神龕」撰〈神龕前的冥思〉一詩。畢森德，美國紐約雪城大學陶藝、雕塑系畢業，美國紐約普拉特藝術學院美術碩士；曾多次到臺灣擔任城市駐站藝術家。比較上，葉笛是人間的詩人，詩筆現實濃厚，在這篇「冥思」之作，存疑居多，除第一段羅列香、缽、念珠的敘述外，餘三段均自我省問，如第三段的詩句：「我存在我冥思／我怎樣才能摒棄六塵？／三世皆茫茫」

或許因撰述《臺灣早期現代詩人論》，同時「以詩雕人，為前輩塑像」（莫渝之文章標題），寫下 12 首詩，因而傳神地刻畫梵谷。稍早，2003 年 12 月，隨臺灣筆會「印度詩旅」時，葉笛寫下〈Mahatoma 甘地〉一詩，禮讚這位「印度聖雄」，同時回思臺灣當前處境「一個福爾莎的子民／佇立在您的銅像前／　沉思著福爾摩莎的／　暗夜和明天……」。

4. 烽火的體驗與家國之思

1958 年 8 月的「八二三」金門炮戰，詩人葉笛在掩蔽坑、塹壕溝寫下〈火和海〉組詩，留下烽火的感觸，與反戰的紀錄，組詩起筆引錄一詞：「有兩種不能凝視的東西——太陽和死亡！」這是引錄日本小說家三島由紀夫（Mishima Yukio，1925～1970）在《太陽與鐵》的句子。

相對於厭戰，詩人由筆端流露出家國的關注。1991 年 1 月寫於東京的組詩〈百年的呼喚〉五首，詩行間婉轉迂迴的期待「在百年的荒寒歲月裡／要迎接新生的春雷」。另一首短詩〈島的聯想〉，則簡捷明確：

北回歸線上的海島喲，
不論我在哪兒，

不論醒著、還是睡著
都聽見你的呼喚，
都感到你愛撫的手。
你是曄曄的陽光
永遠在我心裡微笑！
永遠在我夢裡發光！

——葉笛，〈島的聯想〉，1990：85

寫這首詩時，葉笛仍旅居日本。置身異地，「望鄉」、「鄉愁」油然而生。詩句八行，未分段。就文意發展，可略分前五行後三行兩段；前段，家鄉的影子無所不在，隨時耳聞呼喚，感受故鄉隱形「愛撫的手」；後段，直接讚頌故鄉是「曄曄的陽光」，明亮其內心與夢境！「曄曄的」形容「陽光」，有詩人特別專心的用語。

（五）與親人歡樂、感念伴侶

葉笛是浪漫主義詩人，自然有兒女之情的詩作，如給女兒〈有贈兩首〉（1988 年作品）與給孫女〈六行詩〉十首（1989 年作品）及孫子們的故事〈十行詩〉十首（1995 年作品）之類的親情。試舉〈十行詩之八〉為例：「來　孩子們／你們指著時鐘／問我現在幾點鐘？／不用管幾點鐘／你們四個人四點鐘／／加上阿公阿嬤兩個／總共六點鐘／擁有了半個地球／只要你們在面前／我們就擁有了世界上的一切」。詩分兩段，前段，以人數取代時間，甩開了時間計數的煩惱；後段，四個小孩加上兩個老人，「總共六點鐘」，占了半個鐘面，如同占了半個球面（地球），這樣機智的構想，大概只有心態純真的詩人與小孩，才具有的思維。比較特殊的是寫給妻子的詩：

而立之年
我牽起妳的手

我們走進生活炙熱的世界
在夢想常被現實輾碎的日子裡
妳的微笑溫暖了我凍僵的心

在荊棘的坎坷的路上
我跌跌拉撞欲倒時
妳柔弱的手是有力的手杖
讓我撐著走到現在
回首來時路
不覺四十年已杳

如今我們走在黃昏的松林裡
暮靄茫茫　松濤在耳
然而，我們聽得見
前方有「青鳥」在歌唱
明天還會遇見
在向我們招手的
冬天可愛的太陽！

——葉笛，〈有贈——給桂春〉，2002 年

這首詩寫於 2002 年 1 月 11 日，葉笛 71 歲，詩的對象是葉笛的妻子。整首詩沒有華麗的詞藻，沒有「言謝」與「感恩」之詞，卻是一個老年男人對妻子的深情心語。「在夢想常被現實輾碎的日子裡／／妳的微笑溫暖了我凍僵的心」、「在荊棘的坎坷的路上／我跌跌撞撞欲倒時／妳柔弱的手是有力的手杖／讓我撐著走到現在」，既有現實描述，也是真情表白，更是男人臨老的感激。淡淡的詩句散溢濃濃的溫情，尤其末段，氣氛情境十足「人間重晚情」！中國宋朝文豪蘇東坡（1037～1101）的詞〈定風波〉：「回首向來蕭瑟處，歸去，也無風雨也無晴」。有過「蕭瑟」的東坡看淡人

生，是灑脫；走過「荊棘的坎坷的路上」的葉笛仍珍惜「牽手情」。雖然已是生命的「暮年」（暮靄茫茫），仍然期盼兩人共同再見「可愛的太陽」的「冬暖」，不理會生命的「冬盡」。

三、在時間裡泅游、築夢

1995 年 11 月 3 日，葉笛寫了一首詩〈時間〉：

沉默蔚藍的蒼穹下
榕樹盤根錯節的一堵城牆
　屹立著
　凝望汪洋大海
　凝望板蕩的時代
　已然四個世紀

時間默默腐蝕著人間
　默默腐蝕著城牆

面壁九年的達摩禪透了時間？
討海的老人
　以一臉如榕樹皮的臉
　　面對海濤的空茫
時間也在他臉上瞑思？

詩人從城牆的老榕樹，映照歲月「腐蝕人間」、「腐蝕城牆」；聯想智者達摩禪師和凡人漁夫是否悟透？感受到「時間」的流逝與「海濤的空茫」。在 2001 年 10 月 7 日葉笛寫了〈詩人〉一詩，僅八行，全詩如下：

猛然
　攫住時間
　　把它一口吞下去

俄頃
　一片湛湛的蔚藍
　　一片顫顫的光波
滿溢他心胸

詩人浮沉於「時間」的空茫裡
浮沉於「美」與「醜」之間

「詩人浮沉於『時間』的空茫裡」，「時間」的意象和「空茫」的概念出現於葉笛詩句裡，這不是首次登場，回看他的詩蹤，可以列出：

在時間之流沙中
硝煙和鋼片消失

——〈火和海．三〉，1990 年

墜落——
我在「時間」的空漠漠的
雲海間

——〈雲海〉，1990 年

心是汙染的化石
不知何時人已不是人
浮沉在沉默的時間的黑浪裡

——〈火焰〉，1995 年

生和死
只是時間征服了時間

生和死

出現而又消失於時間的空無裡

——〈墓標〉，2002 年

詩人浮沉於「時間」的空茫裡

浮沉於「美」與「醜」之間

——〈詩人〉，2001 年

從上引的詩句中，葉笛添加於「時間」一些較屬負面的語詞，如：流沙、空漠漠的、黑浪、空無、空茫……等。「時間」的意識似乎一直在其思維中作祟、纏縈。是畏懼、駭怕，抑唯恐自己蹉跎歲月？敏銳的文學創作者經常意識時間的流逝、失落，無不極力設法捕捉、追回。法國作家普魯斯特（Marcel Proust，1871～1922）甚而窮盡一生撰寫《尋回逝去的歲月》巨著。詩人葉笛同樣向命運之神索取歲月，用文字刻寫虛擬的時間，探尋歲月的長河裡時間的空茫中個人的定位。

四、結語

一百多年前，法籍青年韓波（Rimbaud，1854～1891）未曾見過海洋，以敏銳的閱讀和豐富的想像，完成百行詩〈醉舟〉（沉醉的船），投入巴黎詩壇；百年來，多少讀者感歎這位高中生的才情！在文學的長河裡，韓波曾是善泅者。「朝露人生，千秋文學」（莫渝語），是否詩人葉笛亦深感歲月的倥傯，時間的鞭人？

葉笛早期詩集《紫色的歌》1954 年出版，有 42 首；中期詩集《火和海》1990 年出版，有 46 首；之後迄今，集錄影印自存成《失落的時間》（影印改訂手跡稿）一輯 30 首，此外，應該包括撰述《臺灣早期現代詩人論》乙書論評 12 位詩人同時贈詩的 12 首詩，題贈依順序為賴和、王白淵、張我軍、陳奇雲、楊雲萍、楊華、吳新榮、水蔭萍、郭水潭、江文也、巫永福、林修二等。

前引葉笛在 2001 年 10 月 7 日寫了一首詩〈詩人〉，寫此詩之際，葉笛進行水蔭萍研究，分別在 10 月 8 日和 10 日完成輓詩〈詩人和貓的憂鬱〉及論文〈水蔭萍的 esprit nouveau 和軍靴〉。同年初，2 月間，完成有關楊華的論文〈談賫志以終的詩人楊華〉及詩〈荒野裡的小花〉；稍晚 5 月間，完成有關王白淵的論文〈王白淵的荊棘之路〉及詩〈致王白淵〉。王白淵有一首在詩壇與網路流傳的詩〈詩人〉，先後有月中泉、巫永福、陳才崑等多人的翻譯；葉笛譯筆如下：

玫瑰沉默地開著
一如無言那樣地飄零
詩人不為人知地活著
吃著自己的美死去

蟬在半空中歌唱
不顧結果就飛去
詩人在心中寫詩
寫好又擦去

月亮獨自走著
照著夜晚的黑暗
詩人獨自歌唱著
傾訴眾人的心語

——**葉笛**，2003：39～40

王白淵用三種自然界物象：玫瑰（另譯作：薔薇）、蟬和月亮，表達各自的作為與意義，引伸詩人的心聲；葉笛的〈詩人〉則興起浮沉時間長河的壯懷。兩位都以〈詩人〉為題，王白淵是否啟示了葉笛？或者日治時期幾位前輩詩人的詩業怎麼樣激盪了葉笛的心靈？葉笛本人沒有明確表露，外人無從得知。不過，研讀之後，漣漪難免會有所波動，這也就是我在〈以詩雕人，為前輩塑像〉乙文結尾說的「不無自己的影子」，借光見別人之影，同時，也映現自己的影子。

日治時期，王白淵用日文書寫出版詩文集《棘の道》，葉笛曾撰論〈王白淵的荊棘之路〉（葉笛，2003：25～42）。葉笛認同王白淵，也感同身受，在前引給妻子的詩〈有贈——給桂春〉中出現這樣的詩句：「在荊棘的坎坷的路上」。

從王白淵到葉笛，有文人困窘現實的相似，也有追求文學志業的相似。

參考書目：

- 葉笛（1954），《紫色的歌》，臺南：青年圖書公司，1954年9月，初版。
- 葉笛（1990），《火和海》，臺北：笠詩刊社，1990年3月。
- 葉笛（2003），《臺灣早期現代詩人論》，臺南：國立臺灣文學館，2003年10月17日，初版。
- 葉笛（2006），《失落的時間》，葉笛影印改訂稿，2006年1月18日簽贈莫渝。
- 林以亮編選（1961），《美國詩選》，香港：今日世界社，1961年9月，再版。
- 吳潛誠譯（2001），《草葉集》（惠特曼，Walt Whitman），臺北：桂冠圖書公司，2001年10月，增訂一版。
- 莫渝譯（1977），《法國古詩選》，高雄：三信出版社，1977年1月，初版。
- 莫渝譯（1978），《法國十九世紀詩選》，臺北：志文出版社，1978年11月，初版。
- 莫渝（1981），《走在文學邊緣・下冊》，臺北：臺灣商務印書館，1981年8月，初版。
- 莫渝（1997），《愛與和平的禮讚》，臺北：草根出版公司，1997年4月，初版。
- 巨匠（1992），美術週刊第8期《高更》，臺北：錦繡出版公司，1992年7月25日，初版。

——選自戴文鋒主編《葉笛全集 17・資料卷一》
臺南：國家臺灣文學館籌備處，2007 年 5 月

青春、理想、死亡
葉笛詩中的生命三部曲

◎阮美慧*

一、前言

葉笛（1931～2006）處女作〈海怨——悼亡兄〉（《學生》第 30 期，1951 年 10 月）[1]，為悼念其兄長因戰爭身故的文章，文中不斷以質問的形式，表達天理是否存在的省思，及對兄長身亡的哀慟與不捨。此時的葉笛，早已透露他敏感細膩的心思，具有濃厚的詩人氣質。之後，他秉著文學的天性，開啟他個人的文學之路，在漫長的年歲裡，默默地竭盡所能，累積豐碩的文學成果。檢視 2007 年甫出版的《全集》18 巨冊，其中包含各類著作，計有：新詩、散文、評論、翻譯等不一而足[2]，從創作到翻譯，橫跨的面向，十分遼闊，可知，他對文學的付出與懷抱，執著而堅決；他的文學修持與涵養，體大而精深，其作品，始終流露出對自我生命坦直、真摯的氣質。

葉笛一生共出版三本詩集，分別為《紫色的歌》（1954 年）、《火和海》（1990 年）和《失落的時間》（2007 年）。第一本詩集《紫色的歌》（嘉

---

*發表文章時為東海大學中國文學系助理教授，現為東海大學中國文學系副教授兼系主任。

[1]參考〈葉笛生平寫作年表初編〉，收入葉蓁蓁等編《葉笛全集 17・資料卷一》（臺南：國家臺灣文學館籌備處，2007 年 5 月），頁 402。〈海怨——悼亡兄〉，收入《葉笛全集 3・散文卷》，頁 219～220。

[2]2007 年由臺南國家文學館出版《葉笛全集》18 卷，1～2 為新詩卷、3 為散文卷、4～7 為評論卷、8～16 為翻譯卷、17～18 為資料卷。1993 年葉笛自日返臺，其後，投入大量的時間與心力在日治時期的臺灣文學的翻譯上，從卷帙浩繁的譯著中，當知他默默地對日治時期的臺灣文學，著實貢獻良多。也因他將個人創作的時間，奉獻給了臺灣文學界，因此，返臺後的創作數量並不豐，只有零星可見，殊為可惜。

義：青年圖書公司，1954 年），書名為該詩集的詩作標題，詩並附記「給 Lih Lih」，詩中寫到「啊！莉莉請仰起你底臉吧！／讓我看見你臉上美麗的羞紅的花，／那麼，我的發熱的心靈，／將在你潮潤而含笑的眼光裡昇華。」（《葉笛全集 1・新詩卷一》，頁 110）[3]，從詩句中可知，1950 年代的葉笛，青春年少，當時的作品，洋溢著青春浪漫的氣息，並夾雜著文藝青年的「美麗與哀愁」，因此，《紫色的歌》無疑是替年輕時的葉笛的詩路，定下柔和抒情、沉緩優美的曲調。

1969 年葉笛放棄在臺的小學教師一職[4]，逕赴日本求學，之後，展開了漫長的旅日生涯（1969～1993 年）。第二本詩集《火和海》遲至 1990 年才付梓，收入了他從 1958～1989 年間的 45 首作品，時間跨度，橫越了三十多年，由此可知，他在日期間的辛勞與艱苦，迫使其創作生命幾乎停頓。所幸，葉笛對文學的熱愛，猶如不死之鳥，1993 年，他束裝返臺，重新踏上睽違已久的故土，隨即，著手進行大量日治時期文學資料的整理與翻譯，積極投入對臺灣文學的推動與研究，1990 年代臺灣文學仍方興未艾之際，其努力，可謂為臺灣文學奠下一塊厚實的基石。由於，第二本詩集的時間跨度很長，涵蓋的面向多元而豐富，其中，有他青春年少時作品的延續；亦有他歷經戰爭時的荒謬與死亡；更有對人生存在的省思與反省，以及對現實社會的批判與諷刺，然而，不管是生命的得失、榮衰、生死，他已漸次洗去年輕時的蒼白、抑鬱，轉而擺向現實人生的境域，勾勒出更的生命幅度。

第三本詩集《失落的時間》，收入 1998～2005 年的作品，該詩集更見葉笛在「時間」的淘洗下，將許多生命的叩問化繁為簡，平淡中更見滋味。特別是，他對社會現實的冷視批判，或對日治時期前輩詩人的「傳記詩」，以詩註人；再者，更有他晚期罹患癌症的自我觀照，在在都顯現葉笛

[3]以下葉笛的引詩，皆引自《葉笛全集・新詩卷》，簡稱《全集》。

[4]1952 年，葉笛自臺南師範學校普通科畢業，先任教於雲林縣元長鄉元長國小，屏東市前進國小，1955 年調任至臺南市安南區海東國小任教，一直至赴日前夕。（參考自〈生平寫作年表〉，收入《全集 17》，頁 401～422）

作為詩人的豐沛情感，化成他詩作的字字珠璣，令人動容。

由於，葉笛是少數 1950 年代能夠躍上臺灣文壇的本土作家之一，因此，他在文壇上的「存在」，在戰後初期，更具有特殊的歷史意義，展現臺灣作家在戰後的精神樣貌及生命軌跡。2007 年 5 月，假臺南國家臺灣文學館，舉辦「葉笛文學學術研討會」（2007 年 8 月，由國家臺灣文學館出版此論文集），為第一次對葉笛的文學表現，作較全面性的探究，會議中，分別從各個層面展開研究論題，包括詩作、散文、翻譯、詩論、詩藝等，對葉笛文學的表現與貢獻，有了深入的探討。本文在此研究基礎上，擬以「青春」、「理想」、「死亡」三個切面，檢視葉笛詩的創作歷程，剖析其詩作的精神底蘊。此外，葉笛從 1950 年代一路走來，為臺灣詩壇留下多美好的詩作，這些詩作，體現了他高潔、率真的生命情調，值得吾人重新加以肯定與學習，也可為戰後侈言形式、技巧的臺灣詩壇，注入一股詩的清流。

二、青春的歌詠——愛情、海洋、陽光

第一本詩集《紫色的歌》，葉笛幾乎以「我」的獨語方式，謳歌內心的情感與憂思，讀者可以容易地貼近此時葉笛的心靈。這一階段詩的寫作，對葉笛而言，不僅僅只是「書寫」，反而更是一種自我「存在」的方式，其中，有喁喁細語，吐露內在心聲；亦有高歌頌讚，生命的孤獨與喜悅，我們不時聽見他對自我生命的探求與叩問，如〈輪迴〉、〈人生〉、〈孤獨〉、〈深夜草〉、〈心之歌〉等；另外，他也對人間冷酷無情的質問與批判，如〈神女淚〉等；更有對萬物自然的天啟幽微的感悟，如〈流螢〉、〈晨歌〉等，這些詩作，一一揭示葉笛心靈地圖的經緯，既有知性，亦有感性的抒發。

葉笛在〈詩人〉一詩，曾為詩人作一註腳，「詩人浮沉於『時間』的空茫裡／浮沉於『美』與『醜』之間」（節引自《全集 2》，頁 59～60），在時間的流沙中，詩人敏銳地關照一切，特別是自然景物的變化，常常以景託

情，因此，日出日落、四季更迭、花開花謝、星光閃耀、涼風習習……，這些景象，皆成為詩中「美」的象徵，日治時期詩人王白淵（1902～1965）曾言：「詩人活得沒沒無聞／吃著自己的美而死」[5]，可見詩人對「美」的嚮往與追求，是一致的。此時，年輕華美的葉笛，自是不能免於對青春的耽溺，青春懷著清透明亮的「美」，擄獲詩人的心靈，以一種「水仙式情結」，觀照人生。闡釋此一主題最為人熟知的，莫過於早期的詩人楊牧（葉珊），如在〈水之湄〉一詩：「（寂寞裡——）／鳳尾草從我褲下長到肩頭了／不為甚麼地掩住我／說淙淙的水聲是一項難遣的記憶／我只能讓它寫在駐足的雲朵上／（中略）／四個下午的水聲比做四個下午的足音吧／倘若它們都是些急躁的少女／無止的爭執著／——那麼，誰也不能來，我只要個午寐／哪！誰也不能來」[6]，詩中只有無端淡雅的閒愁，沒有具體的人事哀感，風聲、水聲自身邊來去，飄盪、飛揚，他將外在一切人事擺落，使喧擾不安的現實隱匿在詩之外，呈現孤冷明淨的氛圍。

雖然，仍是謳歌青春浪漫的情懷；但在葉笛的詩中，多了一些對永恆生命的思索。如〈寂寞〉一詩：

天心：
月亮閃著寒光，
凝望著月亮啊，
我彷彿踽行於曠野，
　荒寒而淒涼的曠野，
無比的寂寞呵！
雲遊的行腳僧在落寞的旅途
　是否也有過這亙古般的寂寞？！
在這樣深沉的午夜裡，

[5]非馬編，《臺灣現代詩選》（香港：文藝風出版社，1991 年），頁 6。
[6]節引自林明德等編，《中國新詩選》（臺北：長安出版社，1982 年），頁 200～201。

我曾撲捉著靈感一霎的迴光，
　窺探過生命的意義……
然而，像那掠過鈎月的行雲，
無力觀照永恆寓於剎那
繚繞著
　幽暗荒寂的心靈……。

——節引自《全集 1》，頁 59～60

詩中呈現年輕生命，對永恆的未來的憂傷。利用「曠野」、「亙古」、「永恆」對照「行腳僧」、「一霎」、「剎那」，以極大與極小的對比下，構築時空的蒼茫幽遠，在荒寒的時空之下，人更顯渺小與孤寂。葉笛在舒緩的詩句中，更流露出淡雅清明的哲思，而非只呈現靜止絕塵的心境，面對遼遠無邊的穹蒼，其詩無寧更像一首發人省思的偈語。其手法，如馬致遠的〈天淨沙〉最末：「古道西風瘦馬，夕陽西下，斷腸人在天涯」，由近而遠，由大而小，以空間的層次換化為孤獨的情感流動，深刻地描寫在深沉的月色下，詩人回到自我內在的生命觀照，浸淫在曠野荒涼的情境中，一切外在的紛擾、喧囂盡去，只有獨自品嘗亙古的孤獨與寂寞的況味，及仔細端凝個人的生命意義何在？然而，個人面對悠遠的歷史長河，像滄海中之一粟，顯得無力與微弱，在個人與歷史的對照下，彰顯「亙古」及「一霎」、「永恆」與「剎那」的生命意識，如〈孤獨〉，對寂寂無聲的生命傷逝，留下偌大的悵然，「這是深沉的寂寞的夜／一盞昏黃的燈，／一窗寒冷的月色……／時間在流逝，／在永恆的沉默中流逝」（節引自《全集 1》，頁 13），生命如此短暫與無奈，詩人不斷地藉由詩作，呈現「幽暗荒寂的心靈」，如深夜太空，渺渺無垠。

此外，〈寂寞〉也映照沉重濃郁的生命憂苦，「今夜：／鉛色的天空，／充滿著憂鬱的空虛……／風在顫抖的林子裡／盤桓，啜泣……／是無依的幽靈／呼喚著一閃的流光？！」（節引自《全集 1》，頁 59），「鉛色」即表現出生命的頹喪灰調，更有具體的沉重感。而〈流螢〉:「低低地，低低地，低迴……／無熱的如豆火光／是一顆失落的魂魄，／在掙扎，顫慄？！」(節引自《全集 1》，頁 72)，揭示孱弱空虛的生命，在風中危危顫動。這些愁思。屬於炙熱浪漫的年輕生命，對自我、宇宙的探索，單純淨雅，毫無人間現實的臭味。

除了對生命的思索之外，「愛情」的主題，也占有頗高的比例[7]，這些詩作，不時穿梭編織他年輕時瑰麗多彩的生命。如愛情變化無常，對未知及逝去的愛情，常是令人神傷不已，〈花園裡的少年〉:「我曾經認識一位美麗的姑娘，她常常矢言她一往情深永不分開，／但，她已悄悄地離開。／啊！當她遠遠地離開，／淒迷的憶念搖落了／我心中的最後一朵花」(節引自《全集 1》，頁 34)、〈遠別的懷念〉:「你說你將離我而他去，／在瑟瑟的金風來臨，／薔薇凋萎的秋天，／落寞的秋天！／我低頭默默的靜聽你底聲音，／一顆沉重的心墜入幽鬱的深淵……」(節引自《全集 1》，頁 70)、〈悲歌〉:「再沒有更漫長而苦痛的時光了，／當「愛」在苦澀的憂鬱中等待，／當「愛」在希望的虛妄裡／顫瑟而淒迷地彷徨……」(節引自《全集 1》，頁 68) 然而，年輕時追求愛情，縱使忍受不定、離別的愁苦，一旦面臨愛情的到來，仍是甜美芬芳、狂烈奔放，像「狂飲濃醇的紫色葡萄酒」一般。於是，葉笛不免輕輕呼喚〈你可曾知道！姑娘〉:

那些日子：
當你回去的日子，
寂寞像大海的藍眼睛，
　　注視著我孤獨的心……
啊！純潔的姑娘，美麗的姑娘，

[7]《紫色的歌》共收錄 42 首作品，其中與「愛情」相關的作品，有:〈你可曾知道！姑娘〉、〈在一個夜晚〉、〈曠野的徬徨者〉、〈林中早行〉、〈花園裡的少年〉、〈緘默〉、〈無題草〉、〈牧歌〉、〈愛〉、〈悲歌〉、〈遠別的懷念〉、〈祝福〉、〈紫色的歌——給 Lih Lih〉、〈旋律裡的王國〉、〈我想念你——給莉莉〉、〈詩人之戀〉等，共 16 首，占全書比例的三分之一。

多少個晨昏：
我佇立在海灘的沙丘，
瞭望著浩瀚的蒼海，
　墜入無邊的想念……

——節引自《全集 1》，頁 18～19

愛情總是「憂煩和快樂永遠棲息在一起！」(〈詩人之戀〉)，節引自《全集 1》，頁 130)，在愛情的考驗下，激昂與失落的心情，不時交錯其中。但，縱使愛情憂喜參半，詩中「美麗的姑娘」仍成為葉笛心中一個完美的「典型」，她是良善、優美、希望、美好的象徵，一個多重的複合體，他讚頌著「啊！純潔的姑娘，／美麗的姑娘，／從你那盈溢光輝的微笑裡，／我感悟了青春和生命的意義！／從此——／你的一切善良和優美，／像一朵朵永不凋謝的花開放在我心底，／使我變成一個憧憬明天的人！」(節引自《全集 1》，頁 20～21)。而在葉笛的詩作中，「美麗的姑娘」永不凋謝，象徵永恆的價值與理想的詩句，不勝枚舉，如〈在一個夜晚〉：「在藍色的夜晚，在紫色的夜晚，／我們躺在草堤上，／哦，我們互相注視，／我們用沉默的眼睛訴說憧憬……」(節引自《全集 1》，頁 28)、〈緘默〉：「我心中的唯一的主人喲！／我從未對你訴過：／我是如何地鍾情」(節引自《全集 1》，頁 38)、〈無題草〉一、二節：「當我底情熱靜穆時，／可愛的人喲，／你有最真實的影子，／在我底心中！」,「我叩問黝暗的夜空，／『請告訴我——／為什麼在深沉的午夜裡，／她的眼睛便變成了發光的恆星？！』」(節引自《全集 1》，頁 48～49)、〈詩人之戀〉：「為了她我才真實地／感受了靈魂底崇高的震撼和生底意義」(節引自《全集 1》，頁 134)等，詩中「她」或「你」的這位純潔的女子，具有客觀普遍的共相，涵指「希望」、「唯一」、「真實」、「永恆」的真實概念，這樣的情感，雖非具體可見，卻實存在葉笛年輕的心底。

我不知道：
愛是從那兒進來，
也從未見過「愛」的形態，
但，當我凝視著你，
我底心歡悅而沉醉，
而即使在靜默中，
也聽見了你底心音……
呵！請告訴我：
這就是「愛」？！

——節引自《全集 1》，頁 67

「愛」如空氣瀰漫在四周，無色無臭，卻「真實」存在，如陳千武在其詩集《愛的書籤詩畫集》（1988 年）序中所言：「愛為肉眼看不見，卻激動心靈，能令人永恆懷念的根底。世界無論任何事象、物象都需要有愛。有愛，才能培育所有的生，活潑快愉地活下去」[8]，是以，「愛」為生之欲的最終指向。檢視葉笛的「愛」，並不僅針對女性而發，它更是層層隱喻葉笛對美好、理想、真愛的追求，「愛」不但能抗拒「死」的幽暗深谷，以及「現實」的殘酷異境，「愛」更是使人重獲「生」的最大力量，學會了「愛」即是完成了自我的生命，如里爾克在《給青年詩人的信》言及：「愛的要義並不是什麼傾心、獻身、與第二者結合……，它對於個人是一種崇高的動力，使人成熟，在自身內有所完成、去完成一個世界，是為了另一個人完成一個自己的世界。」[9]在〈心之歌〉的開端，所讚頌的詩句，無疑是葉笛為詩的最高信仰，做了一番宣誓：

這不是秋日的傷感，

[8]陳千武，〈序〉，《愛的書籤詩畫集》（臺北：笠詩刊社，1988 年 5 月）。
[9]里爾克著；馮至譯，《給青年詩人的信》（臺北：聯經出版公司，2004 年 9 月），頁 50。

也不是浪漫諦克的心情。
我以嚴肅的奮感，
拿起久已生鏽的筆
蘸著心靈的血漿
寫下了我的詩篇。
純潔的靈魂
祇相信：
永恆的價值的存在——
太陽、真理、愛，
沐浴著青春的光輝的，
有無數綺麗的希望，和
詩情奔放的日子
而高唱過生命謳歌！

——節引自《全集1》，頁84～85

葉笛嚴肅地看待自己的詩作，寫下心靈最純粹的詩篇。以「太陽、真理、愛」，代表著希望、正義、公理等永恆價值的追求，這是他畢生信奉探詢的詩路，如同海納百川，所有的涓滴細流，最後都匯聚至海川，成為廣闊的海，海涵融了一切。因此，葉笛不斷藉由「海洋」自由遼闊的意象，傳達他心中的理念，以「海洋」錯置橫流在他眾多的詩篇內，成為遼遠的「海洋意象」，「唱著永不停息的／奔向生命的海洋的／生活之歌！」(〈心之歌〉，節引自《全集 1》，頁 88)，在謳歌海洋的詩作中，最具代表的，莫過於他的長詩〈我永遠奔向海〉，「海」的波光，成為一盞盞指引他生命方向的明燈。

年輕的海燕
不怕瘋狂的海洋，

我年輕的心呀
像海燕，永遠在藍亮的天海之間，
追逐著
　滔滔的海濤
　　和生命底箭頭啟示著的方向！

——節引自《全集 1》，頁 74

海燕，無懼於狂風巨浪的侵襲，自在飛翔，如同葉笛張著帆，乘風破浪，「海」時而蘊藏無盡的生命力量，「我歡躍欲狂的心呀，／像一條年輕的溪流，／奔進澎湃的海洋裡！／那生命和力的象徵的，／深湛而又寬大的海面」（節引自《全集 1》，頁 81）；時而曠闊而靜穆，充滿著聖潔與永恆的光輝，「明淨的海：／到處閃爍著生命的光波／到處開謝著銀白的浪花，／溫柔裡蘊藏著美麗的夢幻，／靜穆裡蘊藏著虔誠的祝語，／在那「光」和「影」的世界，／我的靈魂恍惚地浮沉著……／生命昇華的剎那／含著宇宙最崇高的意義」（節引自《全集 1》，頁 79～80）。「海」有時更闊渺崇高，深深吸引著葉笛對它的讚頌，在〈哦！太平洋喲〉一詩，「海」更成為他思戀的永恆情人：

晨安，你自由的巨靈喲！
晨安，你真理的力量的象徵喲！
無論我在那兒，
我的心呀，
永遠在你底身旁
在你那闊渺深邃的胸膛！

在這自由被塞進魔術師口袋的世界裡，
在這真理被高懸在刀槍的世界裡，

啊，太平洋喲，

對於你——我害著嚴重的相思。

——節引自《全集 1》，頁 101

「海」成為逃離現實時空束縛的理想世界，自適而悠遊，含有許多浪漫綺麗的夢想，可暫時忘卻現實煩憂的境域。他曾自述：

少年時，我曾經偷偷夢想過一個夢，那是在故鄉——一個貧瘠的村子夢著的美夢：背著一把吉他，我是一個水手，或在藍色的夜裡倚著船欄，嘴裡銜著菸斗，凝望著天上的皓月和暗藍而發光的波濤和搖蕩在波浪間的月影，側耳渴望著傾聽到美人魚之歌，或在磅礴著霧氣的異國海港上，身靠著碼頭上的電柱子輕彈著甜美而又憂鬱的青春之歌。

——節引自《全集 3》，頁 161

上段引文，揭露了詩人嚮往自由開放的心情，懷抱著青春迷濛的夢想，徜徉在蔚藍的海洋之上，即使年逾古稀，那藍藍的一汪大海，始終仍存在葉笛心中，「不知怎地／寂寞、憂悶的時候／我就想起藍藍的大海／波濤洶湧的／藍海　有發光的夢」[10]。可見海不時對葉笛深情地召喚。

另外，「海」也是真理的象徵，「那奔騰著黑色的潮流／綻開著朵朵燦然的微笑，／高唱著『真理』的頌歌！」（節引自《全集 1》，頁 102），闊朗的海平面，映照著豔麗的霞光，「太陽」成為「海洋」不可獲缺的一景，「蔚藍的大海／蕩著我的一竿銀帆，／黃昏降臨了，／海上的落日喲，／美麗而又荒唐……／殷紅的夕陽／像熱情的少年的心」（節引自《全集 1》，頁 77），因此，葉笛在歌頌「海洋」的同時，「太陽」也成為重要的意象之一，如希臘神話太陽神「阿波羅」，代表著年輕、熱情、創造、無限、

[10]葉笛，〈不知怎地〉，收入《全集 2》，頁 205。寫作時間為 2002 年 12 月 10 日，是葉笛生前未發稿的殘稿。

光明的精神。另外，「太陽」也是理想、美好、平和的化身，「相信：／有太陽的日子，／大地永遠有美麗的春天！」（節引自《全集 1》，頁 85）、「然而和所有膜拜太陽的人一樣，／我永遠朝著陽光／緊緊地擁抱著理想！」（節引自《全集 1》，頁 86～87）、「在金黃的太陽底下，／地球上飄盪著春天底歌，／是人類都有金黃的微笑／那時候——／世界不再是哲學的烏托邦，／是人類底大家庭的世界呵！」（節引自《全集 1》，頁 104），「太陽」在〈讓我呼喚你，大地喲！〉中，冉冉升起，光輝燦爛的象徵，帶給人們無窮的希望與光明：

在那裡：
我凝望過亙古地發光的太陽，
所有的人類在生命神聖的行為裡，
沐浴著微笑著的陽光，
在微笑著的和風裡微笑著，
忘情的快樂，純淨的幸福……
洋溢在所有的人底心間。

——節引自《全集 1》，頁 126

綜上所述，年輕時，葉笛以一顆明淨、清幽的心，顯映出純粹、真美的詩人情懷，詩中呈現他對愛情的企求、人生的關照、自由的崇尚，譜出一首首弦律動人的青春之歌，歌詠著永恆的生命價值。如郭楓所言：「他的詩，是心靈對現實事象的審美體驗，發生了精神與外物忽然靈性對視的融契，遂而自然湧出成為詩句。」[11]道出了葉笛情真意切的寫作風格。

[11]郭楓，〈冷漠年代的熱烈靈魂——從《紫色的歌》論葉笛人和詩之美〉，收入葉蓁蓁等編《葉笛文學學術研討會論文集》（臺南：國家臺灣文學館籌備處，2007 年 8 月），頁 11。

三、理想的追尋——文學、正義、至情

生命如此短暫，如何把握永恆、不朽，也是葉笛詩作中重要的主題。在〈人生〉一詩，他嘆息「這短促的人生是夢底夢」（節引自《全集 1》，頁 31）；在〈輪迴〉中訴說：「在宇宙渺渺中／你渺小的生命／也確是個存在，／但生命的漏斗／把你過濾，而今／你將永遠消失。」（節引自《全集 1》，頁 11～12），為了不使自己的生命如同塵埃飛滅，1969 年，葉笛赴日留學，放棄在臺穩定的教職工作，重新追求熱愛的文學之夢，作一位逐夢踏實的人。

而葉笛對自我理想追求的精神，從年輕時期，即可見其端倪，1950 年代的〈夢〉一詩：「來吧，輕輕地展開你輕輕的羽翼，／馱我飛上青天，／讓我高高地飛上青天！」（節引自《全集 1》，頁 15），其壯志，如李白「俱懷逸興壯思飛，欲上青天攬明月」（〈宣州謝朓樓餞別校書叔雲〉）一般，懷著高遠闊達的理想，想要一展自己的理想與抱負。這樣的情懷，始終貫穿著葉笛的生命歷程，反觀，他認為一個人的生命，若沒有燃燒的熱力，無疑「一切都是虛無與時間而已」（〈船，碼頭和螺絲釘〉，節引自《全集 3》，頁 193），換言之，在漠然、單調、重複的生活中，「生命」頓時成為無意義的存在。然而，生命到底為何？這樣的叩問，普遍而深遠。

日本導演黑澤明（Akira Kurosawa，1910～1998）在《生之欲》（1952 年）一片，肅穆地探討生命意義的歸向，主角渡邊在得知自己罹癌，將不久於人世時，決定做一件「有意義」的事，好使自己平淡無奇的人生，具有特殊的價值，使自我「存在」成為可能可感。另外，俄國思想家列夫・舍斯托夫（1866～1938）也說：「在世俗生存以外，人勢必要為自己創造目的和原因」；「只有永不為人所知和陷於絕望的人，才能凝視終極真理」[12]，因為，永恆的規律並非本來就有，詩人必須時時刻刻在絕境中加以創造，

---

[12]（俄）列夫・舍斯托夫著；董友等譯，《在約伯的天平上》（上海：上海人民出版社，2004 年），頁 188。

才能尋得生命永恆的真理。如此說來，葉笛赴日求學的行為，正對應了黑澤明、列夫・舍斯托夫所言的道理，為個人的生命「創造」不凡的目的。

對葉笛而言，「文學」始終是他畢生追求的理想，縱使旅日期間，作品數量不豐；或是返臺後，因臺灣文學研究，深諳中、日文的人才匱乏，造成他大多戮力於翻譯的工作[13]，然而，他對文學的愛。始終不棄不離。正因如此，他在「高齡」39 歲那年，毅然決定逕赴日本求學，為人生的方向，重新找到定位。這樣的理念，從他個人留下的隻字片句中，可得知一二：

> 這個世界上沒有夢，是沒有生氣的。灰鬱鬱的，斷了念，死了心，一陣絞心的痛苦之後；也許可以獲得一種平靜；可是，沒有夢還有什麼呢？雖然有夢的日子是痛苦的。……（中略）
>
> 一條船，一個海港，一支螺絲釘，各自有其命運。通過「時間」，船變成廢船，海港變成死港，螺絲釘變成鏽鐵……這都沒有什麼關係，但願從「始」到「終」之間，一切都有發光的夢。
>
> ——節引自《全集 3》，頁 162

他認為，人因為有夢，才能發光發熱，即使現實是晦暗、灰鬱，但因懷抱著夢想，最後，總有一絲希望之光能穿過黑暗，照亮人間，如〈夢〉一詩最後揭示：「在這硝煙迷濛，／黑暗要壓斷脊樑的世界上，／我們還是有個夢想，／不死發光的夢想！」（節引自《全集 1》，頁 199）。可見，葉笛認為「夢想」是人的生命動能，即使夢的追求是痛苦的，但總比沒有夢來得好。然而，對葉笛而言，他終極所要追求的夢想為何？在〈墓誌銘〉：「把這些話傳給世人吧！／說在亙古『遺忘』的虛寂裡，／『名譽』和『權利』，『悲哀』和『快樂』，／都超脫時空，變成了沒有顏色的顏色！」（節引自《全集 1》，頁 120～121），說明生命最終，所有外在的形式紛紛

[13]在《葉笛全集》18 冊中，創作的部分占三冊；評論的部分占四冊；翻譯的部分占九冊；各項資料占二冊，足見葉笛對臺灣文學日治時期的作品的譯介，貢獻良多。

落盡，唯有「死」是唯一存在，生前所有的名譽、權利，皆化為無形，因此，功名利祿並非是他要追求的，他要追求的，無寧是世間具有永恆價值的生命，對一切真、善、美的把握。因此，葉笛將心中終極的理想，化為對文學的熱情、社會的正義、情感的真摯的追求，以素樸真誠的態度，一一履行他對人世間美好的嚮往。

在文學的範疇裡，葉笛從未自恃自己是一位「文學作家」或「詩人」，因為，對他而言，「正常的社會，人人可以自由地寫詩、念詩，詩乃是日常生活中的一部分」[14]，因此，他絕少夸夸其言或大放厥詞，表彰個人的文學成就，與他相交甚篤的郭楓曾說：

> 葉笛，從不以詩人自居，從不說自己是詩人，可他是一個真正的詩人。……（中略）而葉笛之特別令人喜愛者，在其豪放而不狂妄，瀟灑而不恣肆，熱情而不做作，言談行止之間，宛如雲生空中風來水上，純然真誠而自由的生命存在方式，來去世間，人生演出了牧歌般美好的一首詩。[15]

上段引文，不僅道出葉笛謙沖自牧的性格，更點出他不慕虛華的態度，一切自適而恬淡的生命情懷。而葉笛在闊別臺灣多年，1993 年，束裝返臺，隨即投入大量的心力，為日治時期的臺灣文學投注心力，相對於個人的文學創作或研究，則在時間有限、分身乏術的情況下，數量不如翻譯來得豐碩。但葉笛卻在其中找到一個平衡的創作點，從他一系列「日治時期詩人群像」的組詩創作看出，在無言的聲息中，他將創作與翻譯，作了最好的結合，把過去這些臺灣的文學亡靈，一一召喚至吾人的面前，並為他們作了最佳的文學註腳，使他們的文學形象復原，奠基豐富而立體的臺

[14]葉笛，〈序〉，《火和海》，收入氏著《葉笛全集 1・新詩卷一》，同前揭書，頁 145。
[15]郭楓，〈冷漠年代的熱烈靈魂——從《紫色的歌》論葉笛人和詩之美〉，同前揭文，頁 10～11。

灣文學樣貌[16]。其用心，如漢娜・鄂蘭（Hannah Arendt，1906～1975）為「黑暗時代」——19 世紀末至 20 世紀前半葉——的知識分子所立的塑像一般，在書序中，她說：

> 即使是在最黑暗的時代，人們還是有期望光明的權利，而光明與其說是來自於理論與觀念，不如說是來自於凡夫俗子所發出的螢螢微光，在他們的起居作息中，這微光雖然搖曳不定，但卻照亮周遭，並在他們的有生之年流瀉於大地之上——正是這種信念，雖然難登大雅，乃有了這組群像的勾勒。[17]

葉笛這組詩人群像的建立，也為日治時期的臺灣文學，留下可供參考的寶貴資料。這些日治時期詩人的「螢螢微光」，照亮黑暗的殖民時代，使日後的臺灣文學，在這一息尚存的微光中，逐漸發光發熱，成為明亮的火炬。在這組詩中，含括了 16 位詩人[18]，在〈俘囚之歌——致詩人賴和〉，有他對「臺灣新文學之父」賴和的敬辭：

> 於是　面向太陽，
> 您永遠歌唱——
> 一個毀滅不了的夢，

[16]葉笛這一系列作品，分別以楊華、王白淵、賴和、水蔭萍、楊雪萍、林修二、陳奇雲、吳新榮、江文也、郭水潭、巫永福、張我軍、陳遜仁、林芳年、王登山、吳坤煌等對象，最早受《創世紀》之邀，特闢「臺灣早期詩人略論」專輯之作品，其後附有對每一位早期詩人的贈詩，除張我軍外，其餘皆刊登於《創世紀》第 126 期（2001 年 3 月）至 142 期（2005 年 3 月），選擇以《創世紀》作為發表的園地，不僅可以豐富臺灣詩史的資料；更可拓展日治時期的臺灣文學，對整個臺灣文壇的影響層面。此一系列之作品，後來付梓《臺灣早期現代詩人論》一書，於 2003 年，臺南國家文學館開幕時的紀念書。

[17]漢娜・鄂蘭著；鄧伯宸譯，〈序〉，《黑暗時代群像》（臺北：立緒文化公司，2006 年 11 月），頁 10。

[18]其中包括了：楊華、王白淵、賴和、水蔭萍（楊熾昌）、楊雲萍、林修二、陳奇雲、吳新榮、江文也、郭水潭、巫永福、張我軍、陳遜仁、林芳年、王登山、吳坤煌等，收入《全集 2》「輯四」，頁 97～129。

這夢啊，

今天仍然活著，

在您活過五十年，

深深愛過的南國島嶼！

——節引自《全集 2》，頁 101

賴和（1893～1943）終其一生，都完全籠罩在日本的殖民統治之下，然而，卻是不畏強權的鎮壓，積極推動 1920 年代發揚的臺灣新文學運動，此外，賴和素樸寫實、關懷弱者，始終站在民族立場，抵禦外侮的寫作精神，也為臺灣文學的書寫，樹立一種新的典範。此詩，葉笛仍以懷抱理想、希望的態度，延續賴和的文學之夢，為賴和建立不朽的文學圖像。同樣帶有濃厚人道主義思想的「鹽分地帶詩人」吳新榮，葉笛在〈綻開在鹽分地帶的詩之花——致詩人吳新榮〉，對吳新榮的詩作，能夠成為時代之音的禮讚：

哎，詩人，你別讓憂傷和空虛吞噬你

你底詩為時代做了見證

你播種在鹽分地帶的種子

綻開了歷史的芬芳的小野花……

——節引自《全集 2》，頁 112

在貧瘠窮困的沿海地帶，吳新榮為這群在炙熱的太陽底下，勤奮不懈的村民，刻畫出神聖、勞動、艱辛的身影；同時，也對殖民體制的不公，給予強烈的批判。此詩，葉笛突顯吳新榮在「鹽分地帶」的努力，為臺灣歷史開出了芬芳的花朵，其精神，在後人的效仿與學習下，塑造出臺灣文學堅實硬頸的特質。

另外，他也針對提倡「超現實主義」的水蔭萍（楊熾昌），作了一番的述評，在〈詩人和貓的憂鬱——輓詩人水蔭萍〉，寫下與水蔭萍人生最後的交會時刻，詩中充滿諸多的嘆息與不捨，也試圖貼近水蔭萍的創作心靈，揭露詩的本質意義：

> 您追求過比現實
> 更現實的超現實
> 以年輕的生命
> 以詩人的執著　因為
> 您比誰都認識現實
> 您比誰都愛花短暫的馨香
>
> 讀您的詩
> 我測量著現實和超現實的
> 夢土的距離和時間和生命的距離
> 我讀著您貓的憂鬱
> 跌進空濛濛的悲哀裡……

——節引自《全集 2》，頁 103～104

1930 年代水蔭萍創立「風車詩社」，一反當時傳統的審美觀，以更豐富的想像、細膩的情思，為當時發展現實風格的臺灣文學注入異質之聲，為詩的表現，帶來一種「新的顫慄感」。水蔭萍曾留學日本，師事日本「超現實主義」詩人西脇順三郎，因此，對「超現實」比「現實更現實」的真諦，了然於胸，而同樣留學日本的葉笛，就文學本質的追求，精神上不但能與水蔭萍契合，同時，也能得知水蔭萍的創作理念與目的，是以，「我讀著您貓的憂鬱／跌進空濛濛的悲哀裡……」，在水蔭萍如貓輕盈、神祕的憂鬱下，隱藏著詩人內心曠遠寂寥的現實哀愁。亞丁曾對波特萊爾（1821～1867）的作品評述說：

> 如果我們全面地讀一讀他的作品，就會知道他其實不是一個頹廢的詩人，而只是一個頹廢時代的詩人。他對這個時代充滿了憤怒和鄙夷，並嚮往和追求著光明。他的苦悶、憂鬱，正是「世紀病」的反映，有其深刻的社會根源。[19]

因此，在葉笛的詩作中也暗示，當閱讀水蔭萍的「超現實主義」的詩作時，不應只迷惑在形式的奇麗色彩，辭語的華麗雕飾，意象的豐富想像而已，而是應該了解詩人如何將現實「變形」、「改造」，重新使人深刻地探測到醜惡的現實。正因體悟到現實的黑暗與醜陋，葉笛作為一位詩人，並不自外於社會現實，只謳歌個人的情思，他寧願作一位有「良知的」詩人，如智利詩人聶魯達（1904～1973）所言：

> 我認為，詩人的職責不僅向我表明了與玫瑰、和諧、狂熱的愛戀和無限的鄉情的密切關係，同時也向我表明了與人類艱巨任務的密切關係，我已經將這種任務與自己的詩歌融為一體。[20]

聶魯達以纏綿愛情與社會革命兩大主題，融合、交錯在他豐富澎湃的情感之中，他的代表著作眾多，最為人熟知的，除了膾炙人口的《愛情十四行詩一百首》（1960 年），更有長篇的政治抒情詩《漫歌》（1950 年）；關於詩的認識，聶魯達提出，詩不僅是玫瑰、和諧、愛情等甜美單純的東西，它更應該擔負起人民、社會苦痛的責任，詩人的使命在於：「保衛人民，保衛受壓迫的窮苦人」[21]。在葉笛的詩作中，也常出現對底層人物的關照、社會現實的批判、政治體制的揶揄等，顯露出他對社會公平、正義的

---

[19]沙爾・波特萊爾（Charles Baudelaire）著；亞丁譯，《巴黎的憂鬱》（臺北：遠流出版公司，2006 年，二刷），頁 10。

[20]聶魯達，〈詩歌不會徒勞地吟唱〉（諾貝爾文學獎得獎演說稿），收入趙振江、滕威編著《山岩上的肖像——聶魯達的愛情、詩、革命》（上海：上海人民出版社，2004 年 9 月），頁 309。

[21]聶魯達，〈我反對高談闊論〉，《山岩上的肖像——聶魯達的愛情、詩、革命》，頁 310。

追求，不遺餘力，且以他的詩作，強烈表達一位知識分子的道德勇氣。他有一系列以「臺灣」為觀察對象的社會寫實詩。如〈島〉、〈白眼看天篇〉、〈百年呼喚〉、〈冷眼篇〉等系列的作品，暗含葉笛對臺灣歷史意識的省思，以及社會亂象的怒目指向，詩中，他並非叫囂怒罵，而是展現理智冷然的覺察，如「白眼看天篇」之三〈尊貴的大人們〉：

尊貴的大人們來自第七天國
有鐵的心臟和鋼的牙
在高聳的戲臺上
他們拍著胸膛指天發誓
人民只要跪著爬
將會獲得自由和幸福

尊貴的大人們
努力地營造人工樂園
砌起通往七重天的自由的樓梯
要人民跪著爬上去……

——節引自《全集 2》，頁 75～76

詩中舉重若輕地嘲諷那些表面紆尊降貴，好似與人民站在一起的「大人們」，實際上，心腸冷硬，根本無視民間疾苦。但，往往他們又粉飾太平。替人民打造一個遙不可及的「人工樂園」，並信誓旦旦地宣稱，未來將有自由和幸福的存在。而那些終日辛勤勞苦的人民，仍然無法脫離現實生活的困頓，只能將現今的不如意，委託天命，寄託在渺無蹤跡的未來。反觀，這群「尊貴的大人們」，只會站高高的看臺上，俯視這群如草芥的人們，「要人民跪著爬上去……」，如杜甫指稱「朱門酒肉臭，路有凍死骨」的景象。此詩，極為口語、明朗，毫無曲拗之處，但在淺顯明白的語言中，揭露在朝為官者的真實嘴臉，批判力道十足，這樣的表現，正是布迪厄（Pierre Bourdieu，1930～2002）所闡明的，「布迪厄在文化審美意識上反對一切遊戲之作，認為只有真正揭露社會內在機制的深刻矛盾的作品，才是有效的」[22]。另外，他以〈馬戲班〉戲謔臺灣國會殿堂的立委們，並撕裂他們偽善的面具，顯露他們貪婪自肥的模樣：

唉唉，有些「利委」
八面威風鎮坐國會
大大咧咧地
第一優先就是加薪
臉不紅氣不喘地揮霍
咱納稅的血汗錢
唉，難道國會就是馬戲團？
有的齜牙裂嘴
場場熱演
讓猴子看得
從樹上摔了下來！
讓臺灣人民瞪白眼！

——節引自《全集 2》，頁 88

詩中指出立委每每在國會殿堂中，荒謬、喧囂的「演出」，以非為是，「口口聲聲大喊／生為民主／死為人民和臺灣／但　一轉眼／卻強姦民主／魚肉人民」（節引自《全集 2》，頁 87），對此，葉笛不僅給予嚴厲地批判，也深惡痛絕，他冷眼以待，毫不留情地給予撻伐與斥責。此外，葉笛也對臺灣因受資本主義的影響，衍生出諸多特殊的社會現象，如〈大家

[22]王岳川，《二十世紀西方哲性詩學》（北京：北京大學出版社，2000 年，二刷），頁 559。

樂〉、〈股票傷寒症〉，表現人們對金錢巧取、物欲橫流的情況，給予批評；〈飆車樂〉、〈玻璃屋〉，更關注臺灣特殊的次文化，對青春生命的惋惜。這些作品，也意味著葉笛對生長土地與人民的認同，在面臨國家、社會種種問題時，他不是一位靜默無聲的隱退詩人，而是一位積極介入社會的現實詩人，如季特林（Todd Gitlin）所言：

> 我不是這個世界的局外人，這個世界儘管有這些迫害、危害和奇想，對我來說也不是局外人。歷史不是（或不只是）其他人造就的，你我的行動就是歷史的內涵。[23]

葉笛以其詩作，直刺社會的黑暗之處，以書寫打造歷史的內涵，使社會現實的「存在」，可以朝向更公平與正義的方向，達到理想社會的目標。當面對強大的社會壓力與價值扭曲，葉笛將內在的情感化為無限的「愛」，以抗衡心中的荒蕪，在〈神女淚〉的「獻詩」：

> 真摯的愛和祝福，
> 使我們接近上帝，
> 也會使地獄變成天堂，
> 別以有色的眼睛鄙視任何人：
> 人類的血液衹有一種顏色，
> 最崇高的人性
> 　也衹是個「愛」。

——節引自《全集 1》，頁 5

此詩，可為葉笛的詩作，下一個總體的註解，他以普世的「愛」，詮釋

[23]季特林著；楊惠君譯，《給青年行動者的信》（臺北：聯經出版公司，2007 年 11 月），頁 7。

人類最高貴的特質，所有的詩，都在這個核心下，不斷衍生、深化，構成他詩的思想縱深，而他的「愛」，包括對純真美麗少女的愛戀、對社會底層人物的關愛、對家國故里的眷愛、對親友家人的珍愛等，都發自詩人真摯的情懷，在他剛毅的性格下，溫藏著極為纖細的情思，如魯迅所言：「橫眉冷對千夫指，俯首甘為孺子牛」，既不畏橫暴強權；同時，又有悲天憫人的情懷。

因此，「愛」成為生命的力量，從他對父母、妻子、子女、孫兒、朋友的愛中，更見其至情至性的情感，「愛」更是他抵抗幽暗現實的光源，在〈無題草〉之五：「在孤獨幽暗底的寂寞裡，／我深深地，深深地感受了／『愛的陽光』／含蘊在生命之中的『熱量』了呵！」（節引自《全集 1》，頁 50），揭示人生中不可或缺的生之力。而「愛」表現在至親好友身上時，更見葉笛真誠動人的一面，在〈有贈——給桂春〉，是對與他共同牽手幾乎要達半個世紀的妻子的真情告白：

而立之年
我牽起妳的手
我們走進生活炙熱的世界
在夢想常被現實輾碎的日子裡
妳底微笑溫暖了我凍僵的心

在荊棘的坎坷的路上
我跌跌撞撞欲倒時
你柔弱的手是有力的手杖
讓我撐著走到現在

——節引自《全集 2》，頁 31

詩中少了青春年少時期的怦然心動與浪漫激情，轉而呈現一分篤實真摯的情感，將夫妻多年的愛情，默然置於心中，轉化為千萬個感謝與祝福，也因有她的相伴相隨，才能在因阨的現實中，一步步走來，「妳底微笑溫暖了我凍僵的心」、「你柔弱的手是有力的手杖」，訴說妻子體貼堅韌的性格，是自己生命中不可或缺的生存力量。另外，面對純真可愛的孫子，葉笛為他們寫下了一系列的「兒童詩」，冀望他們能夠擁有美好、良善的未來。[24]〈六行詩〉、〈十行詩——給孫子們的故事〉等組詩，他更以「歌謠式」整齊、畫一的形式，讓詩能夠琅琅上口，表現一種單純、真美、童謠的情感，詩中利用故事的轉化，生動活潑的譬喻，如「秋湖般澄淨無翳的眼神」（節引自《全集 1》，頁 248）、「循著馬蹄花的幽徑走去」（節引自《全集 1》，頁 253）、「忽高忽低的水珠閃著金光」（節引自《全集 1》，頁 254）等，猶如一位慈祥、睿智的爺爺，對著慧黠、純真的幼兒，侃侃而談許多人生的處境與道理，如〈十行詩〉之二：

來，孩子們
咱們一起尋找青鳥去
青鳥原是孩子們的伙伴
凶惡的人們嚇跑了牠
但牠一直等待著孩子們

你們手拉著手
到山崗上　森林深處
到曠野的村落裡
去追蹤牠凌空飛翔的身影
去回應牠寂寞的叫聲

——節引自《全集 2》，頁 16

[24] 1989 年，葉笛的孫女玟婷誕生，小名阿多多，初次為外公葉笛，感受到生命的珍貴，遂寫下組詩〈六行詩〉，詩的小序中說：「〈六行詩〉是我送給她的小禮物。但願我們的後代擁有真正的春天和更美好的生活。」，收入《全集 1》，頁 247。

《青鳥》原是是比利時象徵主義詩人及劇作家莫里斯·梅特林克（Maurice Maetrlinck，1862～1949）的劇作，發表於1909年，之後，由其妻子改編成散文童話。而原著的「青鳥」，象徵「找尋幸福」的真諦，如蓉子〈青鳥〉一詩：「從久遠的年代裡——／人類就追尋青鳥／青鳥，你在那裡？」[25]而葉笛擴大原先童話故事的意涵，「青鳥」更泛指一切純真、善良、美好、正直的人性道德，這些，只有仍然保有美善的孩子們能尋得，如德國導演文·溫德斯（W. Wenders，1945～）在《欲望之翼》（1987年）一片，只有純真的孩童，能望見在人間的天使。如今，這些美善的道德早已淪喪，如同曠野寂寞的回聲，現實中只有阿諛趨奉、黑暗粗俗的現象，因此，葉笛這些詩作，其目的，如楊喚所言：「詩，是一隻能言鳥，／要能唱出永遠活在人們心裡的聲音」[26]。再者，他對朋友淳厚的情感，也深刻動人，如〈憶——遙寄S.M〉（1990年）：

竹溪寺的暮鼓晨鐘
　已杳然
早春的花束無處可寄
秋雨　淒迷如網
背影　漸行漸遠　孑然

憶念的觸角
從天外來
顫慄地撫慰我
　以無夢的夢

當晨星消隱

---

[25]節引自李元貞主編，《紅得發紫——臺灣現代女性詩選》（臺北：女書文化公司，2000年1月），頁64。
[26]節引自楊喚，《楊喚詩集》（臺北：光啟出版社，1964年9月），頁44。

紅葉燃紅山腰時

——節引自《全集 2》，頁 3～4

此詩寫於東京時期，詩末附註「半夜夢見 S.M，難以再眠，凌晨寫就此詩」(《全集 2》，頁 4)，詩中 S.M（少鳴英文縮寫）即是葉笛的摯友郭楓（詩人、散文家），可見朋友真摯的情誼，安慰了遠在海外孤寂的葉笛。昔日與朋友在竹溪寺共渡美好的時光，如今何處可尋？時間幻化，早已各執一方。詩一開始以寧遠、靜美的意象，如「竹溪寺的暮鼓晨鐘」／已杳然、「早春的花束」／無處可寄、「秋雨」／淒迷如網、「背影」／漸行漸遠，交疊映照出「孑然一身」的愁思與孤獨。接著以「顫慄地」修飾「撫慰」一詞，加強「天外而來」的情誼，彼此各在天涯的空間感，此時，遙憶遠方的友人，更憑添幾許悵惘。此詩沒有無謂地喟嘆或愁怨，淡然中，只見朋友的真情相對，最後，葉笛將所有一切，置於滿山紅葉的遠景，藉此消弭心中的寂寞與失意，葉笛曾在《紫色的歌》後記中說：「友情是一把火，它永遠在『人』的心靈中燃燒」(《全集 1》，頁 141)，而「紅葉」也意味著心中的一絲火苗，溫暖著自己在異國的清冷。全詩在意象與情感的融合下，呈現幽遠沉靜的意境，令人感受到葉笛至情真切的情感。

四、死亡的諦觀——戰爭、疾病、永恆

「死亡」是人類永恆的命題，古今中外圍繞此一主題的作品，汗牛充棟。在葉笛的詩作中，以極大篇幅去面對、處理「死亡」的主題，主要因為其生命歷程，多次與死神對峙交會，包括戰爭、罹癌的經驗，皆使他對「死」有更深沉的思考，且對「生」能展現更豁達的胸懷。其作品對「生死」的叩問，早從年輕時期既已出現，如〈你將往何處〉(1956 年)：

生命是為了死，抑或
死是生命的開始？

每天八萬六千四百秒
我的心臟歡悅地跳蕩著
走進一位黑女神的乳房
為了那甘美的死亡的誘惑……
因為，我已洞悉一切生命的
　　虛無和欺騙，
因為，我聽見——
那來自幽冥的殿宇的淒涼的夜曲，
　如此美麗地動人，如此罪惡的靜謐！

——節引自《全集 2》，頁 194～195

葉笛以妖異、豔麗的「黑色女神」，象徵「死亡」的誘惑，她是「如此美麗地動人，如此罪惡地靜謐」，說明「死亡」對人的矛盾與弔詭。因此，在〈黑色的女神〉（1965 年）一詩，更擴張原先隱喻的形象，再進一步勾勒死亡的樣態，「太陽發冷／走進我的心房，／時間凝固／在我的眉睫間，／所有的聲音絕響，／所有的顏色還原於白，／跳動的心臟成為化石！」（節引自《全集 1》，頁 187），詩中以溫度、時間、聲響、顏色、心跳等各種形態，去表現死亡，透過感官的觸發，去感知死亡的存在，使其抽象的死亡化為具體可感。

早期葉笛對死亡的體驗，並非只是哲學上的思辨或形上學的概念而已，散文〈海怨——悼亡兄〉（1951 年），對因戰爭而身亡的大哥，一分痛徹心扉的感受，文中說到：

昨夜夢裡你來了。我看你清瘦的身子水淋淋，仍然你是你，我是我，可是呵！你我之間卻橫著一條不可測量的鴻溝，我呼喚你，然而為甚麼不像往昔那樣地熱情的撫慰我呢？你沒有絲毫表情，口角上只掛著淺淺的苦笑，是海水麻痺了你的意識？抑是你用沉默和冷笑自嘲你已翳入虛空中的理想？

——節引自《全集 3》，頁 219～220

這是葉笛在作品中，第一次真切地對「死」加以凝視，「死亡」所帶給他的，不只是生命的終結，更是理想的幻滅。之後，陸續面對親人的病逝，死不斷逼視著他，使他對死的思考更加透澈、深刻。在父親臨終之際，他再度與死神交涉，「死」成了無以言喻的寂寞，在〈寂寞——憶父親〉一文深沉地指出：

這時我直覺而又強烈地領悟了「死亡」之於我的真實的感覺，大海一般無邊、廣大、又深邃的「空虛」沉甸甸地壓住了我，「死亡」以「空虛」讓我真切地感到它的存在！

——節引自《全集 3》，頁 205

在一連串的思考下，葉笛對「死」的感悟，並非只是恐懼、虛無，他清楚地意識到人必定由「生」至「死」，毫無抗拒與妥協，因此，當面對「死」，有一種沉甸甸的「空虛」，無邊無際。在〈火和海〉的附註，他表示：「有兩種不能凝視的東西——太陽與死亡」（節引自《全集 1》，頁 147）。赤「紅」的太陽與純「黑」的死亡，鮮明地展示著絕對、權威的意象，人不可背叛真理及人對死亡無可逃避，人在「真理」與「死亡」的極端，永遠都是一個微不足道的學習者。因此，人必須體認「死」亦是「生」的一部分：

我們活著，在日常生活中習慣於「生」而忘記了「死」，不習慣於凝視死，本能地執著於生而避開著死，於是乎不知不覺地忽視了所謂生命就是生與死的共同體了。

——節引自《全集 3》，頁 191

對死亡，連帶地對生命，葉笛展露了無比的理智與勇氣，因此，當瀕臨死亡之際，他亦有一份冷觀的態度，可以穿透死亡背後的真意。在歷經「八二三炮戰」，他寫下一系列組詩〈火和海〉，強烈地表達了他反戰的思想[27]，也揭示他對生／死的思考，另外，因為身處戰爭，命在旦夕，故對戰場殺戮的氛圍刻畫鮮明，使槍林彈雨的緊張感躍然紙上：

4
莎樂美端在銀盤上
約翰染血的頭顱
投影於發紅不眠的眼，

——節引自《全集 1》，頁 153

6
炮彈像罵街的潑婦
在地洞上搥胸踹腳，
地洞中的黑暗
愕然
　驚立
殭死在顫慄中……

——節引自《全集 1》，頁 156

7
島在炮彈中
　跳起來
躍入　燃燒的海，
在柔得叫人心疼的秋空下，

[27]在《火和海》的序言中，葉笛曾自我闡述「火和海」的意涵：「『火和海』是 1958 年『八二三』金門炮戰時，在掩蔽坑、塹壕裡，信手寫的。堅決反對戰爭，是人類的基本信念，也是我的理念。二次大戰已證明人類最愚蠢的聰明和不可救藥。這些詩是炮火下的一個微不足道的人的感觸」（節引自《全集 1》，頁 146）。

硝煙吞噬著
溫柔得令人心酸的黃昏，
炮彈踢破碉堡的門

——節引自《全集 1》，頁 158

葉笛將戰場上的冷酷異境，利用「超現實」的手法，使詩句「陌生化」，突顯荒謬、矛盾的存在，且利用「莎樂美」、「潑婦」的形象意涵，直指戰爭的殘酷與強悍，而「不眠的眼」、「搥胸踹腳」、「吞噬」、「踢破」等極具破壞性的動作，使人對戰爭感到一種難以承受之重。戰火硝煙四起、炮彈亂竄，士兵的生命岌岌可危，倍感威脅，這些戰場的「畫面」，使得葉笛的反戰思想更加濃厚。此外，他也不斷在戰爭中，抒發對生命存在的焦慮，及對信仰的崩解。

2
當大炮閉住血口，
廟宇中
祭司們和猶太
　爭吵著「血債」，
藍藍的藍天
閉目入定，
　在島和海上，
　在海和島上。

——節引自《全集 1》，頁 149～150

3
在碉堡湫隘的子宮裡
我緊握住「現在」——
一把流動的砂，

　嗳泣著的砂。

——節引自《全集 1》，頁 151～152

13

在陽光的閃爍裡，

　死亡在微笑，

死亡溫柔的身子

老妓女似的

　老纏著人不放。

我是一棵陰性植物，

被陽光所摒棄的！

——節引自《全集 1》，頁 173

17

我底名字寫在怒吼的

　　爆風上

哦，上帝，我和祢一樣

我們屬於沒有存在的

存在

——節引自《全集 1》，頁 180

面對上天無法阻止殺戮戰爭的爆發，只有靜默地注視著人間的戰場，冷冷地看著戰爭中的傷亡、病痛、瘋狂，生命猶如風中一葉，隨時消逝在虛無之中。詩的結尾，葉笛常以靜寂的畫面，表達對戰火的無能為力，只能任憑戰火肆虐、延燒，如「一隻土撥鼠／竄進鋼盔下，／怯怯地窺視著／洞外的藍天，／藍天默默不語。」（節引自《全集 1》，頁 157）、「咀嚼著細細地／咀嚼著黃昏，／咀嚼著／自己的死亡……」（節引自《全集 1》，頁 171）等，呈現戰爭所遺留下的巨大空虛感。對於葉笛的「戰爭詩」，許達然曾說：

> 只有親身活在「炮火彈雨」的詩人才能寫出深邃細緻的哲思。他用「超現實」的筆法精湛地表達最現實的戰爭的荒謬和生死的焦慮。[28]

許氏的評論，確切地表達葉笛「戰爭詩」的表現與思考，相較於，臺灣其他詩人的「戰爭詩」，如余光中〈如果遠方有戰爭〉：「如果有戰爭煎一個民族，在遠方／有戰車狠狠犁過春泥／有嬰孩在號啕，向母親的屍體／號啕一個盲啞的明天／如果一個尼姑在火葬自己／寡慾的脂肪炙響一個絕望／燒曲的四肢抱住涅槃／為了一個無效的手勢」[29]，詩中因過度刻意的修辭，如「戰車狠狠犁過春泥」、嬰孩「號啕一個盲啞的明天」、尼姑「寡慾的脂肪炙響一個絕望」等，反使其所描繪的戰爭，成為一個表演的「劇場」，而非戰爭的「現場」，降低了戰爭給人的顫慄與肅穆感。

對死亡的凝視，除了在戰爭的思考下。2005 年 8 月，葉笛得知自己罹患胃癌，開始入院治療，入院期間，靜觀自己與他人的生死樣貌，寫下一系列「癌病棟」組詩，「死」彷彿成為客觀之物，可以冷靜而透澈的凝視。入院之後，葉笛深刻地感受到自己被「異化」（alienation）[30]成一組病歷號碼，這些數字，代表著他在醫院中的「存在」：

[28]許達然，〈葉笛的詩義和詩意——論葉笛詩集《紫色的歌》、《火和海》、《失去的時間》〉，《文學臺灣》第 59 期（2006 年 7 月），頁 104。

[29]節引自余光中、洛夫等著，《如果遠方有戰爭》（臺北：小知堂文化公司，2003 年 5 月），頁 20～21。

[30]「異化」（alienation）一詞，在不同的領域，其意義與用法，分歧不一。根據雷蒙・威廉士（Raymond Willams）著；劉建基譯，《關鍵詞——文化與社會的詞彙》指出：「一般用法是源自於盧梭，意指人被視為他們原來的本性產生疏離，甚至完全切斷。這層意思又有許多變異用法，其中兩種變異用法又極端不同，一種意指人與他們原始自然產生疏離，一種意指人與他們永恆的本質天性產生疏離。」、「現代最廣泛的用法可能是源自心理學，意指人們與他們內心深處的情感、欲求產生疏離。」（臺北：巨流圖書公司，2004 年）頁 34、36。

〈之二〉

〇四〇六八九八一一

我的病歷號碼

猶如從新兵訓練中心被解放

（中略）

驗明正身

　驗血　驗尿　輸血

　都以病歷號碼為憑

——節引自《全集 2》，頁 131～132

人從可感受、思考的「主體」，轉變成冷漠、無畏的「客體」時，過去存有的有機連結，一一被割裂，純然成為他者之「物」。「異化」過程的疏離、孤獨、無助、沮喪，對罹患癌症的葉笛，難以言喻，其中居住的地址，也轉換成病房號碼，「一〇B 四七／我的病房號碼／搬進搬出／第四次安住的窩」（〈癌病棟〉之一，節引自《全集 2》，頁 130），因此，「自我」（self）及「身體」（body）重新展開與葉笛的對話。當代的思想家，從梅洛龐帝（Maurice Merleau-Ponty，1908～1961）到傅柯（Michel Foucault，1926～1984），「身體」逐一被突顯為「自我」形構和社會對話的場域，其視域打破原有的典範論述，成為當代文化研究的重要切口。而葉笛這一系列作品，也從「身體」的凝視中，透顯出濃厚的生命深思，呈現葉笛「凝視鏡中的臉龐／形銷骨立——／凜然看透生與死」的悟力。

〈之三〉

四隻手指按壓胸部

醫師敲敲腹部

　在探索我生命的暗礁

然而　生命啞默沒訊息

我在五里霧中輾轉

——節引自《全集 2》，頁 132

〈之四〉

滴滴　答答　滴滴……

靜夜無眠傾聽點滴的跫音

猶如傾聽生命在沙漏裡

無聲無息地溜逝

——節引自《全集 2》，頁 133

生命的消殞，像沙漏裡的流沙，無聲無息，然而，病痛的身體，清楚地感知到死亡一步步地逼近，「死亡」以啞默的方式存在，卻極具爆破力。美國文化評論家蘇珊・桑塔格（Susan Sontag，1933～2004）曾指稱：「在癌敘述中取得優勢的隱喻，不是得自經濟學而是得自戰爭語言，……在這套術語下，癌細胞不只增殖，它們『具有侵略性』」[31]，說明癌症對生物的摧毀性。但葉笛並沒有表現對罹癌的恐懼，反是領悟到在死亡的時刻，唯一能拯救的，只有自己，「無神論者只崇拜祖先／只信仰人／於是乎／病只有求諸醫生／精神自己主宰……」(〈癌病棟〉之八，節引自《全集 2》，頁 137)。同樣對「死亡」的命題，殫精竭慮的里爾克，亦認為：

神不是已在的、既定的，而是逐漸形成，終將到來的。不管祂和人的關係如何，人必須承擔自己的命運到底；而那命運是神聖的。[32]

因此，葉笛在生命終結之際，也從「死亡」中體悟到，人必須承擔起最後的命運，把「死亡」納入生命之中，才能領會「全生」的真意，也才能使愛和痛苦的經驗，取得實感，葉笛在人生最後一程中，展現一種「大

[31]蘇珊・桑塔格著；刁筱華譯，《疾病的隱喻》(臺北：大田出版公司，2000 年)，頁 81。
[32]程抱一，《與亞丁談里爾克》(臺北：純文學出版社，1972 年)，頁 10～11。

開」，凜然且勇敢地走向生命的盡頭。所以，2006 年 5 月 9 日，葉笛因胃癌病逝，隔日，家屬即依照其遺囑火化，婉謝各方的弔唁，靜謐地安葬於臺南竹溪寺，印證了他瀟灑淡泊的一生。[33]

生命的三不朽，立德、立言、立功。葉笛作為一位文學家，留下豐富的文學資產，以「書寫」（語言）將有限的生命，化為無限的意義，如瑪格莉特・愛特伍（Margaret Atwood，1939～）在《與死者協商：瑪格莉特・愛特伍談寫作》書末，引用詩人奧維德（Ovid）的話：「然而，命運將留給我聲音，／世人將藉由我的聲音知道我。」葉笛也體悟到寫作可將流動的「時間」，固定化為「空間」，可以填滿個人的心靈空間之外，更可無限延長、擴大，如波光粼粼的海洋，閃爍著詩人智慧的光芒，在〈詩人〉一詩，正說明詩人在時間之中，捕捉人間的真、善、美，以「語言」將它空間化，使生命清朗遼闊。

猛然
　攫住時間
　　把它一口吞下去

俄頃
　一片湛湛的蔚藍
　　一片顫顫的光波
溢滿他心胸

——節引自《全集 2》，頁 59

詩人將瞬息萬變的「時間」吞下，轉化成淳美的詩的語言，提供許多寶貴真誠的情感經驗，承載即將或已經腐敗的「身體」，使生命成為永恆的

[33] 有關葉笛身後事宜，參照林佛兒〈訣別三日間〉，收入《葉笛文學學術研討會論文集》，同前揭書，頁 394～399。

存在。因為「文學和詩歌，能引起人們很細膩的感情，所以每一種人性的經驗，都充滿著豐富的意義和聯繫」[34]，如大江健三郎在其自傳式的訪談中提到：

> 我在寫作期間，所寫的仍然是即使步入晚年、卻依然面臨各種問題並為此苦惱的人物。話雖如此，身為步入老年期的一般人物，清晰地看到了某種恍若寧靜的東西，如果借用艾略特的話來表述，那不是 quiet，而是 still，是靜靜存在著的另一種生存方式。……倘若像我這般年齡的讀者，能夠擁有與此相同的、靜靜的讀後感，那將是比什麼都寶貴的。[35]

換言之，作者與讀者之間，藉由媒介物「作品」（語言），使兩個獨立的生命個體，相互融通交涉，生命的兩端產生了「共感」。如今，葉笛杳如黃鶴，然而他所留下的文學作品，豐厚而不朽，讀者亦能透過其作品，對生命有另一種不同的體驗與思考，使生命豁達而沉靜。

五、結論

在葉笛的三本詩集中，含括的主題、思想，多元而豐富。他以抒情、自由的體式，表達現實人生的種種問題，自然流暢。其中包括青春時期，對愛情的憧憬與浪漫，詩中對理想、希望、自由的熱切，展現青春亮麗的生命。此外，他也不斷在文學的道路上追尋，以詩為傳，替日治時期的臺灣詩人，建立「詩人群像」，提供日治時期臺灣文學的資產。而他對社會正義的捍衛，及對底層弱勢的關懷，亦不遺餘力，以其詩作，直刺政治體制的不公，剖析社會內部的病癥，具有一種剛強無畏的精神。

在現實困頓中，「愛」是他生命的中心點，在施與受的「愛」中，輻射

[34] 早川博士著；鄧海珠譯，《語言與人生》（臺北：遠流出版社，1981 年），頁 284。
[35] 大江健三郎口述；尾崎真理子採訪整理；許金龍譯，《大江健三郎作家自語》（臺北：遠流出版公司，2008 年），頁 276。

出他生的光源及力量。特別是，他對妻子、孫子、朋友的詩作中，展現一份真摯動人的情感，讓我們見到葉笛至情至性的一面。而「死亡」的思索，也不斷出現在其作品中，顯現他對生命存在的叩問，熱切而真誠，然而，他對死亡的凝視，並非展示恐懼、虛無的面向，相反的，我們看到葉笛深沉的哲思，將死視為生的必然存在，冷靜地看待自己的死生大事。是以，其精神及詩作，已超越肉體的有限性，留給後人的是一分永恆的生命價值。

——選自《新地文學》第 5 期，2008 年 9 月

臺灣文學 ài 有母語 ê 芬芳

葉笛 ê 文學語言觀初探*

◎李勤岸**
◎蔡瑋芬***

一、踏話頭：葉笛 ê 文學活動

葉笛（1931～2006），本名葉寄民，臺南人。伊 m-nā 是詩人，也是評論家、翻譯工作者。

相關伊 ê 文學活動，uì 初中二年 ê 時，tī《中學生》發表悼念 in 阿兄 ê 散文〈南海輓歌〉開始，詩 ê 創作方面，早期著 bat tī《野風》、《半月文藝》、《創世紀》發表作品。1954 年 tī 雲林縣元長鄉教國民學校 ê 時陣，因為朋友郭楓 ê 紹介，sık-sāi 郭良蕙，透過郭良蕙 ê 幫忙，由嘉義青年圖書公司出版伊第一本詩集：《紫色的歌》；[1]第二本詩集是 1990 年 3 月出版 ê《火和海》，寫伊做兵 tú 著「八二三炮戰」ê 經驗，以及透過戰爭經驗所做 ê 思考；iáu 有一本詩集是《失落的時間》，並無出版，但是有 kā 手稿捐 hōo 國家臺灣文學館。葉笛 ê 詩數量其實 m-nā án-ni，伊 tī 1993 年 uì 東京搬轉來臺灣 ê 時陣，有 6 箱冊 kap 原稿寄 phàng-kìnn，若無，數量應該會

---

*感謝評論人沙卡布拉揚先生對本文濟濟 ê 指正。

**發表文章時為臺灣師範大臺灣文化及語言文學研究所助理教授，現為臺灣師範大學臺灣語文學系教授兼文學院副院長。

***發表文章時為中央研究院語言學研究所「語言典藏計畫——閩客語典藏計畫」專任助理，現為自由業。

[1]以上參考：莊紫蓉，〈藍色的大海，紫色的歌——專訪詩人葉笛〉《笠》第 253 期（2006 年 6 月），頁 191～192。

koh khah tsē。[2]

除了詩以外，葉笛 mā 寫散文，有散文集《浮世繪》(2003 年) 出版；koh 再來著是評論，主要是詩評，數量 bē 少，集做評論集來出版 ê，有：《臺灣文學巡禮》(1995 年)、《臺灣早期現代詩人論》(2003 年)，2005 年伊 bat 得著「巫永福評論獎」。翻譯方面，葉笛因為精通日語，早期著 bat 翻譯芥川龍之介 ê 小說 tī 伊 ham 郭楓所辦 ê《新地》雜誌頂面，[3] mā bat 翻譯詩論，像〈超現實主義宣言〉……等等；1969 年 9 月大葉書店出版日本作家石原慎太郎小說選集《太陽的季節》，10 月臺北仙人掌出版芥川龍之介小說選集《羅生門》、《河童》、《地獄門》，攏是伊所翻譯 ê。1993 年伊轉來臺灣了後，著專心 tī 翻譯日本時代臺灣文學史料 ê khang-khuè 面頂，1997 年有岡崎郁子著，伊 ham 鄭清文、涂翠花合譯 ê《臺灣文學——異端的系譜》出版；仝一年 3 月臺南縣立文化中心出版伊翻譯 ê《吳新榮全集卷一》；2002 年 12 月，臺北縣文化局出版伊翻譯 ê《北京銘——江文也詩集》；2006 年 11 月，伊所參與翻譯 ê《龍瑛宗全集》mā 來出版，其他 iáu 如有參與過《楊逵全集》、《水蔭萍作品集》ê 翻譯工作。[4]

Tī 文學社團、文學活動 ê 參與方面，1955 年伊 ham 郭楓等人創辦《新地》文藝月刊；mā ham《創世紀》ê 洛夫、張默等人有來往；1964 年《笠》詩刊創刊，葉笛 mā 加入《笠》，寫詩、寫詩評、翻譯詩論。1985 年，伊 ham 張良澤等 tuà tī 日本 ê 臺灣學者成立「臺灣學術研究會」，創辦《臺灣學術研究會誌》。

Uì 頂面所寫，咱會得知影葉笛 ê 文學參與是真活動 ê，特別是詩、評

[2]參考：許達然，〈葉笛的詩義與詩意——論葉笛詩集《紫色的歌》、《火和海》和《失去的時間》〉，《文學臺灣》第 59 期 (2006 年 7 月)，頁 94。

[3]根據鄭智仁等人所做 ê 訪談：「當問到葉老師為什麼想要翻譯日本文學？他回答說，打從《新地文藝》雜誌創辦開始，便不定期地翻譯芥川龍之介的文學作品，一來由於氏的作品常有探討人性永恆的主題，以及發人深思的內涵；二來，可以豐富雜誌的篇數與內容，因為辦雜誌的時候，稿子要是不夠，他就翻譯日本文學來補充」。(鄭智仁等，2006：151)。

[4]以上參考：《創世紀》「葉笛特輯」內底 ê「葉笛小傳」kap「葉笛寫作年表」。《創世紀》第 146 期 (2006 年 3 月)，頁 44～46。

論 kap 翻譯方面，這其實是眾人所知 ê，m-kú，罕得有人注意著，葉笛 tsē-tsē ê 評論文章內底，mā 有相關臺語詩 ê 評論、研究。

目前對伊文學作品 ê 評論、研究 khah tsē 是 tī 詩方面，像許達然〈葉笛的詩義和詩意〉，著是集中評論葉笛 ê 三本詩集，另外莫渝〈在時間的洪流裡泅游〉，mā 是對葉笛詩 ê 研究。針對葉笛臺語詩 ê 研究來討論伊對臺灣文學中語言問題 ê 看法，這個主題目前 iáu 無人討論過，筆者主要想 beh 討論 ê，是：葉笛有 sím-mıh 臺語文學 ê 研究 á 是評論？葉笛為 sím-mıh 會有臺語文學 ê 研究？葉笛對臺灣文學語言 ê 使用有 sím-mıh 看法？所以本文 ê 內容，首先是踏話頭，這部分簡要整理葉笛 ê 文學活動，以及引出本文 ê 主題；第二部分，beh 整理葉笛 ê 臺語文學研究 kap 評論文章，tshuē 出伊臺語文學研究 ê 開端；第三，beh 來看葉笛 ê 文學語言觀，uì 伊相關 ê 論述追 tshuē 伊文學語言觀 ê 脈絡思考，koh 進一步開拆伊對臺灣文學本土化工程中，語言使用 ê 看法，最後是總結本文 ê 結論。

二、葉笛 ê 臺語文學研究

（一）葉笛 ê 臺語文學研究、評論

葉笛相關臺語文學 ê 研究總共有九篇，分別是〈戰後臺語詩的發展〉、〈日據時代的臺語詩〉、〈日據時代兮臺灣話文運動〉、〈臺語詩欣賞〉、〈從戰前戰後的臺語詩創作看臺語運動〉、〈從亞洲各國母語文學之發展論臺灣文學的書寫〉、〈邁向臺灣文學的新世界——論路寒袖的文學軌跡〉、〈臺灣第一部史詩《胭脂淚》〉、〈放膽文章——黃勁連兮臺語文創作〉。其中前幾篇是臺語詩「史」的研究，兼顧戰前戰後 ê 運動，而且 koh 橫向藉亞洲國家母語文學 ê 發展來檢討臺灣文學 ê 書寫；後三篇是作家作品論。其他 iáu 有詩人個論中論著臺語詩創作 ê，分別是：〈論柯旗化的詩集《母親的悲願》〉、〈談賚志以終的詩人楊華〉、〈鹽分地帶的詩魂——吳新榮〉。以下就重要幾篇來做簡單 ê 概述：

〈戰後臺語詩的發展〉kap〈日據時代的臺語詩〉兩篇合起來，tú 好是

戰前加上戰後臺語詩 ê 簡要發展史，mā 是葉笛對臺語詩歷時性 ê 觀察。

〈戰後臺語詩的發展〉刊 tī 王世勛、宋澤萊 in 所創辦 ê 文學雜誌：《臺灣新文學》第 9 期（1997 年 12 月）。《臺灣新文學》這本雜誌 ham 當時 ê 文學雜誌無仝 ê，是伊臺語、華語文章攏有，提供相當 ê 篇幅鼓勵臺語文 ê 創作 kap 研究。Tī《蕃薯詩刊》強 beh 出 bē 落去 ê1990 年代中期以後，《臺灣新文學》支持臺語文繼續向文學化 ê 路途來進前，對臺語文學運動來講，《臺灣新文學》有伊過渡性 ê 功能 tī teh。

葉笛這篇論文是伊以詩人 ê 身分對臺語詩初步觀察所做 ê 整理，是以伊一篇演講稿來改成 ê。[5]雖然伊 ê 主題是「戰後臺語詩發展的過程、賞析與成果或前瞻」（葉笛，1997：227），m-kú 全文有三分之一 teh 論述戰前臺語詩 ê 發展，tse 是因為伊認為「文化現象不是發生遺傳學上的突然變異的，它必是是有前行的地下水潛流」（葉笛，1997：227）伊 ê 這個講法，所 beh 強調 ê，是「傳統」，戰前建立起來 ê 精神延續到戰後，中間 1950、1960 年代，臺語詩 m是無去，只是變做潛流、伏流，等待時機若到，著會 koh 出現。仝款 ê 講法 mā 會當 tī 林央敏《臺語文學運動史論》內底看著。[6]不過，咱若 koh 對照著陳千武所謂 ê「雙球根論」，講臺灣新詩是 uì 日本 kap 中國所來 ê 這個講法，著產生真趣味 ê 兩種無仝 ê 看法。[7]

葉笛這篇論文，m-nā 有戰前發展 ê 概論，中間因為戰爭 kap 國民黨政府「國語政策」壓迫 ê 關係，暫時來消失，到 1960、1970 年代林宗源、向陽臺語詩 ê 出現，kā 這段歷史做一個簡要但是完整 ê 論述；iáu koh 有詩人個論，紹介戰後 ê 臺語詩人林宗源、向陽、黃勁連、莊柏林、李勤岸，以及 in ê 詩。最後，葉笛以「在認同大臺灣的前提下，臺灣語文的推廣是建

---

[5]根據論文後壁所寫，這篇是「1997 年 8 月 29 日於世界臺灣語文演講」，會當知是演講稿所改寫。

[6]林央敏 tī《臺語文學運動史論》內底，講「實際上以臺灣本土語言創作的文學作品早就出生了，只是一直處於『伏流』地位而已。伊所講 ê「伏流」，是指臺灣民間文學，包括「戲文劇本、傳說故事、各類歌詞、俗話諺語及民間文人所創作的各種形式之作品」（林央敏，1997：138）。

[7]相關討論，請參考呂焜霖，〈本土詩學？臺語詩的文學史定位〉，發表 tī 2005 年 10 月 15 日所辦 ê「臺灣文學教學學術研討會」，後來題目改做〈本土詩學？臺語詩的文學史定位問題〉，收入《臺灣文學教學學術研討會論文集》（臺北：臺北教育大學臺灣文學研究所，2006 年），頁 109～144。

立獨立自主的文化急不容緩的重要工作」(葉笛，1997：237) 做結論。

另外一篇〈日據時代的臺語詩〉2001 年 8 月刊 tī《海翁臺語文學》第 4 期。《海翁臺語文學》2002 年創刊，是當前真重要 ê 臺語文專業出版社：金安出版社辦 ê，總編輯是臺語文界重要 ê 詩人黃勁連。《海翁臺語文學》雖是臺語文學雜誌，但是使用 ê 語言無限定 tī 臺語；除了鼓勵臺語文創作 kap 研究，內容 iáu 有真 tsē 臺語文教育相關議題 ê 討論等等。

葉笛 tī 這篇文章內底，認為日據時代 ê 臺語詩，「是臺灣新文學運動的一環，所以必須在日據時代臺灣新文學的語言和文字嬗變的歷史架構中給予討論，才能更清楚地看出其風貌。」(葉笛，2001：16) 所以一開始伊著去討論日本時代鼓吹寫中國白話文 ê 新舊文學論爭，但是伊認為臺灣文學寫中國白話文有伊 ê 問題，第一、是中國白話文和臺灣人(閩、客、原住民) ê 語言無合，「進行白話文，卻要以臺灣通行的語言去就它，顯而易見，那是本末倒置，違背語言和文字的辯證關係的。」(葉笛，2001：19) 第二、是當時日本殖民政府強勢 teh 推 sak 日語，日語 tī 這種情形之下，已經變成主流語言，這時陣來推 sak 中國白話文，效果無大。Tī tsia 伊提出賴和「舌頭和筆尖合一」ê 看法，認為言文一致 tsiah 是臺灣新文學 ê 方向。所以，suà 落來，伊簡述臺語話文運動，大略說明 1930 年代 ê 時勢，以及黃石輝相關臺灣話文 ê 論述，並且舉楊華 kap 賴和 ê 詩做例，紹介日本時代試驗 tik ê 臺語詩創作狀況。結論，伊強調文學 ê 本土化「是國民文學的問題，也是作者的 identity 的問題」、「文學的表現工具——語言——和文學的本土化是息息相關的。」(葉笛，2001：29)

這二篇了後，葉笛 koh 寫〈從戰前戰後的臺語詩創作看臺語運動〉kap〈臺語詩欣賞〉，著是戰前戰後臺語詩史完整 ê「鳥瞰」。

作家作品論方面，〈放膽文章——黃勁連兮臺語文創作〉以臺語詩人黃勁連做對象，這篇論文刊 tī《海翁臺語文學》第 16 期 (2003 年 4 月)，一開始著拆明臺灣文學本土化 ê 現象「就文學本質性的意義來說：無他，就是什麼地方的文學？要建立什麼「主體性」的文學？——這兩個問題。」

（葉笛，2003：4），這是頂頭所講兩篇文所無講著 ê，伊強調「臺灣作家創作的就是以臺灣為『主體』的『臺灣文學』」（葉笛，2003：5）Suà 落來，伊紹介黃勁連原本寫華語詩著寫了 bē bái，後來改寫臺語詩 ê 過程，中間以義大利 ê 但丁、愛爾蘭 ê 葉慈做例，加強母語寫作 ê 理論性 kap 正當性。最後紹介黃勁連 ê 臺語詩 kap 伊舉辦、參與 ê 臺語文相關活動，並且 koh 再強調創作有主體性 ê 臺灣文學、臺灣文學行向本土化 ê 重要。〈臺灣第一部史詩《胭脂淚》〉是葉笛用伊詩人對詩深闊 ê 認 bat kap 素養，來評論林央敏 ê 史詩作品：《胭脂淚》。除了有伊對作品詳細 koh 精闢 ê 分析，也對這部作品成做「臺語第一部史詩」ê 重要性做一個評估：「《胭脂淚》證明了：臺語不但能成為意義表達清楚的散文的『平述語言』，也證明了：可以創作詩的『意象語言』，而且語言具有深厚的寓含與張力，臺語是可以登大雅之堂的」（葉笛，2007：571）。〈邁向臺灣文學的新世界——論路寒袖的文學軌跡〉寫詩人路寒袖 ê 文學歷程，以及伊 uì 華語寫作轉向寫臺語詩 kap 歌詞 ê 過程。

除了頂面幾篇，另外咱 tī 伊所寫〈論柯旗化的詩集《母親的悲願》〉、〈談賫志以終的詩人楊華〉kap〈鹽分地帶的詩魂——吳新榮〉mā 有發現伊對臺語詩 ê 評論 kap 看法。

〈論柯旗化的詩集《母親的悲願》〉這篇收 tī 伊 ê 評論集《臺灣文學巡禮》內底，主要 teh 評論《笠》1990 年所出版 ê 柯旗化詩集《母親的悲願》。這本詩集內底有收四首臺語詩。其中，〈母親的悲願〉這首詩原刊 tī《笠》詩刊第 137 期，[8]當時是以華語、日語 kap 臺語三種語言形式同時刊出，標明是 beh「獻給四十年前在二二八事變中壯烈犧牲的同學余仁德兄及諸位烈士以慰其在天之靈。」（明哲，1987：10）葉笛 tī 文中同時引用這首詩 ê 華語版 kap 臺語版做對照，是 beh 引起讀者對臺語成做文學語言來做思考，促進本土語言 ê 創作。[9]（葉笛，1995：183）

---

[8]刊 tī 彼期 ê 第 10～13 頁，出刊年月是 1987 年 2 月。
[9]筆者之一李勤岸 mā 有臺譯版，收 tī 臺南縣文化中心出版 ê《李勤岸臺語詩集》。

另外 iáu 有兩篇收 tī 評論集《臺灣早期現代詩人論》內底，一篇是〈談賚志以終的詩人楊華〉；一篇是〈鹽分地帶的詩魂——吳新榮〉，兩篇攏原刊 tī 詩刊《創世紀》，屬仝一系列 ê 評論。[10]

〈談賚志以終的詩人楊華〉這篇主要講著臺語詩 ê 部分，是楊華 ê 詩集《心弦》，葉笛認為楊華 tī 這本詩集內底對臺語詩 ê 實驗 bē 當講是成功，但是有伊 ê 價值，tse 價值著 tī teh 伊是以大眾語言創造 ê 文學。（葉笛，2003：152）Koh 再，伊引楊華 ê 臺語詩〈女工悲曲〉，講這首詩「把女工著急、遲疑、痛苦難受的樣子高度形象化的藝術手腕，與當時把新詩寫得散文化，把詩情寫得一瀉無餘的，比較起來，確實令人刮目相看」（葉笛，2003：155）。

〈鹽分地帶的詩魂——吳新榮〉是寫鹽分地帶重要 ê 醫生詩人吳新榮。葉笛 tī 這篇文章內底，引吳新榮一首日語詩〈思想〉，這首詩內底，吳新榮掠高爾基「詩人要學斯拉夫語法」kap 用「約翰牛的商用語」來得著諾貝爾 ê 泰戈爾做對比，自我批判，葉笛認為吳新榮「對於身處殖民地，不得不使用統治者——外來民族的語言感受的屈辱是無可言喻地深沉的。」（葉笛，2003：172）

（二）葉笛研究臺語詩 ê 背景因素

葉笛為 sím-mih 來研究臺語文學？Beh 處理這個問題，可能 ài 先來看葉笛語言教育 ê 背景。葉笛是日本時代 tī 屏東出世，厝內使用 ê 語言是 Holo 話，但是伊有一個阿叔 tī 了日本留學，koh 一個阿叔 tī 上海，厝裡環境 bē bái。1938 年入屏東附小，接受日本教育，suà 接讀屏東附小 ê 高等科，後來因為大東亞戰爭 ná 激烈 ê 緣故，hōo 原本 tuà tī 屏東 ê 葉笛全家，疏開轉去臺南，葉笛 mā 轉學去臺南師範附小高等科。戰後 ê1946 年，伊考入臺南一中初中部，tī tsia 開始接受華語教育。除了日語 kap 華語 ê 學校教

[10]根據葉笛 tī《臺灣早期現代詩人論》ê 前記內底所講，這是伊 ê 朋友張默所提議，「要我在他主編的《創世紀》上寫〈臺灣早期詩人略論〉，……就這樣在張默的慫恿下，我偷空自《創世紀》的第 126 期開始寫到 136 期，一共寫了 11 位詩人。」（葉笛，2003：2）。

育以外，伊 mā bat 讀過私學仔（私塾），tse 是因為 in 爸爸愛讀中國 ê《封神榜》、《三國演義》、《紅樓夢》等等小說，所以叫伊去讀私學仔，m-kú 死讀死背冊 ê 方式伊無愛，感覺無意思，顛倒 theh in 阿叔一本《高語漢白話書信》來讀，iáu 看有八分 bat。[11]

葉笛初中二年 ê 時陣，著用華語發表散文，1954 年著出版伊第一本詩集，彼陣離終戰 iáu 無十年，語言轉換對伊來講若像無 sím-mih 困難，後來日語 mā 無失落去，兩種語言攏會當自由運用，koh 加上漢文，tse 著是伊語言教育 ê 背景。

若 beh 論伊臺語文學研究 ê 開端，首先著 ài 注意著伊認 bat 臺灣文學 ê 開始。葉笛做兵進前 bat tī 雲林元長鄉 ê 國民學校教冊，mā sık-sāi 蔡秋桐，但是彼當時伊竟然 m知蔡秋桐是日本時代有名 ê 作家，mā m知有臺灣文學。[12]一直 ài 到 1980 年代伊讀著明潭出版社出版，李南衡主編，一套五本 ê《日據下臺灣新文學・明集》（1～5）tsiah 開始認 bat 臺灣文學，開始認 bat 日本時代 ê 作家、詩人 kap in ê 詩、小說，以及文學運動。[13]伊根據這 kuá 資料，寫一篇〈臺灣新詩的萌芽和發展——日據時代二十年代詩壇的鳥瞰〉，發表 tī《臺灣學術研究會誌》創刊號，後來 koh tī 仝一個刊物發表〈不死的野草——臺灣新文學的奶母賴和〉、〈張我軍及其詩集《亂都之戀》——日治時代文學道上的清道夫〉等篇。[14]Uì tsia 會當知影，葉笛認 bat 臺灣文學 ê 開始，是 uì 這套日本時代新文學史料開始，有日語背景，koh 是詩人出身，葉笛自然會注意著日本時代 ê 詩人 kap 詩，加上這套冊內底有相關日本時代臺灣新文學語文改革運動 ê 文章，包括新舊文學論爭、臺灣話文運動……等等，葉笛透過這套冊，建立伊對整個日本時代詩壇、

[11]以上參考：莊紫蓉，〈藍色的大海，紫色的歌——專訪詩人葉笛〉，《笠》第 253 期，頁 174～184。

[12]同前註，頁 189～190。

[13]以上參考：鄭智仁等，〈閃耀希望的亮光——專訪詩人葉笛〉，《笠》第 254 期（2006 年 8 月），頁 155。

[14]同前註。

以及文學語言使用 ê 狀況 siōng 初步 ê 了解，以後 koh 漸漸收集著這個時代詩人所寫 ê 臺語詩，自然會對伊產生思考，所以著有研究 ê 動機，這可能著是葉笛臺語詩研究 ê 開端。

另外一個影響 ê 原因，可能是環境 ê 關係。葉笛轉來臺灣了後，定居 tī 故鄉臺南，咱知影臺南是戰後臺語文運動 ê「大本營」，uì 運動早期著開始寫臺語詩 ê 林宗源、黃勁連，到近、中期 ê 莊柏林、李勤岸、方耀乾，甚至 tuà tī 國外 ê 胡民祥、陳雷等等，攏是臺南縣市出身 ê 臺語詩人。而且黃勁連、林宗源、莊柏林攏是仝款屬《笠》詩社 ê 同仁；另外，huah 起戰後臺語文運動聲勢 ê 蕃薯詩社 tī 臺南創社、第一本臺語詩刊：《蕃薯詩刊》，kap 後來 ê《菅芒花詩刊》、《海翁臺語文學》等，攏是 tī 臺南創刊、發行 ê 臺語文學雜誌；各種臺語文讀冊會、營隊 mā 攏 tī 臺南定期舉辦。會當講重要 ê 臺語文活動攏 ham 臺南這個所在有關係。Tī 這種環境之下，葉笛熱情參與這 kuá 活動，當然會產生研究臺語詩 ê 動機。

三、葉笛 ê 文學語言觀

臺灣文學應該用什麼語言來表現？Beh 回答這個問題牽涉著文學語言觀，無仝觀點 ê 人，答案著無一定相仝。葉笛對臺語成做文學語言有 sím-mih 看法？伊用 sím-mih 來支持伊 ê tsit kuá 看法？伊思考 ê 脈絡是 sím-mih？臺灣文學 beh 本土化應該用什麼文學形式？這著是 tsit 節 beh 來開拆 ê。

（一）文化語言觀 á 是語言工具論者？

沒有語言的是詩人們喲／如果歌唱就是呢門[15]的生命／那就放懷歌唱吧／但可別殘忍地胡亂寫／對你們要求更多是沒有意義的／高爾基教過那人民／詩人要學斯拉夫語法

[15] tsia「呢門」應該是「你們」之誤。

沒有語言的詩人喲／泰戈爾以好美妙的聲音／歌唱印度的有閒哲學／約翰牛的商用語／雖然給予諾貝爾獎評審委員／驚喜和滿足／但終究給予印度人甚麼呢？

——吳新榮〈思想〉[16]

他引用高爾基說必須學習斯拉夫語法，為的是強調詩人的語言必須是自己的母語，族群的語言，否則表達不出真實情感和思想，外來的語言等於借來的衣裳，也許美麗，然而空洞而虛有其表。……吳新榮這首詩是用日語寫的，也是使用外來民族的語言，而他拿泰戈爾譏刺，其諷刺的匕首也是指向自己的。（葉笛，2003：171～172）

葉笛對臺灣語文成做文學語言 ê 看法，實際上 ham 戰後臺語文運動所發展出來 ê 理論真相仝，咱 uì 伊幾篇文章內底 ê 論述方式 kap 思考脈絡著會當看出來。

首先，是「獨立自主文化」ê 思考 kap「認同」：伊 tī 1995 年所寫〈論柯旗化的詩集《母親的悲願》〉內底講：「失去自己的語言，將喪失自己的文化，將喪失對鄉土的認同和連帶關係（identity）」（葉笛，1995：183）；1997 年所寫〈戰後臺語詩的發展〉ê 結論內底，伊講：「在認同大臺灣的前提下，臺灣語文的推廣是建立獨立自主的文化急不容緩的重要工作」（葉笛，1997：237）Tī tsia 伊所訴求 ê 是「認同」，因為認同臺灣，所以 ài 推廣臺灣語文，使用臺灣語文，tsiah 有獨立自主的文化；tī 2001 發表 ê〈日據時代的臺語詩〉內底，伊講：「在日據時代提倡寫臺語詩，無他，就是文化上抵抗日本的奴化政策；現在提倡要寫臺語語話文、臺語詩，無他，就是為了要創造真正屬於臺灣的文化。」（葉笛，2001：16）。Uì tsia 看來，葉笛 ê 思考方式 ham 戰後臺語文運動論述有仝款 ê 語言觀，就是文化語言觀，訴求一個語言是一個文化，別個語言按怎 mā 無法度取代，tse 自 uì 運

[16]吳新榮日文原作，葉笛翻譯，uì（葉笛，2003：166～167）引出來。

動早期林宗源幾若篇談論文學語言 ê 論述內底著看會著：「作為一個詩人，我以為應該用自己的腳，站在自己的土地，用自己的語言，唱自己的歌」（林宗源，1977：32）、「鄉土、鄉土，只有精神而不以自己的語言根植在鄉土，所開的花，是什麼？其花形、花香，必然會有異味，它不是我們的花，我們的文化。」（林宗源，1979：40、41）、「脫離母語而能創造其民族的文化，無即款的事」（林宗源，1982：45）

第二，是以歐洲 kap 日本時代 ê 語言運動來支持伊 ê 論述：

> 歐洲中古到文藝復興的過渡時期最有代表性的作家但丁的《神曲》的出現對於解決義大利的文字用語問題，和促進義大利民族語言的統一發生了極大的作用。……還有愛爾蘭的文藝復興的靈魂人物葉慈等人的文學運動。其主旨就是肯定本土文化……亟力提倡愛爾蘭固有的蓋爾語，後來終於在 1948 年成立愛爾蘭共和國，掙脫了七百多年來英格蘭的統治與剝削。
>
> ——葉笛，2003：11
>
> 賴和對新文學的想法是：……在表現方面是「我手寫我口，而言文合一也是合乎進化的。
>
> ——葉笛，2003：23
>
> 郭秋生……認為要提升文化就得消滅文盲，而要消滅文盲，在教育上非有言文一致的語文不可，……所以臺灣人要創造自己言文一致的臺灣話文。
>
> ——葉笛，2003：24

頂面葉笛引用歐洲 kap 日本時代語言運動來做伊臺語文論述 ê 基礎，ham 戰後臺語文學運動是仝款 ê。戰後臺語文學運動 tī 論述上，時常引用歐洲義大利 ê 但丁寫《神曲》，促成現代義大利民族語言 ê 誕生，kap 愛爾蘭葉慈等人所做蓋爾語聯盟 ê 語言運動做例來支持 in ê 論述；除了歐洲 ê

例，日本時代語言運動 ê 思考，對戰後 ê 運動者來講，是比歐洲 ê 例更加重要，因為 tse 是「傳統」，表示戰後 ê 語言運動 ham 戰前是一脈相承，戰前 ê 經驗提供戰後 ê 運動一個依準：反抗殖民 kap 民族自主 ê 追求。這個看法咱 uì 林央敏評論胡民祥 ê〈舌頭與筆尖合一——臺語文學運動的深層意義〉是「把前後兩次的臺語文學運動真正連結起來……為今日的臺語文學運動提供了有力的論證，原來日本時代的臺灣前輩作家已為臺語文學建立了理論基礎」（林央敏，1997：31）著會得了解。胡民祥這篇文章，正正是戰後臺語文學運動 siōng 重要 ê 一篇文章，確立臺語文學必然是「大眾 ê」，所以 ài 言文一致；mā 必然是「民族 ê」，所以 ài 追求語言文化 ê 自主。

除了頂面所講二項，iáu 有雙語教育，mā 是戰後臺語文運動所提出 ê 要求。Tse 攏證明葉笛對臺語文學 ê 論述 ham 戰後臺語文學運動 ê 論述是相像 ê。但是，是 m是完全相仝？是 m是會使證明葉 ham tsia ê 臺語文學運動者仝款是文化語言觀者？Kám 講伊是一個語言工具論者？對葉笛來講，文學語言是繼承文化同時 mā 是文化 ê 現象，á 是講，是文學 ê 工具若定？

（二）臺灣文學本土化ê兩條路線

葉笛相關臺語文學 ê 論述內底並無 sím-mih「民族」ê 字眼，tse 是 ham 臺語文學運動者真無仝 ê 所在，筆者推測原因可能是開始認真思考文學語言 ê 時間有 khah uànn，離運動「狂飆」ê 1980 年代中後期到 1990 年代前半期已經有一段時間 ah，加上經過 1991 年 ê 選舉，追求獨立 ê 臺獨思想 hông 抹烏，致使「臺獨」變做「臺毒」，「民族」這個名詞被汙名化，著 khah 無人用。[17]Khah tsiap 看著伊用「認同」、「主體性」kap「本土化」tsit kuá 名詞。Tī〈放膽文章——黃勁連兮臺語文創作〉內底，葉笛對臺灣文學應該使用 ê 語言有 khah 明確 ê 思考角度，著是 uì 臺灣文學本土化 ê 角度來思考，伊認為 tse 牽涉著兩個問題，一個是「什麼地方的文學」，另外一個

[17]相關討論請參考；施正鋒，《臺灣人的民族認同》（臺北：前衛出版社，2000 年 8 月），頁 60～64。

是「要建立什麼主體性的文學」（葉笛，2003：4）Tī 伊 suà 落來 ê 論述內底，「主體性」ê 建立是無必然 ài 包括語言 ê 思考，所以伊講：「我們不會把生活於中國大陸的作家，書寫中國社會與人民的文學，因為同樣用漢字就認為（是）『臺灣文學』……美國文學不同於英國文學，愛爾蘭文學不同於英文學，這是不爭的事實。臺灣文學何獨不然？」（葉笛，2003：4～5）、「以使用英語為工具者為例，美國、豪洲、加拿大等地的文化，自有其主體性，是有異於英國的，這個現象說明著同文同種在不同的時空下會產生不同的文化和文學。」（葉笛，2003：5）

仝款是 beh 建立主體性，臺語文學運動者所訴求 ê 是「民族語言 tsiah 會當建立文化主體性」，有伊 ê 排他性。但是葉笛是 kā 語言當做「工具」，tse 是語言工具論者 ê 概念，tī 葉笛 ê 論述內底同時出現這兩種看起來應該是有衝突 ê 概念，kám 是矛盾？為 sím-mıh 會有這種是「文化」又 koh 是「工具」ê 觀念出現？筆者想 beh uì 戰前日本時代 ê 語言運動來 tshē 出一個可能 ê 解釋。

戰後 ê 臺語語言（包括語文、文學）運動真明顯，是 beh 反抗國民黨政府 ê「國語政策」，建立「民族」ê 語言，以及用民族 ê 語言所寫 ê 民族文學。運動者對語言 ê 觀點是文化性 ê，m是工具性 ê。但是戰前 ê 語言運動者咧？Kám mā 是仝款？

根據陳培豐 ê 研究，戰前日本殖民政府 tī 臺灣以「國體論」做基礎所推行 ê「國語教育」，目的雖然是 beh hōo 臺灣人「同化於（日本）民族」，但是「國語教育」中 mā 有相當程度 ê 近代性，mā hōo 臺灣 ê 智識分子會得接近、理解近代化文明，希望透過接受「國語教育」來「同化於文明」。但是，臺灣智識分子對「國語」並 m是絕對 ê 接受，攏無反抗：

> 大正時期，臺灣知識分子提倡一連串語言改革運動，包括中國白話文運動、臺灣話羅馬字運動、臺灣白話字，以及臺灣話文運動等……是以創造帶有近代性格的民族語言，另行開拓一條「同化」之路，作為抵抗的

> 主軸。在這些新的抵抗方式裡，臺灣人表達了拒絕「同化於（日本）民族」的志向，透露出形成自己民族的認同，以及希冀「同化於文明的願望」。
>
> ——陳培豐，2006：247

透過語言改革運動 beh tshuē 出適合臺灣人 ê 語言來接近近代文明，也就是 beh 自主，無 beh 透過日語，也就是日本人 ê 思考方式來達成臺灣 ê 近代化，tse 是當時知識分子共同 ê 思考，所以雖然形式無仝，但是 beh 接近近代文明 ê 目標是一致 ê，beh 有家己接近文明 ê 自主性 ê 思考 mā 是相像 ê：

> 從臺灣人對應「同化」統治的策略和態度中，可知在形塑成臺灣國族主義的過程中，安德森所言的共同體「想像臍帶」主要建立在渴望近代文明的強烈意識上。
>
> ——陳培豐，2006：481

所以，雖然戰後臺語文運動 ê 論述 theh 戰前做「傳統」來看，但是事實上 in ê 思考 kap 關注 ê 焦點是無仝 ê：戰前是 beh 行向近代化，認為用家己 ê 語言來吸收文明是爭取近代化 ê 自主性；但是戰後語言運動 ê 思考是 beh 建立獨立 ê 民族國家，是 beh 用語言來建立民族 ê 認同、凝聚民族想像做目標 ê。

不過，日本時代 ê 語言運動畢竟是失敗 ê，無論臺灣人 ê 母語 á 是中國 ê 白話文，攏不比已經完成近代化，而且有日本殖民者「國語教育」teh 支持 ê 日語，koh khah 利便臺灣人吸收近代文明。陳培豐 koh 引日本研究者吉野耕作所歸納 ê 近代國族主義 ê 種類 kap 特性，指出臺灣國族主義是屬「近代主義途徑式」ê，是 ham「近代工業化之過程，也就是和『同化於文明』有密切關聯。」（陳培豐，2006：480）就是因為 án-ni，所以「傳統文化或語言，在形構臺灣人國族主義時所扮演的角色，經常不是本質性而是一種工具手段式的存在。」（陳培豐，2006：480）Tī tsia，伊 mā 講：

> 因過度側重近代文明，在策略性接受國語「同化」教育底下，臺灣人對維護自己的傳統文化和整備自己語言近代化之工作，一直都有怠忽的傾向
>
> ——陳培豐，2006：486

tse 可能會當解釋臺灣人 ê 語言工具論是按怎會 hiah-nıh 強勢吧？！

Tsit-má huan 頭轉來看葉笛 ê 論述，伊無用戰後臺語文學運動當做「最高指導原則」ê 民族式訴求，改以臺灣文學 ê「主體性」、「本土化」來鋪展伊臺灣文學 ê 文學語言觀，雖然「語言」若親變成是工具性 ê 存在，不過咱 ài 注意——ê，是葉笛伊並無棄 sak 語言 ê 文化性功能，mā 無故意忽略臺語文學 ê 存在。所以，葉笛 ê 文學語言觀其實是「文化」又 koh「工具」，是包容 ê ，m是排斥、m是故意忽略 ê，當然 mā 是無矛盾 ê。也是因為 án-ni，伊認為臺灣文學 ê 本土化有下底 ê 兩條路線：

> 本世紀的臺灣文學新里程粗略地說，有兩條路朝著建設臺灣文學本土化的鵠的：一條是繼承三十年代「臺灣話文」提示的：摸索、開拓、創造「臺語文學化的艱苦、充滿荊棘之路。另一條是仍然使用目前的語言工具——「中文」塑造和創作嶄新的臺灣文學——就像美國作家用「英文」創造美國文學一樣。
>
> ——葉笛，2003：5

四、結論

Tī 葉笛 tsē-tsē ê 文學活動內底，臺語文學 ê 研究 kap 評論真特別，但

he 是一個無引起人注目 ê 存在。對葉笛來講，伊接觸臺語詩 ê 時間，已經是 1990 年代以後，也就是伊 60 歲了後 ê 代誌，彼時陣臺語文學運動 ê 狂飆期已經 beh 過 ah。伊是 uì 接觸臺語詩了後 tsiah 開始思考文學語言 ê 問題，Tī 伊將近十篇 ê 臺語詩相關評論、研究中，咱會當發現伊對文學語言 ê 思考脈絡，特別是 tī「獨立自主文化」kap「以歐洲 kap 日本時代 ê 語言運動做論述基礎」這兩部分，ham 戰後臺語文學運動者 ê 論述非常相像，但並 m是十分十攏仝款。

語言工具論 tī 臺灣文學語言中是強勢 ê 論述，原因可能是因為日本時代臺灣國族 ê 形成是「近代主義式的途徑」，造成臺灣人無注重用家己 ê 傳統 kap 語言來對抗殖民、建立主體。

雖然 tī 葉笛相關臺灣文學語言使用 ê 論述內底，若像有語言工具論 ê 傾向，但是咱 ài 注意，伊不但無棄 sak 母語 á 是 thiau 故意 kā 忽略，而且 koh tī 60 歲了後開始為臺語詩做研究、寫評論。伊認為臺灣文學本土化有兩條路線：臺語文學 kap 中文（著是華語）。但是除了華語文學之外，臺灣文學應該 ài 有母語 ê 芬芳——tse 就是葉笛 ê 文學語言觀。

參考書（篇）目

- 葉笛，《臺灣文學巡禮》，臺南：臺南市立文化中心，1995 年 4 月。
- 葉笛，《臺灣早期現代詩人論》，高雄：春暉出版社，2003 年 10 月。
- 葉笛，〈戰後臺語詩的發展〉，《臺灣新文學》第 9 期（1997 年 12 月），頁 227～237。
- 葉笛，〈日據時代的臺語詩〉，《海翁臺語文學》第 4 期（2001 年 8 月），頁 15～31。
- 葉笛，〈放膽文章——黃勁連兮臺語文創作〉，《海翁臺語文學》第 16 期（2003 年 4 月），頁 4～18。
- 葉笛，〈日據時代兮臺灣話文運動〉，《葉笛全集 5‧評論卷二》，臺南：國家臺灣文學館籌備處，2007 年 5 月，頁 440～458。
- 葉笛，〈臺語詩欣賞〉，《葉笛全集 5‧評論卷二》，臺南：國家臺灣文學館籌備處，2007 年 5 月，頁 480～514。

- 葉笛，〈從戰前與戰後的臺語詩創作看臺語運動〉，《葉笛全集 5‧評論卷二》，臺南：國家臺灣文學館籌備處，2007 年 5 月，頁 542。
- 葉笛，〈臺灣第一部史詩《胭脂淚》〉，《葉笛全集 5‧評論卷二》，臺南：國家臺灣文學館籌備處，2007 年 5 月，頁 543～573。
- 葉笛，〈從亞洲各國母語文學之發展論臺灣文學的書寫〉，《葉笛全集 5‧評論卷二》，臺南：國家臺灣文學館籌備處，2007 年 5 月，頁 574～586。
- 陳培豐，《同化的同床異夢：日治時期臺灣的語言政策、近代化與認同》，臺北：麥田出版，2006 年 10 月。
- 林央敏編，《臺語文學運動史論》，臺北：前衛出版社，1997 年 11 月。
- 施正鋒，《臺灣人的民族認同》，臺北：前衛出版社，2000 年 8 月。
- 林宗源，〈行自己的路，唱自己的歌〉，《笠》第 82 期（1977 年 12 月）。
- 林宗源，〈以自己的語言、文字，創造自己的文化〉，《笠》第 93 期（1979 年 10 月），頁 39～41。
- 林宗源，〈母語活在咱的心〉，《笠》第 107 期（1982 年 2 月），頁 44～45。
- 胡民祥，〈臺灣新文學運動時期「臺灣話」文學化的探討〉，《臺灣文化》第 3 期（1986 年 12 月），頁 21～29。
- 阮美慧，〈夾在理性與感性的峭壁上——專訪葉笛先生〉，《文訊》第 175 期（2000 年 5 月），頁 71～75。
- 鄭智仁、吳明珊、黃怡君，〈閃耀希望的亮光——專訪詩人葉笛〉，《笠》第 254 期（2006 年 8 月），頁 148～158。
- 許達然，〈葉笛的詩義與詩意——論葉笛詩集《紫色的歌》、《火和海》和《失去的時間》〉，《文學臺灣》第 59 期（2006 年 7 月），頁 90～135。
- 莊紫蓉，〈藍色的大海，紫色的歌——專訪詩人葉笛〉，《笠》第 253 期（2006 年 6 月），頁 173～196。
- 呂焜霖，〈本土詩學？臺語詩的文學史定位問題〉，發表 tī 2005 年 10 月 15 日所辦 ê「臺灣文學教學學術研討會」，收入《臺灣文學教學學術研討會論文集》，臺北：臺北教育大學臺灣文學研究所，2006 年，頁 109～144。

——選自戴文鋒主編《葉笛文學學術研討會論文集》
臺南：國家臺灣文學館籌備處，2007 年 8 月

論葉笛《火和海》裡所呈現的歷史見證和抒情性之均衡美

◎金尚浩*

一、前言

詩人是創造者，並不是傳達者。詩人把自己的體驗轉化後，再加以形式化，這種整體的體驗就是詩。從波特萊爾之後到現在，所謂的在現代詩的系譜裡，應有其詩史的背景和詩本身自律的論理，如果不熟悉這種對現代詩人的心路和基本生理，便不能成為有詩史意義的詩人。戰後六十多年，臺灣詩壇的頗多詩人，展現出各種詩的活動。在他們當中，相當多的詩人，為了描繪臺灣人生活的所有的領域，尋找真實的語言而努力。他們的努力，有時為了嶄新的詩形式的追求而費盡苦心，有時得到新的語言感受直接試著實驗。有一群詩人，集團的理念和詩精神的趨向問題而苦悶，或埋頭於個人的感性和追求詩的純粹性。因此，戰後六十多年的臺灣現代詩，至今展現出何種傾向的問題，恐怕難以說明。若僅僅指出在詩精神，或詩方法層面的幾個特徵，並不能代表戰後臺灣詩的全貌。反而，所有的詩人，為了追求自己的語言和自己的形式，就經歷了不斷地探索過程。

跨越語言一代的臺灣前輩詩人葉笛（本名葉寄民，1931～2006），他則穿梭於各個刊物之間，從最早期的《新詩週刊》、《野風》到《綠洲》、《半月文藝》、《創世紀》、《筆匯》等刊物，均散見其作品。他不但是詩人，同

*發表文章時為修平技術學院應用中文系副教授，現為修平科技大學博雅學院中文領域、觀光與遊憩管理系合聘副教授。

時也是評論、散文、日文翻譯專家的多才多藝的身分，也許是創作文類的多元，使得葉笛的詩人身分，並不如同時期臺灣詩人來得響亮，惹人注意。其原因是，葉笛自稱是一個獨自而孤立的文藝創作者，沉浸於自己所喜愛的創作題材或方式裡，在 1950 年代鮮少與文壇有聯繫。[1]他早期以詩人知名，已結集出版的詩集有《紫色的歌》、《火和海》；散文集《浮世繪》；評論集《臺灣早期現代詩人論》、《臺灣文學巡禮》。譯著有十數種，包括日本文學《羅生門》、《地獄變》、《河童》、《太陽的季節》、《中原中也論》，以及日治時期臺灣前輩作家作品，如吳新榮「震瀛詩集」、〈亡妻記〉、江文也《北京銘》、林攀龍《人生隨筆及其他》、楊熾昌《水蔭萍作品集》等。回國後參與多種日治臺灣文學研究計畫如《楊逵全集》、《楊雲萍全集》、《龍瑛宗全集》之翻譯工作，為 1990 年代的學術界，對臺灣文學研究作出莫大貢獻。

葉笛的詩作，含有深切地痛苦和悲哀。他的詩，在痛苦的歷史中，呈現出過著疲乏生活的臺灣民眾痛苦的聲音，因此，把這樣的痛苦昇華為文學藝術的形象。從他的兩本詩集《紫色的歌》（1954 年）和《火和海》（1990 年）裡，他不斷地展現歷史性和抒情性、藝術性和敘事性的葛藤和和諧，或是克服和高揚的緊張關係。戰後初期臺灣本土派的新詩，被威權政權埋沒或輕視也是事實，[2]如此時代的情況下，葉笛辯證法的克服和高揚的努力，當然足以呈現出其意味。

眾所周知，葉笛的詩文學活動是，就讀在臺南一中時，發表於《自由青年》的一首〈路〉開始，他的詩文學活動，從 1948 年迄今，也就是說，在反共文學至臺灣文學運動的脈絡中展開。如此的事實，雖是在歷史或藝術上，只不過是經歷葛藤的不幸的事，但為他的文學成就終究還是多幸的

[1]李麗玲在 1995 年 1 月 22 日電話訪問葉笛。參見李麗玲，「第四章　五〇年代臺籍作家的文學活動」，〈五〇年代國家文藝體制下臺籍作家的處境及其創作初探〉（新竹：清華大學文學研究所碩士論文，1995 年 7 月），頁 34。

[2]1950 年代的反共文學；1960 年代文學的荒誕與變形；1970 年代的臺灣鄉土文學：本土意識與現實主義的論辯；1980 年代多元文學：從臺灣文學定位到臺灣文學運動。

事。由於迄今的臺灣文學的兩極化，尚未脫離從對抗論理的空隙，或是一側通行的習慣，所以葉笛所呈示的陰影和成就，也可以說是精采的表現。他的詩，不僅基於對歷史意識和社會現實進行深刻地剖析與思索，並與抒情和藝術意識接軌，無疑地，充分地發揮了對歷史與抒情的一種見證。本篇論文將以葉笛於 1990 年出版的詩集《火和海》為主，將探討其所呈現的歷史見證與抒情性所反映的時代意義：超越死亡的默示錄；日常中思維的美學，從此二個層面來提出論述。

二、超越死亡的默示錄

戰爭讓我們走上戰場，戰爭是一部分人類和另一部分人類進行的以毀滅生命為目的的活動，死亡只是戰爭的結果。葉笛在共 13 首的連作詩〈火和海〉序言中，如此引用了海明威的話說：「有兩種不能凝視的東西——太陽和死亡！」[3]於此詩充滿垂死記憶：尤其經歷過「八二三」炮戰，[4]已經體驗過戰爭與死亡的殘酷後而作。「戰爭，表面上看到了死亡，但是，沒有死的人流多少血淚啊！所以，戰爭真是可惡！」。[5]他在〈火和海〉之一全詩中描寫：

血管中
呼嘯的炮彈，
心臟中

[3]葉笛，《火和海》（臺北：笠詩刊社，1990 年 3 月），頁 3。

[4]一、發生時間：1958 年 8 月 23 日至 1959 年 1 月 7 日。二、發生經過：當政府正努力建設臺灣時，大陸不斷以武力進犯臺灣，1958 年 8 月 23 日，大陸以各型火炮 340 餘門，分由廈門南北地區，向金門列島瘋狂突襲，接著封鎖金門，企圖中斷補給，孤困金門，炮戰連續至 10 月 5 日午夜截止，共計 44 日，大陸向金門列島發射 47 萬 4900 百餘發炮彈，並先後發動 10 次空戰，4 次海戰。炮戰間，國軍為突破大陸炮擊封鎖，實施反炮戰，進行制壓及破壞射擊，計擊毀大陸炮陣地，汽油庫等各種工事 215 座，摧毀各型火炮 131 門，擊沉各型船艇 107 艘，毀傷大陸飛機 33 架，尤以料羅灣海戰，臺海空戰，空軍以一擊十，充分發揮以寡敵眾的精神，最後大陸知道無法封鎖海空運補，且彈藥也無以為繼，乃提出停火和談。三、最後結果：此次炮戰，雖然經過 44 日的苦戰，但最後終獲得勝利。

[5]莊紫蓉，〈藍色的大海，紫色的歌——專訪詩人葉笛〉，《笠》第 253 期（2006 年 6 月），頁 193。

爆炸的炮彈，
大腦中
凝固了的炮彈的哄笑。

耳膜變成薄的雲母，
頭顱失去重量，
變成連接死亡的一直線
兩點的一黑點。

在血管、心臟、大腦中的炮彈，就「變成連接死亡的一直線」。詩的背景就是死亡，這是出於對葉笛個人的實際體驗。如此看來，詩人想要脫離早就經驗的對死亡的恐怖和誘惑。對於死亡的驅迫觀念，可能不會像與病魔奮鬥似的明顯，但比起實際的死亡還會活生生的傳達。在〈火和海〉之三中描寫：

在時間之流沙中
硝煙和鋼片消失，
摧折的大樹
沒入白晝巨大的黑夜裡，
在碉堡湫隘的子宮裡
我緊握住「現在」——
一把流動的砂，
　啜泣著的砂。

「沒入白晝巨大的黑夜裡」，在黑暗所支配的世界裡，剩下的只有亡靈的記號而已。被亡靈抓住的靈魂，其靈魂所描寫的死亡的故事就是他的詩。因此他要「我緊握住『現在』——」。葉笛對死亡感到體悟的是「以人類限界性的死亡」，這不同於實存哲學的內容。雖說死亡是在人的界限中產生的，但在他的詩裡，沒有對實存哲學意味的死亡。在實存哲學裡的「死亡」，就是認識個人實存的危機而產生的，究竟是為了生存的主題，但葉笛卻從一開始沒有設定生存的界線。「在金門時，看到朋友被打死，心裡想：我現在死也沒什麼牽掛，沒有妻子沒有兒子啊。」[6]詩人所興趣的並不是對死亡在哲學上深奧的探究，而是描寫對下垂黑暗的死亡的陰影和氣氛。不過接受對象的詩人的感性又是獨特。在〈火和海〉之五就是例證：

失去晝和夜
變成地洞中陰性的植物，
觸絲長長，
骨頭軟軟，
我是一面網狀神經。

在我之外
炮彈在葉脈中謀反……

「報告」一等兵說
「幹嗎？」
「我要到外面……」
中士班長繃緊臉說：
「你個糊塗蟲
　要拉屎不戴鋼盔！」
噢，戰神
你怎能叫鋼盔保證一個存在？！

[6]莊紫蓉，〈藍色的大海，紫色的歌——專訪詩人葉笛〉，《笠》第253期，頁193。

激烈的戰爭中已經失去了晝和夜，詩人就變成塹壕裡的陰性的植物。「我是一面網狀神經」，這種獨特的想像力，引起陰山的氣氛。對他而言，如此死亡的味兒，以絕對和面對的存在來吸收所有的一切。「噢，戰神／你怎能叫鋼盔保證一個存在？！」。他並非從生命中看到死亡，卻站在死亡邊，面對著死亡。由於死亡成為包圍他的絕對的存在，所以，死亡已經不是恐怖或是痛苦的對象，而是不陌生而甚至親近的存在。什麼事宜使詩人執著死亡的氣氛呢？是詩人遭遇到烽火的金門炮戰，從掩蔽坑、塹壕溝裡「怯怯的窺視著／洞外的藍天／藍天默然不語」（在〈火和海〉之六）。如果發現死亡的症候之後，加以檢討和推測的是屬於理性，而感性卻以肉體來感觸到不安而已。葉笛的〈火和海〉一系列詩作，都籠罩著死亡的氣氛，這是因身為詩人感性的觸覺搜索到死亡的徵兆。

他描寫此一列詩時，徹底的抑制理性，只是隨著感性的動向，無奈的寄託肉體。這好像在漆黑中只有感覺的觸鬚往下扔的昆蟲般，可以說是，最原始的圖騰。有趣的是，葉笛在感性和理性之間的葛藤，並不會隱蔽，而是直接呈現在詩作上。在〈火和海〉之八中描寫：

爆炸的梅花，
小丑的花臉，
　逗弄著死神縱聲狂笑，
狂笑搗碎我的腦，
噢，荒謬是我的真實！
痛苦是透明的屍衣，
我是死亡
最原始的圖騰。

被炮彈洗禮形容為「爆炸的梅花，小丑的花臉」，對詩人而言，死亡就是荒謬的真實。詩中不僅凝視著內心的深度，而且呈現出讀者無法想像的世界。誰說詩人是「觀察此世界的人」！這首詩貫穿了內心的深度，然後使觀察的詩人，將要發揮掙扎和克服的精神。羊子喬懷念葉笛說：

> 葉笛認為詩是對生活與社會的凝視和剖析，是一種見證；尤其他經歷了「八二三」炮戰，他已體驗過戰爭與死亡，死亡對他而言，不算是新鮮事，因此，當他得知罹息癌症時，他便悠然以待。[7]

在被死亡包圍的世上，他所看到的世界仍然只是死亡而已。死亡就是解析葉笛詩作的關鍵鑰匙。由於死亡對還活著的人，將要去的終點站，也是要去另新世界的入口。葉笛以理性的觀察，貼切的意象，書寫現代的冷漠與疏離。在〈火和海〉之九中描寫：

> 　　在黑色的霧裡，
> 黑霧濛濛……
> 噢，拿撒勒的牧羊人，
> 祢在哪裡？
> 祢正在「最後的晚餐」席上？
> 祢在尋覓頭上的荊冠？
> 牧羊人——
> 倘使人子的淚洗不掉痛楚，
> 倘使人間比地獄還要地獄，
> 生命是什麼？！

在黑色的霧中，他在塹壕裡躺著準備休息，突然意識到自己正集中精力審視著思考死亡，發現對生命似乎沒有希望。詩人雖然沒有宗教信仰，

[7]參見羊子喬，〈歷經「火與海」淬鍊的漢子——懷念葉笛〉，《中國時報・人間副刊》，2006 年 5 月 13 日，E7 版。

但他還是多少相信拿撒勒耶穌。他面對著死亡時，不知他（祢）在哪裡？所以他懷疑牧羊人拿撒勒耶穌的權威。把信仰沒有堅定的情況之下，發現新的光明是不可能的事情。不過，葉笛在詩中似乎強調，詩人與一般人不同之處，那就是詩人能夠體會到人的本性，然後注視著濛濛的黑霧而已。因此詩的最後說：「倘使人間比地獄還要地獄」，那「生命是什麼？！」，葉笛說：「遇到炮戰，我想到我哥哥就是因為戰爭而死，連屍體都看不到，我母親流了多少眼淚啊！所以我很恨戰爭……」[8]他在〈火和海〉之十一中描寫：

垂死的記憶
漂流在灰白的海，
灰白色的記憶
在死亡的陽光下
隨波蕩漾……
噢，失去光影的
垂死的記憶！

不管自己的大哥因戰爭而死，[9]或是認識的同袍被大炮打死，在他記憶下的死亡，漂流在灰白的海。雖說時間將不斷地走下去，但如此流逝的歲月卻無法彌補詩人垂死的記憶。這種灰白色的記憶，又「在死亡的陽光下／隨波蕩漾……」。在戰爭中，死亡在戰士眼中會迅速變成怎樣的事物，若炮彈天天飛來飛去，死亡對戰士不但不再可怕，甚至也不再重要，有時為了擺脫現實，會成為自己渴望的對象。「『喂，死到底像個什麼？』／『管他媽的！』／『還不像射一泡精液昏昏睡去……』／終日酗酒的老戰士瞪

[8]莊紫蓉，〈藍色的大海，紫色的歌——專訪詩人葉笛〉，《笠》第253期，頁193。
[9]葉笛說：「我大哥18歲時去南洋死掉了，從馬尼拉搭船要到西貢時，船被美國的潛水艇炸掉了」。參見莊紫蓉，〈藍色的大海，紫色的歌——專訪詩人葉笛〉，《笠》第253期，頁175。

著我說。／大家哄然大笑……咀嚼著／自己的死亡……」（在〈火和海〉之十二）。在由戰爭帶來的各種可能的，和可以想像到的危險中，真正深深撼動了詩人的靈魂，使他對自己生命存在的可靠性出問題時，因而感到的恐懼感已經變成為「咀嚼著，自己的死亡……」、「在陽光的閃爍裡，死亡在微笑」（在〈火和海〉之十三）。他將在戰爭中死亡，這種現在不那麼可怕的前景本身，已收錄在《混聲合唱》的〈火和海〉另外四首中也有描寫：

而我底「明天」將如何被肢解掩埋
在血際瘋狂的季節裡？

——在〈火和海〉A

戰壕外炮彈跳著輪舞
戰壕內我們燃燒高梁

——在〈火和海〉B

死亡的自由
曾把他抬起來拋向空中

——在〈火和海〉C

而我是殺風景的風景中
唯一蠕動的生物
……
哦，上帝，我和祢一樣
我們屬於沒有存在的
存在

——在〈火和海〉D

在死亡的意象充滿的詩中，他與亡靈們坐在一起，也許一直在聆聽著終止此世界的憂鬱的鐘聲。不過，他面對著到目前支配他的「死亡」，同時逐漸地超越它。因此，他跟上帝說：「我們屬於沒有存在的／存在」。當然，葉笛不是為了打仗才生到此世界來的，他的一個聲音一直在心裡回響，其實對他而言，不管戰爭和死亡都不能接受。使他在一場戰爭中，非正常地死亡是絕對不公正的，也沒有道理的。這種戰爭的經驗轉移到詩人身上時，死亡變成痛苦中的美學。因此，葉笛的〈火和海〉一系列的詩作，都是死亡的默示錄。

在《混聲合唱——「笠」詩選》裡曾經如此評論他：「葉笛是一位熱情豪放的詩人，也是一位文筆犀利的文學評論家。他認為詩是對生活與社會的凝視和剖析，是一種見證。在經歷『八・二三』（1958 年）炮戰，體驗死亡與戰爭的殘酷後，這些經驗成為葉笛詩世界的重要部分。」[10]。這樣，在葉笛一系列歷史見證的〈火和海〉詩作中，便感受到生命的力量與感動。的確，他的早期戰爭詩作，確實是與個人的死亡問題有關連，因他所有的想像力都是人類的有限性，就是死亡的前提而成的，所以，與它對決或和諧、或共存中呈現的修辭或意象。無論如何，由於八二三炮戰以後，大陸已經放棄逐一攻占沿海島嶼的計畫，至於當時自由派的代表雜誌《自由中國》不僅更加明確主張：國民黨主政下的政府延續過去以武力反攻大陸的可能已然降低。因此在武力「反攻大陸」幾無可能的前提下，更積極促進臺灣自由、民主的追求，這也是八二三炮戰對臺灣政治所產生的意外影響。

三、日常中思維的美學

如果一位詩人對事物先未深入的思考，卻無法呈現出有自己情緒的言語。在葉笛的抒情詩中，能看得出其思維的深度和挑選詩語言時的掙扎。其實，若針對他的詩比較適合的評價，以思維這種單純的表達，即使還不如說具有哲學意味的思維。由於過去 1970、1980 年代的臺灣文壇，無法預測未來的政治體系，和進入產業化之後對勞動與人權的自覺等，對社會發

[10]趙天儀、李魁賢、李敏勇、陳明台、鄭烱明編選，《混聲合唱——「笠」詩選》（高雄：春暉出版社，1992 年 9 月），頁 208。

生的種種問題，臺灣詩人頗自然的反應（react），因此描寫不少反作用（reaction）的詩作。不過，葉笛只是對事物和現象顯現出日常的思維。這不僅是與詩人的個性有關，而且表示他對事物的現象單方面的思維而已。換句話說，把正在包圍詩人生活環境的事物和現象，先引進到詩人的內心世界，然後不斷地追求其本質。此原因，可能是在 1969 年辭去擔任 18 年的國小老師，赴日先留學，然後居留於日本教學與研究工作 24 年之後，1993 年返臺定居有關。

不管如何，他對日常中的事物和現象，在自己的內心中以思維的語言來呈現。因日常是每天重複的，故好像不會發生特別事情的樣子，但如果任何一件事宜未紮根於日常性，恐怕不會發生所謂的特別事宜。因此，描寫日常就是在看起來無意味的事實裡，尋找藏好的某些，經由整理之後，試著定論其社會的定義。從這樣的觀點來說，日常卻是為了一個社會的定義，說不定最基本而需要的成分。反正，葉笛透過日常性，就接近其日常性所產生的社會的本質。在他的〈秋〉全詩中描寫：

霧裡
一個中年人，
一枚顫慄的黃葉。
猝然——
時間的過敏症
在那中年人的臉上
印上秋的蕁痲疹，
　斑斑的　斑斑的……

隨著時間一直變老的外表，發現自己存在的剎那，猝然出現一個霧裡的中年人。他何必描寫「霧裡」又說「一個中年人」呢？也許他不想看到像黃葉般顫慄的自己的存在。在詩裡的中年人，把自己轉變的年齡放置一邊，似乎很想躲在模糊的霧裡看著自己。歲月如流的時刻，令人感到過敏症的反應時，在臉上「印上秋的蕁痲疹」。許達然說：「葉笛的詩也像波特萊爾的那樣自然流露自由，自由流露自然，都有著象徵的美麗」。[11]因為葉笛的詩，在內容和形式方面，大多維持一定的均衡，所以讀他的詩時，感覺比較舒適，這可以說是他的詩最重要的特色。平凡的日常不但成為他詩的內容，而且形式也都會在詩的語言中能夠呈現出來。在〈夢的死屍〉中描寫：

別叫醒我，
我還要繼續我的夢，
怎能離開夢的碼頭呢？
只有在孤獨的夢裡
我才清醒。
（中略）
誰叫你打開門窗？
陽光一踱進來，
向日葵枯萎，
靜謐的山野變成戰場，
七彩噴泉乾涸，
白鴿斷頸折翼，
頌歌嘎然而止，
滿床滿床夢的死屍。

每天每天
從清醒的夢中醒來，
總是看見哭紅眼的太陽。

---

[11]許達然，〈寫葉笛〉，《笠》第253期，頁233。

詩一開始，我們聽得到詩人的吶喊：「別叫醒我，我還要繼續我的夢」，但詩人的夢一旦碰到在日常的現實中躲起來的另一面時，恐怕立即破碎你和我的夢，因謀殺、強姦、壓迫、暴力等，都已經沉浸在生活裡監視我們。在這樣的情況下，詩人總是每天從清醒的夢中醒來看見哭紅眼的太陽。人類所製造的制度、權力、物質等，都是因為文明的產物，所以葉笛的此詩，足以顯示文明批判的特性。葉笛另在〈夢〉一首中，也呈現出繼續追逐的夢想：「即使／在這硝煙迷濛，／黑暗要壓斷脊樑的世界上，／我們還是有個夢想，／不死發光的夢想！」。在文明幾乎要壓斷人類脊樑的世界上，我們一直追求且散發著亮光的理想！

其實，對於愈來愈逞威風的文明能夠對抗的力量，就是自然的天理。以春景來比喻的自然，把現實社會中的搗亂，將可能會糾正其錯誤。在〈春景心象〉一系列三首中描寫：

春天裸浴著
四月柔柔之光，
「嘎」的一聲
烏鴉飛向太陽……

太陽無語
杜鵑無聲

揮別春天
我走向蒼茫的冬天。

——在〈悟〉

亮麗的陽光
　踱著方步
在四月的天上，

縱情一笑

櫻花落滿池塘

——在〈櫻花〉

時間

迷失於雪中，

　一月迷濛……

　一片淒清……

雪花無聲

　飄飄　飄飄

大東京的密林中

（下略）

——在〈雪晨〉

葉笛詩具有的最大的力量就是從日常中拉出來美麗。例如，未裝飾而華麗的詞藻、生活的紀錄、日常的直率、未奢華等。因此他的日常性的思維，與歪曲的、虛偽的、高級的事物正面的對抗。許達然在〈寫葉笛〉一文中說：

> 臺灣的怪現象是缺乏水準的學者和作家到處表演，不擇手段要出名，爭權、損人利己。相對的，葉笛始終是個真誠的學者和創作者。他總是默默地寫作、研究、翻譯，篤實為臺灣文學的發展和學術研究而奉獻。[12]

在溢出虛偽和裝假的世上，實在的就是人們仍然要活下去，平凡的人每天被生活纏身、追逐、折磨的生活而已。葉笛的詩也是如此，他就拒絕詩比生活還要高尚的已往的觀念。「主啊！……／告訴我吧！／該怎麼　活

[12]許達然，〈寫葉笛〉，《笠》第253期，頁233。

／下去？！」（在一詩〈禱〉中）。另外，在〈有贈二首〉之二〈祝福〉：「歡樂的大海！／願生命的蘊藏／活力的春天」，以及〈六行詩〉之四：「來！我可愛的小多多，／讓我們手拉著手」等詩作中，自然流露出對兒女之情，散溢著濃濃的愛情。葉笛在《美麗島詩集》詩觀中說：

> 真摯的愛和祝福，使我們接近上帝，也使地獄變成天堂，別以有色的眼睛鄙視任何人：人類的血液祗有一種眼色，最崇高的人性，也祗是個「愛」。[13]

可見他身為詩人之前，是一個平凡的家父，他仍然認為最崇高的人性，只是一個「愛」。不過，葉笛有時候想要尋覓著真正的自己在哪裡？他把內心的自我可以隱蔽的情況之下，卻不會隱蔽與日常的線索。在〈雲的對話〉一詩中描寫永遠無法斷掉的根源：

冷鋒滯留的
　寒凜凜的異國天上，
雲喲，你來自何方，
　　　將往何處去？

雲徬徨不定，
雲沉默不語……

雲喲，你是否忘記自己？
　　　是否忘記家鄉？

雲訥訥說起，
　我沒忘記自己

[13]笠詩社主編，《美麗島詩集》（臺北：笠詩社，1979年6月，初版），頁220。

　　　沒忘記家鄉，

　那美麗島上

　　婆娑修長的檳榔樹，

　　長長的白白的浪濤，

　　縱貫南北的青山脊，

　　鄉人的憨直和爽朗，

（下略）

這首詩在 1985 年 2 月在東京寫的，也就是說旅居日本已過約十六年的歲月，以「雲」為代表詩人自己的這種鄉愁詩中，能看得出他愛自己的親人，愛自己的祖國，愛自己成長的土地和文化。他不但寫在往日事物，和回憶的片段，而且加上有關臺灣的事態和環境。他的內心世界裡一直想念的故鄉臺灣，這就是整個臺灣所代表的文化根源。抱著懷鄉的悲哀和懷念，是在自己的內心世界裡，一直尋覓而無法斷絕的臺灣這塊土地。

他的詩不會墮落在單純的煽動詩，或以觀念性為主的民眾詩，卻含著深奧的悲哀，並具有抒情美學的力量。他把過去和現在一起透視而交叉，同時提出你和我究竟都是合為一體的人類共同體意識，或紮根於歷史意識的精神。

四、結語

葉笛在日據時期出生，就自然地受到日語教育，當時他的閱讀習慣逐漸成為他源源不絕的創作靈感。葉笛的文學創作始於就讀臺南一中初二時，之後在進入臺南師範就學、軍中服役、赴日求學和教學、返臺後於臺南定居等階段都不停斷地創作，不時以其敏銳的觸角，透過閱讀延伸到社會現實，成為一位對生活與社會凝視與剖析的詩人，因此，詩成為它見證社會的表現方式，臺灣許多社會亂象，在詩人的眼中是觸目可驚的，他以較淺近的語言，去記錄臺灣的社會現象，傳達一位詩人的使命與職責。葉笛尤其經歷過「八二三」炮戰，已經體驗過戰爭與死亡，因此於詩中寫下充滿垂死記憶的〈火和海〉一系列的詩作。羊子喬懷念葉笛說：

> 回顧與葉笛認識 37 年以來，大多透過詩作來了解他；從 1993 年他返臺之後，才與他交往密切。不管在府城，或是在鹽分地帶文藝營，都曾經「會須能飲三百杯，與爾同消萬古愁」過，他的熱情洋溢，他的好惡分明，讓我難以忘懷；然而在他揮別人寰，隔日就舉行追思會，隨即火化歸於塵土，我卻來不及參與追思，感到十分不捨。但是我知道他是以他的詩來見證他的存在。[14]

葉笛真正要告訴我們的，並不是要肯定戰爭的恐懼和死亡的力量，相反倒是要在戰爭和死亡的背景中，肯定和讚揚人的尊嚴和力量，雖然它是透過正視，而不是回避戰爭的恐怖以及軍人的犧牲這一點達到的。當然，現代詩人的痛苦已經不是嶄新的事，並且詩創作過程也不是被痛苦所支配。只有有過傷痕的人，才能成為傷痕的治療者。由於詩人透過自己的痛苦，就能體驗其時代和社會的傷痕，所以他具備了自己和共同體的悲哀，隨時能夠治療的生命力。這治療的生命力，也能表現出更具體的詩創作過程。

總之，葉笛把內心的空間寬敞似的確保自己意識的世界，呈現對人類實存界限的以死亡、虛無、悲哀、苦惱等之類的詩作。他的詩不僅不會沉沒在樸素的浪漫主義，且也不會沉溺於命運的悲觀論。他站在著色黑暗的陰影中，以透過歷史和社會就透視了自己的內心，已丟棄無數珍貴的「臺灣的呼吸聲」，要不斷地重新回復。筆者認為葉笛的詩具有的亮麗價值，就是也許他領會了生命內心的祕密。此在生命自己會存在的自然法則，即是

[14]羊子喬，〈臺灣文學苑——葉笛以詩見證存在〉，《書香遠傳》第 37 期（2006 年 6 月 10 日），頁 47。

一邊消滅一邊重新創造，或從空處中重新成為充滿的世界，以及細心聆聽時才會體悟的宇宙的運行道理，說不定他更進一步而深奧的透視了世界。這並非只有以觀念來到達的世界，是應與別人不同的人生體驗，和對真誠與誠摯的內心和外界的連結，依據不斷地探究和對詩想像的意志力累積之後，才能成為詩的結晶。

——選自戴文鋒主編《葉笛文學學術研討會論文集》

臺南：國家臺灣文學館籌備處，2007 年 8 月

鑑賞葉笛散文的藝術境界

◎郭楓[*]

一

葉笛，是一位很有傳奇性的作家。

從 1950 年代以來半個多世紀，在臺灣文壇，藍、綠、橘、紅、以至白的各類色彩的作家群，幾乎無人不知葉笛；識之者，更普遍喜愛葉笛。可是，一般讀者，聞知葉笛之名者，為數寥寥。這差距的原由，係因葉笛的文學成就卓著而文學活動的興趣淡漠之故。葉笛的文學作品，涉及文學評論、詩、散文、翻譯、學術研究等多個層面，且就散文來看，葉笛的散文，風格獨特，境界渺遠，頗得同道讚賞，咸以為散文領域中的優秀之作。可是，一般讀者，讀過葉笛散文而進入到他作品的藝術奧境者，大概也沒有多少。這種現象的原因，係因葉笛散文的產量既少，發表的地方又多在專業性文學刊物上，成為小眾讀者所深愛而大眾讀者所錯過之故。

這樣的奇特作家葉笛，這樣的一種優秀的散文，在鑑賞的觀點上來看，是需要作些「導讀」的。而作為葉笛將近六十年的相知相惜兄弟且同為迷醉於散文藝術的癡人，我，情之所必，理之所在，自當來作葉笛散文的導讀工作。

導讀葉笛散文的重點在於：認識葉笛人格的高尚品質，理解葉笛散文的題材意涵，欣賞葉笛作品的藝術造詣。

---

[*]詩人、文學評論家，新地文學出版社發行人兼總編輯。

二

閱讀脫俗的葉笛，閱讀脫俗的葉笛散文，我們必須以脫俗的視野，破除當下文學界某些群落既俗且濫的兩種迷思：

第一， 破除「量」的迷思——

臺灣文壇第一個庸俗現象，就是以「量」自誇或以「量」捧人的流行時尚。說詩，則誇耀其寫作幾百以至上千首；說散文，則誇耀其出版了幾十個集子；說小說，則誇耀所謂「大河小說」洋洋百千萬字。斤斤以量誇耀者，大多是缺少質的自信者。此等「量產」的作品，最大的長處是，浪費了樹的年輪，浪費了讀者眼鏡的光度。我們必須認知，文學作品，是藝術，藝術是以「質」為作品的靈魂的。且以古詩為例：王之渙（688～742）只留下絕句六首，每一首均為千古絕唱。崔顥（704～754）存詩一卷42首，其〈黃鶴樓〉一詩，竟使詩仙李白嘆服其有景寫不得，擱筆而去。

葉笛的散文創作歷程（1950～2006）共計57年，作品約八十篇，他自己選出五十篇，都為一集《浮世繪》（高雄：春暉出版社，2003 年），寫作一生，散文集就這一本。可是，一顆鑽石的硬度和光澤，豈是成噸普通岩塊可以並論？

第二， 破除「獎」的迷思——

當下臺灣文壇第二個庸俗現象，就是以「獎」作砝碼來權衡作家的分量。有關單位的作家資歷表格總有「得獎紀錄」欄。大多數作家自訂的「年表」中也把得獎紀錄列上。「文學獎」不是多大的問題，至少給爬格子的人一些資金灌澆其龜裂的心田，總是一件有意思的布施。問題在於「砝碼作用」上。事實是，「得獎作品」和作品的藝術造詣之間，不一定有正數的關係，有時甚至是負數結果，因為「獎」是「人」評的，什麼人就評出來什麼獎，其評審的水平往往可疑。有位經常參與各種文學獎評審的學者說：「獎，是幾個人關起門來，商量把錢給誰的事。」話有些刻薄，也透露出一定的真實性。試看世界文壇注目的諾貝爾文學獎，偉大的作家托爾斯泰並未獲得，而三流的通俗小說作者賽珍珠能得到，檢視諾貝爾文學獎自1901年至2000年這100年間的97位得主，至少有二、三十位是有爭議的人物，難怪法國存在主義思想家大小說家沙特（Jean-Paul Sartre），拒絕接受1964年的諾貝爾文學獎。

葉笛的散文，沒得過什麼文學獎，卻比某些抱回一大堆獎的散文遠為傑出。也許，未來的年代，會給他的散文一個「長青」獎。

三

文學作品是作者思想感情的反映，特別是詩／散文這兩種文學門類，是直接表現情思的藝術品。那麼，孟子所說：「誦其詩，讀其書，不知其人，可乎？」這句話，對散文家而言，特具意義。

我們在這節，對葉笛的人格特質和散文創作理念，作些介紹：

葉笛在臺灣文壇之所以獲得各類作家群落的喜愛，主要的原因，便在於葉笛所具的獨特人格品質。他的人格品質，有三點值得稱揚的：第一、赤子的心靈——葉笛一生，為人處事心中一片光明，磊落坦蕩，不用心機，正像古聖賢所謂「大人者，不失其赤子之心」。歷經現實的壓力在人海中拼搏數十年，始得在學術上卓然有成，在生活上趨於安定，那是要和各色各樣人物磨合的。可葉笛無論面對什麼人，都以真誠相待，他這份赤子般的純真心靈，讓所識者，無不為之傾倒。第二、恬淡的情懷——葉笛是一位與世無爭的浪漫詩人，這種「無爭」的情懷，具體表現在兩個方面：「利」的方面，葉笛輕財重義，曾經傾己所有去救助友人之急，本身陷於困乏而毫無怨言。「名」的方面：葉笛認為當世的一切浮名，如大詩人、名教授、博士、專家之類的名銜，縹縹如浮雲，一笑置之。第三、寬闊的胸襟——葉笛溫柔和煦、不計怨嫌，總以恕道的推己及人之心，包容各種行事風格的朋友。與之相處，宛如沐浴在溫暖的冬陽裡。葉笛之受人喜愛得道多助者，即以這三項人格特質之故。

葉笛在散文創作上，起始便持有清晰的創作理念。他在2003年3月

10 日寫一封信給我，這封信，就是《浮世繪》散文集的〈代序〉。其中，有一段話宣示了他的散文創作理念：

> 一個要創作的人，必須有毅力去磨筆尖，將一切生活現象，像嚴謹的科學家一樣，加以觀察，分析、綜合，然後再以藝術家的心和手，耐心地雕鑿那屹立在心靈中典型。此刻，我便嘗試著應用這淺顯的理論，《浮世繪》便是這樣構成的。

葉笛這段話中的意涵是：他創作的目的，在書寫社會，在觀察人群的生活現象，思考現象中的成因，得出結論後以藝術的手法表現出來。簡而言之，葉笛的散文，是為社會、人群、鄉土而書寫，本質上他是一位深具悲憫心懷站在廣大人群立場的作家。葉笛的散文裡，洋溢著對土地的情思、對弱勢族群的大愛，其視野的高遠、感情的真摯，都十分動人。葉笛的創作理念，與時下流行：自我中心的、掉弄玄虛的、宣洩私情的庸俗寫作意識，相較之下，正如雲泥之別。

四

現在，我們檢視葉笛散文所選擇的題材，來驗證他的人格本質和創作理念。

葉笛散文題材，涵蓋了如下的諸多內容——

（一）弱勢族群的生活速寫：

葉笛的散文，無論以什麼為題材，總歸會回到人民立場，展現出對於平凡的大眾生存的關懷。至於直接以弱勢族群的生活面影為題材，勾畫出這些處於社會底層、掙扎在生存邊緣的人間不幸者的悲哀情景，就更令人感受到，作者豐富的愛心躍然於字裡行間，而產生「民吾同胞」的悲憫情感，如〈美人魚〉、〈公共廁所的人〉、〈窮巷〉、〈米糕粥〉等。

（二）社會醜惡景象的觀察和諷刺：

葉笛常以詩人之眼，靈敏而細緻地觀察發生在現實生活裡的一些異常景象。這些景象在臺灣下層社會中太普遍了，一般人習以為常，視而不見，不再產生任何感覺，葉笛卻從這些景象表面的型態，挖掘其內在的社會醜惡或人性的劣根性出來，辛辣而又酸苦地，刺激了人們麻痺了的心靈，如：〈將軍〉、〈批示症〉、〈媽祖廟〉、〈敲竹梆子的人〉、〈電動馬〉等。

（三）人性的深層探索與心理展示：

葉笛對於人性的複雜面充滿了好奇的探索欲望，有些散文，便勾勒出某些事件的輪廓，提供了任憑想像的空間，讓人感受到「即使在理智君臨於世界的日子裡，理智仍然不能透視一切的」，人的心理、情感時常在幽暗中發生微妙變化，是難以用既有的人間規則解釋的，如〈狗・女・男〉、〈老人和小鳥〉、〈靈〉、〈那個女人〉、〈市場漫步〉等。

（四）存在價值的肯定以及死亡奧祕的思考：

葉笛從自然景物，人間生活等實況，以積極的情緒謳歌樂觀奮鬥的精神。如〈綠〉、〈澗溪〉、〈手〉等。同時，葉笛對死亡的奧祕又存著不可知的神祕的思考，如〈命運〉、〈印象〉、〈老太婆〉、〈生與死〉、〈夢〉等。

（五）其他：

〈守靈〉、〈墳塋〉、〈寂寞〉等篇，表達人子對父母遠去的悲痛與哀思，催人淚下。〈鳳凰花〉、〈蟬〉、〈異鄉〉、〈山中遠簡〉等篇，表達對故土的深厚愛戀、生態環境遭受破壞的憤怒和哀傷。此外，生的慨嘆、夢的企望、時間的感觸、自然景象的聯想等等，在葉笛的散文中，無不觸及。

葉笛《浮世繪》一集的 50 篇散文，竟然包容了如此廣闊複雜的題材，蘊藉著無比真摯純樸的情思，展示出對社會、土地、人群深厚的關愛。這薄薄的一本散文集，僅就題材來看，就讓那滿坑滿谷——總在凝視自己肚臍眼的——散文集子，無法在它面前抬起頭來。

五

現在，我們探索葉笛散文的寫作技巧，進而鑑賞他散文創作的藝術境界。

葉笛散文的風格，本質上是近乎詩的／詩的／或即是詩。我們探索其表現技巧，鑑賞其藝術造詣，便不宜以一般散文論評的規範做機械性的評析，而應從欣賞詩的角度，對其整體藝術表現心領神會之際，從下述兩個面向去尋繹與鑑賞：

（一）葉笛獨特散文風格之建立：

葉笛的散文，在整體的篇章上，樹立了一種獨特的風格。這種風格，不是靜峙的山，而是飄忽的雲。其美妙處，不在於峰巒層出，溝壑分明，呈現主從之間結構清晰的山之體系；而在於飛來無端、隱去絕跡，有時輕柔一如夢境般停佇藍空，有時浪濤洶湧一波接一波地勢如滔滔長河，展演出變化多端的雲之風姿。

試讀〈煙〉、〈綠〉、〈霧〉、〈酒和煙草〉、〈啞巴和瞎子〉、〈老太婆〉、〈生與死〉、〈夢〉、〈雪夜〉、〈北風〉等篇，意象集中，描繪單純，每篇是一首散文詩，深得波特萊爾、屠格涅夫二家散文詩之妙，其瀟灑篇章如一片雲停佇藍空。再讀：〈洞簫〉、〈狗・女・男〉、〈命運〉、〈斑鳩〉、〈一件小禮物〉等篇，其娓娓敘述如流淌於峽谷的雲河，波濤疊起而又來去飄逸。至於那些更貼近現實的篇章，不論是揭露社會病態、指摘人性醜惡、提出自然環境的遭受破壞，或頌揚勞動的可敬，追思尊親、戀念故土、或探討人生與社會、生與死的哲思等等，所有這些嚴肅的關係社會，群眾和人性的重要課題，葉笛既不疾言厲色，也不嬉笑怒罵，總以一貫的瀟灑姿勢和委婉話語，彷彿輕鬆無事，實則一針見血地把核心的重點提示出來。這種風格，猶如烏雲罩頂，看似縹緲，卻在人們的心頭壓下了沉重的省思。

葉笛的散文，所懷者大，所見者遠，而又飄然去來，優美如詩。這種特殊的美好風格，在臺灣近當代散文家中，並不易見。

（二）葉笛多樣的表現手法之運用：

葉笛的散文，在細部的語言上，表現出多樣的手法。關於表現的問題，他在《浮世繪》的〈代序〉中說：

> 我企圖將人生的光、色、線條、味覺、氣息、以及在我心中所感受、觸覺、撫摸、呼吸到的一切，用一種最自由的形式表現出來；雕塑出這光怪陸離的世界的面貌。

葉笛所企圖表現的，不僅是事物外在的光、色、線條、味覺、氣息，而且是內在感受的各種心理層次的變化。具體的表現手法，他運用「最自由的形式」，也就是視作品內容的需要採取多樣的描述技巧。有時用樸素的寫實的白描，如〈媽祖廟〉、〈美人魚〉、〈手〉、〈老人和小鳥〉等篇，有時用美妙的富於意象的渲染，如〈霧〉、〈酒和煙草〉、〈我不為什麼地走著〉、〈船，碼頭和螺絲釘〉等。描述手法，寫實或象徵、古典或現代、或一篇之內綜合而變化，端視內容的需要而定。這給鑑賞帶來了探索的趣味。

葉笛的語言運用，則配合表現手法，有時質樸甚至俚俗。有時細巧而富麗多姿，有時直述，有時曲折，把語言驅遣得非常靈活。更值得注意的，他把視、聽、味、觸、嗅等五種官能調動起來，使之像多功能電鈕般，併連互通，彼此交感，產生形象化的意趣，如「東京，那老陰沉著臉，像哭腫眼睛的老太婆的表情似的蒼穹，叫人對綠色老感到飢餓似的灰沉沉的城市。」(〈斑鳩〉)，「生命的歌聲就是一把燃燒的自由火把，火光四射，刺破了黑闇，熊熊地燒毀了黑闇和鎖鍊。」(〈春天遠簡〉)，「我底心在世界之晨的靈魂中，伸展開羽翼，頡頏於生命之曲房，透明的亮光，透明的『思想』之溪流過我心中，我聽見他幽微的潺湲之聲……。」(〈曙天〉)，類此的「通感」式描繪手法，自古以來，無數作家用過。到了葉笛手中，運用得似乎更為生動靈巧。

葉笛散文的寫作技巧，從「獨特的風格之樹立」到「多樣的手法之運用」，創造了葉笛散文「近乎詩的／詩的／詩」的一種纏綿瑰麗而又深邃悠遠的意境。可以說，通過「表現」葉笛的「人格特質」和「創意理念」，鑄成了具有永恆生命的藝術品。

六

導讀，我的看法是，對作品作出一些重點解析，提供讀者鑑賞的參考資料而已。在這個意義上，讀者本身去探索、思考和審查作品的優異造詣或不足之處，自是必要且可貴的研究態度。

葉笛的散文，當然不能用「完美」來定位，因為「完美的散文」只是存在於想像中的東西。有這麼一句值得深思的話，「如果善用比較的方法研究文學，不需要任何專家學者的指導，自己就可以尋找出來文學的奧祕，確定自己該走的道路。」是的，如果把葉笛散文和當下某些輝煌燦爛的「名家」散文比較來看，就能發現：葉笛散文是一種，秉持良知而真誠懷抱摯愛土地和人民的深情，來觀察自然，社會和生活的各種現象，用自己的生命和鮮血寫出的大愛作品。比較一下，那些憑藉啦啦隊的大喇叭呼喊，操控著主流傳播媒體長年累月炒作的名家散文，大多是粉飾醜惡、編織夢幻、描繪自我等等的囈語。

兩相對照，葉笛散文的美好，也就無須多說了。

2006 年 5 月 18 日晨於新店山居

——選自戴文鋒主編《葉笛全集 3・散文卷》
臺南：臺灣國家文學館籌備處，2007 年 5 月

葉笛的詩、散文與評論

◎趙天儀*

一、前言

因為臺灣現代詩人 60 家詩選集，我認養了《葉笛詩選》，必須撰寫一篇有關葉笛詩作導讀，因此，我撰寫了〈葉笛詩作賞析——從現實出發到現代性的追求〉一文。不久，葉笛兄辭世，《創世紀》詩刊張默先生來電，希望我能為葉笛先生寫一篇文章，因時間很急，所以，我就將已寫成的〈葉笛詩作賞析〉一文交稿，並發表於《創世紀》詩雜誌第 146 期。

而今，葉笛的母校臺南大學，也就是昔日的臺南師範學院，要為「葉笛文學國際學術研討會」舉辦一個很有意義的會議。因此，我寫了論文摘要，表示同意為葉笛再寫一篇文章。

我的論文題目是〈葉笛的詩、散文與評論〉

一、葉笛詩集有《紫色的歌》、《火和海》，做為一個詩人，他抒寫青春的愛情、戰爭的體驗以及人生百態的觀察。

二、葉笛散文集有《浮世繪》，他在哲理散文的表現，有隨筆的趣味，有雜文的活潑，加上日本經驗的描述。

三、葉笛評論集有《臺灣文學巡禮》、《臺灣早期現代詩人論》，他的文學評論，以臺灣現代詩評論為主，有臺灣現代詩史的抒寫，也有臺日比較詩學的應用。

---

*詩人、散文家、兒童文學家，曾任臺灣兒童文學學會理事長，發表文章時已自靜宜大學臺灣文學系教授職務退休。

當然，葉笛是一位文學創作者，也是日本文學的翻譯家，對戰後臺灣現代文學有卓越的貢獻。本論文以一位詩人、一位散文家以及一位文學評論家加以分析與討論。

二、葉笛相關詩選及其他

（一）鍾肇政編，本省籍作家作品選集《新詩集》由文壇社於 1965 年 10 月出版。選〈幻覺的癖性〉、〈旅行〉、〈夜花園的暈眩底歌〉，頁 337～344。按編輯委員有陳千武、林亨泰、錦連、趙天儀、古貝。

（二）趙天儀作，〈笠下影：葉笛〉，《笠》第 13 期，頁 14～16。

（三）《美麗島詩集》（笠詩選）由笠詩刊社出版。選〈葉笛：詩歷、詩觀〉；足跡：〈火和海〉（一）（二）（三）；見證：〈秋〉；發言：〈夢底死屍〉。

（四）趙天儀、李魁賢、李敏勇、陳明台、鄭烱明編《混聲合唱——「笠」詩選》，由春暉出版社於 1992 年出版，頁 208～219。選〈火和海〉1、3、5、7、8、10、13、〈火和海〉A、B、C、D、〈醉酒的人〉、〈秋〉、〈這個世界〉、〈雲的對語〉、〈石之花〉、〈人民的天堂〉。

（五）鄭烱明主編《穿越世紀的聲音》（笠詩選），葉笛，頁 49～54。選〈有贈三首〉、〈俘囚之歌——致詩人賴和〉、〈logos 和聖經——致詩人楊雲萍先生〉、〈詩人和貓的憂鬱——輓詩人水蔭萍〉、〈Mahatoma 甘地〉。

（六）林瑞明選編《國民文選・現代詩選 II》，頁 22～33。選〈火和海（選）〉、〈醉酒的人〉、〈這個世界〉、〈荒野裡的小花——致詩人楊華〉。

（七）李敏勇編著《花和果實》，頁 11。選〈葉笛：荒野裡的小花——致詩人楊華〉。

（八）張默編《現代百家詩選》（新編），葉笛（1931～2006），頁 152～156。選〈這個世界〉、〈刻在肉體上的詩——致詩人、音樂家江文也〉。

按葉笛詩集《紫色的歌》、《火和海》兩集已出版，其餘作品，收為一本詩集《失落的時間》，並放在《葉笛全集》。

三、葉笛詩作賞析

葉笛詩集《紫色的歌》，是一部熱情洋溢的青春頌歌，有初戀般的情熱，有青年時代的苦悶與哀愁。葉笛詩集《火和海》，有八二三金門炮戰的烽火餘生錄，代表他對戰爭的批判，對死亡的悼念。當然，也讓他加深對人生、對愛情、對社會的關懷及祝福。

葉笛著《臺灣早期現代詩人論》，他評論了日治時期 12 位臺灣現代詩人，而且在末了都附他對他們致意的詩共有 12 首。計有賴和、王白淵、張我軍、陳奇雲、楊雲萍、楊華、吳新榮、水蔭萍、郭水潭、江文也、巫永福、林修二。

茲選葉笛五首詩作來加以賞析：

第一首　〈秋〉

霧裡
一個中年人
一枚戰慄的黃葉。
猝然——
時間的過敏症
在那中年人的臉上
印上秋的蕁麻疹
斑斑的　斑斑的……

——選自《混聲合唱——「笠」詩選》

【解說】抒寫季節，是古今中外詩人的一個重要課題，現代詩人也不例外。葉笛這首〈秋〉，以中年人的隱喻，來類比秋的感受，是一枚戰慄的黃葉，而且因時間的過敏症，在中年人的臉上，印上秋的蕁麻疹。林亨泰的〈秋〉，也是抒寫季節的名作，可跟葉笛的〈秋〉互相比擬，值得一提。

第二首　〈這個世界〉

世界已跌入陰霾霧障，
圍繞地上的鐵刺網，
　比地球的圓周還長。

無數飢餓的手
殺戮的黑手
　就在十目所視
　　十指所指的地方
搖晃、交錯、交錯、搖晃……

嗅覺已分不清
　馨香和血腥。
聽覺已聽不出
　歌聲和哀號。

這個世界
人子已扼殺
　諸神、太陽和明天
唯有月亮偷彈苦淚。

——選自《火和海》

【解說】當這個「世界已跌入陰霾霧障」，而「圍繞地上的鐵刺網／比地球的圓周還長。」那「無數飢餓的手，殺戮的黑手」在「十目所視」、「十手所指的地方」，搖晃又交錯。因此「嗅覺已分不清」，「聽覺已聽不出」。所以，「這個世界／人子已扼殺」，因而，「唯有月亮偷彈苦淚」。這首詩，對〈這個世界〉在直覺中有批判精神。

第三首　〈荒野裡的小花——致詩人楊華〉

在荒野裡
你紮下孱弱的根
而荒旱貧瘠的土地
不讓你綻開豐美的生命
轉瞬即逝
你像不知流落何方的流星

在自己生長的土地上
你踽踽獨行
煮字療饑
卻還在
尋覓自己的烏托邦

我愛你摯情燃燒的小詩
你吃著夢活著
在活著的夢裡死去……

——選自葉笛著《臺灣早期現代詩人論》

【解說】「在自己生長的土地上／你踽踽獨行」同時也「尋覓自己的烏托邦」。「烏托邦」書名是英國謨爾（Sir Thomas More）作品《烏托邦》（*Utopia*）。烏托邦，理想國，理想鄉，空想界。葉笛以烏托邦來隱喻自己的夢想。不論是「吃著夢活著」，或「在活著的夢裡死去」。烏托邦，類似樂園意識，或桃花源的嚮往。這首詩，也是葉笛一種夢想的寄託。

第四首　〈失落的星星——致詩人林修二〉

你在璀璨的陽光裡
聞到向日葵的馨香

你在午夜的曇花裡
聽到月亮和星星在細語
你在散文的世界裡
堅持尋找詩的夢影
你深信超現實比現實還現實
於是——
你從詩的星空上
墜落　墜落
燃燒成火焰

——選自葉笛著《臺灣早期現代詩人論》

林修二詩集《蒼い星》出版不久，他的兒子送到我在國立編譯館工作的研究室來，我們才第一次見面，使我感動不已。

林修二本名林永修，臺南縣麻豆人，1914 年出生，1944 年 6 月逝世，日本慶應義塾大學英文科畢業。師事西脇順三郎，西脇順三郎是日本重要詩人，慶應義塾大學教授。它是《詩與詩論》有影響力的詩人，早年出版《超現實主義詩論》。

林修二日籍夫人原妙子，在林修二逝世經過了 36 年，「為自己摯愛的丈夫，為詩人生前的志願，整理遺稿，委託風車詩社同仁好友水蔭萍編輯出版其日文詩集《蒼い星》，使詩人林修二從寂寞的世界裡復活！這種不渝的愛和文化氣息，不愧為詩人之妻，而這一點也不是每個妻子都能做得到的。從這一點來說，不幸的詩人林修二是幸福的。」[1]

葉笛在評論了林修二及其詩作之後，抒寫了這一首致林修二的詩。林修二英年早逝，是臺灣《風車》詩社優秀的詩人之一，其詩集有陳千武先生的翻譯本，收錄在呂興昌編輯的《林修二作品集》一書中。

[1]參閱葉笛著《臺灣早期現代詩人論》，頁 322。

〈失落的星星——致詩人林修二〉，這首詩以失落的星星隱喻林修二的逝世消失，有天上失去了一顆星星的席位。「你在散文的世界裡堅持尋找詩的夢影／你深信超現實比現實還現實」。作為風車詩社的同仁，又是日本現代詩人西脇順三郎的弟子，林修二當然可以理解西方超現實主義的思潮。他在詩的創作上卻是默默地尋找自我的真實。葉笛懷念他，一方面從凝視現實出發，另一方面也有現代性的追求與探索。

第五首　〈呼喚——致前輩詩人巫永福〉

您呼喚祖靈
呼喚了四分之三世紀
您可曾看到夢中的祖靈？
您的祖靈在中元的流水宴上
依然找不到自己的座位

是您在呼喚祖靈抑或祖靈在呼喚您？
夜裡您聽到沉淪黑水溝的祖靈在啜泣——
啜泣四個世紀以來看不到家園
詩人！您日夜聲嘶力竭地呼喚
然而　要讓流浪四百多年的祖靈棲息何處？

黑水溝的浪濤洶湧如故
您像徘徊汨羅江畔的詩人
天黑風急四野無人
您泣血的呼喚找不到回音！

——選自葉笛著《臺灣早期現代詩人論》

詩人巫永福先生是 1913 年出生的，在日治時期的詩人作家群中，可以說目前它是碩果僅存的前輩詩人，他已出了《巫永福全集》，不能不說這是遲來的幸福。

巫永福說：「我於 1928 年考進臺中一中，因借讀世界文學全集立志於文學之路，1929 年轉讀名古屋五中接觸到日本文學的盛行，乃於 1932 年考進日本文豪山本有三主持的明治大學文藝科，接受了小說家山本有三、橫光利一、里見弴、劇作家岸田國士、豐島與志雄、評論家小林秀雄，詩人室生犀星、萩原朔太郎、法國文學家辰野隆、露西亞文學米川正夫等的薰陶。」[2]

巫永福在日本留學期間，就參加了留日作家群所創辦的臺灣藝術研究會所創刊的純文藝雜誌《福爾摩沙》。他在詩、小說、劇本、隨筆、短歌、俳句等的創作、評論及回憶錄也已完成。除了鼓勵年輕一代的文學創作以外，他非常重視評論。他成立了巫永福文化基金會，並設了巫永福三大獎：巫永福文學獎、巫永福文學評論獎以及巫永福文化評論獎。葉笛先生便曾榮獲巫永福文學評論獎。

葉笛在〈呼喚祖靈和土地的詩人巫永福〉一文寫成，同時也完成了〈呼喚——致前輩詩人巫永福〉一詩。在日治時期留學日本明治大學文藝科，他已接受了現代化的文學教育，甚至頗有當代思潮前衛藝術的薰陶。然而，在日本殖民地政策統治下的臺灣，巫永福有其祖國意識以及孤兒意識是可以理解的。因此，葉笛說前輩詩人在「呼喚」祖靈，祖國意識是一種尋根的思想，孤兒意識是一種被遺棄了的命運的哀愁，詩人巫永福的呼喚，使葉笛感同身受，甚至與有戚戚焉。所以，葉笛「呼喚」前輩詩人巫永福，當然是一種敬意，也是一種懷想。

四、葉笛散文簡介

葉笛說：「第一次把詩和散文投稿，是初二下學期，或者是初三上學期，記憶已經模糊，只記得第一首詩〈路〉發表在《自由青年》，散文則在

[2]參閱葉笛著《臺灣早期現代詩人論》，頁 288。

胡適題字的《中學生》雜誌上刊出，題目是〈南海夢影〉，或者是〈南海輓歌〉。」[3]

葉笛散文集《浮世繪》，葉笛說：「浮生若夢，而我把抒寫夢痕的這些散文借用日本的版畫『浮世繪』為名。」[4]依照發表時間順序排列共分四輯。

第一輯 12 篇，大部分發表在《野風》，〈洞簫〉發表在《新地》。12 篇中有 11 篇都是抒情性的散文，只有〈洞簫〉是敘事性的散文，甚至有些故事情節，只是還沒變成小說，有小說化的傾向。

第二輯九篇，大都發表在尉天聰主編的《筆匯》。這些作品，除了抒情性以外，敘事性加強了。甚至有些知性的表現。

第三輯 16 篇，有抒情性，也有敘事性。說理的意味加強了，例如：〈命運〉這一篇，有雜文的趣味性。他說：「其實，人間世就是極樂世界和阿鼻地獄的兩位一體！」[5]

有〈啞吧和瞎子〉一文中，葉笛說：「唉，我是有眼睛的瞎子，而我的朋友是會說話的啞吧。」[6]

第四輯 14 篇，〈寂寞〉憶父親，我們可以了解，他對父親的深情，有一股淡淡而深沉的懷念。葉笛的散文，短篇較有抒情性，長篇則敘事性明顯地增強了。

許達然教授在《浮世繪》一書中，發表了一篇〈論葉笛的散文〉頗有見地。在《鹽分地帶文學》雜誌，許達然又發表了一篇〈葉笛的《浮世繪》〉，也是擲地有聲，兩篇相得益彰。[7]

---

[3]按《中學生》可能記憶有誤，應是《學生》才對。參閱葉笛著《浮世繪》（高雄：春暉出版社，2003 年 11 月），頁 196。

[4]葉笛，〈後記〉，《浮世繪》，頁 197。

[5]葉笛，〈命運〉，《浮世繪》，頁 108。

[6]葉笛，〈啞吧和瞎子〉，《浮世繪》，頁 146。

[7]葉笛，《浮世繪》頁 1，許達然作〈論葉笛的散文〉。參閱《鹽分地帶文學》第 8 期，許達然作，〈葉笛的浮世繪〉，頁 196。

五、葉笛的文學評論：以詩論最出色

葉笛是一位詩人，詩的產量雖然不多，卻表現了他的心志，他的情淚心聲。葉笛是一位散文家，散文作品只是集成一冊，但是，也寫出了他觀察人生的側影，清新可取。

做為一個文學評論家，評論詩最多，也以詩的評論最為出色。第一本評論集《臺灣文學巡禮》是以他早期評論臺灣現代詩為中心，有臺灣現代詩史的觀點，也有比較詩學的觀念。第二本評論集《臺灣早期現代詩人論》是一部比較系統性的著作，評論 12 位日治時期臺灣現代詩人，是一部臺灣詩精神史的縮影。

第一部 《臺灣文學巡禮》

第一輯：評論賴和、張我軍、風車詩社、水蔭萍、巫永福、桓夫、白萩、楓堤、莫那能、許達然、柯旗化等的詩集與作品。作品論與詩人論並重。

第二輯：臺灣新詩的歷程及其他，頗有臺灣新詩史的建構與探索。

第三輯：回顧 1920 年代，以比較詩學的觀點比較中日新詩的萌芽。

葉笛在〈白萩論〉中說：「詩人，在我看來大致上能分為三種類型。a.安於詩神的青睞而只顧看自己的影子的。b.從未蒙詩神的寵愛而一直向詩神獻媚出賣自己的。c.雖蒙詩神的眷顧垂愛卻仍向詩神挑戰的。白萩屬於第三種類型。」這是葉笛詩人論的基本精神。[8]

葉笛又說：「發軔期的臺灣文學，不啻是新詩和小說，其文學理念是植根於臺灣，為社會的、為人生的，爭取民族的尊嚴，爭取應有的自由平等與權力的屬於「人的文學」，所以其路線是反帝國主義，反封建的現實主義路線的文學。這個一以貫之的臺灣文學的個性無非是臺灣的宿命式的歷史背景和社會所處的地位使然的，而臺灣文學這個個性乃是第一次世界大戰

---

[8]葉笛，〈白萩論〉，《臺灣文學巡禮》，頁 120。

後全世界被壓迫、受侮辱的民族共同的文學理念。」[9]這是葉笛的臺灣文學史觀，也是臺灣文學的基本觀點，值得一提。

第二部 《臺灣早期現代詩人論》

這是一部日治時期臺灣新詩史論，也是一部臺灣現代詩人論。臺灣現代詩 80 年，日治時期可說是新詩時期，臺灣戰後 60 年的發展可說是現代詩時期。

這一部詩人論，包括賴和、王白淵、張我軍、陳奇雲、楊雲萍、楊華、吳新榮、水蔭萍、郭水潭、江文也、巫永福、林修二。日治時期臺灣新詩創作者，當然不只這些，不過，這 12 位都是一時之選，值得研究。張我軍、賴和、楊華、吳新榮四位是華文作者，其餘為日文作者。日文作者的詩作，葉笛除了加以賞析評論之外，他們的代表作，葉笛幾乎都由自己重新翻譯，是一大特色。

葉笛說：「1930 年代在臺灣文壇上嶄露頭角的一般人，大都是受過完整的日本教育的留學生。他們接受新式教育，沐浴新思潮，接觸異國文化、國情，放眼世界，有所領悟，有所揚棄。尤其面對殖民地人民的身分的自己，對自己的族群、先人、祖國的認識，與前人大不相同。這是無庸贅述的。」[10]

日治時期的臺灣新詩，當然還有其他詩人，然而，能把這 12 位代表性的詩人，加以評論與譯介已難能可貴。所以，葉笛固然是一位詩人，也是一位詩評家。

六、結語：詩與散文並進

法蘭西詩人梵樂希（Paul Valéry，1871～1945）曾引述說：「詩是舞步，散文是散步。」義大利美學家克羅齊（Benedetto Croce，1866～1952）

[9]葉笛，〈日據時代臺灣詩壇的超現實主義運動〉，《臺灣文學巡禮》，頁 40。
[10]葉笛，〈呼喚祖靈和土地的詩人巫永福〉，《臺灣早期現代詩人論》，頁 288。

在《美學原理》中說：「詩能離散文而獨立，散文不能離詩。」[11]也有一位詩人說：「散文是算數，詩是代數。」

在文學史上，用韻文當作工具來寫詩，就形成了韻文至上論。但是，用散文當作工具來寫散文，用散文寫小說。不過用散文寫詩，是要成為詩，而非散文。

散文詩，在臺灣也形成一個文類，散文詩是詩，而非散文。有人說：「臺灣的散文詩，是要寫成詩；而中國的散文詩，卻寫成散文。」

我嘗認為詩與散文不是絕對性的對立，兩者都是文學創作的產品。如果說詩是高梁酒，散文是啤酒，兩者層級不同，但都具有酒的成分。所以，詩人多半能抒寫散文，散文家卻未必個個能寫詩。

葉笛能寫詩，也抒寫散文，而他的散文也具有詩的情趣，這是他的才華，也是他得天獨厚的地方。我們懷念做為一個文學創作者，葉笛是一位現代詩人，也是一位現代散文家，更是一位中日文俱佳的詩評家。他是詩、散文、評論以及日文翻譯兼具的重要作家。

後記

1.葉笛有一首詩〈路〉，發表在《學生》雜誌，1952 年 3 月 10 日出版。
2.葉笛　臺南師範：

〈路〉

　闊渺的路
伸向無涯的天邊

過去
先哲們走過這條沒有路底路
腳步上印著腳步……

[11]參閱克羅齊著；朱光潛譯《美學原理》（臺北：正中書局，1947 年）。

現在
路——還是虔誠的躺在那裡
傾聽著人們堅定的步伐
也等待著
　我踏上它的胸膛

——頁 47

3.〈葉笛的詩、散文與評論〉一文撰寫詩的部分《葉笛全集 2・新詩卷二》尚未看到，因此，《失落的時間》、「補遺」、「日文詩」部分未加以討論，容來日補述。

——選自戴文鋒主編《葉笛文學學術研討會論文集》
臺南：國家臺灣文學館籌備處，2007 年 8 月

史觀與鄉愁
葉笛文論述評

◎陳昌明*

一、前言

葉笛教授是個可愛的人，他爽朗的笑容，寬厚的態度，總給人留下溫暖的印象。我第一次與葉笛老師相識，是當年幫臺南市文化中心編輯第一部「南臺灣作家作品集」，邀請葉老師翻譯楊熾昌先生的《水蔭萍作品集》。因為他的譯文，使臺灣日治時期的超現實主義詩人，首次以中文結集發表，引起學術界高度重視，針對《水蔭萍作品集》討論的相關論文，至今已有豐碩的成果。十多年來葉老師陸續翻譯許多日治時期的作品，成為推廣臺灣文學的重要推手，而他對文學的執著與對人的熱忱，常令我感動。

葉笛老師的文學評論，在其著作中，是除翻譯之外，篇幅最長的文類，其評論中又以詩評為大宗，這也印證了葉笛老師的詩人本色。在葉老師的評論稿中，大致可分為四大類，第一類是日治時期臺灣現代詩的探討，包括《臺灣早期現代詩人論》及其他單篇論文，收在《葉笛全集・評論卷》的卷一。第二類是臺灣戰後現代詩人論，其中包括臺灣現當代本土詩人與詩作的評論，亦涉及當代作品的文學史論述，收在《葉笛全集・評論卷》的卷二。第三類是臺灣當代藝文評論，包括書評、畫論、文學史論、序、跋等，收在《葉笛全集・評論卷》的卷三。第四類是東亞近現代

*發表文章時為成功大學中國文學系教授，現為成功大學中國文學系特聘教授。

文學評論，乃以日本文學的評述為主，收於《葉笛全集・評論卷》的卷四。而以上四類評論皆有其一貫的觀點，流動著葉笛老師獨到的史觀和濃郁的鄉愁。

二、前輩典範的詮解

《臺灣早期現代詩人論》可以說是國內第一部討論日治時期臺灣詩作的專論，是對於臺灣前輩詩人的詮解。記得國家臺灣文學館開館時，曾邀請葉老師以《臺灣早期現代詩人論》作為館內出版品，葉老師毫不猶疑的提供稿件，因排版時間緊迫，葉老師、陳坤崙和我，相約在火車站見面討論，我們在寒冷的月臺上討論編輯事宜，雖然停留時間不長，卻讓我常回憶那般如繪的畫面。

在這部論著中，葉老師自己提出寫作此書的動機：

> 我深深為賴和的新詩〈南國哀歌〉、〈覺悟下的犧牲〉、〈流離曲〉等所感動，也細細地咀嚼了楊華的有橄欖味的小詩，雲萍抗議的心聲，張我軍望鄉、相思的憂鬱……。自此，我心中一直渴望著探索日據時代臺灣現代詩的來龍去脈。
>
> ——〈前記〉

在日本東京任教時期，葉老師與在東京教書的朋友組織「臺灣學術研究會」，並出版年刊，他陸續發表了賴和、張我軍的相關討論，這正是他一心想探索日治時代臺灣現代詩的先聲。這部《臺灣早期現代詩人論》，是他長期關注臺灣現代詩史的結晶之作，他以作者的生年順序排列，並為每位詩人寫一首「致敬」的詩作，處處可見其用心。

在體例上，葉老師在每篇論文裡都有一節專門介紹作者，他希望一般讀者也能熟悉這些前輩詩人，可謂苦口婆心。在舉證作品時，如果葉老師找得到這些詩人的日文詩作，他自己都重新翻譯，透過詩作的翻譯，評論的書寫，史料的整理，希望顯現日治時期現代詩最「有意味的形式」[1]。除了《臺灣早期現代詩人論》外，《葉笛全集・評論卷》第一卷還附錄五篇葉老師在研討會或期刊發表的論文，皆是日據時期臺灣詩人或詩史的論述。在論文中，葉老師常回到創作根本問題，探問「詩的本質是什麼？」、「文學的意義為何？」從最基礎的思維出發。葉老師曾在〈被俘囚的詩人賴和〉一文中提出這樣的觀點：

> 有時候，一首詩比社會科學的論文會更讓人直覺地領悟社會和歷史的真實和人們的感受。可以說：人們認為不是「史詩」的「詩史」，我想指的就是這種詩。詩人除了歌頌大自然、愛情、追求美，甚至以身殉美之外，還可以歌頌自由平等，呼籲追求真理和正義。那高唱爭取希臘的自由，終於以身相殉的英國詩人拜倫，就是追求浪漫世界的美，愛情的崇高外，為自由正義捐軀的例子。

詩之所以動人，是因為詩人有美麗的心靈，心中有著發光的夢[2]。所以葉笛老師在回答「誰是賴和？」的自我提問時，他的回答是「賴和是第一個道道地地的臺灣詩人，他以詩人的聽診器診察殖民地人們心臟的鼓動，以詩為藥方，要治療和革新人們的精神。」賴和本是醫生，所以用治療為喻，而作為詩人，詩是藥方，用以改善及變化人的心靈。

葉笛老師討論日治時期的詩人，除了〈臺灣新詩的萌芽和發展——日治時代二十年代詩壇的鳥瞰〉以及〈日據時代臺灣詩壇的超現實主義運動——風車詩社的詩運動〉等直接涉及詩史的論題外，討論個別詩人時，

---

[1]這是形式主義美學家克萊夫・貝爾（Clive Bell，1881～1964）提出的著名論點，認為好的作品，是具有喚起觀賞者情感的形式。姜慶國譯，〈有意味的形式〉，收於《二十世紀西方美學經典文本》（上海：復旦大學出版社，2000 年 12 月，一版）頁 460。

[2]葉笛老師在〈被俘囚的詩人賴和〉中，曾在文前引錄法國詩人 Leconte de Lisle 之詩〈尼俄柏〉:「你的心裡還活著一個毀滅不了的夢」。葉笛，《臺灣早期現代詩人論》（臺南：國立臺灣文學館，2003 年 10 月 17 日，初版），頁 1。

他也同樣重視時代及社會背景的介紹，將詩人放在歷史的脈絡中，例如討論楊雲萍時指出：「在臺灣新文學上，他是第一代白話文作家，在文化上，是 1920 年代沐浴過日本大正時代民主運動，接受第一次世界大戰的世界觀和新思想的，日本殖民統治時代臺灣文化運動核心的知識分子。」（〈詩、真實和歷史——詩人楊雲萍的《山河集》和《山河新集》〉）特別注意個人的歷史定位。又如討論張我軍時說：「在今天，我們看張我軍及其詩集《亂都之戀》，必須了解 20 世紀 20 年代、30 年代的臺灣客觀的情勢，及世界、整個亞洲地區的新思想、新潮流的衝擊。……張我軍時代的文學革新，不但要從整個臺灣文學史上予以肯定，還可以從其文學運動的歷史，探索 80 年代以後臺灣需要哪一種文學。」（〈張我軍及其詩集《亂都之戀》〉）葉老師不但關心臺灣詩史的發展，亦希望以古鑑今，探索今日創作的方向。另一方面，葉老師對詩人的評價，亦常援引異國詩人的作品相比較，以凸顯詩作的特性，並見其獨特的意義和影響，如討論吳新榮：「說詩人是時代的目擊者，是時代的見證人，吳新榮當之無愧。……把阿拉貢的〈巴黎〉和吳新榮的〈誰能料到三月會做洪水〉對照起來讀，來思索，真叫人感慨萬千，阿拉貢的詩描寫巴黎從德國的魔火中，浴火重生，站在廢墟上卻充滿著希望，洋溢著歡忭。然而吳新榮的詩描畫的形象多麼黑暗、悲慘、無望，是一幅哀莫大於心死的景象。」（〈鹽分地帶的詩魂——吳新榮〉）將詩作放在歷史的脈絡，探討詩人在詩史上的定位或以古鑑今，思索當代創作的方向，甚或擴展視野，與異國詩人作比較，都是站在文學接受的角度出發，把作品放在文學史的系列中考察，誠如姚斯（Hans Robert Jauss，1920～）所云：

> 藝術品的歷史本質不僅在於它再現或表現的功能，而且在於它的影響之中。……這種不斷的理解和對過去的能動的再生產就不能被局限於單個作品。相反，現在必須把作品的關係放進作品和人的相互作用之中，把

作品自身中含有的歷史連續性放在生產與接受的相互關係中來看。[3]

將日治時期的詩人與詩作放在時代的脈絡，以及作品的關係中討論，能夠給予這些前輩典範較為深刻的詮解。在討論這些前輩作品時，葉老師常回到感動人心的基本要求評斷作品，例如寫江文也：「把龐大古蹟的歷史壓縮於感動的頂點，把因景光和世相扣動靈魂的感動和震顫，音樂般飄忽又抽象的思維、冥想和感性揉雜在四季的交替裡，像刻銘文一樣地表現出來。」(〈用音樂語文寫詩的江文也〉)將江文也〈北京銘〉的特點，清楚點醒。而如吳新榮〈故里與春之祭〉組詩之一〈河〉，葉老師的譯文是：

圍繞著故里的這條河
這條河是我底動脈
你永遠波動著的時候
我將永遠歌吟著詩

非常動人的語言，吳新榮熱愛鄉里的情感在此詩表露無遺，而葉老師則評述云：「我們可以發現再也沒有比把故鄉的河比喻為自己的動脈，更令人感到『河』與『詩人的生命』不可分的形象化。詩句單純淺顯，其情卻深不可測，讓我們毫不懷疑只要這條河在波動、在流蕩，詩人將永遠會有詩。河流是大地的動脈，也是詩人的動脈，河流賦予大地以生命，賦予詩人以生命來創造詩。」(〈鹽分地帶的詩魂——吳新榮〉)葉老師的譯文和詮釋，與原作相得益彰。葉笛老師深入土地情感與審美感動的論詩方式，不但帶領讀者進入日治時期的詩史，也讓讀者深刻領受審美的旨趣。

---

[3]姚斯（Hans Robert Jauss）著；周寧、金元浦譯《接受美學與接受理論》(遼寧：遼寧人民出版社，1987年9月，一版)，頁19。

三、戰後臺灣本土詩史的脈絡

如果說《葉笛全集・評論卷》卷一有意為日治時期的詩人立史，則「卷二・臺灣戰後現代詩人論」，則是為戰後本土詩人的系譜建構歷史的脈絡。其中可分為三部分：第一類是回溯歷史的宏觀總論，如〈臺灣新詩的歷程〉、〈臺灣現代詩《笠》的風景線〉、〈論《笠》前行代的詩人們〉等。第二類則是針對本土詩人的作家論，或是詩集的書評，如〈探索異數世界的人——桓夫論〉、〈複眼的詩人錦連〉、〈白萩論〉等，以及書評如〈論柯旗化的詩集《母親的悲願》〉、〈愛與匕首——論許達然詩集《違章建築 》〉等。第三類則是針對本土詩人臺語詩作的討論，以及探討臺語詩的發展史，如〈戰後臺語詩發展〉、〈日據時代兮臺灣話文運動〉、〈從戰前與戰後的臺語詩創作看臺語運動〉等。

在回溯詩史的宏觀總論方面，第一篇論文是〈臺灣新詩的歷程——一九二〇年至七〇年代詩壇鳥瞰〉，此文主要以歷史的角度省思日治時期以來的新詩運動，繼而討論戰後臺灣詩壇的四大詩社，即「現代詩社」、「藍星詩社」、「創世紀詩社」、「笠詩社」的發展。在結語時，葉老師提出他的意見：

> 臺灣自 1960 年代起在美國和日本經濟的影響，……現代詩與文學乍看之下，甚為繁榮，實質上在拾取歐美現代主義的糟粕，變成逃避現實的淵藪。在這種情勢下，批評與針砭匯成一股時流，毋寧是自然現象。
>
> ——〈臺灣新詩的歷程〉

葉老師所謂的「批評與針砭」，乃指唐文標、關傑明等人對詩壇的批判，此類批判主要的題旨，乃在詩作應有關心現實、回歸民族的特性。葉笛老師肯定這樣的思維，並認為臺灣許多詩人應具有「凝視自己所生存的腳底下與周遭，對受苦的心靈、社會的不平，展望整個社會將來」的寫作態度。他在探討「笠」詩社時，提出創作方向的建言：

> （一）有本土意識。本土的個性，並非就是狹窄的地域主義，而是追求文學的實質和內涵。
>
> （二）我們不但繼承現實主義的批判精神，也要發揮人道的民族精神，讓現代詩接近民眾。

葉笛討論「笠」詩社的發展，充滿感情，所提的建言，並不是以「本土」作為自我局限，反而是以開闊的視野、人道的精神，以及審美的詩質期許。葉老師對於「笠」詩社前行代的詩人充滿仰慕，例如討論巫永福、陳千武、吳瀛濤、林亨泰、錦連、陳秀喜、羅浪……等，論及他們「跨越語言」的艱苦，表達高度的敬意與不捨，尤其對於他們熱愛土地的情感，更加推崇，例如在〈巫永福的文學軌跡〉一文中云：「可知巫永福要求自己的是：要做一個完整的臺灣人，所以凡是違反臺灣人的權益的，壓迫臺灣人的，他都要反抗。這種態度自日本時代就如此。這真是難能可貴的精神」葉老師對巫永福的評述，正表達他自己的心聲。又如他在〈論柯旗化的詩集《母親的悲願》〉文中說：「愛鄉土，必定愛鄉土上的人民。愛鄉土，愛人民是無罪的！然而在某時地，某種政權下，這些有良心的人卻成了罪犯或死囚。柯旗化曾因政治事件二度入獄，先後在獄中渡過 17 年。人生有多少個 17 年？在腐蝕肉體與精神的漫長的牢獄生活中，一個人可能會心死，但也有信念變得更堅定的人，柯旗化是屬於後者。何以故？因為他是個有硬骨頭的道道地地的臺灣人。愛鄉土重於他的生命。」反應的正是身為臺灣詩人的風骨。他在討論許達然詩作時，引用《違章建築》的序云：

> 當然不是寫著玩的，要玩就不寫了。生命尋求佳句，佳句在生活與思考裡——最好可能是時代與社會的見證，想像及批判。

葉笛老師說他自己「渴望真實的，擲地有聲的詩」，實際上是與社會現實相呼應，能省思生命的作品，他對於同時代的詩人亦是如此期許。

葉笛教授從日本回到臺南，對臺語文學的創作開始有較多的關注。他自己推動臺語讀書會，譯寫臺語詩，在研究方面也有系列的論文，其中〈戰後臺語詩的發展〉，實際上是從戰前開始討論，可以視為臺語詩簡史。葉笛舉戰前黃石輝、黃春成、郭秋生、吳新榮、賴和等人作為推動臺語文學的代表，戰後則舉林宗源、黃勁連、向陽、莊柏林、宋澤萊，李勤岸等人說明臺語詩從摸索到成熟的過程，他站在文化自主的角度說：「臺語詩、小說、散文作品的推廣與內容，品質的改良與臺語的文字化與書寫的統一是互為表裡的。……在認同大臺灣的前提下，臺灣語文的推廣是建立自主的文化急不容緩的重要工作，……母語的文化創造方面要靠一切有心人同心協力來做的工作實在太多太多了。」他認為要推動臺語文學，一定要有文化的內涵和深度，這並不是要強迫人人要學臺語或臺語文學，他認為站在保存文化自然成長的方式抒發情感，才是適當的，即「用自己的族群的語言創作出來的詩，不獨是屬於個人的，也是屬於族群的，因為它也是豐富文學，提升文化的要素之一。」、「要使臺語更富表情，給予新的生命，最好的方法是甚麼？就是要像但丁、葉慈他們那樣，要拿我們的語言——臺語來創作文學作品，創作、再創作，唯有這樣，假以時日，才能自然而然，水到渠成地成為表現工具。」(〈臺語詩欣賞〉) 因此他不但帶領讀者讀許多優美的臺語詩，也要求自己習作、譯作，他認為文學的語言是從創作的實踐中產生，母語的推動，要有美感的質地，語言才能生動，也才有意義。

四、藝文評論與東亞文學

《葉笛全集・評論卷》的卷三與卷四，分別是臺灣當代藝文評論，以及東亞近現代文學評論。臺灣當代藝文評論的部分，乃是關於小說、詩、散文、電影、畫論、文論的文藝批評，以及部分序、跋之作。其中亦有屬於抒寫個人創作觀念的文章，如〈談寫作〉與〈詩的行為〉等。在這些文藝批評裡，可看到葉笛老師一貫的文學思維，譬如討論黃春明的小說，他先從個人的感動談起：

> 他的作品有一種深沉的力量，使看過的人好幾個小時後，仍然覺得坐立不安，而且，叫人沉思，〈看海的日子〉的女主角梅子以及〈兒子的大玩偶〉裡面的坤樹，即如此。這種力量不像哈代的來自某一環境下的難以抗拒的宿命，以及性格破綻所帶來的悲劇，而是那些人物所具有的「善良的人性」在現實世界裡被捶擊，宰割時的光和影交織成的人性痛苦的形象打動人的心坎。
>
> ——〈黃春明〈兒子的大玩偶〉分析〉

葉老師認為這種感動來自生活現實的表現，「我認為文學雖然不是生活，但，最少最少它是生活的表現。離開現實的作品，即使它有巧妙的主題及特色，仍然不能認為有價值。」能夠透視現實，滲入生活中細密神祕之境，才具有生命。而葉老師在抒發個人創作觀念時，亦是秉持此一理念：

> 詩的產生，不但來自現實的契機，要寫一首動人的詩，詩人就必須對自己賴以生存的土地與社會環境擁有蓬蓬勃勃的感情，自古至今，詩的定義見仁見智，莫衷一是，但，至少有一件事是肯定的，無他，就是感動，就是最哲學性的詩，你會喜歡它，甚至愛它。那也許在理性、思考性方面，讓你有所感動，有以使然的。
>
> ——〈詩的行為〉

對於賴以生存的土地與社會環境擁有蓬蓬勃勃的感情，正說明葉笛雖然去國多年，卻仍然對於臺灣念於斯，感於斯的情懷。他在評論畫家陳輝東的系列漁港畫作時說：

> 他（陳輝東）生在臺灣安平港的運河附近，在那裡長大，可說從小「船」就是近在眼前的。別說是生在海邊或海港的少年人懷著夢，誰不曾對著海湧起滿懷羅曼蒂克的遐思呢？發光的渺無邊際的海和停泊著的、揚帆疾駛著的船就是生命不可知的另一軌跡。我自己在年輕的時日就有過滿腦子的水手和海鷗交織成的夢；現實生活的另一世界之魅力使陳輝東轉向「討海人」，想來是順理成章的。
>
> ——〈動與靜，柔與剛的變奏曲——剖析陳輝東的畫〉

他期許陳輝東「把自己銳利的視線投向身邊的更現實的、可以聞到生活體臭的層面，這是他的生活和思想更進一步的深化，是令人高興的。我希望他能去挖掘更多生活裡的詩與真實。」葉老師認為藝術家是從辛勤汗水中嗅出來的，從現實生活中體貼出來的，這是藝術工作者的天路歷程。

葉笛老師在回顧文壇前輩的文化貢獻時，常是有著深切的感慨與感動。譬如述及吳濁流在受壓迫的日治時期，避開日本刑警的耳目，創作《亞細亞的孤兒》，即是承繼臺灣 1920 年代新文學的反抗精神，是可以與二次大戰法國的抗議文學媲美，這種精神，使臺灣文學在戰後強大的摧殘下，得以不墜。而吳濁流編《臺灣文藝》，實具有其歷史地位：

> 《臺灣文藝》是一粒不死的種子。它在貧瘠的土地上，在文化沙漠上發芽，在差不多不可能生存的「時空」裡，以其跋涉沙漠的駱駝般堅忍不拔的精神，一步一個腳印的，……他（吳濁流）任勞任怨，在 12 年半的時間裡，編到 53 期，終於在 1967 年 10 月撒手而歸，真個是「鞠躬盡瘁，死而後已」，為刊物付出一切。《臺灣文藝》象徵著在時代的狂風怒濤中屹立不墜的臺灣文學。
>
> ——〈吳濁流《臺灣文藝》雜誌的意義和影響〉

葉老師在談論《臺灣文藝》時，反映的是臺灣文學發展的心酸歷史，如果沒有吳濁流一輩作家堅強的精神，後繼者不屈不撓的經營，臺灣文學如何能在風雨飄搖中續存？所以葉老師對於這些堅毅的先行者，都有一份敬意，如他討論到黃得時云：「在日據時代就扮演臺灣文學史開荒者角色的，無疑的，就是黃得時教授。」（〈臺灣文學史的拓荒者——黃得時〉）因為有這些先行者篳路藍縷，才為臺灣文學奠定不可動搖的基礎。又如寫鍾肇政在文學形式的開拓，鍾老歷經政治權力的壓迫，卻仍能開出美好的果實，過人的意志與辛勤的工作，是有其動力根源：「鍾肇政的大河小說寫的是，臺灣人為了生活，站起來，不畏一切艱難困苦，不怕一切犧牲，要開創一個完全屬於自己的天地與歷史的過程。這個主題，正是讓讀者為之動容，掩卷沉思的主要魅力。」（〈鍾肇政——臺灣文壇的長跑健將〉）葉老師對於這些高度受鎮壓的年代，卻寫出動人作品的創作者，發出虔誠的讚嘆。

葉老師所寫的序、跋，除了為至交文友所寫，還有許多是他自己的譯作或創作的序跋，常寓有他個人的創作理念或美感思想在其中，例如《浮世繪》的代序一，是以和 S.M 君的書信體為序，抒發的正是他自己的文學世界：

> 我企圖將人生的光、色、線條、味覺、氣息，以及在我心中所感受、觸覺、撫摸、呼吸到的一切，用一種最自由的形式表現出來；雕塑出這光怪陸離的世界的面貌。同時，我想：我這樣做，對於讀者也是很方便的，他們可以隨心所欲地翻閱任何一篇，而不至於被長篇累贅的描敘所困惱。

葉老師追求這樣的文學世界，他對文學知交的期許也是如此，如他寫郭楓：「對於郭楓來說，在平庸的世界裡，文學，幾乎是他底『全生活』，是他底心靈生長的歷程，是他底自我和時代相關的座標。憑著這種執著於文學精神上底純粹性，使他能在踽踽涼涼中，忍受孤寂，鍥入到文學的內層，像春蠶吐絲一般寫出他底作品。」（〈郭楓《九月的眸光》序〉）葉老師與文壇友人長年相知，如郭楓、許達然、李魁賢、龔顯榮、林瑞明、呂興昌……等，他此生最幸福的，也是有這些文學上的好友。

在《葉笛全集・評論卷》卷四，東亞近現代文學評論的部分，葉笛老師主要關心的是日本文學、中國文學，以及亞洲文學與臺灣文學的關係。葉老師長期在日本大學任教，他翻譯了許多日本文學的名著，其中最具代表性的是芥川龍之介的小說，臺灣大部分讀者是透過葉老師的譯著讀芥川的作品。葉老師極愛芥川耽溺於創作，追求藝術的精神，他在〈芥川龍之介的生平與文學藝術〉一文中，討論到芥川的特質：

> 他的文章有壓縮、蒼勁、縹緲的韻味。他的許多小說都具有抒情詩的情調，和陰鬱、戰慄美。都是非常誘人的。

葉老師對於日本文學陰鬱耽美的性質，有深切的了解，他在探討日本戰後「荒地」詩派的評論中，討論到高野喜久雄，也有類似的感想：「高野喜久雄的詩充滿著對生與存在思索的苦惱，不斷地疑問與尋覓生命的真諦的誠摯，可以說解救了他的詩給人的陰鬱世界，給予人一絲光，形而上的思考不流於玄而具有魅力的力量正在這裡。」（〈日本戰後詩派「荒地」的軌跡一瞥〉）葉老師熟悉日本文學家的文學觀念，也常在行文中引用：

> 朔太郎認為「所謂詩就是攫住感情的神經，活著在作用的心理學」[4]因此他把抒情主義帶進靈魂最深處，表現靈魂微妙的和激情的顫動。崛辰雄看到《青貓》時說：「在我前面彷彿只有一個，用我們的語言能夠把靈魂最深邃的激情（Pathos）表現到什麼程度，譬如說如何表現一朵花，為這

[4]引自萩原朔太郎《向月亮吠叫》的自序，見葉笛〈論萩原朔太郎〉。

樣的事情煞費苦心的優秀的詩人的身影。」這句話可以說精確地道破了朔太郎對於詩的認知和他探索的詩法。

——〈論萩原朔太郎〉

在討論萩原朔太郎詩作後，適度引入其文學觀念與作品相呼應，我們可以看見葉老師引文的精采處。葉老師討論東亞近現代文學，正是要引進異國文化與臺灣文化相對應，是希望文壇開闊視野，重視鄰國的文化差異。他在探討日本文化時，若涉及臺灣殖民歷史，常對日本提出強烈批判。例如他討論日治時代「外地文學」課題時說：「所謂『外地文學』就是殖民地文化政策下文學的一型態。被殖民的作家和詩人，容或因統治者的高壓手段，或沉默封筆，或吟風弄月，或以曲筆表現心聲，不論其態度為何，未失去赤子之心的作家、詩人，是絕對不會出賣自己的靈魂的，如同海底有火山，被壓迫、踐踏、被侮辱、損害的，是心底也有火山的。」（〈日據時代「外地文學」概念下的臺灣新詩人〉）對於日本殖民地文化強烈不滿，葉老師不但是站在臺灣文學的基本精神和傳統，他更是站在人類生存的尊嚴與基本價值發出省思。葉老師引進異國文化，在拓展臺灣文學視野，更是在強調人道的，批判的，美感的人文精神。

五、結語

葉老師極念舊情，在日本大學任教時期，念念不忘臺灣故土與文壇舊友，在他的文章中，處處流露對臺灣與對友人的思念。退休後返臺，熱忱的投入藝文界的推廣、研究、翻譯工作，在府城，在全臺灣，都可看到他奔波努力的身影。他卷帙浩繁的評論卷，很多都是返臺後的論述，其豐富的涵養，讀者必能深深體會。在這些論文中，我們可看見他宏偉的史觀，以及立足於土地的觀點。他深切了解受壓迫之苦，〈論柯旗化的詩集《母親的悲願》〉前言中他引尼采的話說：「有很多事情要說卻被判處沉默，是可怖的。」這正是過去臺灣文學的寫照。他在討論《許達然集》時，前言引奧登的〈短歌〉:「你不夢想沒有鎮壓的社會嗎?嗯,會呀,在拒絕胎兒出生的地方。」這是生而為人的悲憫之情。葉老師雖然常強調臺灣文學受壓迫的歷史,但他不希望停留於悲情,而是要邁步向前,將臺灣文化與世界文化融合,創造出最動人,最具有美感的藝術形式。葉老師採取的是積極、堅毅的奮鬥精神,他認為具有深刻美感的藝術世界,才是人應追求的生存方式,所以斯人雖遠,美好的思維長存。

——選自戴文鋒主編《葉笛全集 4 · 評論卷一》

臺南:國家臺灣文學館籌備處,2007 年 5 月

葉笛論

◎李瑞騰*

1994 年底，《文訊》雜誌積極籌備於次年春天舉辦大規模的「臺灣現代詩史研討會」，我們輾轉得知長期旅日的學者詩人葉笛先生已於去年返臺定居故鄉臺南，於是冒昧向他約稿，希望他討論日據時代的「風車詩社」。

我們很快收到他的論文〈日據時代臺灣詩壇的超現實主義運動——風車詩社的詩運動〉。這篇論文分三節：一是前言，提出日據時代臺灣新文學運動的大背景，特別是在詩文類上，寫實主義理所當然是主潮，因此「異軍突起，惹起不少不同的評價」的「超現實主義者」楊熾昌（水蔭萍），就顯得特殊而深具探討之價值了。二是「超現實主義理論的淵源、播遷及其影響」，先談起現實主義在法國之興起，重要的還在它「在日本」及「在臺灣詩壇上」，後者當然就是楊熾昌及其主導的風車詩社。第三節是「風車詩社的作品及其風貌」，只論楊熾昌的作品。

對於臺灣新詩發展史來說，這是一篇足以補闕的重要論文。葉笛先生熟悉日本文壇及文學思潮，對於臺日文學關係有很具體的掌握，回看臺灣文學史事，自然能夠觀瀾索源。我印象最深刻的是，他從最原始的日本文獻下手，而且自己翻譯詩作，後來發現，葉先生之所論述，只要有日本資料，他一定自己翻譯。這形成一種特色，也是他對於臺灣文學再建構工程一項極大的貢獻。

我在研討會的現場第一次見到葉笛先生，他的溫厚儒雅讓我印象深刻，遺憾沒能多向他請益，往後幾次的會面，也一樣是在聚會的場所，打

---

*發表文章時為中央大學中國文學系教授兼圖書館館長，現為中央大學中國文學系教授。

個招呼而已，2004 年 10 月，笠詩社假臺南國家臺灣文學館舉辦成立 40 周年的國際學術研討會，我應邀評論他的大作〈論《笠》前行代的詩人們〉，這篇具有集團性及世代性的詩史專論，寫來舉重若輕，葉先生也是從背景談起，把《笠》前行代詩人（巫永福、吳瀛濤、詹冰、陳秀喜、陳千武、林亨泰、杜潘芳格、錦連）擺進去，合論再分論，最後再續談銜接前行代的二位詩人（黃騰輝和李魁賢）。

葉先生這裡所謂「前行代」，是以詩人年齡立論，而不是詩社史觀點，我認為尚有討論空間；而所謂「銜接者」，指的是相對比較年輕的詩人，本篇未能論及者尚多。對於我的提問，葉先生委婉回應中自有堅持，其中涉及寫作方式和論述策略，可以理解；我對於他簡單幾筆即能彰顯個別詩人特色，覺得是一種卓越的讀詩能力，想必和他長期的詩經驗有關。

我尚未讀到他於 1995 年出版的《臺灣文學巡禮》（臺南市立文化中心），但 2003 年的《臺灣早期現代詩人論》（國家臺灣文學館）卻已仔細拜讀。像這樣的專著，是寫斷代詩史的預備作業，包含原始文獻的搜尋、翻譯與詩作之解讀，非常費力，但葉笛先生「心中一直渴望著探索日據時代臺灣現代詩的來龍去脈」（〈前記〉，頁 2），因此而不畏煩瑣，比起大陸某些臺灣文學研究者，用二手資料就寫起詩史，不啻天壤之別。

本書除張我軍一篇，其餘 11 篇皆發表於張默先生主編的《創世紀》（賴和、王白淵、陳奇雲、楊雲萍、楊華、吳新榮、水蔭萍、郭水潭、江文也、巫永福、林修二），其中陳奇雲、江文也、林修二三篇，也許是比較少見相關的討論，特別覺得有價值。大體來說，這裡面有日據時代的歷史及詩史概況，有詩人的出身背景與時代的對應關係，有詩人寫詩歷程及其特色。其所引述，頗多中日文對照，則本書之史料價值，不容忽視。

更特別的是，本書各篇之後皆錄有一首專為詩人寫的詩。這 12 首「致詩人」詩，也可以視為「論詩詩」（如杜甫〈論詩絕句〉及其後以此為名的作品）或「志人詩」（一部分的「詠史詩」、「贈答詩」），它建立在對於詩人的深刻理解上（這是「接受」），抓重點（這是「選擇」）去呈現（這是「寫作」)，非精於詩藝者，寫不好這樣的作品。

葉笛先生是詩人，遠在 1954 年便已出版《紫色的歌》(嘉義：青年圖書公司)。最近陳鴻森教授告知葉先生自己手上無該本詩集，我從張默先生贈書中找出，複製乙冊以贈，乃利用機會讀了一遍。

總的來說，青年葉笛素樸的筆觸傳達出飽滿的情感，他一方面面向自然，「吮飲強烈的生命之光，／呼吸鮮新的大地之氣」(〈孩子與野花〉，頁 19)；一方面熱情呼喚愛情，「從你那盈溢光輝的微笑裡，／我感悟了青春和生命的意義！」(〈你可曾知道！姑娘〉，頁 5)。他時而高唱「牧歌」，時而告訴我們，他「徬徨」、「孤獨」、「寂寞」，他渴望「愛」！他的朋友郭楓說，這些作品「該被珍惜和熱愛」，因為：

> 它吸吮著感情的乳汁而從豐厚的泥土所生長，
> 它閃爍著誠摯和動人的真實，
> 它由自然取得了一分美，光澤和顏色。
>
> ——〈關於《紫色的歌》〉，《紫色的歌》，頁 1

翻譯和評論掩蓋了葉笛在創作上的光彩，1990 年，他出版了第二本詩集《火和海》(臺北：笠詩社)，戰爭與死亡意象交相疊映，蘊含明顯的反戰思想；2003 年，出版了第一本散文集《浮世繪》，「反諷更批判庸俗、虛妄、冷酷，講理性卻不講理的現代社會」(許達然〈論葉笛的散文〉)，都沒有引起文壇太多的注目。其實，像葉笛這樣一位作家，出身臺灣、長年旅日，然後回歸鄉里的背景，教研與創作並存的資歷，其豐富的文學內涵，值得我們深挖細探，特別是值此臺灣文學研究亟待深化之際，我們不能只享受他譯述之成果，對他進行更多方面的理解，是我輩責無旁貸之事。

——選自戴文鋒主編《葉笛全集 17・資料卷一》
臺南：國家臺灣文學館籌備處，2007 年 5 月

葉笛的傳記詩評

◎孟樊*

一、前言

相較於產量豐富的譯作，葉笛自日返臺後僅見的文學評論專著只得兩冊：《臺灣文學巡禮》（1995 年）與《臺灣早期現代詩人論》（2003 年），收穫稍嫌單薄，這二本論著所收論文幾乎全為詩論評（不管其討論的對象是詩人或詩作）[1]；而在這兩本書出版之間發表的另外兩篇論文〈日據時代臺灣詩壇的超現實主義運動——風車詩社的詩運動〉（1996 年）與〈臺灣現代詩《笠》的風景線〉（2000 年），以及稍晚於 2004 年笠詩社 40 周年國際學術研討會上發表的長篇論文〈論《笠》前行代的詩人們〉，亦屬詩論評著述，這或許緣由於葉笛除了從事文學研究之外，本人同時也是一位現代詩人之故[2]，有鑑於此，我們可以說，葉笛的文學論述係以詩論評見長。

葉笛的詩論評，整體而言，顯現出一清晰的基調，那就是如其第二本評論專著的書名所示一樣，率以簡約而又不含糊的「詩人論」（the poet study）為其論述之依據，此所謂「詩人論」兼有兩種涵義：一是指以現代詩人本人做為論述對象，探析的是「人」（poet）；二是指從人的角度來評論詩人的作品，探析的角度係從「人」出發，卻仍歸結在詩作上。前者研

---

*本名陳俊榮。發表文章時為臺北教育大學語文與創作學系副教授，現為臺北教育大學語文與創作學系教授。

[1]《臺灣早期現代詩人論》一書，光從書名，不問可知，其為詩論評專著，殆無疑義。《臺灣文學巡禮》全書探討的也是現代詩人及其作品，只有輯二的〈文學與電影的滄桑〉以及附錄中的〈二○年代中國文學中的虛無傾向〉二篇超出詩論評的範圍外，可以說《臺》一書亦為一本詩論的專著。

[2]葉笛出版有二本詩集：《紫色的歌》與《火和海》。

究的雖係詩人本身，但亦須佐以其詩作材料做為立論的證據。不論是上述哪一種涵義，其皆出於艾布拉姆斯（M.H. Abrams）所說的前提，即「文學以（作家）個性為其標誌」（且是最可信賴的標誌）[3]，而這一研究的前提，其實也就是傳統傳記式批評（biographical criticism）向來的主張；基於此點，我們有理由相信，葉笛所本的批評詩學乃是屬於一種傳統的研究方式（traditional approach）的傳記式詩評。

依艾氏所見，詩作（文藝）與詩人的個性，彼此是相互關聯的變量，衡量其變量之間的差異，可以區別出此種傳記詩評三種不同的研究方式：（1）係根據詩人來解釋其詩作；（2）乃是從詩作中讀解其詩人；（3）則是（讀者／批評家）藉由閱讀詩作來發現詩人。第一種係探究「文學致因」的研究方式，亦即法國文學批評家聖柏甫（Charles-Augustin Saint-Beure）所云：「有其樹，必結其果」，其研究乃透過參照詩人的性格、生平、家世、環境等「具體個性」，而把該詩作的特性孤立出來加以解釋。第二種的研究目的則是撰寫傳記，即將詩作當作一種易於獲得的紀錄或材料，據此去推測詩人的生平與性格。而第三種研究乃以審美及欣賞為其主要目的，基於「詩作的審美特性係詩人個性的投射」的觀點，把詩作視為「直接通向詩人靈魂透明的入口」[4]。第二及第三種傳記研究之差別，主要在於前者是透過詩作來撰寫詩人個人傳記，而後者則是藉由詩作來了解詩人本身。

基本上，葉笛的傳記詩評乃係上述所稱的第一種研究進路（appraoch），即「根據詩人來解釋其詩作」，如同古耳靈（Wilfred L. Guerin）等人所說：「此種研究方法視文學作品主要（若非絕對的話）為作者生活及時代或作品中人物與時代的反映」[5]，儘管小說作品比較適於採用此種批評方法（蓋其所寫的生活經驗通常較詩為廣，也因而較多受到外在

[3]M.H. Abrams, *The Mirror and the Lamp: Romantic Theory and the Critical Tradition* (Oxford: Oxford University Press, 1971), p.227.
[4]Ibid.
[5]Wilfred L. Guerin et al., *A Handbook of Critical Approaches to Literature* (New York & Oxford: Oxford University Press,1999), p.22.

因素的影響）[6]。緣於如是的研究進路，葉笛的傳記詩評主要分從詩人的生平（life）、思想或理念（idea）以及時代環境（times）三方面來解讀及探析詩人的作品，而其所解讀與評述的的詩人包括：賴和、張我軍、陳奇雲、楊華、王白淵、楊雲萍、水蔭萍、江文也、林修二、吳新榮、王登山、巫永福、吳瀛濤、詹冰、陳秀喜、陳千武、林亨泰、杜潘芳格、錦連、黃騰輝、李魁賢、白萩、許達然、柯旗化及莫那能等人，集中討論的對象為日據時代與所謂「跨越語言的一代」的省籍詩人，且主要為笠詩社的詩人[7]。底下本文即分從上述三個角度進一步檢視葉笛的傳記詩評。

二、詩人生平的解讀

從詩人的生平（或其個性）來解讀與詮釋他的作品，很早即盛行於某些英國與德國的浪漫主義批評家中，不論是由詩人直接將其個性與生活經驗投射到詩作中，或是由詩人以扭曲或偽裝的方式間接地予以表現[8]，其詩作背後都有一個人存在，使得吾人在閱讀作品之際，不能不注意到那個人（也就是詩人），誠如韋勒克（René Wellek）與華倫（Austin Warren）在《文學理論》（*Theory of Literature*）一書介紹傳記批評的文學研究方法時所指出的：「我們讀了但丁（Dante Alighieri）、歌德（Johann W. Goethe）或托爾斯泰（Lev Nikolaevich Tolstoy）的作品，了解到在作品背後有一個人。在同一位作者的作品之間，存在著一種無可置疑的相似的特性。」[9]詳言之，「人要是嚴肅，他的語言和風格也就嚴肅；人的性情活潑，他的風格和語言也就活潑……人若是謙卑、低下、軟弱，那他的語言和風格也會如此。」[10]這樣的說法背後其實暗含兩個斷言：一是一個人的作品中有著某種

[6]唯古耳靈等人亦認為，詩人或其詩作並不就與外在經驗絕緣，如果因此以為詩人不關切社會問題，或者好詩不寫這類題材的話，則將是一大誤解，誠如渠等所言：「即使是某些抒情詩，亦易於運用歷史—傳記的分析方法（historical-biographical analysis）。」，Ibid., pp.23-24.

[7]關於此點，或與葉笛本人亦為笠詩社同仁不無關係。

[8]M.H. Abrams, op.cit., p.228.

[9]René Wellek and Austin Warren, *Theory of Literature.* (New York& London: A Harvest / HBJ Book, 1977) , p.79.

[10]M.H. Abrams, op.cit., p.230.

個性，把他的作品同其他作者的作品區別開來，例如我們從中可以看出一種「維吉爾特性」（Vergilian）或「密爾頓特性」（Miltonic）；二是這種文學特性與這個人本身的性格相關，比如維吉爾式的風格特性是與生活中的維吉爾的某方面相應的[11]。

抱持如上的信念，葉笛的傳記詩評每每先從詩人的生平談起，然後以此做為他進一步分析詩人作品的依據，譬如他在評述張我軍及其詩集《亂都之戀》時，開頭便先概略介紹張氏的生平，接續又介紹張氏的文學歷程，並以此來解讀、分析張氏的若干詩作。

以收入《亂》書中的第一首詩〈沉寂〉為例，葉笛先敘述張氏之開始創作新詩是他「在 1923 年隻身奔走北京，就讀北平高等師範學校的升學補習班」時，而就在這時，「他和同班上的，後來成為他妻子的羅心鄉女士發生熱烈的戀愛，《亂都之戀》的第一首詩〈沉寂〉便是在他戀愛受阻，身感周遭封建思想道德的重量壓力的煩悶、痛苦之下寫成的。」[12]顯然，葉笛將詩句「一個 T 島的青年，／在戀他的故鄉；／在想他的愛人」中所說的「他」視為張氏本人，並從考證他的生平材料下手，以之做為解讀〈沉寂〉一詩的依據。這首浪漫的「充滿著真摯的感情」的情詩，葉笛上述的分析，正好驗證了浪漫主義批評的手法。

顯而易見，葉笛相信，若有所謂「張我軍詩風」，則其必循張我軍之人而後可得，為此，他徵集不少張氏個人生平資料，目的在索求詩作（詩集）背後存在的那個人。那麼，葉笛如何評述《亂都之戀》的內容呢？他援引了張氏次子的話，從詩作的外緣（也即詩人的生平）部分切入予以闡釋：

> 該詩集的內容如何呢？這一點，張我軍的次子張光正有概括而很中肯的介紹，現在引用其中一部分：「這些詩是父親於 1924 年，在北京，返回

[11]M.H. Abrams, op.cit., p.366.
[12]葉笛，《臺灣文學巡禮》（臺南：臺南市立文化中心，1995 年 4 月），頁 23。

臺灣途中，在故鄉板橋的三個地方寫的。主要以那時軍閥混戰，人心惶惶的北京城做為背景，抒發了熱戀、相思、惜別和懷念等種種情思，表現出對人生的熱愛，對黑暗現實的憎恨和對光明的憧憬。」[13]

如斯論述方式，在葉笛後來所撰《臺灣早期現代詩人論》與〈論《笠》前行代的詩人們〉中，已成為他一貫的寫作（研究）模式。以前書為例，譬如在他談及楊華「《黑潮集》的光和影」時，便引楊華在該詩集裡的〈自序〉「夫子自道」式的一小段話：「這五十餘篇小詩，是我在 1927 年 2 月 5 日為治安維持法違反被疑事件，被捕禁在臺南刑務所（監獄）裡時所作的。（餘略）」[14]由其生平經歷以解讀《黑潮集》。又如論及楊雲萍「南遊雜詩」之一的〈新町〉一詩時，葉笛也從考證詩人的生活之處著手以為詮釋，他說：「新町是日據時代臺南市的花街柳巷」，而該詩所云：「聽說：這裡藏有五百嬋娟。／『請進、請進來呀。』／進去幹什麼？／可憐、可憐。／我疲憊悲哀／毫無戀慕的思念／稍往前走，就有通往平安的運河，／前面　幽暗看不清。」葉笛的解釋是：這是當時有天夜裡，詩人被旅館的老闆引導到該地方參觀而有感而作的[15]。再如他談到吳新榮〈題霧社暴動畫報〉一詩時，亦以「還原」到詩人寫作此詩時的實況來說明：「這一首〈題霧社暴動畫報〉是吳新榮還就讀於東京醫學專門學校時，作於 1930 年 10 月 29 日，後來收入《震瀛隨想錄》改題〈霧社出草歌（唱山歌調）〉的。同年 10 月 27 日爆發震驚社會的『霧社事件』，只隔兩天，詩人就寫出這首抗議詩。」[16]

復以前文〈論《笠》前行代的詩人們〉為例，葉笛在論及陳秀喜詩集《樹的哀樂》裡〈臺灣〉一詩時，認為「詩人堅決地相信：一切大風大浪都打不倒臺灣，這個搖籃是永恆的，永遠為我們所愛！」，卻又筆鋒一轉再

[13]葉笛，《臺灣文學巡禮》，頁 33～34。
[14]葉笛，《臺灣早期現代詩人論》（高雄：春暉出版社，2003 年 10 月），頁 150。
[15]葉笛，《臺灣早期現代詩人論》，頁 128～129。
[16]葉笛，《臺灣早期現代詩人論》，頁 160。

從詩人的生平切入補述：「陳秀喜大概從 22 歲到 26 歲前後在大陸旅居六年，她也許在這段時期學會中文，使得她得以跨越語言。但更令人佩服的是：她未被中國的醬缸所染，這實在是難能可貴的。」[17]又如談及陳千武（桓夫）著名的〈信鴿〉一詩時，葉笛也考證道：「這是戰爭終結後 19 年才寫的詩。桓夫在日據時代曾經被徵召到南洋作戰，〈信鴿〉寫的是深埋於時間的流砂裡的『死』，這種記憶已經變成生命內在的記憶。」[18]凡此例子，在葉笛的論述文字裡，可謂俯拾皆是。

葉笛上述這種批評進路，源出自他向來所堅信的「文如其人」之說：「『文如其人』，如果我們不懷疑這句話的真實性，那麼，要了解一個文人的文章，先去了解其為人，是一條捷徑吧？」[19]這一番話正好為他的詩人生平切入的傳記詩評做了個註腳。古耳靈等人即認為，文學藝術並非憑空存在，「它係某人在歷史中的某一時期所創作的產品，其目的在於向他人表述與人類有關的某種觀念或問題。」假設我們欣賞、評斷這些文藝作品，必須去除其他經驗（包括作者個人經驗），而只從嚴格的美學觀點——例如新批評（The New Criticism）所認為的那樣——來看，誠如古耳靈等人所說：「那確是一件非常危險的事情。無可置疑的是，有不少文學經典，都是自傳、宣傳，或有關討論的表述。」[20]

如此看來，葉笛秉持的「文如其人」的批評信念，自有其道理所在。古耳靈等人曾舉密爾頓（John Milton）二首著名的十四行詩〈詠失明〉（"On His Blindness"）與〈悼亡詩〉（"On His Deceased Wife"）為例，具體說明「文如其人」這種傳記詩評的價值。

對於前首詩，讀者如果知道密氏於 44 歲時即已完全失明的話，那麼對該首詩將可得到「最佳的了解」；而就後首詩來說，其實是密氏對他第二任

[17]葉笛，〈論《笠》前行代的詩人們〉，收錄於鄭炯明編《笠詩社四十周年國際學術研討會論文集》（臺南：國家臺灣文學館籌備處，2004 年 11 月），頁 51～52。
[18]同前註，頁 53。
[19]葉笛，《臺灣早期現代詩人論》，頁 193～194。
[20]Wilfred L. Guerin et. al., op.cit., p.18.

太太凱瑟琳・伍庫克（Katherine Woodcock）所做的一種獻辭，而讀者更須知道的是，密氏娶她時自己已失明，此一事實也足以說明詩中「伊的面龐蓋了面紗」（“Her Face Was Veiled”）這一句的涵義[21]。葉笛上述的傳記詩評，與古耳靈諸氏所展示的研究方式如出一轍，而吾人亦不得不承認「文如其人」之批評有其價值之所在。

三、詩人理念的解讀

西歐飛（Frank Cioffi）在〈批評中的意圖與詮釋〉（“Intention and Interpretation in Criticism”）一文中提到：「讀者對於一部文學作品的反應將依其所知之不同而異；而他所知曉的其中一件事……便是作者心中所想或者其所意欲（意圖）之事。」[22]西氏這一段話明顯指出：傳記式研究（biographical studies）強調，讀者想要了解作品的其中一個途徑就是——去探知作者的意圖（intention），而作者的意圖亦即其所思想之事。關於此點，史蒂文森（Bonnie Klomp Stevens）及史迪華特（Larry L. Stewart）二氏曾說：「儘管大多數的傳記研究關切外在事件，以及外在事件如何形塑主角（即作者）的內在想法，但是仍有一些傳記研究將焦點幾乎全集中在（作者）內心的思想及其過程本身。」[23]換言之，傳記研究或批評的探究途徑中尚包括對於作者思想或理念的解讀。將傳記與文學批評兩者首先結合在一起研究的約翰生（Samuel Johnson）[24]，曾經對此種研究方式特別加以說明。他認為這種傳記研究可分為三個步驟：(1) 首先記錄下傳記性的事實（即作者生平），包括作者較有名氣的詩作成因與大眾的反響；(2) 然後再對詩人的智力特性做一評估；(3) 最後對詩作本身進行批評性的考察[25]。

---

[21]Ibid., p.22.

[22]Frank Cioffi, “Intention and Interpretation in Criticism.” *Issues in Contemporary Literary Criticism* ed. Gregory T. Polleta (Boston: Little, Brown, 1973), p.224.

[23]Bonnie Klomp Stevens and Larry L. Stewart, *A Guide to Literary Criticism and Research* (Fort Worth, Texas: Harcourt Brace Jovanovich College Publishes, 1992), p.60.

[24]Ibid., p.58.

[25]M.H. Abrams, op.cit., p.232.

本文前面所述從詩人的生平來解讀詩人的作品，即是此處約翰生所謂的第一個批評的步驟；至於這裡所說的第二個步驟——檢視或考察詩人的智力特性，在實際批評中其實也就是在考察詩人的思想或理念，即從詩人的創作理念或想法來解讀、分析他的作品。葉笛的傳記詩評，往往即自詩人的創作理念來解讀其詩作。關於此種批評方式，葉笛一貫的技法便是徵引或援用詩人「夫子自道」的話，以做為他解讀並評判詩作的依據。在《臺灣文學巡禮》中論及白萩詩集《天空象徵》一洗過去《蛾之死》與《風的薔薇》那種予人驚奇、震駭的「繁複的形象」，轉而呈現出返璞歸真般的「更單純的形象和象徵」時，葉笛的看法是，此時的白萩有了「把做為一個詩人對世界應負的責任看得比純為藝術而藝術的詩人自尊更重、更深刻」的自覺；然而，葉笛如何判定白萩有此「在創作上有所抉擇」的轉變的自覺？他的方式是徵引白萩的「自語」：

> 這種自覺，可從白萩自語中看出來：「重要的是精神而不是感覺。過去我們曾耽迷在感覺，執信著形象可解決詩的一切。然而遊樂一陣之後，我們感覺空虛！擴散的形象造成歧義，扼死了我們的思想。我們要求每一個形象都能載負我們的思想，否則不惜予以丟棄，甚且從詩中驅逐一切形容，而以赤裸裸的面目逼視你。[26]

葉笛在此的徵引，目的在以探求詩人理念的轉變來解讀其詩風變革的肇因，而方法則回歸到詩人自己身上，蓋任誰也無法越俎代庖幫詩人代言其創作理念，讓詩人自行「現身說法」毋寧是較不會犯錯的選擇，而這也成了傳記詩評典型的批評手法。在上書中，葉笛亦以徵引的同樣手法，分別論述桓夫、許達然等人的詩作，目的無他，就是讓詩人為自己的詩作「下理念的註腳」。

[26]葉笛，《臺灣文學巡禮》，頁 122。

在《臺灣早期現代詩人論》一書中，葉笛在討論有互為牴角之勢的風車詩社掌門人水蔭萍以及鹽分地帶詩人群大將郭水潭的詩作時，更為罕見地長篇援引二氏對於創作理念的見解。譬如以水蔭萍〈土人的嘴唇〉一詩的解讀為例，葉笛先是說：「水蔭萍對詩的見解、執著，從未改變，其詩的理念，可以從〈土人的嘴唇〉清楚地看出來」，接著便援引一大段（超過整整一頁）水蔭萍於 1936 年所寫的一篇論文裡的話，以資證明〈土〉一詩是適合以其創作理念來分析的[27]。再如論及郭水潭的〈乞丐〉與〈秋天的郊外〉這兩首具左傾色彩的詩作時，葉笛也不厭其煩地援引郭氏隨筆中的〈對文壇之我見〉一文，以表明他的創作理念，說明郭水潭「毫不諱言資本主義文學、藝術粉飾太平，把社會的不公不義，經濟的不平等，歸之於人性和宿命論等的謬論，進一步撻伐資本主義社會的文學。」[28]令人訝異的是，為了顯示郭與水二氏所持創作理念的不同，葉笛在同文的稍後處竟徵引了郭水潭批判以水蔭萍為首的風車詩社的〈薔薇詩人們〉一文，以資對照[29]。至於在〈論《笠》前行代的詩人們〉一文，譬如論及吳瀛濤的詩作前，葉笛亦事先連引吳氏〈詩與人間的探求〉、〈詩的孤城〉與〈詩語與現代詩〉三文中的詩觀，以為下文進一步論析吳氏詩作的依據[30]。韋勒克與華倫二氏認為，傳記研究「有助於揭示詩作實際的產生過程」[31]；就傳記詩評往往以探究詩人的理念為其解讀詩作的途徑來看，它同時也揭示了詩人創作的過程，乃至於詩人創作生涯演變或發展的軌跡。詩評家要重現此種創作過程或演變軌跡，何其困難，像羅威斯（John Livingston Lowes）研究英國詩人柯立芝（Samuel Taylor Coleridge）的兩首詩作〈古舟子詠〉（“The Rimo of the Ancient Mariner”）與〈庫柏拉・甘〉（“Kubla Khan”），為了揭

[27]葉笛，《臺灣早期現代詩人論》，頁 194～196。
[28]葉笛，《臺灣早期現代詩人論》，頁 222。
[29]葉笛，《臺灣早期現代詩人論》，頁 223。
[30]葉笛，〈論《笠》前行代的詩人們〉，頁 43～44。
[31]韋、華二氏並認為，可以把傳記研究當作是一門（未來的）學科來看，而傳記即可成為這門學科——文藝創作心理學的材料。See René Wellek and Austin Warren, op. cit., p.75.

示柯氏的想像（即創作）過程，不僅要對相關的外在事件（指與這二首詩相關者）要有高度的關注，更發揮他細緻的探究功夫，進一步去追蹤柯氏所閱讀過的東西，察看其中有哪些資料有助於詩人的創作。[32]葉笛的傳記詩評並不使用羅威斯這種「笨功夫」，他選擇的方式是徵引作者「自剖」之語這條研究捷徑，例如在分析吳新榮的〈思想〉一詩時，他做了如下的徵引：

> 吳新榮曾於《笠》詩刊〈詩史資料〉專欄上發表過〈新詩與我〉說：「第一期青年時代也可謂浪漫主義期，第二期壯年時代也可謂理想主義期，第三期老年時代也可謂現實主義期……第二期是我自日本回臺以後至臺灣光復的一段時期，我們自稱為『鹽分地帶時代』，所發表都在臺灣人主辦的文學雜誌及報紙的文藝欄。……在此時代的作品比較少量，僅做 25 首，收錄「震瀛詩集」稿第二卷。第三期是老年期……共十多首，為「震瀛詩集」稿第三卷。」
> 從這一段文字，可以明白〈思想〉是收錄於第二卷。據其自述看來，〈思想〉屬於壯年時代，理想主義時期的作品。由詩的字裡行間，可以明白他重視詩的語言。[33]

用上述徵引詩人自己的話的方式，葉笛追蹤出〈思想〉一詩的軌跡，原來是吳新榮創作歷程中屬於他第二期（即理想主義的壯年時代）的作品。

葉笛曾經在〈陳奇雲是誰？〉一文中提到上述這種「詩人的思想＝詩人的詩作」這樣的看法，所謂「不平則鳴」，詩人有話想說，方思以詩代言，但詩人為何選擇以詩代言其思想？葉笛在此引述了尼采（Friedrich W.

---

[32]John Livingston Lowes, *The Road to Xanadu* (Boston: Houghton Mifflin, 1927) ,p.xi, quoted in Bonnie Klomp Stevens and Larry L. Stewart, op. cit., p.60.
[33]葉笛，《臺灣早期現代詩人論》，頁 170～171。

Nietzsche）的話說：「詩人用韻律的車輦隆隆地運來他的思想；通常是這思想不會步行。」換言之，「詩人之所以寫詩，正像尼采所說的因其思想不會步行才來寫詩的。」而詩人以詩代言其思想（可視為其理念的實踐），「不能不說是一種 katharsis（感情的淨化）了」[34]。從葉笛傳記詩評的角度來看，詩人的創作行為，本身即代表著詩人情緒的淨化，此則又回歸到亞里斯多德（Aristotle）的悲劇淨化論去了。

四、詩人環境的解讀

如前所述，傳記詩評除了從詩人的生平來解讀其作品外，往往也從詩人所置身的時代背景（即環境）來加以考察，前者係屬傳記詩評的微觀研究（micro-study），而後者則為傳記詩評的宏觀研究（macro-study），也就是將對於作品的研究焦點擴及於詩人所處的整個時代環境；正因為如此擴大層面的研究，所以傳記式批評或傳記研究（biographical studies）也常被稱為「歷史—傳記的研究途徑」（historical-biographical），而這樣的稱呼則突顯了此種研究的兩個主要方式：（1）從作者個人的生平、閱歷入手以解讀作品——這是傳記面向的分析；（2）從作者置身的時代環境著手以闡釋作品——這是歷史面向的分析。從宏觀的歷史（時代環境）的面向（historical aspect）來解析文藝作品，較早見之於 19 世紀法國的文學批評家鄧納（Hippolyte Taine）唯科學主義決定論的主張[35]，鄧氏認為每一位作家都有他所隸屬的種族的印記，並且在其作品中「承受著因時間和環境而產生的調節適應」；經他研究結果發現，決定文學創作或者文學家的「主要才能」的，有三個主要的限制因子：民族、環境和時代。就後二者而言，「作家生長的地方、生活的社會、所受的教育等是環境的限制，形成他特殊的氣質和思想；而每一個時代都有每個時代特殊的觀念，這觀念會影響

[34]葉笛，《臺灣早期現代詩人論》，頁 67～68。
[35]何金蘭，《文學社會學》（臺北：桂冠圖書公司，1989 年），頁 25～27。

到作家思想和情緒的養成。」[36]鄧氏如斯說法，成了傳記詩評從時代環境也即宏觀面向著手闡釋詩人作品的理論依據。回過頭來再看葉笛的傳記詩評，可以發現他在詮釋詩人作品時，往往也自其置身的時代環境切入，最明顯的莫過於〈論《笠》前行代的詩人們〉一文中他所使用的這種批評方式，該文在分述笠詩社「跨越語言」的前行代與銜接前行代的詩人群之前，即率先來個綜覽「《笠》創立前後的社會和詩壇」，也就是對笠的資深輩詩人群當初所置身的時代與環境做一鳥瞰，以之做為後面他檢視各個詩人及其作品的基礎[37]。在該文中，有如下一段敘述時代背景的話：

> 1949 年 5 月 20 日，國民黨政府實行戒嚴，並且配合「動員戡亂」制度，進行白色恐怖（統治），藉以杜絕政治的動亂，鞏固獨裁體制。同時，鑑於在大陸上文化和思想，意識形態方面被赤化，喪失政權的慘痛經驗，在文化上乃砍斷五四以降大陸的文學傳統，同時，使盡一切手段掩蓋臺灣在 1920 年代至日本戰敗前已締造的臺灣新文學。在如此嚴酷的政治高壓下和荒漠的文化現象下，在當時《笠》詩刊雖然談不上明目張膽地站起來抗爭而成為中流柢柱，卻也默默地凝聚淨化精神的力量來提升詩的創造。[38]

如此對笠詩人所處時代的「定調」，始得以讓葉笛推論出：「《笠》就在這種默契裡，在文化沙漠裡，以堅定不移的步伐默默地走過 40 年，之所以如此，無他，集結於《笠》的詩人們都是認同臺灣，以臺灣這塊土地為寫作的源泉，也相信文學能夠成為人民賴以生存的土地之歷史記憶的。」[39]

單就個別詩人而論，葉笛的評論也每每自時代環境的角度來闡釋他們的詩作，例如在《臺灣文學巡禮》一書中討論到賴和的〈覺悟下的犧牲：

[36]何金蘭，《文學社會學》，頁 28。
[37]葉笛，〈論《笠》前行代的詩人們〉，《笠詩社四十周年國際學術研討會論文集》，頁 36～39。
[38]葉笛，〈論《笠》前行代的詩人們〉，《笠詩社四十周年國際學術研討會論文集》，頁 39。
[39]葉笛，〈論《笠》前行代的詩人們〉，《笠詩社四十周年國際學術研討會論文集》，頁 39。

寄二林事件的戰友〉，便考證此詩的創作背景「二林事件」:「1925 年 10 月，在二林發生日警鎮壓『二林蔗農組合』(即農會)的事件，簡稱『二林事件』，被檢舉者共八、九十人，都受到非刑毒打。」復又討論到可謂是「日據時代臺灣農民們的現實生活史詩」的〈流離曲〉一詩時，也說這是賴和為了抗議 1930 年「退職官拂下無斷開墾地」魚肉農民的無道而譜寫的史詩。最後論及另一首長詩〈南國哀歌〉時，更提到這是「賴和為了在 1930 年 10 月 27 日的『霧社事件』裡英勇就義的高山同胞寫的鎮魂曲，也為了臺灣總督府調動日軍用新式武器、大炮、飛機甚至用毒瓦斯來殺戮高山同胞，為時兩個月之久的軍事行動，向全臺灣，全世界發出的沉重的控訴。」[40]

此外，在另一冊《臺灣早期現代詩人論》中，在檢視諸如張我軍、王白淵、陳奇雲、楊雲萍、楊華、吳新榮、水蔭萍、郭水潭、巫永福等人的作品時，葉笛亦都或多或少著墨於他們個人的時代環境，就拿他分析巫永福早期的一首具「超現實」意味的小詩〈歡喜〉來說[41]，完全未對此詩做內緣分析(internal analysis)，反而從宏觀的時代環境面向來交代巫氏寫作此詩的背景：

> 日本詩壇反映著第一次世界大戰後的法國詩活潑、多元的運動，結合西脇順三郎、田中克己、安西冬衛、村野四郎等創辦季刊《詩與詩論》，由春山行夫主編，大力介紹未來派、達達主義、超現實主義等，並且提倡新散文詩運動，對應著當時抬頭的普羅文學，給文壇輸入新鮮的空氣，但他方面免不了缺乏正視社會的觀點。
>
> 不久便被季刊《詩・現實》所取代，這本季刊在創刊號的編輯後記明確聲明：否定逃避現實和游離的文學，重視歷史性的認識和做為世界文學

[40]葉笛，《臺灣文學巡禮》，頁 8～9、12～13。

[41]〈歡喜〉一詩，葉笛的譯文如下：「肉體無限大地被擴大／感情無限小地被縮小／啊神經系統的停止狀態／啊　擁抱的無差別狀態／／掌中天空放晴／眼中生命的象徵在輝耀／口中黃河在流著／心中熱水沸騰著」，參見氏著，《臺灣早期現代詩人論》，頁 297。

之一環的日本文學。上述的日本詩壇情況，剛好是巫永福留學日本前後的動態。感受性敏銳、強烈的文學青年巫永福身歷其境，想來，或多或少，總是會受到影響的吧。[42]

葉笛上述這種從歷史背景切入來解讀詩作的批評進路，令人想到古耳靈諸氏對莎士比亞（William Shakespeare）著名悲劇《哈姆雷特》（Hamlet）所做的傳記式批評。古氏等人試問，讀者／觀眾或許會好奇：為何哈姆雷特不在他父親死後自動繼承王位？（劇中安排由其叔父繼位）這就需要從當時的歷史背景來加以了解。原來在哈姆雷特的時代，丹麥王位繼承人係由選舉所產生，新王是由全國最有勢力的貴族所組成的皇家議會（the royal council）遴選的，王位傳給故王長子的習俗尚未形諸法律的規定[43]，如果那時王位由哈姆雷特繼承，那麼悲劇可能就要改寫了。總之，對於時代環境的了解，有助於我們欣賞與詮釋文學作品。

五、結語

在 20 世紀 20 年代英美新批評（The New Criticism）崛起之後，傳記批評（研究）已被打入冷宮歸為傳統的一種批評方法；受此影響，臺灣學界僅餘老一輩學者和評論家仍在運用此種批評途徑，而取徑於傳記詩評的葉笛，可謂為其中代表性的一位。傳記詩評的研究方法雖然老舊，專業性亦嫌不足，但誠如韋勒克與華倫二氏所說，迄至今天，它仍是有用的：首先，它無疑具有評註上的價值——可以用來解釋詩人作品中的典故與詞義；其次，傳記式的研究框架還可以幫助吾人從文學史的角度來估量一位詩人的成就，亦即詩人文學生命的成長、成熟與可能衰退的問題；復次，這種研究方式也為解決文學史上的其他問題積累資料，例如：一位詩人所讀的書、他與其他文人之間的來往、他的遊歷、他所觀賞過和居住過的風

[42]葉笛，《臺灣早期現代詩人論》，頁 296～297。
[43]Wilfred L. Guerin et al., op.cit., p.39.

景區及城市等——所有這些都關係到如何更好地理解文學史的問題，包括一些有關該詩人或作家在文學傳統中的地位，他所受到的外界的影響，以及他所汲取的生活素材等問題[44]。

縱然如此，韋、華兩人也提醒我們，像葉笛所從事的此種老派的傳記詩評雖然有用，但是「如果認為它具有特殊的文學批評價值，則似乎是危險的觀點」，畢竟「任何傳記上的材料都不可能改變和影響文學批評中對作品的評價」[45]。韋、華二氏指出：「即使文藝作品本身可能具有某些因素確實同傳記一致，這些因素也都經過重新整理而化入作品之中，已失去原來特殊的個人意義，僅僅成為具體的人生素材，成為作品中不可分割的組成部分……。儘管藝術作品與作家的生平之間有密切的關係，但那絕不意味著藝術作品僅僅是作家生活的摹本。[46]」準此以觀，傳記詩評雖然有用，唯其仍不足以對詩人及其作品做出有價值的評斷，於現代詩學的研究上，須輔以其他批評方法。

葉笛對於臺灣現代詩人的研究，在詮釋及評述詩作時，偶亦兼及形式與內容的探討，譬如他解讀陳奇雲的詩作，即謂其「有惠特曼澎湃的熱流，其韻律時疾時緩，猶如其心情變動不居的潮流，因而詩型多變，長短不一，這些特點頗像蘇聯詩人馬耶可夫斯基（Vladimir V. Mayakovski）」[47]，但大多像這樣淺嚐即止，未能深論，殊為可惜；其詩論評概以傳記研究途徑為主，而其擅於做詩人生平等文獻資料的蒐集與考證，亦由此可為證明，此則成為其傳記詩評的「註冊商標」了。

引用書目

・何金蘭，《文學社會學》，臺北：桂冠圖書公司，1989 年 8 月。

・葉笛，《臺灣文學巡禮》，臺南：臺南市立文化中心，1995 年 4 月。

[44]René Wellek and Austin Warren. op.cit., pp79-80.
[45]Ibid, p80.
[46]Ibid, p78.
[47]葉笛，《臺灣早期現代詩人論》，頁 79。

- 葉笛，《臺灣早期現代詩人論》，高雄：春暉出版社，2003 年 10 月。
- 葉笛，〈論《笠》前行代的詩人們〉，鄭烱明編《笠詩社四十周年國際學術研討會論文集》，臺南：國家臺灣文學館籌備處，2004 年 11 月。
- Abrams, M.H. *The Mirror and the Lamp: Romantic Theory and the Critical Tradition*, Oxford: Oxford University Press, 1971.
- Cioffi, Frank. "Intention and Interpretation in Criticism," *Issues in Contemporary Literary Criticism.* ed, Gregory T. Polleta Boston: Little, Brown, 1973.
- Guerin, Wilfred L. et al., *A Handbook of Critical Approaches to Literature*. New York: Oxford: Oxford University Press, 1999.
- Lowers, John Livingston, *The Road to Xanadu*. Boston: Houghton Mifflin, 1927.
- Stevens, Bonnie Klomp and Larry L. Stewart. *A Guide to Literary Criticism and Research*. Fort Worth, Texas Harcourt Brace Jovanovich College Publishes, 1992.
- Wellek, René and Austin Warren. *Theory of Literature*. New York&London: A Harvest HBJ Book, 1977.

——選自戴文鋒主編《葉笛文學學術研討會論文集》
臺南：國家臺灣文學館籌備處，2007 年 8 月

化荒地為沃土
評葉笛《臺灣早期現代詩人論》

◎楊宗翰*

早期臺灣讀者對葉笛的認識，多集中於創作和翻譯兩端。葉笛的創作生涯始於 1948 年，產量不多卻一直保持細水長流。這些成果後來結集為現代詩《紫色的歌》、《火和海》與散文《浮世繪》，其中既呈現出對戰爭及時局的批判，也有作者靜觀人生百態後的體悟。不過與創作部分相較，葉笛在翻譯工作上的成績恐怕更受本地讀者矚目。其翻譯標的多屬詩學與小說領域，1960 至 1970 年代間繳出之布勒東〈超現實主義宣言〉、芥川龍之介《河童》、《羅生門》、《地獄變》，石原慎太郎《太陽的季節》等作可為代表。其中在《笠》詩刊第 7 期發表的〈超現實主義宣言〉，以翻譯法國 Surrealism 經典文獻來代表千萬句責難與批評，對彼時少數畫虎不成反類犬的詩人來說正是一記當頭棒喝。1990 年代初期葉笛束裝自日返臺，譯事版圖更見擴張，扣除與他人合譯之《楊逵全集》與《龍瑛宗全集》，他僅憑一己之力便完成水蔭萍、江文也、楊雲萍和吳新榮四位重要前輩作家詩集的中譯工作，允為晚近臺灣文學界最生猛的一枝健筆。這些成果竟悉數出自一位退休教師之手，真叫年紀小上許多的我輩研究者汗顏。

其實葉笛本來就很有資格讓我輩感到慚愧，1931 年出生的他，曾接受過六年日語的國民學校教育，赴日攻讀學位及擔任教職的時間更接近三十載，對日本文學的認識遠非多數臺灣研究者所能及——這點也提醒了我們，在「詩人葉笛」與「翻譯家葉笛」之外，尚有一個「學者葉笛」的身

---

*發表文章時為佛光大學文學系博士候選人，現為淡江大學中國文學學系助理教授。

分久遭忽略。1995 年臺南市立文化中心出版的《臺灣文學巡禮》曾讓「學者葉笛」短暫現身，可惜此書內容牽涉太廣，各篇之關聯性與系統性稍嫌不足，在面貌模糊的情況下自未引起太多注意。八年後面世的這本《臺灣早期現代詩人論》卻十分不同。此書之原始構想，起於《創世紀》總編輯張默的邀約與建議，一方面要撰文介紹日據時期臺灣詩人的創作成果，文末還必須為每個詩人寫一首詩。葉笛又應出版單位「臺灣文學館」之要求，將日語詩人作品以中、日文並刊的方式呈現（其中日文詩篇全數皆由他重新翻譯）。不管是純屬巧合還是因緣際會，筆者都認為此書應為最能同時呈現「詩人葉笛」、「翻譯家葉笛」與「學者葉笛」這三重身分的出版品。放眼書肆，像這樣將創作、翻譯、研究三者融於一冊者實不多見。

在本書介紹的 12 位臺灣詩人裡，中文詩人裡僅有賴和、張我軍、楊華，主要以日文寫作者則有王白淵、陳奇雲、楊雲萍、吳新榮、水蔭萍、郭水潭、江文也、巫永福及林修二。本書出版後，葉笛還陸續在 2004～2005 年間的《創世紀》上，發表了關於林芳年、吳坤煌、王登山的評論，三位也都屬於以日文從事創作的詩人。中／日文詩人在數量及比重上之差距，其實頗為接近歷史「實況」，也提醒讀者勿再墜入奉中文寫作為「正統」的陷阱，在戰後臺灣文學場域裡，中文創作無疑遠較日文創作具備優勢與資本，這也連帶影響了眾人對後者的接受度，遑論如何再去親近更「遙遠」、「陌生」的戰前日文書寫？語言隔閡加上欠缺適當翻譯輔助，連文學史研究者都經常忽略這批戰前日文書寫的存在，彷彿此階段之文學創作質量貧乏，沒有多費筆墨之必要（此點於中國大陸學界尤其嚴重。試問在研究臺灣文學史的大陸學者中，有幾位真懂日文？大多只能間接引用或傳抄作者生平軼事而已）。加上小說一向比詩更能吸引研究者注意，故除了少數「跨越語言的一代」外，確實還有多位以日文創作的詩人長期被迫沉默。葉笛此書之貢獻，正在能化荒地為沃土（其實地本不荒，純屬觀者眼力不足），讓更多人重新認識這批臺灣「早期」日文詩家之寫作成果。其中以〈陳奇雲是誰？〉、〈水蔭萍的 esprit nouveau 和軍靴〉、〈用音樂語言寫詩的江文也〉最具代表性，葉笛亦是最早探索（與中譯）陳奇雲、水蔭萍、江文也之詩學和詩作成績的評論者。除了能論人所未論，他撰文時還多採比較文學視角切入，譬如將臺灣新文學萌芽期的新詩與日本明治 15 年（1882 年）詩革命誕生的《新體詩抄》並比；又譬如將臺灣「風車」同仁的文學觀與昭和 3 年（1928 年）《詩與詩論》上的新詩精神運動聯繫起來。此兩點嚴格說來都不是葉笛的創見，但這樣的研究方向確實為後繼者提供了無窮啟示。

本書罕見地將創作、翻譯、研究三者融為一體，卻也不是完全沒有問題——詩人的熱情歌詠、翻譯家的精準正確、學者的裁判評斷畢竟不易整合。有趣的是，《臺灣現代詩人論》雖有一「論」字，但全書還是介紹遠多過評析，重心甚至不在裁判良窳、區別優劣。與其說這是一部檢討早期現代詩人寫作成果的著作，毋寧視之為「詩人閱讀詩人」的典範：沒有太多學術腐詞套語，段落間盡是詩心與詩魂碰撞後留下的痕跡。

——選自戴文鋒主編《葉笛全集 17・資料卷一》
臺南：國家臺灣文學館籌備處，2007 年 5 月

葉笛的文學生活與翻譯工作
擁有戰爭體驗的人道主義詩人

◎下村作次郎*
◎葉蓁蓁譯**

一、人與文學

葉笛是位早熟的詩人。臺南一中初中部在學中，開始書寫詩和散文。初級中學二年級時，在《中學生》發表哀悼亡兄的散文〈南海輓歌〉。1954 年，葉笛以《創世紀》同人，出版處女作詩集《紫色的歌》，當時，詩人 23 歲。

葉笛也是與《創世紀》詩刊的詩人張默、瘂弦、洛夫們同為戰後第一代的詩人。

1931 年生於屏東的葉笛，幸好沒有成為日本統治時期的文學家。不同於成為日本統治時期最後的文學家——1925 年出生的葉石濤，葉笛是以戰後的中華民國時代第一代而從事文學活動。

葉笛的生涯，大約可分為三個時期。

第一時期是身為早熟詩人詩的覺悟的 1950 至 1960 年代，是前述以《創世紀》詩刊或《笠》詩刊同人而活躍的意氣風發之時代。

第二時期是旅居日本的時代。葉笛於 1969 年赴日，1993 年回國。赴日時，葉笛已經與邱桂春女士結婚，並且育有蓁蓁和軒宏兩個孩子。至 1993 年回國，葉笛居留日本的時間，長達四分之一世紀。其間，葉笛在日

*日本天理大學國際學部教授。
**葉笛女兒，南臺科技大學通識教育中心講師。

本的大學、研究所求學，也為生活在東京奔波，創辦中國語文學院，畢業之後則在大學教書等等。另一方面，葉笛也與在東京的張良澤、劉進慶等人，共同創設臺灣文學研究史上必須一提的「臺灣學術研究會」，以早期臺灣文學研究者，開始研究故鄉臺灣的文學。1986 年 8 月 15 日，臺灣學術研究會創刊發行《臺灣學術研究會誌》，葉笛以詩為中心，在該誌每一期發表論文，論及 1930 年代的臺灣新詩、賴和的詩、張我軍的詩集《亂都之戀》、許達然的詩集《違章建築》、柯旗化的詩集《母親的悲願》等。

第三時期是 1993 年回國至 2006 年的臺南時代。

葉笛在此期間的文學活動雖然旺盛，但是大部分的時間都耗費在臺灣文學研究的翻譯上。這似乎對身為臺灣文學研究前輩的葉笛而言是喜悅的，但對身為詩人的他而言，不得不說是個悲劇。就如〈詩人小傳〉也提到的，為了「翻譯日治時代臺灣文學史料」，葉笛只好犧牲詩人的工作。

所謂「翻譯日治時代臺灣文學史料」是什麼？那是將日本統治時代大量產生的臺灣文學及其關係史料，從日文翻譯為中文的工作。臺灣文學研究是將日本統治時代 51 年之間，前人以日文所留下的業績，延續、連繫到下一個時代，如此龐大的重任正在等待被挖掘。葉笛以臺灣文學研究前輩，呼應周圍臺灣文學研究者的期待，將此工作一身承擔。筆者身為一個日本人，親近了從事這樣臺灣文學研究工作的葉笛。這樣的翻譯工作令人心酸，而且絕對不是件容易的工作。

戰前的臺灣文學家被時代愚弄，幾乎沒有人一輩子以作家為生的，但是或許也可以說就因為那樣，這樣的遺產才會以延續的形式，傳承至下一個世代的吧。

筆者將葉笛的文學生涯試分為如前所述。這期間葉笛所做的全部業績，收藏於這套《葉笛全集》全 18 冊。其內容為詩卷全二冊、散文卷全一冊、評論卷全四冊、翻譯卷全九冊、資料卷全二冊。

葉笛從事如此龐大的翻譯，葉笛為何要在翻譯上注入了這麼多的精力呢？接著，僅就筆者所了解的範圍，試述其翻譯的特色與意義。

二、翻譯的工作

根據〈葉笛已出版書目〉，葉笛所翻譯的單行本，出版如下（依出版順序）：

1.石原慎太郎《太陽的季節》（大業書店，1969年9月）。

2.芥川龍之介《羅生門》（仙人掌出版社，1969 年 10 月。桂冠圖書公司重新出版，2001年）。

3.芥川龍之介《河童》（仙人掌出版社，1969 年 10 月。桂冠圖書公司重新出版，2001年）。

4.芥川龍之介《地獄變》（仙人掌出版社，1969 年 10 月。桂冠圖書公司重新出版，2001年）。

5.分銅惇作《中原中也論》（新地出版社，1987年12月）。

6.小島晉治、丸山松幸《中國近現代史》（帕米爾書店，1992年）。

7.《水蔭萍作品集》（臺南市立文化中心，1995年4月）。

8.伊藤潔《李登輝新傳》（筆名白水，希望出版社，1996年11月）。

9.岡崎郁子《臺灣文學：異端的系譜》（共譯。前衛出版社，1997 年 1月）。

10.《吳新榮選集一——震瀛詩集・亡妻記》（臺南縣立文化中心，1997 年 3月）。

11.《人生隨筆及其他——林攀龍先生百年誕辰紀念集》（傳文文化，2000年4月）。

12.《林修二集》（共譯。臺南縣文化局，2000年）。

13.《葉榮鐘全集》（共譯。晨星出版社，2001年）。

14.《楊逵全集》（共譯。中央研究院文哲所，2001年）。

15.《王昶雄全集》（共譯。臺北縣立文化局，2002年）。

16.《北京銘——江文也詩集》（臺北縣立文化局，2002年12月）。

17.《曠野裏看得見煙囪》（臺南縣文化局，2006年11月）。

18.《龍瑛宗全集·中文卷》(國家臺灣文學館籌備處,2006 年 11 月)。

其中,本全集的翻譯卷,收錄了除了 6、8 以外的文學相關著作外,還收錄了尚未以單行本出版的葉笛已發表作品,以及葉笛生前從未發表的手稿,將會呈現葉笛翻譯業績的全貌。在此臚列各卷卷名如下:

翻譯卷一　葉榮鐘、林攀龍、楊逵、王昶雄

翻譯卷二　楊熾昌、利野蒼、林修二、楊雲萍、江文也

翻譯卷三　吳新榮、王登山、郭水潭、林芳年

翻譯卷四　龍瑛宗(一)

翻譯卷五　龍瑛宗(二)

翻譯卷六　臺灣文學史料彙編

翻譯卷七　芥川龍之介

翻譯卷八　分銅惇作、石原慎太郎

翻譯卷九　外國現代文學史料彙編

依照筆者前述的時期區分來看,翻譯卷一至翻譯卷六,是葉笛從日本回國的第三時期臺南時期所做的臺灣文學史料翻譯。關於此大量翻譯工作,如前所述,在此先行省略其內容介紹。詩人葉笛翻譯工作的特色與意義,本文希望多用一些篇幅,介紹這以外的翻譯卷七到九。

翻譯卷七至九,是葉笛對日本文學的翻譯。葉笛是詩人,同時也是日本近代文學的研究者。他從比較文學的觀點,發表〈魯迅兄弟與日本作家武者小路實篤〉、〈日本新體詩抄與中國白話運動的比較〉等研究論文。

如前所述,日本近代文學研究者的葉笛,在赴日本大學、研究所,學習、研究日本文學之前,對日本文學的造詣就很深了。這從他早期所翻譯的芥川龍之介、石原慎太郎、鮎川信夫等人的著作,也能得知。

首先,我們先試著來看葉笛所翻譯的第一本著作——石原慎太郎的翻譯本(收於翻譯卷七)。

石原慎太郎於日本文壇出道,在一橋大學在學中,他以〈太陽的季節〉(1955 年 7 月)獲得第一屆文學界新人獎與第 34 屆芥川獎。此作以描寫

日本年輕人反叛當時既成的社會秩序和道德而成為話題。在文壇，不僅引發「太陽的季節」論戰，也拍成電影，在街上甚至產生「太陽族」，是轟動社會的作品。此作是以其弟——著名歌星石原裕次郎為小說人物原型的。

葉笛翻譯了〈太陽的季節〉這篇作品，同時收錄其他四篇短篇小說，於 1969 年 9 月以單行本《太陽的季節》出版。葉笛到底為什麼翻譯這種被評論為反社會、不道德、反叛的問題作品呢？這實在令人好奇。在這裡有葉笛不為社會既成觀念所左右的確切的文學觀，與筆者個人所理解的——就是後述的戰爭觀。葉笛在解說〈新世代的旗手——略談石原慎太郎其人及作品〉裡，關於〈太陽的季節〉，有以下的評論。

> 當〈太陽的季節〉的龍哉在吐出：「你們懂得什麼？！」這句話時，他對自己無法了解的世界擲去挑戰的手套，但，反過來說，也沒有比這一句更有力量的話，能夠肯定他自己，乍看一下，這是矛盾的，但，這是人性的真實一面。假如人類在生活中，無所探求，無所批判，將無所肯定，也將無所否定，那麼，人便沒有生活，人便失去一切。假如說：在〈老人與海〉中的老漁夫象徵人生下來不是要被征服而是要戰勝一切（包括戰勝自己！），那麼，石原氏在〈太陽的季節〉中，藉龍哉的形象勾畫出來的，就是人類在自己生活的鐵檻中，流血折騰著想衝破它，而且，要肯定自己的年輕的生命。

從葉笛的解說，可抽出的關鍵詞，是「人」、「詩」、「真實」及「生命」。葉笛借著石原慎太郎敘述自己的文學觀，同時也肯定〈太陽的季節〉裡所描寫的人類強烈地對「生命」的肯定。

〈伏擊〉是以越戰（1960～1975 年）為題材的作品，發表於 1967 年 4 月。葉笛認為此作：「對於『生命』在『死亡』的不可知的情況之下，人類所感受的困獸似的焦躁，戰慄，有深刻的挖掘和細膩的描寫。」當是葉笛自己對「死」時「生命」的狀態，產生了深切的共鳴。

石原慎太郎在日本的作家當中，被稱為罕見的運動萬能，也能操作遊艇。從這樣作家的海洋文學所譯出的是兩篇〈貧瘠的海〉和〈不復歸的海〉。

接著我們來看看芥川龍之芥（收錄於翻譯卷七）的翻譯。

在臺灣，讀者最常看的日本文學，雖然沒做過統計，但名列前茅的，非芥川龍之介作品莫屬。筆者曾於 1980 年到 1982 年的兩年間，在中國文化大學教過日文，當時蒐購了很多日本文學的譯著，回國之後，寫成〈在臺灣的日本文學翻譯〉，發表於《天理大學中心通信》（1984 年 3 月）。我反覆看了看這篇舊作，裡面如此寫著：「在書局，經常看到的是芥川龍之介。（省略）當時，除了在中國文化大學教學，也經常有機會訪問臺灣文學的有關人士，偶爾也能問及日本文學，在我同世代的人們所喜愛的日本文學作家之中，還是芥川龍之介壓倒性地多。其中，詩人林瑞明、文藝評論家張恆豪等兩位都讚嘆佩服〈南京的基督〉，頗令我印象深刻。」

與葉笛深交的前國家臺灣文學館館長林瑞明（現任國立成功大學教授）或張恆豪先生，是閱讀誰翻譯的〈南京的基督〉呢？其他許多文學愛好者或研究者，都閱讀過芥川的文學作品，但是那些多數的讀者，同時也是葉笛譯者的讀者。

葉笛所譯著的芥川龍之介作品，如前面所列舉的，有《羅生門》、《河童》、《地獄變》等三本。芥川是位短篇小說家，大多數的作品都已收錄在這三本譯著中（每冊各 14 篇、9 篇、7 篇，共 30 篇）。

這次，為了寫這篇導讀，重新閱讀了幾篇芥川龍之介的作品，我認為芥川龍之介果然是個天才近代作家，其才能和文章最適合稱為「鬼才」，讀著他的作品，甚至會令人毛骨悚然。

芥川 35 歲自殺，葉笛翻譯這些作品時 38 歲。葉笛在〈芥川龍之介的生平與文學藝術〉裡，將芥川的文學分為：「A.生平；B.大正時代其與文學概觀；C.芥川龍之介的藝術；D.結語」來解說。根據葉笛的說法，芥川是大正文學的新作家，異於以自然主義文學為主流的明治文學，在這擁有多樣形勢文學的時期，芥川是屬於菊池寬、久米正雄、里見弴等新理智主義的範疇。葉笛並對芥川文學藝術的特色，舉出四點：「a.詩的精神；b.取材範圍廣泛；c.形式技巧富於多樣性的變化；d.唯美的」。

若讓葉笛引導閱讀，就能了解芥川文學的可怕。我們來洗耳恭聽葉笛以下的話：

> 無疑地，芥川龍之介在近代日本文壇是個鬼氣森森的異才，其死除了由於肉體的孱弱，神經衰弱，也是個令人費解的謎，也許，他的藝術良心太透徹，太執著於藝術家的人生。他底死如同他對創作的嚴肅一般地令人沉思。他曾說：「最可怕的是停滯。不，在藝術之境裡是沒有停滯的。不進步就必然是退步。當藝術家退步時，常開始一種自動作品，那就是意味著，永遠寫著同樣的作品。」他是否欲以其一死推開聳立於他的創作路程上的巉岩，抑或僅只為了心身交瘁絕望而以死求人生的解脫？這，仍然像史芬克斯之謎。

而後，在結論說：

> 芥川不但是日本文壇的奇葩，也是徹頭徹尾地生活於藝術中的文人。

這次，閱讀幾篇芥川的作品時，我發現在芥川的許多作品裡，經常有人與人碰見而瞬間對上視線的場面，以描寫逼真而打動著讀者。〈羅生門〉的僕人和老婆，〈地獄變〉的良秀的女兒和我，〈阿富的貞操〉的乞丐與阿富，〈河童〉的河童和我……等人與人（也有與河童的時候）碰見，互看而彼此驚駭的場面，總是先緊緊地抓住讀者的心。譯者葉笛是如何地感受芥川的作品，如今已無法詢問，但是讀者會是怎麼看的呢？

如前所述，芥川於 1927 年 7 月 24 日清晨服安眠藥自殺。當時所留下的遺稿之作就是〈闇中問答〉、〈某傻瓜的一生〉、〈給某舊友的手記〉。在最後，依據葉笛譯〈闇中問答〉中引用有名的書信：

> 我：（變成獨自一人）芥川龍之介，芥川龍之介。堅強地扎下你的根吧。你是被風吹著的蘆葦。天氣是不知什麼時候要變幻的。堅強地屹立著呀！那是為了你自己。同時也為了你的孩子，不要自滿，也不要變成卑屈吧。從此，你該重新做起呵。
>
> ——昭和 2 年遺稿

葉笛赴日前，出版上述的石原慎太郎與芥川龍之介的作品中譯本後，在此不可忘記的是以詩人葉笛所工作的，收錄於翻譯卷九的鮎川信夫詩論。在此，緊接著我們來敘述葉笛對於日本新詩與詩論的譯著。

三、詩人所鍾愛的日本詩人——鮎川信夫與中原中也

在〈詩人小傳〉裡，對於與病魔搏鬥的葉笛，如此地敘述：

> 2005 年 8 月，得知罹患胃癌，立即進行化學治療，數月以來文壇故舊、昔日袍澤探訪不絕，葉笛談笑風生、開朗如故，「不把自己當病人」是他的原則。目前葉笛仍日日翻譯寫作、審定舊稿，近日繼續翻譯他鍾愛的詩人鮎川信夫《何謂現代詩》一書，並輯自己未刊詩作為《失落的時間》一冊，手稿捐贈國家臺灣文學館。

就如在此所需述及的，葉笛熱衷於鮎川信夫。在本章我們試著來談談收錄於翻譯卷九的兩個詩人：鮎川信夫和峠三吉。

鮎川信夫（1920.8.23～1986.10.17）自 1930 年代後半，登場於日本詩壇，1939 年創刊《荒地》，戰後的 1947 年再復刊《荒地》，是所謂的「荒地」派的詩人，在戰後被稱為「戰後詩人」，是具有代表性的日本現代詩人之一。

葉笛將鮎川信夫著名詩論〈何謂現代詩〉翻譯刊載於《笠》詩刊第 27 期（1968 年 10 月）至第 34 期（1969 年 12 月），分五次將全文連載完。

〈何謂現代詩〉是鮎川代表性的詩論，1949 年發表於《人間》七月號。筆者不知道葉笛是如何找到這篇詩論而將之譯出的，關於這一點，切盼今後有相關的研究。但是在日本，1964 年，思潮社出版了《鮎川信夫詩論集》，也許葉笛是看這一套的也說不定。

如剛才所敘述的，〈何謂現代詩〉雖然在《笠》連載五次，但是仔細地看，可得知當時一部分沒有譯出。僅將〈何謂現代詩〉日文原文和譯文的章節，併記如下：

「現代詩とは何か」（原文）	「何謂現代詩」（譯文）
I　詩人の条件	1.詩人的條件
II　幻滅について	2.關於幻滅
III 祖国なき精神	3.
IV なぜ詩を書くか	4.為什麼要寫詩
V　詩と伝統	5.詩與傳統
VI 詩への希望	6.對詩的希望

日文原文是由全六章節所構成的，但譯文卻是全五章節，可得知原文的〈III 祖国なき精神〉沒有譯出。

根據前述〈詩人小傳〉所敘述，葉笛是「2005 年 8 月，得知罹患胃癌」，「目前葉笛仍日日翻譯寫作，審定舊稿，近日繼續翻譯他鍾愛的詩人鮎川信夫《何謂現代詩》一書」。

葉笛被告知胃癌之後，在病中第一件做的詩論翻譯，就是這篇「III 祖国なき精神」，即「沒有祖國的精神」。根據紀錄，葉笛於 2005 年 12 月將之譯完。由此可見，葉笛計畫加上這篇未發表的翻譯，發行鮎川信夫完整的《何謂現代詩》。（鮎川的詩論，這部分譯出之後，另有其他兩篇翻譯，

同時收錄於翻譯卷九）

為何「沒有祖國的精神」當時沒有翻譯發表呢？

那是根據以下的理由。例如在「沒有祖國的精神」的開頭是如此的開始。

> 打敗戰後有一段時間，沒有人要談愛國心。不知是由於被敗戰的感覺壓垮，抑或對戰勝國客氣，戰時那麼喜歡的愛國心的流行語，彷彿完全失去權威與戰爭的惡夢一起被忘掉了似的。

並且在別的地方有以下的文章：

> 戰爭中共產主義者，成為背叛國家的非愛國者蒙受國民的指責，在敗戰後逆轉的社會裡一被解放，這回自己替代軍國主義者變成能站在利用愛國心的立場。

更有如下：

> 徵兵制度對於當時學生的我們給予多麼強烈的精神影響？是無可測量的。只要是那時候的學生連由於自由的學問在形成自己的精神的途上，應該都有這種：早晚總會由徵兵檢查，自己會被送去只是數字的刑場。

由於第二次世界大戰的結束，亞洲各國雖然也都進入戰後冷戰結構之中，臺灣與日本戰後的狀況卻是完全不同的。並且 1960 年代的臺灣社會，處於持續受到 1950 年代白色恐怖餘波的獨裁體制下，在那種情況下要翻譯發表這篇「沒有祖國的精神」，從上記的內容來看也是不可能的。若當時就翻譯發表的話，《笠》立刻會遭受禁止發行，譯者大概也會被逮捕。葉笛大概是避免那樣的愚昧，才省略這一章節的吧。如今，歷經 1970 年代末以來的民主化與本土化，好不容易這樣的言論可以被接受。葉笛以身為詩人的職志，欲將完整的《何謂現代詩》留存於世。而我們也得以從其苦心孤詣，感受到剛毅的詩人精神。

關於《何謂現代詩》，預定在下一章節再次提出。接著，我們來看同收錄於翻譯卷八分銅惇作的《中原中也論》。本書是葉笛旅居日本期間所翻譯的作品，分銅惇作是葉笛就讀東京教育大學（現今筑波大學）時代的恩師。分銅惇作的《中原中也論》，於 1975 年 9 月，由講談社以講談社現代新書出版。

中原中也，1907 年出生於山口縣，是「代表 1930 年代日本詩壇最具魅力的天才詩人」（分銅惇作〈祝葉寄民氏的翻譯工作〉），1938 年以僅僅 30 歲的年歲而永眠。葉笛對中也，在〈譯後記〉如此地敘述：

> 在臺灣或中國，未見有人以專書介紹日本詩人中原中也。
> 我要介紹中原中也，動機很單純：不在乎他是個為人所知的詩人與否，而在於其詩以原文念來，又雋永又香醴！更重要的是：他是個純粹的詩人。他那蜉蝣般的三十年生命，「蠟炬成灰淚始乾」地為詩燒盡！我愛他這種生命。

這篇〈譯後記〉所署的日期，記為葉笛還在東京的「1987 年 3 月 13 日・凌晨」，當時是長達 38 年覆蓋在臺灣社會的戒嚴令即將解除的前夕。葉笛以下的話，可以解讀為期待臺灣的黎明，期待「詩與真實」時代的來臨吧。

> 沒有詩的社會是比沙漠還要沙漠的，我這麼相信。但願我們的社會有更多的「詩與真實」。

接著，來引用中也的，也是筆者曾經所喜愛的幾篇詩。

這便是我家鄉	これが私の故里だ
風也爽然地吹著	さやかに風も吹いてゐる
啊，你是來幹什麼的？	あゝ　おまへはにをして来たのだと
吹來的風向我說	吹き来風が私にいふ

中也的「故鄉」湯田溫泉，現今在其出生之地，有座中原中也紀念館。

這是收錄於處女詩集《山羊之歌》（1934 年）初期詩篇的代表作〈馬戲團〉。以「曾有過幾個時代／有過褐色戰爭／曾有過幾個時代／冬天刮過朔風（幾時代かがありました／茶色い戦争がありました／幾時代かがありました／冬は疾風吹きました）」而開頭的本篇詩句，因鞦韆的擬聲語特色而為眾人所知。日語是「ゆあーん　ゆよーん　ゆやゆよん」，在詩中出現三次。葉笛把第一次和之後所出現的兩次句子，分別翻譯成下文：

（第一次：盪鞦韆）

頭朝下垂著手	頭倒さに手を垂れて
在髒綿布的房頂下	汚れ木綿の屋蓋のもと
呼地一去，嘩地一來，一來一去	ゆあーん　ゆよーん　ゆやゆよん

（接著的兩次）

各位觀眾都是沙丁魚	観客様はみな鰯
鳴響著喉嚨如牡蠣殼哪	咽喉が鳴ります牡蠣殻と
呼地一來，嘩地一去，呼嘩地	ゆあーん　ゆよーん　ゆやゆよん
屋外是黑黝黝的　黑暗的黑暗	屋外は真ツ闇　闇の闇
夜沉沉地深深	夜は劫々と更けまする
降落傘傢伙地鄉愁喲	落下傘奴のノスタルヂアと
呼地一來，嘩地一去，呼嘩地	ゆあーん　ゆよーん　ゆやゆよん

葉笛為何要如此分別翻譯呢？起初的方向是盪鞦韆者，一邊盪鞦韆一邊倒著看觀眾。接著，是從仰頭看盪鞦韆的觀眾的視覺方向，來看鞦韆的搖晃。鞦韆翻轉如交叉地搖晃。譯者把它分別譯成「一來／一去」。筆者是如此地理解。

最後，我們來引用被稱為中也的「如玉的名詩」——〈弄髒了的悲哀……〉。筆者雖然把這篇譯詩和原文對照而讀，但是就如分銅惇作在〈祝葉寄民氏的翻譯工作〉（前述）裡所說的「也許除他以外別人不可能的艱難的翻譯工作」——是不疏忽每一個字一絲不苟的翻譯。譯詩如下：

在弄髒了的悲哀上	汚れつちまつた悲しみに
今天也下著小雪	今日も小雪の降りかかる
在弄髒了的悲哀上	汚れつちまつた悲しみに
今天連風都刮過	今日も風さへ吹きすぎる
弄髒了的悲哀	汚れつちまつた悲しみは
如同狐狸的皮裘	たとへば狐の革裘
弄髒了的悲哀	汚れつちまつた悲しみは
像落著小雪縮瑟著	小雪のかかつてちぢこまる
弄髒了的悲哀	汚れつちまつた悲しみは
毫無所望又無所願	なにのぞむなくねがふなく
弄髒了的悲哀	汚れつちまつた悲しみは
在慵倦裡夢著死	倦怠のうちに死を夢む
對著弄髒了的悲哀	汚れつちまつた悲しみに
悲愴而賕膽怯	いたいたしくも怖気づき
對著弄髒了的悲哀	汚れつちまつた悲しみに
無所事事就日暮了	なすところなく日は暮れる……

葉笛旅居日本期間，還翻譯一本詩集，就是刊登在《笠》詩刊峠三吉的《原爆詩集》。關於該詩集翻譯的工作，敘述如下。

四、詩人的戰爭體驗與翻譯

在此，來看看關於詩人葉笛的戰爭體驗。在文章開頭筆者曾這樣述說：「1931 年生於屏東的葉笛，幸好沒有成為日本統治時期的文學家。不同於成為日本統治時期最後的文學家——1925 年出生的葉石濤，葉笛是以戰後的中華民國時代第一代而從事文學活動。」

葉石濤在戰前以大日本帝國陸軍二等兵而被徵兵，是眾人所周知的。那麼，比葉石濤小六歲，終戰時 15 歲的葉笛，他的戰爭體驗是什麼？那就是記載在〈詩人小傳〉的八二三炮戰：

> 1956 年入伍，部隊本在嘉義東石，在此初識未來妻子邱桂春女士，感情還未及展開就被調至金門，投入「八二三炮戰」的烽火之中。《火和海》詩集即是刻畫這段血光與火光交織的歲月。

金門自從 1949 年國民政府來臺而成為臺灣的最前線。以金門為戰場，國共之間發生了古寧頭之戰、九三炮戰、八二三炮戰等戰役。特別是八二三炮戰，40 天期間 40 萬枚炮彈交錯亂飛的激戰，也使金門以及小金門因身為激烈的炮擊之地而聞名於世。如今金門軍事上的地位雖然被削弱，曾經有過的十萬士兵已減為一萬，島嶼和戰場遺跡也以戰役紀念館為中心發展成觀光地。2000 年開始「小三通」以來，來自廈門的觀光客也不斷地增加，甚至可以使用人民幣在當地買東西。但是，金門仍然是臺灣實施支配的最前線，這是不變的。

葉笛是 1956 年被徵兵，而參加 1958 年的八二三炮戰的。

這場戰爭體驗，給了詩人什麼樣的影響呢？就如前所引文，這時的戰爭體驗產生了詩集《火和海》（1990 年）。但是，不只是如此。事實上，這時的戰爭體驗也反映在葉笛的翻譯工作上。詳細的研討，我想就讓給將來遲早會出現的葉笛論研究者，在此，僅舉出筆者的幾個看法。

鮎川信夫的《何謂現代詩》，是以下述的戰爭觀點為背景寫成的詩論：

> 對於我們來說：唯一共同的主題，就是現代的荒地。話在被戰爭和戰爭所挾住的時代，曾經一度把血肉之軀賭注在戰爭上的我們，即使現在仍然不能從黑暗的現實和被撕裂了的意識逃脫出來，而看守著冷戰的去向。我們的生活不曾有過像歐洲和美國的做為共同的理念的「文明」。卻只生長那沒有傳統之根常有的殖民地文化的雜草。對於不曾擁有必須守住的「文明」的民族而言，戰爭也不過像天災地變一般偶然的災難而已。
>
> 由於擁有所謂戰爭的共同體驗而殘存於戰後的荒地裡的我們，隨著我們自己的生活而面對著新時代的課題。並且從第一次大戰後的荒廢和虛無之中，艾略脫的《荒地》誕生於 1923 年，到現在雖然已經歷了四分之一世紀以上的年月，然則，依然並未抹去對現代的荒地的不安之意識。（略）

葉笛對鮎川信夫這樣的詩論感到共鳴，應該是基於經過八二三炮戰而生存下來的體驗。如之前所提過的，葉笛對石原慎太郎的〈太陽的季節〉裡肯定「生命」的見地，表示共鳴，而再選擇以越戰為題材的〈伏擊〉譯出，是否也是基於葉笛的戰爭體驗？葉笛內心的這場八二三炮戰的體驗，從未消失。葉笛於 1990 年 3 月出版詩集《火和海》，約莫同時間，《笠》詩刊自第 153 期（1989 年 4 月）至第 155 期（1990 年 2 月）分三次刊載葉笛譯的峠三吉《原爆詩集》。在此，引用眾人所熟知的葉笛譯詩〈序〉看看：

還我父親　還我母親	ちちをかえせ　ははをかえせ
把老人家還給我們	としよりをかえせ

還給我們孩子	こどもをかえせ
把我還給我　把和我血脈相連的	わたしをかえせ　わたしにつながる
人還給我	にんげんをかえせ
只要存在著人的　人的世界	にんげんの　にんげんのよのあるかぎり
就把不會崩潰的和平	くずれぬへいわを
把那和平還給我們	へいわをかえせ

峠三吉，1917 年生於大阪，28 歲時在廣島遭受原子彈轟炸，34 歲時集結出版《原爆詩集》。1953 年去世時，僅 36 歲。

葉笛為何在這時期譯出《原爆詩集》？我們似乎有必要考慮它與出版《火和海》的關聯性。如前所述，葉笛在最後與病魔搏鬥時，也希望能譯完鮎川信夫的《何謂現代詩》，並且完成了。當我們看到葉笛如此一連串的翻譯工作，不難從其詩作與翻譯工作中，看到了其所呈現出的經過戰爭體驗的人道主義詩人形象。

——2006 年 10 月 14 日完稿

——選自戴文鋒主編《葉笛全集 8・翻譯卷一》
臺南：國家臺灣文學館籌備處，2007 年 5 月

試論葉笛的日文文學譯作

◎邱若山[*]

臺灣戰後早期的日本文學譯介中，葉笛絕對是最重要的翻譯者之一。小說方面，1970 年代，行銷甚廣的大林版、水牛版的芥川龍之介作品三書——《羅生門》、《地獄變》、《河童》，是當時能讀到的日本文學中文翻譯的代表性書籍。還有，石原慎太郎的《太陽的季節》，都是 1970 年代葉笛的譯作業蹟。另一方面，日本近代詩的翻譯，最具體的成就則是：分銅惇作所著的《中原中也論》及峠三吉《原爆詩集》的翻譯。這些譯作作品的對象選擇，顯示葉笛對其所專攻的日本近代文學研究課題中，最關注的焦點。尤其是譯詩，與葉笛的詩作世界，有相當深層的關連，是研究或評論葉笛的文學時，不可輕忽的一環。另外，在最後的十年間，葉笛更擔任或參與了臺灣前輩日文作家作品選集或全集的諸多翻譯工作，如：《水蔭萍作品集》、江文也詩集《北京銘》、楊雲萍詩集《山河集》、吳新榮詩集「震瀛詩集」、《楊逵全集》、《龍瑛宗全集》等的中譯。日文作品的翻譯，在葉笛一生的文學業蹟中，占非常大的比重，本文試圖探索葉笛日文譯作的世界。

一、葉笛翻譯了多少日文文學作品？

在筆者決定書寫本篇拙論之前，一直浮現在腦海的一個問題是：葉笛前輩到底翻譯了多少東西？筆者於 1975 年就讀東吳大學東方語文學系（現日本語文學系），當時讀到的日本文學譯作，就是葉笛翻譯的芥川龍之介

*靜宜大學日本語文學系、臺灣文學系副教授。

《地獄變》、《河童》、《羅生門》三書。在大一日文尚屬初學階段的時候，對於將來自己所必然相關的學問，先透過中文翻譯來閱讀，是當時的好奇心與知識慾使然。但是，對於到高中階段結束為止，所謂的國文都是死背文言文，死背注釋的當時的我而言，儘管讀了前輩的中文譯本，老實說，仍然完全無法進入理解芥川作品的世界，不過「葉笛」這個名字深深地烙印在我的腦海中，我把日文文學翻譯與葉笛畫上了等號。

想要知道葉笛譯作（幾乎是日文的原作）的全貌，於是做了以下的調查與整理。在本論文寫作過程中，側聞國家臺灣文學館以及臺南大學所編的葉笛全集已完成，個人收集整理必然掛一漏萬，非常不完整，茲將做成的表格列之於下。（表格中，畫下線者為葉笛的作品，非翻譯，但其中含譯詩等。原題為筆者所查補）

時間	譯作的譯題・原題・原作者	文類	注（出處等）
1956	祕密（堀口大学「秘密」）・香吻的誘惑（堀口大学「接吻への招待」）・落葉（堀口大学「落葉」）・遙遠的薔薇（堀口大学「遠い薔薇」）・烏鴉（堀口大学「鴉」）	詩	創世紀 06
1960	給秋（堀口大学「秋よ」）・落葉（堀口大学「落葉」）	詩	筆匯月刊 48
1965.04	超現實主義宣言（André Breton 著）	詩論	笠 7
1965.10	未來派宣言書（F.T. Marinetti 著）	詩論	笠 9
1967.04	法國詩史（上）（安東次男著）	詩論	笠 18
1967.06	法國詩史（下）（安東次男著）	詩論	笠 19
1967.06	高橋喜久晴對「詩學」上中國詩人作品的評論	詩論	笠 19
1968.10	何謂現代詩（一）（鮎川信夫著）	詩論	笠 27
1968.12	何謂現代詩（二）（鮎川信夫著）／終焉（中桐雅夫「終焉」）／在死之中（黑田三郎「死の中に」）	詩論 詩	笠 28
1969.02	何謂現代詩（三）（鮎川信夫著）	詩論	笠 29
1969.06	何謂現代詩（四）（鮎川信夫著）	詩論	笠 31

1969.12	何謂現代詩（五）（鮎川信夫著）／感傷的尊尼（北村太郎「Sentimental Johnny」）／裸笛——被斷掉假眠的腦波（谷克彥）	詩論詩	笠 34
1969.09	石原慎太郎《太陽的季節》（『太陽の季節』） 新世代的旗手——略談石原慎太郎其人及作品・貧瘠的海・伏擊・獅子之死・不復歸的海・太陽的季節（太陽の季節）・譯後記	短篇小說集	大業現代文學叢書
1969.10	芥川龍之介《地獄變》（『地獄変』） 序（吉田精一教授）・關於芥川龍之介・關於葉笛・地獄變（地獄変）・山鴫（山鴫）・蜜柑（蜜柑）・闇中問答（闇中問答）・盜賊（偷盜）・南京的基督（南京の基督）・阿富的貞操（お富の貞操）・後記	短篇小說集	仙人掌文庫 1969、進學叢刊 1971、大林文庫 1973、水牛哲學叢書 1988、桂冠世界文學名著 2001
1969.10	芥川龍之介《河童》（『河童』） 序（吉田精一教授）・關於芥川龍之介・關於葉笛・某傻瓜的一生（或阿呆の一生）・手推車（トロッコ）・冬以及書信（冬と手紙と）・齒輪（歯車）・沼地（沼地）・湖南之扇（湖南の扇）・疑惑（疑惑）・給某舊友的手記（或旧友へ送る手記）・河童（河童）	短篇小說集	仙人掌文庫 1969、進學叢刊 1971、大林文庫 1973、水牛哲學叢書 1986、桂冠世界文學名著 2001
1969.10	芥川龍之介《羅生門》（『羅生門』） 序（吉田精一教授）・關於芥川龍之介・關於葉笛・羅生門（羅生門）・竹藪中（藪の中）・杜子春（杜子春）・秋山圖（秋山図）・西方的人（西方の人）・海市蜃樓（蜃気樓）・大導寺信輔的半生（大導寺信輔の半生）・玄鶴山房（玄鶴山房）・秋（秋）・尼提（尼提）・Mensura Zoili・三個為什麼？（三つのなぜ）・點鬼簿（点鬼簿）・三個窗子（三つの窓）・後記	短篇小說集	仙人掌文庫 1969、進學叢書 1970、大林文庫 1973、水牛哲學叢書 1986、桂冠世界文學名著 2001

1979.12	日本現代詩的源溯和流變	論著	笠 94
1981.06	日本現代詩的源溯和流變（續）	々	笠 103
1983	自由之歌（小室屈山）	詩	現代詩復刊 4
1983	鵲（北原白秋）・柳葉（石川啄木「柳の葉」）	詩	現代詩復刊 5
1985	垃圾堆（川路柳虹「塵塚」）・黃昏之群（白鳥省吾「黄昏の群」）・第一次把孩子（千家元麿「初めて子供を」）・墜子之國（高村光太郎「根付の国」）・道程（高村光太郎「道程」）・孤獨（萩原朔太郎「孤独」）	詩	現代詩復刊 7、8
1987.12	分銅惇作《中原中也論》 「祝葉寄民氏的翻譯工作」（分銅惇作）・追悼詩「死去的中原中也」（小林秀雄詩）・骨（骨）・生長之歌（生い立ちの歌）・冬天的記憶（冬の日の記憶）・罪人之歌（つみびとの歌）・「溫泉集」（短歌四首）・見神歌（短歌四首）・在秋意闌珊的野地上（短歌三首）・冬日將暮時（短歌三首）・去年這時候的歌（短歌三首）・少年時（少年時）・「斷言是達達主義者」（高橋新吉詩）・達達音樂的歌詞（ダダ音楽の歌詞）・想像力的悲歌（想像力の悲歌）・「筆記 1924」・古代土器的印象（古代土器の印象）・晨之歌（朝の歌）・「晨之歌」（室生犀星詩）・馬戲團（サーカス）・臨終（臨終）・我愛・女人喲（女よ）・此刻不正是…（時こそ今は…）・寒夜自畫像（寒い夜の自画像）・心象Ⅱ（心象Ⅱ）・弄髒了的悲哀…（汚れちまつた悲しみ）・「羊之歌」Ⅰ禱告・「羊之歌」Ⅲ・「羊之歌」憔悴・在世之歌（在りし日の歌）・幼小的時日（幼なかりし日）・溘然死去（ゆきてかへらぬ）・死後第二天（死別の翌日）・我的半生（わが半生）・一	論著	新地出版社

	個故事（一つのメルヘン）・陰天（曇天）・無言之歌（言葉なき歌）・春天還會來…（また来ん春）・月之光（其一）（月の光）・我家的花・冬天的長門峽（冬の長門峽）・含羞（含羞）・春日狂想（春日狂想）・秋 3（秋 3）・「青森輓歌」（宮澤賢治詩）・湖上（湖上）・我的詩・譯註・中原中也年譜・譯後記		
1989.10	原爆詩集（一）（峠三吉著） 八月六日（八月六日）・死（死）・火焰（炎）・瞎眼（盲目）・臨時急救所（仮繃布帯所にて）・眼（眼）・倉庫的記錄（倉庫の記録）・年老的母親（としとったお母さん）・火焰的季節（炎の季節）	詩	笠 153
1989.12	原爆詩集（二）（峠三吉著） 小寶寶（小さい子）・墓標（墓標）・影（影）・朋友（友）・河畔的風景（河のある風景）・晨（朝）・微笑（微笑）・一九五〇年八月六日（一九五〇年八月六日）	詩	笠 154
1990.12	原爆詩集（三）（峠三吉著） 夜（夜）・街上（巷にて）・給某婦人（ある婦人へ）・景色（景観）・呼籲（呼びかけ）・那日子將是什麼時候（その日はいつか）・希望（希い）	詩	笠 155
1990.12	吉田勝次『�嚷民主黨』		第一出版社
1992	小島晋治・丸山松幸《中國近現代史》		帕米爾書店
1995.04	《水蔭萍作品集——楊熾昌》 義不容辭・情可以堪——《水蔭萍作品集》譯序　詩：《燃燒的臉頰》（燃える頬）32 首其他 37 首　評論：臺灣文學喲・要拋棄政治的立場・檳榔子的音樂（檳榔子の音樂）・燃燒的頭髮（炎える頭髪）・土人的嘴唇（土人の唇）・意大利花飾彩陶的花瓶		臺南市立文化中心

	（マジョリカの花瓶）‧JOYCEANA：《喬伊斯中心的文學運動》讀後‧洋燈的思維（洋灯の思惟）‧新精神和詩精神（ESPRIT NOUVEAU と詩精神）‧孤獨的詩人：吉安‧科克多（孤独の詩人‧シャン‧コクト）‧西脇順三郎的世界‧「小論爭」觀戰‧詩的化妝法小說：花粉與唇　回憶‧序跋：記者生活閑談（記者生活余談）‧《燃燒的臉頰》後記（『燃える頬』後記）　回溯：殘燭的火焰（残燭の焔）‧靜謐的愛（静かなる愛）‧《紙魚》後記（『紙魚』後記）　論文：日據時代臺灣詩壇的超現實主義——以風車詩社核心人物楊熾昌的詩運動為軸		
1995	太陽〈金子光晴〉	詩	95 亞洲詩人作品集
1996.11	伊藤潔《李登輝新傳》（筆名白水）		希望出版社
1997.01	岡崎郁子《臺灣文學——異端的系譜》（『台湾文学——異端の系譜』） 楔子‧序章　臺灣文學的正統和異端‧第二章　邱永漢——戰後臺灣文學的原點‧第三章　陳映真——對中國革命懷抱希望的政治作家‧第四章　劉大任——求新天地於美國的知識分子作家‧第六章　拓拔斯——非漢族的臺灣文學‧後記	論著	前衛出版社（合訳）
1997.03	《吳新榮選集》1 也是文學因緣——「震瀛詩集」及〈亡妻記〉譯後記。 譯一：「震瀛詩集」（64 首詩）。 輯二：「亡妻記」（一）（二）。 輯三：文學議題（5 篇）（實為 6 篇）‧青風會宣言‧佳里分會成立通訊‧對臺灣新文學社的希望‧第二屆文藝大會的回憶——文聯的人們‧文壇寸感‧*白柚花　檳榔樹《吳新榮選集》2		臺南縣立文化中心 葉笛口譯；呂興昌整理

	輯六：日記 4 篇（實為 7 篇）・臺灣文藝聯盟佳里支部・臺灣文藝聯盟大會・臺灣新文學社創立・楊逵來訪・呂赫若・會晤郁達夫・訪賴和林獻堂 其他：贈書（贈書）・最後的答禮（最後の返礼）・五月的回憶（五月の思ひ出）・獻給大東亞戰爭（大東亜戦争に捧ぐ）		
2000.04	《人生隨筆及其他——林攀龍先生百年誕辰紀念集》		傳文文化
2000	《林修二集》（共譯）		臺南縣文化局
2001	《葉榮鐘全集》（共譯）		晨星出版社
1998.6～2001.12	《楊逵全集》（共譯）		中研院文哲所
	1.父與子（父と子）・撲滅天狗熱（デング退治）	戲曲	
	自由勞動者的生活剖面（自由労働者の生活断面）・靈籤（靈籤）・難產（難産）	小說	*＋清水賢一郎
	5.田園小景（田園小景——スケッチ・ブック）・模範村（模範村）・鵝媽媽出嫁（鵞鳥の嫁入り）・紳士軼話（紳士連中の話）	小說	＋清水賢一郎
	6.三國志物語第一卷／第二卷	小說	＋涂翠花
	7.三國志物語第三卷／第四卷	小說	＋涂翠花
	不笑的小伙計（笑はない小僧）・犬猴鄰居（犬猿隣組）・歸農之日（帰農の日）	小說	＋清水賢一郎楊逵譯葉笛補譯缺頁清水・彭小妍校譯
	9.送別老師（師を送る）	詩	
	都是一樣的呀（御同様なんですよ）・病兒（病児）	劇詩	
2001.08	關於現代詩甚麼都第一（なんでも第一關根弘詩）・蘋果（リンゴ　尹東桂詩）・不倚靠（倚りかからず茨木のり子詩）		笠 224
2001.07	臺灣筆會通訊日文版		臺灣筆會
2002	《王昶雄全集》（共譯）		臺北縣文化局

2003.10	《北京銘——江文也詩集》 江文也詩集《北京銘》譯後記・寄「銘」的序詩・第一部～第四部（詩一百首）・寄「銘」的結尾	詩集	臺北縣文化局
2003.10	《臺灣早期現代詩人論》 王白淵、陳奇雲、楊雲萍、吳新榮、水蔭萍、郭水潭、江文也、巫永福、林修二		國家臺灣文學館
2004.03	臺灣早期詩人略論 13 憤怒的詩人林芳年〈鐵路〉〈曠野裏看得見的煙囪〉〈蒼蠅們大口爭食著一顆臭肉〉〈王爺公敗北了〉〈林精鏐詩〉「秋窗雜詠」(1)〈月夜的墓地和虎斑犬〉〈早晨的樹〉		創世紀 138
2004.06	關根弘的詩與詩論〈甚麼都第一〉〈磨利無數的葉子　野間宏詩〉〈紫丁香和薔薇　金子光晴詩〉〈要離開這個房間〉〈死老鼠〉〈霧〉〈紅的魚和白的魚〉〈魚之歌〉〈銀的絲線〉〈海〉〈河〉〈繪畫的習題〉		笠 241
2004.06	論萩原朔太郎——日本現代詩新抒情的旗手〈地面下生病的臉〉〈天上縊死〉〈追求著走在群眾裡〉〈蒼白的馬〉〈垂坐氣球者的夢〉〈歸鄉〉		創世紀 139
2006.11	《曠野裏看得見煙囪——林芳年作品選譯集》		臺南縣文化局
	《龍瑛宗全集》(國家臺灣文學館) 1.植有木瓜樹的小鎮（パパイヤのある街）・趙夫人的戲畫（趙夫の戲画） 2.青雲（青雲）・龍舌蘭和月亮（龍舌蘭と月）・崖上的男人（崖の男）・蓮霧的庭院（蓮霧の庭）・海邊的旅館（海の宿）・年輕的海（若い海）・呂君的結婚（呂君の結婚）・青風（青き風）・歡笑的清風莊（笑ふ清風莊）・歌（歌）・結婚綺談（結婚綺談）・青天白日旗（青天白日旗）・從汕頭來		

	的男子（汕頭から来た男）・楊貴妃之戀（楊貴妃の恋）・可悲的鬼（哀しき鬼）・故園秋色（故園秋色） 3.媽祖宮的姑娘們（媽祖宮の姑娘たち）・夜流（夜の流れ） 5.雜記（雑記）・飢饉和商人——悲慘的插話（飢饉と商人——悲惨なエピソード）・認識中國的方法（中国認識の方法）・扼殺人才——關於人事問題（人材の扼殺——人事問題に関して）・中國文學的動向（中国文学の動向） 理論和現實——要好好觀察現實（理論と現実——よく現実を観察せよ）・血和淚的歷史——楊逵的〈送報伕〉（血と涙の歴史——楊逵氏の「新聞配達夫」）・羅斯查伊德家——變成大富翁的祕訣（ロスチャイルド家——大金持になる秘訣）・中國古代的科學書——宋應星的《天工開物》（中国古代の科学書——宋応星の《天工開物》）・外套（果戈里作）（「外套」（ゴーゴリ作））・傳統的潛在力量——吳濁流氏的〈胡志明〉（伝統の潜在力——呉濁流氏の《胡志明》）・戰爭，還是和平？（戦争か平和か）・新劇運動的前途——觀看熊佛西作〈屠戶〉（新・劇運動の前途——熊佛西作「屠戶」を観て）・為了知性——離別之言（知性の為に——お別れの言葉）・中國現化文學的始祖——於魯迅逝世十周年紀念日（中国現代文学の始祖——魯迅逝世十周年記念日に際して）・海燕（高爾基作）（海燕（ゴーリキー作））・關於日本文化——今後的心理準備（日本文化に就いて——これからの心構へ） 6.美麗的田園（美しき田園）・關於女性的		

	讀書（女性の読書について）・歸鄉記（帰郷記）・驛馬車（駅馬車）・南方的誘惑（南のいざなひ）・同人日記（同人日記）・熱帶的椅子（熱帯の椅子）・對陽光的隱忍（光への忍従）・花蓮港風景（花蓮港風景）・在沙灘上（沙上にて一波荒き町より）・文學的本事（文学の腕）・努力的繼續（努力の持続）・建設性的要求（建設性の要求）・時間的嬉戲（時間のたはむれ）・新文化的建設（新しき文化の樹立）・大東亞文學者大會速記抄錄——感謝皇軍（皇軍に感謝）・獲得可喜的成就（よき成果を収めつ）・戰時下之文學（戦時下の文学）・告別脂粉的健康勞動女性（脂粉を追放した逞しい勤労女性）・美麗島・臺灣（美しい島・台湾——その豊富な観光資源）・澎湖記行——蔓蔓夏草吻身經百戰的戰士們無常的夢痕（台湾ところどころ——澎湖紀行～夏草や兵が夢の後）・臺北的今昔（台北の昔と今） 8.劉榮宗給劉源興的信・劉源興給劉榮宗的信・劉榮宗給劉榮瑞的信・劉榮瑞給劉榮宗的信・劉瑞殿給劉榮宗的信・劉榮宗給劉文甫的信・劉榮宗給劉源興的信・龍瑛宗給鍾肇政的信・鍾肇政給龍瑛宗的信・龍瑛宗給杜潘芳格的信・龍瑛宗給林瑞明的信・《中華》編輯後記・《中華日報》編輯者的話一・《中華日報》編輯者的話二・《中華日報》編輯者的話三・《今日之中國》作者生平簡介（鍾理和・廖清秀・鍾肇政・鄭清文陳火泉・林衡道・林海音・王藍・張漱菡・郭嗣汾・魏希文・張彥勳）・談臺灣文學——〈植有木瓜樹的小鎮〉及其他（台湾文学を語る——「パパイヤのある街」その他）・文藝龍門陣座談會（文芸よもやま座		

	談会）・三人座談——濱田隼雄・龍瑛宗・西川滿（鼎談）・〈普賢〉〈地中海〉及〈植有木瓜樹的小鎮〉〈「普賢」「地中海」「パパイヤのある街」〉・臺灣文壇的新人氣概軒昂地登上大顯身手的舞臺（台湾文壇の新人颯爽桧舞台に登場　劉君の「パパイヤのある街」）・看來像謊言的真實（噓に見える真実）・臺灣代表龍瑛宗氏站起來發言（台湾代表龍瑛宗氏起つ　本会議第一日の午後）・努力家龍瑛宗氏（努力家龍瑛宗氏）・留話題在臺北的人們——新人小說家劉榮宗之卷（台北に話題を残す人々：新進小說家劉榮宗氏の卷）		

補記：以上表格為研討會發表稿的再整理，《葉笛全集 17・資料卷一》所錄〈生平寫作年表〉、〈作品目錄〉非常詳細，全集 8～16 共九卷為翻譯卷，收錄了文學相關的葉笛全部譯作，其細目亦詳於各卷目次，以上簡表或已失其存列必要，然本論文以下各節論述，依循上表之處甚多，故於此暫存。又，收錄於《葉笛全集 8・翻譯卷一》的下村作次郎論文〈葉笛的文學生活與翻譯工作——擁有戰爭體驗的人道主義詩人〉（葉笛の文学生活と翻訳の仕事——戦争体験を持つヒューマニズムの詩人），於筆者撰寫本論文時，未能閱讀全集，亦未能掌握葉笛譯作的全貌，無法閱讀到下村教授的論文，從其中獲得先行研究的助益，甚以為憾，所論疏漏之處，請參讀下村氏論文。

二、葉笛日文文學作品翻譯的分期

（一）第一期（1956～1970）

從前節的表格來看，筆者始發覺，以為葉笛的翻譯是從芥川三書開始，是個極為嚴重的先入為主的錯誤認知。葉笛的日文文學的翻譯，是從詩開始的，而且早在《創世紀》創刊不久的第 6 號（1956 年），翻譯了堀口大學五首詩。之後，一直到芥川三書出版之前，14 年間葉笛所翻譯的主要是詩與詩論。從葉笛以一個詩人的身分展開文學的出發而言，這應可說是極其理所當然的。這期間除了翻譯堀口大學的詩之外，葉笛所關注的焦點，在於詩論。他注意超現實主義的理論，注意法國詩史（安東次男著），而對鮎川信夫的詩論更加重視。還將視線擴及中桐雅夫、黑田三郎、北林太郎、谷克彥及高橋喜久晴。

另一方面，在比芥川三書的出版稍前，事實上，葉笛先出版了石原慎太郎的《太陽的季節》（1969 年）。這本短篇小說集收錄了表題作之外，還收錄了〈伏擊〉、〈貧瘠的海〉、〈獅子之死〉、〈不復歸的海〉。單行本出版之前，表題作的翻譯已先登在《筆匯》之上。葉笛除了作品翻譯之外，並寫了〈新時代的旗手——略談石原慎太郎其人及作品〉，以及〈譯後記〉。在前文中，除了介紹石原慎太郎這位日本文壇新星之外，並以「人的小說」及「詩的小說」的觀點來看石原的作品。界定「石原寫的都是純文學的小說」。同時，很簡明扼要地指出石原的作品特色：「第一，新世代的典型人物」（年輕的夢想，對性、道德、社會不以定型觀念局限，有運動力、生命力）、「第二，男性的抒情世界」、「第三，小說中的探求性與批判性」（對生命、愛的探求與批判）。

葉笛的選譯作品，根據岩波文庫、小說年鑑、講談社版本，並非根據單行本版本。與新潮文庫、角川文庫所出版的《太陽的季節》所收錄的作品篇章相比較，除了表題作以外，沒有一篇重複，這表示葉笛的譯本同時也是一種選本。

至於芥川三書的翻譯，葉笛一樣附上一篇〈關於芥川龍之介〉來介紹作者。對於芥川的生平以及寫作特色，還有芥川所處的大正時代與其文學概觀做簡明扼要的介紹。尤其在〈芥川龍之介的藝術〉一節裡，將芥川作品的特色歸納如下：a.詩的精神（從現實邁向理想）b.取材範圍廣泛（其歷史小說的材料背景「有日本王朝的、中國的、天主教的、江戶幕府時代的、明治維新時期的、歐洲的」）c.形式技巧富於多樣性的變化 d.唯美的等四大項，並舉實際作品或其內文證明之。結論指出，芥川的生活與藝術，非常高度的結合一致，芥川是「徹頭徹尾地生活於藝術中心的文人」。

芥川三書皆附有日本近代文學研究知名學者吉田精一的序文，而在進學版《羅生門》書後，則附錄有〈後記〉，〈後記〉中，葉笛除了交代《羅生門》書中收錄的作品的部分譯文發表經過外，說出他翻譯作品的出發點與原因：「在臺灣搞文學想養家活眷，談何容易！我之所以翻譯這些作品，可說是門外漢娛悅自己的工作，以熱愛芥川氏工作而已」。而以下的一段話，足以說明當時葉笛的翻譯觀。

> 翻譯就像為人作嫁，其吃力不討好，不可言喻。我不憚自己的譯筆拙劣，把本書交給讀者們，不過是想打開一面窗子。密閉的房屋裡，沒有陽光、沒有空氣，文學亦復此。我們應該把四面八方的文學之窗打開，讓和煦的陽光進來，讓清新的空氣進來，讓我們的眼界更擴大，臺灣的文學才能更豐富起來。倘若這本集子能給讀者們一點新鮮的感受，那麼，我已經獲得代價，希望這本書能被熱愛純文學的朋友們所接受。

在芥川三書中，如《河童》裡所收的〈給某舊友的手記〉，《羅生門》裡的〈海市蜃樓〉、〈尼提〉、〈三個為什麼？〉、〈點鬼簿〉、〈三個窗子〉都是芥川自殺逝世前不久發表的作品，是探討芥川自殺的心理、精神狀態的重要作品資料。〈Mensura Zoili〉是一種「價值測定器」的品名，在芥川的作品中，是屬於「多采多姿的芥川作品中，被放置在不被察覺的角落的作品」，卻也是芥川顯露其對文學批評家的不信任觀點的重要作品，而葉笛將之選擇譯出，應有其特別考量。

芥川三書，初版為仙人掌文庫，之後進學叢刊（進學書局）、大林文庫、水牛（哲學叢書）、桂冠世界文學名著，接連地再版，可說是國內翻譯界長期暢銷的著名翻譯書籍，它的影響讀者進入日本文學領域，應該是貢獻巨大的。

（二）第二期（1970～1993）

芥川三書翻譯出版之後，葉笛赴日留學，旅居日本，直至 1993 年歸臺，這期間長達 25 年。從 38 歲到 62 歲之間，葉笛雖離開臺灣遠在日本，但卻沒有完全跟臺灣文壇隔絕。他的論文、譯詩，雖是斷續、少量，卻也零星的刊在《笠》詩刊及《現代詩》復刊號上。不過，這期間葉笛最重要的翻譯工作成果，是將日本學者分銅惇作的《中原中也論》以及峠三吉的《原爆詩集》這兩本詩論集、詩集譯出、出版及刊載。

旅居日本期間，葉笛首先發表了〈日本現代詩的源溯與流變〉，之後的譯詩集兩本譯著，應都是他對日本現代詩深刻了解，體系化研究之後的實際作品譯介。

《中原中也論》的譯出，重要原因，可說是：（1）作者分銅惇作是葉笛在東京教育大學（現在的筑波大學）研究所時的老師，而（2）當時「中原中也」風潮，在日本的高中生、大學生之間超人氣風行了十多年，（筆者於 1986 年赴日本留學，仍能感受那種氛圍，參加了數名好友的讀書會，研讀了中原中也的詩有一年之久），《中原中也論》是當時研究中原中也的重要論述，葉笛將之翻譯出版，有著必然的動因。葉笛在譯後記裡這樣說到：

> 一朵野菊與牡丹，熟為美？不同的美，昇華而令人感受其為美時，其為美則一，我說。我對詩有如下看法：大詩人之詩，未必篇篇皆為上乘之作。雖非名傳遐邇的詩人，排沙簡金，時或也有令人吟味不止的「一沙一世界」的詩。在臺灣或中國，未見有人以專書介紹日本中原中也。我要介紹中原中也，動機很單純：不在乎他是為人所知的詩人與否，而在於其詩以原文念來，又雋永又香釅！更重要的是：他是個純粹的詩人。他那浮游般的三十年生命，「蠟炬成灰淚始乾」地為詩燒盡！我愛他這種生命。本書作者分銅惇作先生是前東京教育大學（現在的筑波大學）日本文學教授。分銅教授是個詩人。我在該大學研究所曾受其教誨，是以

在翻譯上，有問題，我都請教過，而吾師不厭其詳地予我以解釋，這是我沒齒難忘的。沒有詩的社會是比沙漠還沙漠的，我這麼相信著。但願我們的社會有更多的「詩與真實」。

在這裡葉笛除了說明他譯介的動機之外，也呈現了他的詩觀。這本詩論中，還包括了引用部分的詩將近五十首，將中原中也的詩介紹到臺灣，是葉笛偉大的貢獻。這本譯著的出版，也正是筆者留學日本，耽讀中原中也詩的時期，但當時卻對葉笛譯著的出版一無所知。

正如分銅惇作在中文版卷頭〈祝葉寄民氏的翻譯工作〉文中所言：「葉氏是個好學之士，而且是個熱情詩人。擅長日語的中國人可以說不少，但，像他那樣深懂文學，尤其對詩的理解深湛的人是少有的吧。幾年前，他就繼續翻譯我的舊作《中原中也》。中原是代表 1930 年代日本詩壇最具魅力的天才詩人。我得知他已完成也許除了他以外別人不可能的艱難的翻譯之作，對他多年來的辛勞表示敬意並且衷心感喜悅」。葉笛可說是翻譯中原中也的最佳人選。而《原爆詩集》是作者峠三吉記錄廣島原子彈爆炸直接體驗其慘狀的著名詩集，葉笛將這本詩集全書翻譯，分三期刊登於《笠》詩刊，顯現其人道主義的關懷與反對戰爭的問題意識。此時，葉笛年屆 60 歲，正是準備收拾行囊歸鄉的前夕。在歸國之前還翻譯了非文學書，吉田勝次著的《嘖々、民主進步黨》，顯示了其對故鄉的變化的關懷。

（三）第三期（1993～2006）

離開旅居 25 年的日本，葉笛在 1993 年收拾行囊回到臺灣。在第三期的 13 年間，葉笛投注了所有的心力，在翻譯日治時期前輩作家作品上，做出最大的貢獻，我們從前節表列中可看到《水蔭萍作品集》（1995 年）、《吳新榮選集》（1997 年）、《楊逵全集》（1998～2001 年）、《北京銘——江文也詩集》（2002 年）、《龍瑛宗全集》（2006 年）、以及筆者未見的《郭水潭日記補遺》、《林芳年作品集》、楊雲萍詩集《山河集》、《山河新集》等前輩作家、詩人的作品集的全部或是部分的翻譯，均是出自葉笛的譯筆而完成出版。這期間尚有岡崎郁子《臺灣文學——異端的系譜》這本臺灣文學研究書的大部分章節的翻譯，以及日本詩人關根弘的詩及詩論的介紹。當然，跟翻譯息息相關的，葉笛的文學評論、研究論文集《臺灣文學巡禮》（1995 年）、《臺灣早期現代詩人論》（2003 年）兩本大作的完成，更是值得欽佩。

在《水蔭萍作品集》裡，葉笛附了〈義不容辭，情何以堪——《水蔭萍作品集》譯序〉一文，《吳新榮選集》裡附了〈也是文學因緣——「震瀛詩集」及〈亡妻記〉譯後記〉，《北京銘——江文也詩集》附了〈江文也詩集——《北京銘》譯後記〉。葉笛的翻譯，一定會附上一篇文章，交代翻譯經過，以及透過翻譯過程，精要地解讀作家的文學特質。葉笛的翻譯前輩作品，其出發點與精神，簡而言之，就是「義不容辭」的使命感與氣概。這之間，他和呂興昌教授、陳萬益教授在資料的搜尋挖掘與翻譯上，結成了最佳拍檔。葉笛在回國之後，對臺灣文化，文學的現象觀察是：

> 臺灣雖說自 1970 年代經濟起飛，但依我回臺將近兩年置身其中的觀察，臺灣的文化，尤其是文學的現狀還是令人傷心的，因為消費文化遠勝過該紮根於大地的真實文化。文化是所有生於斯，長於斯的人都要從點點滴滴的工作累積起的。只靠政府推動，文化是難搞起來的。累積文化的真正原動力還是在民間的——我想。
>
> ——〈義不容辭，情何以堪〉

他在日本時，早讀過《臺灣・心の美》中楊熾昌的〈美への提言〉，心儀不已，卻遺憾相見恨晚。所以對翻譯《水蔭萍作品集》的工作，當然倍感「義不容辭」，否則「情何以堪」。在〈也是文學因緣〉裡，葉笛說：

> 臺灣文學是我們的文化遺產，尤其從日據時代新文學發韌以至光復這段時期的作品，必須有更多的人投入，去蒐集已經散佚不少的資料，然後

加以整理、比對、分析，該翻譯的就翻譯，我想這些都是大家責無旁貸的工作，應該各盡所能來維護文化的薪傳。

翻譯「震瀛詩集」讓我深刻地認識到作家吳新榮怎樣摯愛著這塊飽受凌辱踩躪，滿目瘡痍的土地；為了維護和發展我們的文化傳統，創造屬於「人的新文化」，又怎樣地費盡心機，在忙碌的醫療工作之外，傾注了一切力量；他深厚的愛心和鄉土的摯情，不但值得我們後輩敬佩，更值得我們學習，並起而投入。

透過〈亡妻記〉，我更深刻地認識了吳新榮先生不但是治療肉體的醫生、改造精神的作家文化人，更是擁有至深愛情的人。對自己的妻子、對自己的兒女，他都是以深藏的愛擁抱著的。翻譯〈亡妻記〉，我不止一次地感到眼眶發熱、鼻酸，他深摯的愛在平凡、務實的日常生活中，處處流露出來，令人感動。使我覺得翻譯其作品，給我上了一次充滿人生哲學的沉默之課。這也算是文學的「因緣」吧。

在〈《北京銘》譯後記〉裡，葉笛分析了《北京銘》的編集結構，解析數首詩的精髓之後，他結論到：「江文也是臺灣四十年代卓越的詩人，讀他的詩，我對自己這樣說著！」

另一方面，葉笛參加了工程浩大的《楊逵全集》及《龍瑛宗全集》的翻譯工作。這兩個工作，最大的不同是《楊逵全集》的翻譯工作中，多數是成為和其他人合譯的方式，或經過所謂「校譯」、「改譯」的情形，這個結果無法呈現葉笛翻譯工作的特質，對葉笛而言，是不必要的，也是極為困擾而且頗為難以接受的。而《龍瑛宗全集》的翻譯，葉笛則承擔了極為繁重的工作分量。

此外，加上《林芳年作品集》、《郭水潭日記補遺》、楊雲萍詩集《山河集》、《山河新集》等等的翻譯，我們不難看出，臺灣文學研究學界對於葉笛的倚重有多大、多深。

三、葉笛翻譯的特色

（一）介紹文、導讀、譯註、後記、譯後記

葉笛於作品翻譯的同時，均會對詩人、作家的生平、作品及文學世界做某種程度的介紹，可視為文學導讀。另外尚有譯註、譯序或譯後記。對讀者交代其翻譯的動機、過程以及他透過翻譯所了解的作者及其作品的文學特色，還有翻譯過程的來龍去脈，甚至葉笛本人的文學觀。前節中提到的〈新世代的旗手——略談石原慎太郎其人及作品〉及〈譯後記〉、〈關於芥川龍之介〉及〈譯後記〉、〈《中原中也》譯後記〉、〈義不容辭，情何以堪——《水蔭萍作品集》譯序〉、〈也是文學因緣——「震瀛詩集」及〈亡妻記〉譯後記〉等，在在都顯示其作為一個翻譯者的認真、周到的態度，這種形式的完整性追求，令人佩服。

（二）文學理論翻譯與作品翻譯並重

葉笛早期（第一期）的〈超現實宣言〉、〈未來派宣言書〉、《法國詩史》、《何謂現代詩》，到中期（第二期）的《中原中也論》，到後期（第三期）的《臺灣文學——異端的系譜》的翻譯，都是相對於詩作品、小說作品翻譯所做的詩理論、文學研究論文的翻譯工作，兩者之間，非常地平衡。這是同時擁有詩人與研究者雙重特質的葉笛在翻譯工作上的自然呈現。這些理論的獲得，與葉笛的學術研究、評論的著作，有非常深遠的關連。

（三）葉笛的翻譯與評論、研究論文的關係

葉笛在評論及研究上，從早期就累積成果，〈高橋喜久晴對「詩學」上中國詩人作品的評論〉、〈關根弘的詩與詩論〉以及集結於《臺灣文學巡禮》、《臺灣早期現代詩人論》的各篇評論或論文，〈論萩原朔太郎——日本現代詩新抒情的旗手〉等各篇評論、研究論文中，除非葉笛拿不到作品原文，或者原作者本身已有中譯文，才會借用別人的譯文，否則一定自己翻譯，這些分散於各篇文章中引用的詩作的翻譯。若彙集起來，可以編成另

外一本篇數可觀的譯詩集。反過來說，因為對各家的作品，尤其是詩作都有相當程度的翻譯，也就促成葉笛寫成以上雙書評論、研究的諸篇。

四、葉笛的翻譯觀

就如同葉笛在〈義不容辭，情何以堪〉裡提到早就仰慕楊熾昌先生，卻在歸國之後楊先生逝世之前才有機會拜訪，來不及聆聽其詩論，深感遺憾一樣，筆者從大學時代心儀葉笛先生，卻不知在自己留學筑波大學的（1986～1992）期間，與他在旅日期間是重疊的。而且是筑波大學前身東京教育大學的學長、大前輩，並且就在筆者傾讀中原中也詩集的時候，正是他出版《中原中也論》中譯版，翻譯《原爆詩集》的時候。

一直到 1995 年，亞洲詩人大會在日月潭舉行時，筆者被同校服務的趙天儀教授徵召去做現場翻譯，才有機會與葉笛前輩初次謀面。晚上聚會，充分感受到他對這個後生晚輩的疼愛之情。之後，斷斷續續在臺灣文學相關的集會裡雖能親聆謦欬，卻因各居中、南兩地，筆者更因北、中奔波，忙於日語的語言教學，無法常常請益，暢論日本文學。而這十多年間，葉笛大前輩已在臺灣日治時期文學前輩的翻譯上，累積了別人難以望其項背的成就與貢獻，身為後生晚輩的筆者，更是深感敬佩與慚愧。

2005 年 6 月，靜宜大學臺灣文學系舉辦楊逵文學國際研討會。筆者忝為論文發表人，以「日治時期臺灣文學的翻譯問題——以《楊逵全集》為例」作為報告題目，我的講評人正是葉笛大前輩。在各種原因之下，在發表前一天才將發表的講稿呈上。在聽完筆者的發表之後，葉笛大前輩不但未責備我的送稿太慢，當下指出我的工作性質——將原文與譯文一一比對，提出各種翻譯問題的作業，太辛苦了，以一番體恤與勉勵有加的話語相鼓勵。並以自己參加翻譯《楊逵全集》的經驗，提出對該全集翻譯作品方式的不滿及批判。並鼓勵筆者將來若有時間，可重譯楊逵的日文作品。至今，那場面猶歷歷在眼前。而這次研討會的講評，或許是葉笛大前輩在研討會露面的最後一次。

對筆者而言，最難以忘懷的是 2002 年 4 月筆者所譯的《佐藤春夫——殖民地之旅》出版之後，寄呈葉笛大前輩，不久接到了他的來信：

若山兄：

您惠贈的譯作《佐藤春夫——殖民地之旅》已收到，謝謝您的精心譯作。

譯作是為人作嫁，在臺灣的文化土壤上不受重視，這點也是臺灣文化之所以遲遲不能高飛的原因之一，您能孜孜矻矻，一以貫之，讓我佩服，更希望繼續發揮，以便豐富臺灣文化，這也是我們為自己的社會應該盡的綿薄力量。每人盡點力量，匯聚起來就能成為巨大力量。

本書對整理、反思日據時代的文學一定會有不少貢獻的。

再一次謝謝您賜贈我一本好書。

即祝

安康、健筆

葉笛　上

2002.10.2 晨，府城

這封信充分地顯示了葉笛對翻譯工作的看法及其價值的認定，以及為所當為的使命感。這和前引的芥川三書〈譯後記〉中，葉笛所表示的對翻譯的看法相對照，可知三、四十年間，它是多麼的一貫與一致。筆者更想起〈譯後記〉中葉笛對能得到吉田精一所賜的序文，「覺得自己的工作仍然值得努力，這種無言的鼓勵，是使我永遠難忘的」的話語。同樣的，筆者的譯作，能得到葉笛大前輩信中那樣的肯定與鼓勵，自是永銘心衷。從這封信，筆者也大致推測，筆者一定忘了把另一本日文論文集《佐藤春夫臺灣旅行關係作品研究》寄給他，否則一定可以獲得更多彼此討論日本文學、臺灣文學的機會，從葉笛大前輩那裡，得到更多的教益。

2001 年，《臺灣筆會會訊》欲發行日文版，原先曾貴海會長囑筆者譯成日文，但由於忙於系務，無法應其所請，然而於一個月之後，創刊號日文版仍順利出刊，日文翻譯全部出於葉笛大前輩之手，凡此種種，對於葉笛大前輩的寬容與厚愛，回想起來更是無盡的感恩與思念。

葉笛以他的翻譯業蹟為臺灣的日文界後輩樹立了最佳的文化、文學翻譯人的典範，後來者，如我輩，景仰之餘，更興追隨之思。

參考文獻：

除表列葉笛相關譯作清單中的作品、書籍之外，本論文作成之際，主要參考以下資料：

- 峠三吉，《原爆詩集》，青木文庫，1952 年 2 月第一刷、1976 年第 31 刷。
- 石原慎太郎，《太陽的季節》，新潮文庫，昭和 32 年、昭和 43 年 21 刷，角川文庫，昭和 33 年、昭和 50 年 43 版。
- 河上徹太郎編，《中原中也詩集》，角川文庫，昭和 47 年，改版九刷。
- 菊地弘、久保田芳太郎、關口安義編，《芥川龍之介事典》，明治書院，1985 年。
- 吳政上、陳鴻森編，《笠詩刊三十年總目》，高雄：笠詩刊社，1995 年 10 月。
- 蔡惠任，〈日本近現代詩在臺灣的翻譯史：1949～2002〉，輔仁大學翻譯研究所碩士論文，2003 年 7 月。
- 高幸玉，〈日本小說在臺灣的翻譯史：1949 至 2002〉，輔仁大學翻譯研究所碩士論文，2004 年 7 月。
- 「葉笛紀念專輯」，《笠》第 253 期，2006 年 6 月。
- 「葉笛特集」，《創世紀》第 146 期，2006 年 3 月。

——選自戴文鋒主編《葉笛文學學術研討會論文集》

臺南：國家臺灣文學館籌備處，2007 年 8 月

輯五◎
研究評論資料目錄

作家生平、作品評論專書與學位論文

專書

1. 戴文鋒編　葉笛全集 17・資料卷一　臺南　國家臺灣文學館籌備處　2007 年 5 月　454 頁

本書為葉笛全集資料卷一，全書共 5 部分：1.日記選輯：〈葉笛日記選輯〉；2.書信選輯：〈葉笛致張默（一）—（五）〉、〈葉笛致桓夫（一）—（二）〉、〈葉笛致郭楓（一）—（三）〉、〈葉笛致女兒蓁蓁〉、〈葉笛致許達然（一）—（六）〉、〈葉笛致媳婦美佐子〉、〈葉笛致小島醫師〉、〈葉笛致兒子軒宏〉、〈葉笛致杜潘芳格〉、〈葉笛致林瑞明〉、〈葉笛致彭瑞金〉、〈葉石濤致葉笛〉、〈夫人邱桂春致葉笛〉、〈郭楓致葉笛（一）—（五）〉、〈許達然至葉笛（一）—（三）〉、〈白萩致葉笛〉、〈尉天驄致葉笛（一）—（二）〉、〈唐文標致葉笛（一）—（二）〉、〈陳鴻森致葉笛〉、〈瘂弦致葉笛（一）—（二）〉、〈陳輝東致葉笛〉、〈唐信昌致葉笛〉、〈關根弘致葉笛〉、〈林瑞明致葉笛〉、〈女兒蓁蓁致葉笛〉、〈莊柏林致葉笛〉、〈巫永福致葉笛〉、〈張默致葉笛〉；3.評論選輯：張默〈《紫色的歌》讀後〉、趙天儀〈「笠下影」專欄評葉笛〉、林瑞明〈老葉托新芽——賀葉笛獲特殊貢獻獎〉、林亨泰〈現代詩的光芒——葉笛的《光和海》〉、莊金國〈光怪陸離生活真面目〉、葉瓊霞〈自然的靈魂在歌唱——側寫葉笛〉、李敏勇〈測量死亡〉、李瑞騰〈葉笛論〉、趙天儀〈葉笛詩作賞析——從現實出發到現代性的追求〉、莫渝〈以詩雕人，為前輩塑像——葉笛初論〉、楊宗翰〈化荒地為沃土——評葉笛《臺灣早期現代詩人論》〉、莫渝〈在時間的洪流裡泅游——葉笛論〉、郭楓〈磊落終生，瀟灑一葉——葉笛的人格與文品速寫〉；4.生平寫作年表：〈葉笛生平寫作年表初編〉；5.作品目錄：〈葉笛作品目錄初編〉。正文後附錄葉蓁蓁〈後記〉。

2. 戴文鋒編　葉笛全集 18・資料卷二　臺南　國家臺灣文學館籌備處　2007 年 5 月　223 頁

本書為葉笛全集資料卷二，全文共 2 部分：1.照片影像：〈葉笛攝影作品〉；2.手稿影像：〈詩集《失落的時間》改訂稿手稿〉、〈散文〈初夏篇〉手稿〉、〈日記手稿〉、〈〈讀廣津和郎〉手稿〉、〈譯文〈給 X 的獻辭〉手稿〉。正文後附錄〈國小五年級作文比賽入選獎狀〉、〈國小五年級繪畫作品入選獎狀〉、〈臺南師範學校臨時畢業證明書〉、〈初中倒立競停賽優勝獎狀〉、〈東京教育大學碩士學位證書〉、〈大東文化大學獎學金證書〉。

3. 戴文鋒編　　葉笛文學學術研討會論文集　臺南　國家臺灣文學館籌備處　2007年8月　459頁

本書為葉笛文學學術研討會論文之集結，全書共2部分：1.論文集：郭楓〈冷漠年代的熱烈靈魂——從《紫色的歌》論葉笛人和詩之美〉、蔡秀菊〈面對真相——論葉笛的戰爭詩〉、金尚浩〈論葉笛《火和海》裡所呈現的歷史見證和抒情之均衡美〉、孟樊〈葉笛的傳記詩評〉、莊金國〈臺灣早期新詩的通靈人——試論葉笛致賴和等16位詩人的詩感應〉、何佳駿〈光和熱與毀滅不了的夢——以審美對象角度探析葉笛詩心〉、阮美慧〈異鄉之旅的孤獨與流浪——葉笛東京時期的詩作探析〉、李若鶯〈意象、心象、現象——論葉笛詩之三維〉、岩上〈論葉笛詩中的主題與詩藝技巧〉、三木大直著；陳貞竹補譯〈詩人葉笛與其年代〉、李勤岸，蔡瑋芬〈臺灣文學ài 有母語ê芬芳——葉笛ê文學語言觀初探〉、趙天儀〈葉笛的詩、散文與評論〉、王韻如〈從《臺灣早期現代詩人論》看葉笛的詩觀及其作品〉、尉天驄〈葉笛與芥川〉、邱若山〈試論葉笛的日文文學譯作〉，共15篇；2.憶念集：李漢偉〈懷念——葉笛永保赤子之真〉、林佛兒〈訣別三日間〉、吳文雄〈憶軍中〉、洪文濟〈憶摯友——寄民葉笛〉、翁資雄〈憶寄民〉、莊柏林〈詩的信仰〉、陳千武〈詩人葉笛印象〉、陳素喚〈給您——葉笛老師〉、張逸雄〈追憶寄民〉、陳輝東〈恰似燦爛的鳳凰花——紀念老哥葉笛〉、植野弘子〈葉笛老師的「臺灣」和「日本」〉、蘇永在〈永遠的老師〉、蘇榮焜〈憶事懷人——追念寄民兄〉、葉蓁蓁〈口紅——給遠行的爸爸〉，共14篇。

學位論文

4. 郭倍甄　　葉笛及其現代詩研究　高雄師範大學國文學系國文教學碩士班　碩士論文　李若鶯教授指導　2006年　184頁

本論文以葉笛其人及其3本現代詩集作為研究的兩大主軸，呈現葉笛之生命及文學歷程之整體風貌。全文共6章：1.緒論；2.燃燒的靈魂——葉笛生平與創作歷程；3.精神的風景——葉笛現代詩主題；4.豐盈的密林——葉笛現代詩之藝術特色；5.向日的葵花——風格與詩觀；6.結論。

5. 施慧珠　　葉笛散文集《浮世繪》研究　高雄師範大學國文學系國文教學碩士班　碩士論文　李若鶯教授指導　2007年7月　183頁

本論文從葉笛的生平著筆，觸探其文品之所由出的成長歷程，介紹葉笛在文學園地中長期深耕勤耘的身影，並呈現其在臺灣文學領域上的卓越貢獻。其次分析葉笛在描摹自然、體悟人生、批判社會、探討理性以及沉思死亡等方面精釀而出的深邃內涵，歸納出土地和人民始終是葉笛所深深關懷繫念的所在，得知在葉笛體內奔竄流動的熱血滿溢著他對社會人生最真誠深摯的眷戀。最後透過《浮世繪》藝術表現的探討，得知葉笛不論在題材選擇、結構配置、描寫手法、修辭運用或語意表達，都有其高超的掌運功力，因而能夠創作出整體而殊勝的藝術景觀。全文共 5 章：1.緒論；2.葉笛的生平及文學歷程；3.《浮世繪》的主題思想；4.《浮世繪》的藝術表現；5.結論。

作家生平資料篇目

自述

6. 葉　笛　　後記　紫色的歌　嘉義　青年圖書公司　1954 年 9 月　頁 125
7. 葉　笛　　後記〔《紫色的歌》〕　葉笛全集・新詩卷一　臺南　國家臺灣文學館籌備處　2007 年 5 月　頁 141
8. 葉　笛　　《紫色的歌》後記　葉笛全集・評論卷三　臺南　國家臺灣文學館籌備處　2007 年 5 月　頁 242
9. 葉　笛　　《浮世繪》代序一　筆匯　第 1 卷第 2 期　1959 年 6 月　頁 37
10. 葉　笛　　代序　浮世繪　高雄　春暉出版社　2003 年 11 月　頁 33—34
11. 葉　笛　　代序一　葉笛全集・散文卷　臺南　國家臺灣文學館籌備處　2007 年 5 月　頁 29—30
12. 葉　笛　　《浮世繪》代序一　葉笛全集・評論卷三　臺南　國家臺灣文學館籌備處　2007 年 5 月　頁 281—282
13. 葉　笛　　詩歷・詩觀　美麗島詩集　臺北　笠詩社　1979 年 6 月　頁 220
14. 葉　笛　　《浮世繪》代序二　文季　第 1 卷第 1 期　1983 年 4 月　頁 74—75
15. 葉　笛　　代序二　葉笛全集・散文卷　臺南　國家臺灣文學館籌備處　2007 年 5 月　頁 31—32
16. 葉　笛　　《浮世繪》代序二　葉笛全集・評論卷三　臺南　國家臺灣文學館籌備處　2007 年 5 月　頁 283—284
17. 葉　笛　　原爆詩集（三）譯後記　笠　第 155 期　1990 年 2 月　頁 111

18. 葉 笛 《原爆詩集》譯後記 葉笛全集・評論卷三 臺南 國家臺灣文學館籌備處 2007年5月 頁245—246
19. 葉 笛 序 火和海 臺北 笠詩刊社 1990年3月 〔2〕頁
20. 葉 笛 序〔《火和海》〕 葉笛全集・新詩卷一 臺南 國家臺灣文學館籌備處 2007年5月 頁145—146
21. 葉 笛 《火和海》序 葉笛全集・評論卷三 臺南 國家臺灣文學館籌備處 2007年5月 頁247—249
22. 葉 笛 義不容辭，情何以堪——《水蔭萍作品集》譯序 水蔭萍作品集 臺南 臺南市立文化中心 1995年4月 頁5—7
23. 葉 笛 自序 臺灣文學巡禮 臺南 臺南市立文化中心 1995年4月〔3〕頁
24. 葉 笛 《臺灣文學巡禮》自序 葉笛全集・評論卷三 臺南 國家臺灣文學館籌備處 2007年5月 頁250—252
25. 葉 笛 前記 臺灣早期現代詩人論 高雄 春暉出版社 2003年10月 頁1—3
26. 葉 笛 前記〔《臺灣早期現代詩人論》〕 葉笛全集・評論卷一 臺南 臺灣國家文學館籌備處 2007年5月 頁3—5
27. 葉 笛 《臺灣早期現代詩人論》前記 葉笛全集・評論卷三 臺南 國家臺灣文學館籌備處 2007年5月 頁278—280
28. 葉 笛 後記 浮世繪 高雄 春暉出版社 2003年11月 頁196—197
29. 葉 笛 後記〔《浮世繪》〕 葉笛全集・散文卷 臺南 臺灣國家文學館籌備處 2007年5月 頁214—216
30. 葉 笛 《浮世繪》後記 葉笛全集・評論卷三 臺南 國家臺灣文學館籌備處 2007年5月 頁285—287
31. 葉 笛 府城，我文學的沃土 臺灣文學館通訊 第2期 2003年12月 頁70—73
32. 葉 笛 當我們同在一起 文訊雜誌 第237期 2005年7月 頁89

他述

33. 張　默　　現代詩壇鈎沉錄〔葉笛部分〕　文訊雜誌　第25期　1986年8月　頁196—198

34. 張　默　　人在東瀛，心繫寶島——側寫葉笛[1]　文訊雜誌　第62期　1990年12月　頁110—112

35. 張　默　　回首葉笛的詩學之旅　臺灣現代詩概觀　臺北　爾雅出版社　1997年5月　頁191—198

36. 王晉民　　葉笛小傳　臺灣文學家辭典　南寧　廣西教育出版社　1991年7月　頁97—98

37. 古繼堂　　葉笛小傳　臺港澳暨海外華文新詩辭典　瀋陽　瀋陽出版社　1994年5月　頁34

38. 萱　　葉笛投身翻譯書堆中　文訊雜誌　第138期　1997年4月　頁77

39. 〔岩上主編〕　葉笛（1931—）　笠下影：1997笠詩社同仁著譯書目集　臺北　笠詩社　1997年8月　頁44

40. 舒　蘭　　五〇年代詩人詩作——葉笛　中國新詩史話（三）　臺北　渤海堂文化公司　1998年10月　頁293—294

41. 郭　楓　　葉笛是一首絕句　臺灣時報　2000年10月2日　30版

42. 王景山　　葉笛　臺港澳暨海外華文作家辭典　北京　人民文學出版社　2003年7月　頁732

43. 蔡依伶　　家在臺南，葉笛　印刻文學生活誌　第16期　2004年12月　頁122—129

44. 莫　渝　　葉綠素的笛音　漫漫隨筆集　苗栗　苗栗縣文化局　2005年4月　頁284—286

45. 葉瓊霞　　自然的靈魂在歌唱——側寫葉笛　臺灣文學館通訊　第10期　2006年1月　頁58—61

46. 葉瓊霞　　自然的靈魂在歌唱——側寫葉笛　葉笛全集・資料卷一　臺南　國

---

[1]本文後改篇名為〈回首葉笛的詩學之旅〉。

家臺灣文學館籌備處　2007年5月　頁309—319
47. 郭倍甄　一株向日葵——關於葉笛　鹽分地帶文學　第2期　2006年2月　頁22—28
48. 創世紀編輯部　吮飲強烈的生命之光——葉笛特輯　創世紀　第146期　2006年3月　頁43
49. 創世紀編輯部　葉笛小傳——葉笛特輯　創世紀　第146期　2006年3月　頁44—45
50. 莫　渝　以詩雕人，為前輩塑像——葉笛初論——葉笛特輯　創世紀　第146期　2006年3月　頁65—70
51. 莫　渝　以詩雕人，為前輩塑像——葉笛初論　葉笛全集·資料卷一　臺南　國家臺灣文學館籌備處　2007年5月　頁344—356
52. 莫　渝　以詩雕人，為前輩塑像——葉笛初論　臺灣詩人群像　臺北　秀威資訊科技公司　2007年5月　頁97—104
53. 陳希林　詩人葉笛辭世，文壇悼念　中國時報　2006年5月10日　E8版
54. 趙靜瑜　詩人葉笛昨病逝於臺南　自由時報　2006年5月10日　E5版
55. 賴素鈴　詩人葉笛昨病逝，至親好友今送別　民生報　2006年5月10日　A9版
56. 羊子喬　懷念葉笛——經歷「火和海」淬鍊的漢子　中國時報　2006年5月13日　E7版
57. 林佛兒　告別葉笛——訣別三日間　鹽分地帶文學　第4期　2006年6月　頁81—87
58. 林佛兒　訣別三日間　葉笛文學學術研討會論文集　臺南　國家臺灣文學館籌備處　2007年8月　頁394—399
59. 許達然　念葉笛　鹽分地帶文學　第4期　2006年6月　頁88—89
60. 鄭清文　攫取時間——懷念葉笛　鹽分地帶文學　第4期　2006年6月　頁90—93
61. 呂毅新　想念詩人阿伯——葉笛　臺灣文學館通訊　第11期　2006年6月

頁 62—63

62. 莊紫蓉　懷念葉笛先生——葉笛懷念專輯　笠　第 253 期　2006 年 6 月　頁 245—248

63. 郭　楓　磊落終生‧瀟灑一葉——葉笛的人格與文品速寫　文訊雜誌　第 248 期　2006 年 6 月　頁 45—48

64. 郭　楓　磊落一生‧瀟灑一葉——葉笛的人格與文品速寫　葉笛全集‧資料卷一　臺南　國家臺灣文學館籌備處　2007 年 5 月　頁 390—398

65. 詹宇霈　詩人葉笛逝世　文訊雜誌　第 248 期　2006 年 6 月　頁 150

66. 趙天儀　詩人葉笛與我　臺灣現代詩　第 6 期　2006 年 6 月　頁 46—47

67. 利玉芳　寄給葉笛　臺灣現代詩　第 6 期　2006 年 6 月　頁 48

68. 林　鷺　戰勝的容顏　臺灣現代詩　第 6 期　2006 年 6 月　頁 49

69. 葉秀菊　詩人的精神　臺灣現代詩　第 6 期　2006 年 6 月　頁 50—51

70. 鄭烱明　永別了，詩人葉笛　文學臺灣　第 59 期　2006 年 7 月　〔1〕頁

71. 涂順從　資深作家葉笛辭世　文訊雜誌　第 249 期　2006 年 7 月　頁 121—122

72. 陳銘堯　詩人之死——悼葉笛　文學臺灣　第 60 期　2006 年 10 月　頁 32

73. 陳銘堯　詩人之死——悼葉笛　臺灣現代詩　第 8 期　2006 年 12 月　頁 50

74. 素　喚　給您——葉笛老師　臺灣時報　2006 年 11 月 13 日　15 版

75. 莊紫蓉　葉笛　面對作家——臺灣文學家訪談錄（三）　臺北　財團法人吳三連臺灣史料基金會　2007 年 4 月　頁 257—259

76. 莊柏林　詩的信仰　葉笛文學學術研討會　臺南　國家臺灣文學館籌備處　2007 年 5 月 12—13 日

77. 莊柏林　詩的信仰　葉笛文學學術研討會論文集　臺南　國家臺灣文學館籌備處　2007 年 8 月　頁 417—424

78. 林瑞明等　葉笛文友暢談葉笛其人與文學活動座談會[2]　葉笛文學學術研討會　臺南　國家臺灣文學館籌備處　2007 年 5 月 12—13 日

[2]主持人：林瑞明；與談者：尉天驄、陳萬益、呂興昌、鄭清文。

79. 邱坤良　主委序——不死發光的夢想　葉笛全集〔新詩卷一、散文卷、評論卷一、翻譯卷一、資料卷一〕　臺南　國家臺灣文學館籌備處　2007年5月　頁1—2
80. 吳麗珠　代館長序　葉笛全集〔新詩卷一、散文卷、評論卷一、翻譯卷一、資料卷一〕　臺南　國家臺灣文學館籌備處　2007年5月　頁3—4
81. 林瑞明　老葉托新芽——賀葉笛獲特殊貢獻獎　葉笛全集・資料卷一　臺南　國家臺灣文學館籌備處　2007年5月　頁294—297
82. 尉天驄　府城的李白——懷念葉笛　印刻文學生活誌　第48期　2007年8月　頁204—209
83. 尉天驄　府城的李白——懷念葉笛　回首我們的時代　臺北　印刻文學生活雜誌出版公司　2011年11月　頁257—268
84. 李漢偉　懷念——葉笛永保赤子之真　葉笛文學學術研討會論文集　臺南　國家臺灣文學館籌備處　2007年8月　頁390—393
85. 李漢偉　懷念——葉笛永保赤子之真　笠　第260期　2007年8月　頁145—147
86. 吳文雄　憶軍中　葉笛文學學術研討會論文集　臺南　國家臺灣文學館籌備處　2007年8月　頁400—407
87. 洪文濟　憶摯友——寄民葉笛　葉笛文學學術研討會論文集　臺南　國家臺灣文學館籌備處　2007年8月　頁408—412
88. 翁資雄　憶寄民　葉笛文學學術研討會論文集　臺南　國家臺灣文學館籌備處　2007年8月　頁413—416
89. 陳千武　詩人葉笛印象　葉笛文學學術研討會論文集　臺南　國家臺灣文學館籌備處　2007年8月　頁425—427
90. 陳千武　詩人葉笛印象　文學人生散文集　臺中　臺中市文化局　2007年11月　頁138—141
91. 陳素嗅　給您——葉笛老師　葉笛文學學術研討會論文集　臺南　國家臺灣

文學館籌備處　2007年8月　頁428—433

92. 陳素嬿　給您・葉笛老師（上、下）　臺灣時報　2007年10月4—5日　16版

93. 張逸雄　追憶寄民　葉笛文學學術研討會論文集　臺南　國家臺灣文學館籌備處　2007年8月　頁434—440

94. 植野弘子　葉老師的「臺灣」和「日本」　葉笛文學學術研討會論文集　臺南　國家臺灣文學館籌備處　2007年8月　頁446—450

95. 蘇永在　永遠的老師　葉笛文學學術研討會論文集　臺南　國家臺灣文學館籌備處　2007年8月　頁451—452

96. 蘇榮焜　憶事懷人——追念寄民兄　葉笛文學學術研討會論文集　臺南　國家臺灣文學館籌備處　2007年8月　頁453—456

97. 葉蓁蓁　口紅——給遠行的爸爸　葉笛文學學術研討會論文集　臺南　國家臺灣文學館籌備處　2007年8月　頁457—459

98. 陳萬益　寂寞——懷念葉笛　新地文學　第3期　2008年3月　頁164—166

99. 陳萬益　寂寞——懷念葉笛　臺灣文學論說與記憶　新營　臺南縣政府　2010年10月　頁361—363

100. 〔封德屏主編〕　葉笛　2007臺灣作家作品目錄　臺南　國家臺灣文學館籌備處　2008年7月　頁1136—1137

101. 林退嬰　文學老兵不死——給葉笛　印刻文學生活誌　第60期　2008年8月　頁182—190

102. 陳萬益　我們在「日本時代」相會　新地文學　第5期　2008年9月　頁276—279

103. 李若鶯　我稱呼他「葉老師」　新地文學　第5期　2008年9月　頁284—289

104. 胡萩椤　戰後跨語一代詩人生平——學者詩人——葉笛（1931—2006）　戰後跨語一代詩人作品之標點符號研究　屏東教育大學中國語文學

系　碩士論文　余昭玟教授指導　2012年6月　頁38—39

105. 趙慶華　作家寫情，文物留情——關於「作家文物珍品展覽」——葉笛的吉他／葉蓁蓁捐贈　臺灣文學館通訊　第38期　2013年3月　頁47

訪談、對談

106. 任　真　文學人物——夜訪詩人葉笛小記　臺南市立文化中心季刊　第12期　1996年10月　頁64—65

107. 阮美慧　夾在理性與感性的峭壁上——專訪葉笛先生　文訊雜誌　第175期　2000年5月　頁71—75

108. 莊紫蓉　藍色的大海，紫色的歌——專訪詩人葉笛——葉笛懷念專輯　笠　第253期　2006年6月　頁173—196

109. 莊紫蓉　藍色的大海、紫色的歌　面對作家——臺灣文學家訪談錄（三）　臺北　財團法人吳三連臺灣史料基金會　2007年4月　頁260—295

110. 鄭智仁，吳明珊，黃怡君　閃耀希望的亮光——專訪詩人葉笛　笠　第254期　2006年8月　頁148—157

111. 郭　楓　府城文學的良心——葉笛的人生與文學講座　臺灣文學館通訊　第16期　2007年8月　頁34—35

年表

112. 創世紀編輯部　葉笛寫作年表——葉笛特輯　創世紀　第146期　2006年3月　頁45—46

113. 張默編　《創世紀》歷年刊登葉笛詩作、評論、翻譯篇目　創世紀　第147期　2006年6月　頁191—193

114. 莊永清　葉笛生平寫作年表初編　葉笛全集‧資料卷一　臺南　國家臺灣文學館籌備處　2007年5月　頁401—422

115.〔新地文學〕　葉笛寫作年表　新地文學　第5期　2008年9月　頁292—297

116. 趙天儀編　葉笛寫作生平簡表　葉笛集　臺南　國立臺灣文學館　2008年12月　頁129—132

117.〔中國時報〕　府城文學獎揭曉——詩人葉寄民・獲得特殊貢獻獎　中國時報　1996年4月11日　16版

其他

118. 鄭清文　賀葉笛先生得獎　文學臺灣　第19期　1996年7月5日　頁14—16

119. 顧敏耀　葉笛（1931—）獲頒「文學評論獎」　2005臺灣文學年鑑　臺南　國家臺灣文學館籌備處　2006年10月　頁369

120. 葉瓊霞　文學之夢的信仰與實踐　葉笛全集・資料卷一　臺南　國家臺灣文學館籌備處　2007年5月　頁56—63

121. 張美玲　詩人，乾杯！——葉笛逝世週年紀念展暨葉笛文學學術研討會　王城氣度　第16期　2007年6月　頁16—21

122. 陳瀅洲　典型在夙昔——走看「詩人，乾杯——葉笛逝世週年紀念展」　臺灣文學館通訊　第16期　2007年8月　頁29—33

123. 簡弘毅　未曾遠行的詩人——「葉笛文學學術研討會」側記　臺灣文學館通訊　第16期　2007年8月　頁36—37

124. 簡弘毅　未曾遠行的詩人——「葉笛文學學術研討會」側記　走進臺灣文學館　臺南　國立臺灣文學館　2011年10月　頁103—107

作品評論篇目

綜論

125. 趙天儀　笠下影——葉笛[3]　笠　第13期　1966年6月　頁14—16

126. 趙天儀　「笠下影」專欄評葉笛　葉笛全集・資料卷一　臺南　國家臺灣文學館籌備處　2007年5月　頁286—293

127. 趙天儀　第一次全省詩展（上）〔葉笛部分〕　臺灣文藝　第32期　1971

[3]本文後改篇名為〈「笠下影」專欄評葉笛〉。

年7月　頁83

128. 趙天儀　第一次全省詩展〔葉笛部分〕　裸體的國王　臺北　香草山出版社　1976年6月　頁50

129. 陳千武　光復後出發的詩人們——葉笛　笠　第112期　1982年12月　頁6

130. 張超主編　葉笛　臺港澳及海外華人作家辭典　江蘇　南京大學出版社　1994年12月　頁604

131. 林佳惠　《野風》重要作家作品析論——葉笛　《野風》文藝雜誌研究　臺灣師範大學國文學系　碩士論文　陳萬益教授指導　1998年7月　頁132—134

132. 許達然　論葉笛的散文　文學臺灣　第48期　2003年10月　頁180—202

133. 許達然　論葉笛的散文（序）　浮世繪　高雄　春暉出版社　2003年11月　頁1—24

134. 許達然　論葉笛的散文　葉笛全集・散文卷　臺南　國家臺灣文學館籌備處　2007年5月　頁3—28

135. 李瑞騰　葉笛論——葉笛特輯　創世紀　第146期　2006年3月　頁56—58

136. 李瑞騰　葉笛論　葉笛全集・資料卷一　臺南　國家臺灣文學館籌備處　2007年5月　頁323—327

137. 莫　渝　在時間的洪流裡泅游——葉笛論——葉笛懷念專輯　笠　第253期　2006年6月　頁212—232

138. 莫　渝　在時間的洪流裡泅游——葉笛論　葉笛全集・資料卷一　臺南　國家臺灣文學館籌備處　2007年5月　頁361—389

139. 莫　渝　在時間的洪流裡泅游——葉笛論　臺灣詩人群像　臺北　秀威資訊科技公司　2007年5月　頁105—121

140. 許達然　寫葉笛——葉笛懷念專輯　笠　第253期　2006年6月　頁233—234

141. 陳昌明　史觀與鄉愁——葉笛文論述評　鹽分地帶文學　第 9 期　2007 年 4 月　頁 178—192

142. 陳昌明　史觀與鄉愁——葉笛文論述評　葉笛全集・評論卷一　臺南　臺灣國家文學館籌備處　2007 年 5 月　頁 56—74

143. 周慶華　臺灣文學如果要有希望——以葉笛的文學論述為一個參考點　葉笛文學學術研討會　臺南　國家臺灣文學館籌備處　2007 年 5 月 12—13 日

144. 何佳駿　光和熱與毀滅不了的夢——葉笛「題贈詩」初探　葉笛文學學術研討會　臺南　國家臺灣文學館籌備處　2007 年 5 月 12—13 日

145. 何佳駿　光和熱毀滅不了的夢——以審美對象角度探析葉笛詩心　葉笛文學學術研討會論文集　臺南　國家臺灣文學館籌備處　2007 年 8 月　頁 118—149

146. 蔡秀菊　面對真相——論葉笛的戰爭詩　葉笛文學學術研討會　臺南　國家臺灣文學館籌備處　2007 年 5 月 12—13 日

147. 蔡秀菊　面對真相——論葉笛的戰爭詩　葉笛文學學術研討會論文集　臺南　國家臺灣文學館籌備處　2007 年 8 月　頁 43—57

148. 阮美慧　異鄉之旅的孤獨與流浪——葉笛東京時期的詩作探析　葉笛文學學術研討會　臺南　國家臺灣文學館籌備處　2007 年 5 月 12—13 日

149. 阮美慧　異鄉之旅的孤獨與流浪——葉笛東京時期的詩作探析　葉笛文學學術研討會論文集　臺南　國家臺灣文學館籌備處　2007 年 8 月　頁 152—183

150. 尉天驄　葉笛、芥川龍之介與臺灣二次大戰以後的文學[4]　葉笛文學學術研討會　臺南　國家臺灣文學館籌備處　2007 年 5 月 12—13 日

151. 尉天驄　葉笛與芥川　葉笛文學學術研討會論文集　臺南　國家臺灣文學館籌備處　2007 年 8 月　頁 356—362

---

[4]本文後改篇名為〈葉笛與芥川〉。

152. 陳俊榮〔孟樊〕　葉笛的傳記詩評　葉笛文學學術研討會　臺南　國家臺灣文學館籌備處　2007年5月12—13日
153. 孟　樊　葉笛的傳記詩評　葉笛文學學術研討會論文集　臺南　國家臺灣文學館籌備處　2007年8月　頁81—99
154. 趙天儀　葉笛的詩、散文與評論　葉笛文學學術研討會　臺南　國家臺灣文學館籌備處　2007年5月12—13日
155. 趙天儀　葉笛的詩、散文與評論　葉笛文學學術研討會論文集　臺南　國家臺灣文學館籌備處　2007年8月　頁311—325
156. 趙天儀　葉笛的詩、散文與評論　臺灣文學評論　第10卷第2期　2010年4月　頁46—56
157. 三木直大　詩人葉笛及其年代　葉笛文學學術研討會　臺南　國家臺灣文學館籌備處　2007年5月12—13日
158. 三木直大著；陳貞竹補譯　詩人葉笛與其年代　葉笛文學學術研討會論文集　臺南　國家臺灣文學館籌備處　2007年8月　頁271—287
159. 李勤岸，蔡瑋芬　臺灣文學 ài 有母語 ê 芬芳——葉笛 ê 文學語言觀初探　葉笛文學學術研討會　臺南　國家臺灣文學館籌備處　2007年5月12—13日
160. 李勤岸，蔡瑋芬　臺灣文學 ài 有母語 ê 芬芳——葉笛 ê 文學語言觀初探　葉笛文學學術研討會論文集　臺南　國家臺灣文學館籌備處　2007年8月　頁290—308
161. 莊金國　臺灣早期新詩的通靈人——試論葉笛致賴和等16位詩人的詩感應　葉笛文學學術研討會　臺南　國家臺灣文學館籌備處　2007年5月12—13日
162. 莊金國　臺灣早期新詩的通靈人——試論葉笛致賴和等16位詩人的詩感應　葉笛文學學術研討會論文集　臺南　國家臺灣文學館籌備處　2007年8月　頁101—114
163. 岩　上　論葉笛詩中的主題與詩藝技巧　葉笛文學學術研討會　臺南　國

家臺灣文學館籌備處　2007年5月12—13日

164. 岩　上　論葉笛詩中的主題與詩藝技巧　葉笛文學學術研討會論文集　臺南　國家臺灣文學館籌備處　2007年8月　頁238—268

165. 岩　上　論葉笛詩中的主題與詩藝技巧　詩的創發　南投　南投縣文化局　2007年12月　頁326—358

166. 許達然　總導讀[5]　葉笛全集〔新詩卷一、散文卷、評論卷一、翻譯卷一、資料卷一〕　臺南　國家臺灣文學館籌備處　2007年5月　頁5—35

167. 許達然　葉笛的文學事業　新地文學　第5期　2008年9月　頁205—232

168. 葉瓊霞　編序——葉笛文學意義之呈現　葉笛全集〔新詩卷一、散文卷、評論卷一、翻譯卷一、資料卷一〕　臺南　國家臺灣文學館籌備處　2007年5月　頁42—51

169. 郭　楓　鑑賞葉笛散文的藝術境界　葉笛全集・散文卷　臺南　臺灣國家文學館籌備處　2007年5月　頁56—67

170. 下村作次郎　葉笛の文学生活と翻譯の仕事——戦争体驗を持つヒュトマニズムの詩人[6]　葉笛全集・翻譯卷一　臺南　國家臺灣文學館籌備處　2007年5月　頁56—83

171. 下村作次郎著；葉蓁蓁譯　葉笛的文學生活與翻譯工作——擁有戰爭體驗的人道主義詩人　葉笛全集・翻譯卷一　臺南　國家臺灣文學館籌備處　2007年5月　頁84—108

172. 古遠清　從鄉土到本土的「笠集團」——《臺灣當代新詩史》之一節〔葉笛部分〕　笠　第259期　2007年6月　頁197—198

173. 曾萍萍　知識分子的失望與徘徊：《筆匯》內容分析——我的心呀在高原：文學譯介〔葉笛部分〕　「文季」文學集團研究——以系列刊物為觀察對象　中央大學中國文學系　博士論文　李瑞騰教授

[5]本文後改篇名為〈葉笛的文學事業〉。
[6]本文後由葉蓁蓁譯為〈葉笛的文學生活與翻譯工作——擁有戰爭體驗的人道主義詩人〉。

指導　2008年7月　頁52—53

174. 曾萍萍　太陽兀自照耀著：《文學季刊》內容分析——抓住這一天：文學翻譯的拓境〔葉笛部分〕　「文季」文學集團研究——以系列刊物為觀察對象　中央大學中國文學系　博士論文　李瑞騰教授指導　2008年7月　頁129—130

175. 曾萍萍　Made~in~Taiwan：《文季》雙月刊內容分析——臺灣製造的一條山路：「文季」老同人文學表現〔葉笛部分〕　「文季」文學集團研究——以系列刊物為觀察對象　中央大學中國文學系　博士論文　李瑞騰教授指導　2008年7月　頁239—241

176. 阮美慧　青春、理想、死亡——葉笛詩中的生命三部曲　新地文學　第5期　2008年9月　頁233—268

177. 彭瑞金　解說　葉笛集　臺南　國立臺灣文學館　2008年12月　頁117—128

178. 羊子喬　葉笛以詩見證自己的存在　鹽田裡的詩魂——羊子喬文學評論集2　臺南　臺南縣文化局　2010年10月　頁95—99

179. 陳思嫻　凜然及其感傷——讀詩人葉笛談時間　笠　第306期　2015年4月　頁110—111

分論

◆單行本作品

論述

《臺灣早期現代詩人論》

180. 楊宗翰　化荒地為沃土——評葉笛《臺灣早期現代詩人論》——葉笛特輯　創世紀　第146期　2006年3月　頁71—72

181. 楊宗翰　化荒地為沃土——評葉笛《臺灣早期現代詩人論》　葉笛全集・資料卷一　臺南　國家臺灣文學館籌備處　2007年5月　頁357—360

182. 王韻如　從《臺灣早期現代詩人論》看葉笛的詩觀及其詩作　葉笛文學學

術研討會　臺南　國家臺灣文學館籌備處　2007 年 5 月 12—13 日

183. 王韻如　從《臺灣早期現代詩人論》看葉笛的詩觀及其詩作　葉笛文學學術研討會論文集　臺南　國家臺灣文學館籌備處　2007 年 8 月　頁 327—353

詩

《紫色的歌》

184. 郭　楓　關於《紫色的歌》　紫色的歌　嘉義　青年圖書公司　1954 年 9 月　頁 1

185. 郭　楓　關於《紫色的歌》　葉笛全集・新詩卷一　臺南　國家臺灣文學館籌備處　2007 年 5 月　頁 3—4

186. 張　默　《紫色的歌》讀後　創世紀　第 3 期　1955 年 6 月　頁 32—33

187. 張　默　《紫色的歌》讀後　葉笛全集・資料卷一　臺南　國家臺灣文學館籌備處　2007 年 5 月　頁 281—285

188. 劉滌凡　從五〇年代臺灣新詩的歷史語境透視葉笛《紫色的歌》的語言媒質和心象世界　葉笛文學學術研討會　臺南　國家臺灣文學館籌備處　2007 年 5 月 12—13 日

189. 郭　楓　論葉笛新詩語言與風格[7]　葉笛文學學術研討會　臺南　國家臺灣文學館籌備處　2007 年 5 月 12—13 日

190. 郭　楓　冷漠年代的熱烈靈魂——從《紫色的歌》論葉笛人和詩之美　葉笛文學學術研討會論文集　臺南　國家臺灣文學館籌備處　2007 年 8 月　頁 9—40

191. 應鳳凰　葉笛第一部詩集：《紫色的歌》　文訊雜誌　第 343 期　2014 年 5 月　頁 3

《火和海》

192. 蔡榮勇　都聽得見你的呼喚〔《火和海》〕　笠　第 180 期　1994 年 4 月　頁 135—140

[7]本文後改篇名為〈冷漠年代的熱烈靈魂——從《紫色的歌》論葉笛人和詩之美〉。

193. 金尚浩　論葉笛《火和海》裡所呈現的歷史見證和抒情性之均衡美　葉笛文學學術研討會　臺南　國家臺灣文學館籌備處　2007年5月12—13日

194. 金尚浩　論葉笛《火和海》裡所呈現的歷史見證和抒情性之均衡美　葉笛文學學術研討會論文集　臺南　國家臺灣文學館籌備處　2007年8月　頁59—78

195. 金尚浩　葉笛《火和海》裡所呈現的歷史見證與抒情性　笠　第299期　2014年2月　頁169—186

散文

《浮世繪》

196. 許達然　葉笛的《浮世繪》　鹽分地帶文學　第8期　2007年2月　頁11—16

197. 莊金國　光怪陸離生活真面目——《浮世繪》　葉笛全集・資料卷一　臺南　國家臺灣文學館籌備處　2007年5月　頁306—308

198. 侯作珍　存在的困境與反抗——戰後臺灣存在主義文學探析——存在主義文學的兩種類型〔《浮世繪》部分〕　臺灣文學評論　第8卷第2期　2008年4月　頁142—144

◆多部作品

《紫色的歌》、《火和海》、《失去的時間》

199. 許達然　葉笛的詩義和詩意——論葉笛詩集《紫色的歌》、《火和海》和《失去的時間》　文學臺灣　第59期　2006年7月　頁90—135

200. 李若鶯　意象、心象、現象——論葉笛詩之三維（1—4）　鹽分地帶文學　第9—12期　2007年4，6，8，10月　頁193—204，207—216，201—210，205—216

201. 李若鶯　意象、心象、現象——論葉笛詩之三維　葉笛文學學術研討會　臺南　國家臺灣文學館籌備處　2007年5月12—13日

202. 李若鶯　意象、心象、現象——論葉笛詩之三維　葉笛文學學術研討會論

文集　臺南　國家臺灣文學館籌備處　2007年8月　頁185—234

203. 張　默　狂飲滔滔不絕的生命之水——簡析葉笛《紫色的歌》、《火和海》、《失落的時間》　葉笛全集・新詩卷一　臺南　國家臺灣文學館籌備處　2007年5月　頁56—97

單篇作品

204. 陳千武　作品的感想〔〈火和海〉部分〕　笠　第19期　1967年6月　頁21

205. 楓　堤　讀詩隨筆——葉笛：〈火和海〉　笠　第21期　1967年10月　頁17

206. 陳千武　詩人印象——葉笛〔〈火和海〉〕　臺灣新詩論集　臺北　春暉出版社　1997年4月　頁176—177

207. 林亨泰著；林巾力譯　現代詩的光芒——葉笛的〈火和海〉　笠　第227期　2002年2月　頁108—112

208. 林亨泰著；林巾力譯　現代詩的光芒——葉笛的〈火和海〉　葉笛全集・資料卷一　臺南　國家臺灣文學館籌備處　2007年5月　頁298—305

209. 郭　楓　從比較視角論笠詩社的特立風格——詩作比較：光影虛實間的藝術新定位〔〈火和海〉部分〕　笠詩社四十週年國際學術研討會論文集　臺南　國家臺灣文學館籌備處　2004年11月　頁97—99

210. 許達然　六〇—七〇年代臺灣社會與文學〔〈火和海〉部分〕　苦悶與蛻變：60、70年代臺灣文學與社會國際學術研討會　臺中　東海大學中文系　2006年11月　頁46—49

211. 李敏勇　測量死亡〔〈火和海〉〕　葉笛全集・資料卷一　臺南　國家臺灣文學館籌備處　2007年5月　頁320—327

212. 李敏勇　測量死亡〔〈火和海〉〕　經由一顆溫柔心：臺灣、日本、韓國詩散步　臺北　圓神出版社　2007年10月　頁36—43

213. 李敏勇　〈火和海〉解說　笠　第293期　2013年2月　頁27—30
214. 楊淇竹　象徵語境〔〈火和海〉部分〕　笠　第306期　2015年4月　頁106—108
215. 莫　渝　笠下的一群——〈秋〉賞讀　笠　第197期　1997年2月　頁100—101
216. 莫　渝　〈秋〉欣賞導讀　笠下的一群：笠詩人作品選讀　臺北　河童出版社　1999年6月　頁157—158
217. 張　默　從〈白蝴蝶〉到〈詩行〉——「八行詩」讀後筆記〔〈秋〉部分〕　小詩・牀頭書　臺北　爾雅出版社　2007年3月　頁210
218. 李敏勇　葉笛〈這個世界〉　臺灣詩閱讀——探觸五十位臺灣詩人的心　臺北　玉山社出版公司　2000年9月　頁63—64
219. 喬　林　葉笛的〈這個世界〉　人間福報　2011年10月31日　15版
220. 喬　林　葉笛的〈這個世界〉　笠　第294期　2013年4月　頁116—118
221. 尉天驄　〈洞簫〉故事的背後　溫馨，在回望之後　臺北　圓神出版社　2005年3月　頁226
222. 李若鶯　葉笛〈向日葵〉導讀　鹽分地帶文學　第1期　2005年11月　頁185—186
223. 李敏勇　〈荒野裡的小花〉導讀　青少年臺灣文庫——新詩讀本3：花與果實　臺北　五南圖書出版公司　2006年1月　頁13
224. 李若鶯　葉笛〈年輕的獸〉導讀　鹽分地帶文學　第3期　2006年4月　頁213
225. 莫　渝　臺灣新詩之美——葉笛的〈有贈——給桂春〉表現夫妻之愛　臺灣詩人群像　臺北　秀威資訊科技公司　2007年5月　頁325—326
226. 藤井省三　泅泳於文學史論的大海中——對葉笛〈臺灣與日本文學史書寫之比較〉之評論　臺灣文學史書寫國際學術研討會論文集・第一集　高雄　春暉出版社　2008年6月　頁506—508

多篇作品

227. 李漢偉　反思都會的亂象與掙扎〔〈大家樂〉、〈飆車樂〉、〈三溫暖〉、〈股票傷寒症〉部分〕　臺灣新詩的三種關懷　臺北　駱駝出版社　1997年10月　頁191—194

228. 張　默　〈這個世界〉、〈刻在肉體上的詩——致詩人‧音樂家江文也〉、〈logos和聖經——致詩人楊雲萍〉、〈荒野裡的小花——致詩人楊華〉編者按語　現代百家詩選（新編）　臺北　爾雅出版社　2003年6月　頁156

229. 林瑞明　〈火和海〉、〈醉酒的人〉、〈這個世界〉、〈荒野裡的小花——致詩人楊華〉賞析　國民文選‧現代詩卷2　臺北　玉山社出版公司　2005年2月　頁33

230. 趙天儀　葉笛詩作賞析——從現實出發到現代性的追求——葉笛特輯〔〈孤獨〉、〈島的聯想〉、〈俘囚之歌——致詩人賴和〉、〈有贈——給桂春〉、〈綠色恐怖——「白眼詩抄」之一〉〕　創世紀　第146期　2006年3月　頁59—64

231. 趙天儀　葉笛詩作賞析——從現實出發到現代性的追求〔〈孤獨〉、〈島的聯想〉、〈俘囚之歌——致詩人賴和〉、〈有贈——給桂春〉、〈綠色恐怖——「白眼詩抄」之一〉〕　葉笛全集‧資料卷一　臺南　國家臺灣文學館籌備處　2007年5月　頁328—343

232. 趙迺定　詮釋葉笛〈夢的死屍〉等詩六首——葉笛懷念專輯〔〈夢的死屍〉、〈這個世界〉、〈眼睛〉、〈夢〉、〈不知怎地〉、〈墓標〉〕　笠　第253期　2006年6月　頁197—211

233. 林明理　堅守與理想——讀葉笛的詩〔〈夢的死屍〉、〈島的聯想〉、〈詩人和貓的憂鬱——輓詩人水蔭萍〉〕　笠　第305期　2015年2月　頁122—126

作品評論目錄、索引

234. 文訊雜誌社　葉笛評論篇目——葉笛特輯　創世紀　第146期　2006年3

月　頁 47—48

235. 趙天儀編　　閱讀進階指引　葉笛集　臺南　國立臺灣文學館　2008 年 12 月　頁 133—135

236. 〔封德屏主編〕　　葉笛　臺灣現當代作家評論資料目錄（六）　臺南　國家臺灣文學館籌備處　2010 年 11 月　頁 3828—3841

237. 邱若山　　試論葉笛的日文文學譯作　葉笛文學學術研討會　臺南　國家臺灣文學館籌備處　2007 年 5 月 12—13 日

238. 邱若山　　試論葉笛的日文文學譯作　葉笛文學學術研討會論文集　臺南　國家臺灣文學館籌備處　2007 年 8 月　頁 365—386

國家圖書館出版品預行編目資料

臺灣現當代作家研究資料彙編. 78, 葉笛 / 葉瓊霞、葉蓁蓁編選. -- 初版. -- 臺南市 : 臺灣文學館, 2015.12
面 ; 公分
ISBN 978-986-04-6401-6 (平裝)

1.葉笛 2.傳記 3.文學評論

863.4 104022673

【臺灣現當代作家研究資料彙編】78
葉笛

發行人 陳益源
指導單位 文化部
出版單位 國立臺灣文學館
地　址／70041 臺南市中西區中正路 1 號
電　話／06-2217201 傳　真／06-2218952
網　址／www.nmtl.gov.tw 電子信箱／pba@nmtl.gov.tw

總策畫 封德屏
顧　問 林淇瀁 張恆豪 許俊雅 陳信元 陳義芝 須文蔚 應鳳凰
工作小組 白心瀞 呂欣茹 郭汶伶 陳欣怡 陳映潔 陳鈺翔 張傳欣 莊淑婉
編　選 葉瓊霞 葉蓁蓁
責任編輯 張傳欣
校　對 郭汶伶 陳欣怡 張傳欣 莊淑婉
計畫團隊 財團法人台灣文學發展基金會
美術設計 翁國鈞・不倒翁視覺創意
印　刷 松霖彩色印刷事業有限公司

經銷展售 國家書店松江門市（02-25180207）
國立臺灣文學館—雪芙瑞文學咖啡坊（全面 85 折優惠，06-2214632）
國立臺灣文學館藝文商店（全面 85 折優惠，06-2216206）
三民書局（02-23617511、02-2500-6600）
台灣的店（02-23625799） 府城舊冊店（06-2763093）
南天書局（02-23620190） 唐山出版社（02-23633072）
草祭二手書店（06-2216872） 五南文化廣場（04-22260330）

初版一刷 2016 年 3 月
定　價 新臺幣 450 元整
第一階段 15 冊新臺幣 5500 元整 第二階段 12 冊新臺幣 4500 元整
第三階段 23 冊新臺幣 8500 元整 第四階段 14 冊新臺幣 5000 元整
第五階段 16 冊新臺幣 6000 元整
全套 80 冊新臺幣 24000 元整

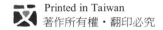

GPN 1010500061（單本） ISBN 978-986-04-6401-6（單本）
1010000407（套） 978-986-02-7266-6（套）